LA VOIX DU LAC

DU MÊME AUTEUR

MORT À BALTIMORE, J'ai lu, 1999.
LA COLLINE DES BOUCHERS, J'ai lu, 1999.
L'INCONNUE DE BALTIMORE, L'Archipel, 2003 ; Points n° 1241.
PETITE MUSIQUE DE MEURTRE, L'Archipel, 2004 ; Points n° 1361.
LEAKIN PARK, Encre de nuit, 2006.
CE QUE SAVENT LES MORTS, Seuil, 2009 ; Points n° 2435.
TES DERNIÈRES VOLONTÉS, Éditions du Toucan, 2011 ; Points n° 2932.
CELLE QUI DEVAIT MOURIR, Éditions du Toucan, 2012 ; Points n° 3039.
J'AI VOULU OUBLIER CE JOUR, Éditions du Toucan, 2013 ; Points n° 3318.
CORPS COUPABLE, Éditions du Toucan, 2015 ; Points n° 4416.
MAUVAISE COMPAGNIE, Éditions du Toucan, 2016 ; Points n° 4628.
CORPS INFLAMMABLES, Actes Sud, 2019 ; Babel noir n° 265.
LA VOIX DU LAC, Actes Sud, 2022 ; Babel noir n° 306.

Titre original :
Lady in the Lake
Éditeur original :
William Morrow, New York

ISBN 978-2-330-18969-3

LAURA LIPPMAN

LA VOIX DU LAC

roman traduit de l'anglais (États-Unis)
par Hélène Frappat

BABEL NOIR

à la mémoire de
Rob Hiaasen
Gerald Fischman
John McNamara
Rebecca Smith
Wendi Winters

PREMIÈRE PARTIE

Je t'ai vue un jour. Je t'ai vue et tu m'as remarquée, parce que tu m'as surprise en train de te regarder, de te voir. De bas en haut. De haut en bas. Les femmes belles font ça. Elles se regardent droit dans les yeux, avant de s'examiner de la tête aux pieds. En un regard j'étais capable de dire que tu n'avais jamais douté de ta beauté, et que tu n'avais pas perdu l'habitude, en entrant dans une pièce, de t'assurer que tu étais la plus belle. Tu as scruté la foule des passants sur le trottoir et tes yeux ont surpris les miens, un court instant, avant de se détourner. Tu m'as vue, tu as compté les points. Qui a gagné ? Quelque chose me dit que tu t'es attribué la couronne parce que ce que tu as vu, c'est une femme noire, et pauvre par-dessus le marché. Au royaume animal, le mâle sort le grand jeu pour la femme, il la courtise avec ses plumes magnifiques ou son opulente crinière, il passe sa vie à essayer de se démarquer. Pourquoi les humains font-ils l'inverse ? C'est absurde. Les hommes sont plus dépendants de nous que nous d'eux.

Ce jour-là tu étais membre d'une minorité, tu étais dans notre quartier et presque tout le monde ici m'aurait choisie. Moi et mon corps plus jeune, plus grand, mieux roulé. Peut-être même ton mari, Milton. C'est en partie parce que tu étais à côté de lui que je t'ai remarquée. Il était devenu identique à son père, un homme dont je me souvenais avec une sorte de tendresse. Je n'en dirais pas autant de Milton. J'ai supposé, à la manière dont les gens se rassemblaient autour de lui sur les marches du temple, tapotaient son dos, étreignaient ses mains, que le mort devait être son père. Et rien qu'à la manière dont les gens faisaient la queue pour lui présenter leurs condoléances, il était évident que Milton avait réussi.

Le temple était à un bloc du parc. Du parc, et du lac, et de la fontaine. Intéressant, non ? Je faisais probablement un détour pour aller à Druid Hill cet après-midi-là, un livre dans mon sac. Je n'étais pas fan des balades dans les parcs, mais huit personnes – mon père et ma mère, ma sœur et mes deux frères, mes deux fils et moi – vivaient dans notre appartement et on n'avait jamais la paix, comme disait mon père. Je glissais un livre dans mon sac – Jean Plaidy ou Victoria Holt –, en disant "Je vais à la bibliothèque", et Maman n'avait pas le cœur à dire non. Elle ne m'a jamais reproché d'avoir fait des enfants avec deux bons à rien, ni mes retours au bercail comme un vrai pot de colle. J'étais son premier enfant, et sa préférée. Mais pas au point de m'autoriser une troisième erreur. Maman comptait sur moi pour que je reprenne des études, elle rêvait que je devienne infirmière. Infirmière. Ça me paraissait inimaginable, un travail qui vous oblige à toucher des gens que vous n'avez aucune envie de toucher.

Quand ça devenait invivable à la maison, quand ça débordait de corps et de voix, j'allais au parc et je parcourais les allées, je savourais le silence, je m'affalais sur un banc, et je rêvassais au bon vieux temps de l'Angleterre. Plus tard, les gens ont dit que j'étais une personne affreuse, que j'étais partie vivre toute seule, en abandonnant mes bébés à leurs grands-parents, mais je n'ai jamais arrêté de penser à eux. J'avais besoin d'un homme, et pas de n'importe quel vieux bonhomme. Les pères de mes fils me l'avaient prouvé clairement. Il fallait que je trouve le genre d'homme qui nous entretiendrait tous les trois. Ça impliquait que je vive seule un moment, quitte à habiter avec mon amie Laetitia, dont le travail, en gros, consistait à enseigner l'art de se faire entretenir intégralement par les hommes. Ma maman était persuadée que quand on sort un morceau de fromage pour attirer une souris, il faut le rendre au moins un peu appétissant. Retirer la moisissure, ou le placer dans le piège de façon à cacher la moisissure. Il fallait que je sois belle et que j'aie l'air totalement insouciante, une apparence impossible à obtenir dans l'appartement surpeuplé de ma famille sur Auchentoroly Terrace.

D'accord, peut-être qu'en fait ça ne me paraissait pas si inimaginable, un travail qui vous oblige à toucher des gens que vous n'avez aucune envie de toucher.

Mais quelle femme y échappe ? Toi aussi tu as dû le faire, je suppose, en épousant Milton Schwartz. Parce que le Milton Schwartz que j'ai connu à l'époque était incapable d'inspirer une quelconque romance de conte de fées.

On était en – la date me revient si je repense à l'âge de mes bébés à l'époque – 1964, à la fin de l'automne, l'air venait de se rafraîchir. Tu portais une toque noire, sans voile. Je parie que les gens t'ont dit que tu ressemblais à Jackie Kennedy. Je parie que ça t'a fait plaisir, même si tu t'es récriée, Qui ça, moi ?, *avec un petit rire. Le vent ébouriffait tes cheveux, mais à peine ; tu les avais fait laquer. Tu portais un manteau noir avec un col et des poignets en fourrure. Crois-moi, je n'ai pas oublié ce manteau. Et, mon Dieu, Milton était le portrait craché de son père et c'est seulement à ce moment que je me suis rendu compte que le vieux M. Schwartz était plutôt jeune et plutôt beau quand j'étais gosse. Quand j'étais une petite fille qui achetait des bonbons dans son magasin, je le trouvais vieux. Il n'avait même pas quarante ans. J'en avais vingt-six désormais et*

Milton devait avoir au moins quarante ans et voilà que tu étais à ses côtés, et je n'en revenais pas qu'il se soit trouvé une aussi belle femme. Je me suis dit qu'il était peut-être devenu plus gentil. Les gens changent, j'en suis sûre. J'ai changé. C'est juste que personne ne le saura jamais.

Et toi, qu'est-ce que tu as vu ? Je ne me souviens pas de ce que je portais, mais c'est pas dur à imaginer. Un manteau, trop léger, même pour ce temps doux. Probablement sorti d'un carton de l'église, donc pelucheux et défraîchi, avec l'ourlet décousu. Des chaussures éraflées, avec des talons usés. Tes chaussures à toi étaient noires et brillantes. Mes jambes étaient nues. Toi tu portais le genre de bas qui miroitaient presque.

En te regardant, j'ai compris l'astuce : pour attraper un homme qui a de l'argent, je devrais avoir l'air de ne pas avoir besoin d'argent. J'allais devoir trouver un travail dans un endroit où les pourboires arrivent sous forme de billets, pas de pièces qu'on balance sur la table. Le problème, c'est que ce genre d'endroit n'embauchait pas de Noires, pas comme serveuses. La seule fois où j'ai trouvé un boulot dans un restaurant, c'était à la plonge, coincée dans l'arrière-salle, coupée des pourboires. Les meilleurs restaurants n'embauchaient pas de femmes pour faire le service en salle, même des Blanches.

Il allait me falloir de l'imagination pour trouver un boulot où je pourrais rencontrer le genre d'hommes qui achètent aux filles les choses qui me rendraient plus désirable aux yeux des hommes qui misaient plus gros, et me permettre de trouver mieux, encore mieux, encore mieux. Je savais ce que ça signifiait, ce que j'aurais à donner en échange. Je n'étais plus une gamine. Mes deux fils le prouvaient.

Donc en me voyant – parce que tu m'as vue, j'en suis sûre, nos regards se sont croisés, et toisés –, tu as vu mes fringues miteuses, mais aussi mes yeux verts, mon nez droit. Le visage à l'origine de mon surnom, même si, par la suite, j'ai rencontré un homme qui a dit que je lui rappelais une duchesse, pas une impératrice, et qu'on devrait m'appeler Hélène. Hélène parce que j'étais assez belle pour provoquer une guerre. Je venais de le faire, non ? Je ne sais pas quel meilleur nom tu pourrais trouver. Peut-être pas une grande guerre, mais une guerre quand même, où les hommes se retournent les uns contre les autres, où les alliés deviennent ennemis. Tout ça à cause de moi.

En un éclair, tu m'as montré où je voulais aller et comment y arriver. Il me restait une dernière chance. Un dernier homme.

Ce jour-là, aussi petite que Baltimore puisse être, je n'ai jamais pensé que nos chemins se recroiseraient. Tu te contentais d'être la femme qui avait épousé l'adolescent méchant qui me faisait souffrir autrefois, et désormais le méchant garçon était devenu un homme séduisant qui enterrait son père. C'est un mari comme ça qu'il me faut, *voilà ce que j'ai pensé.* Pas un homme blanc, évidemment, mais un homme qui pourrait m'offrir un manteau avec un col et des poignets en fourrure, un homme qui inspirerait le respect à tous. La valeur d'une femme se mesure à celle de l'homme qu'elle accompagne. *Mon père m'aurait giflée en entendant ces mots sortir de ma bouche, il m'aurait obligée à trouver et mémoriser tous les versets de la Bible sur la vanité et l'orgueil. Mais ce n'était pas une question de vanité. J'avais besoin qu'un homme m'aide à prendre soin de mes fils. Un homme aisé a besoin d'une femme belle. Ça, je l'ai compris ce jour-là. Tu étais là pour réconforter Milton, pour l'aider à enterrer son père, mais tu étais aussi une publicité vivante pour sa réussite professionnelle. Je n'en reviens pas que tu l'aies quitté un an après, mais la mort a cet effet sur les gens, elle les change.*

Dieu sait que ma mort m'a changée.

Vivante, j'étais Cléo Sherwood. Morte, je suis devenue la Dame du Lac, un vilain truc cassé, extrait de la fontaine après y avoir croupi pendant des mois, qui a traversé le froid de l'hiver, et puis les giboulées agressives du printemps, presque jusqu'à l'été. Plus de visage, presque plus de chair.

Et tout le monde s'en fichait jusqu'au jour où tu as fait ton apparition en me donnant ce surnom stupide, en sonnant aux portes et harcelant les gens, en franchissant des frontières interdites. En dehors de ma famille, personne n'était censé se préoccuper de mon sort. J'étais une fille imprudente qui était sortie avec la mauvaise personne et qu'on n'avait plus jamais revue. Tu es arrivée quand mon histoire s'achevait et tu as fait de ma fin ton commencement. Pourquoi tu t'es mis en tête de faire une chose pareille, Madeline Schwartz ? Pourquoi est-ce que tu ne t'es pas contentée de rester dans ta belle maison et ton mariage satisfaisant, en me laissant croupir au fond de la fontaine ? J'étais en sécurité là-bas.

Tout le monde était plus en sécurité quand j'étais là-bas.

Octobre 1965

“Comment ça, tu as invité Wallace Wright à dîner ?”

Maddie Schwartz a regretté d’avoir posé la question, à la seconde où elle est sortie de sa bouche. Maddie Schwartz ne se comportait pas comme les femmes dans les émissions de variété à la télé et dans les chansons. Les râleries ou les petites manigances, très peu pour elle. Elle n’avait aucun besoin d’entendre une chanson de Jack Jones pour se souvenir de se recoiffer et se remaquiller avant le retour de son mari, à la fin de la journée. Maddie Schwartz se targuait d’être imperturbable. Il invitait son patron à dîner à la dernière minute ? Il débarquait avec deux cousins de Toledo dont elle n’avait jamais entendu parler ou avec un vieux copain de lycée ? Maddie était toujours prête à relever le défi. Elle gérait son foyer en grande partie comme sa mère avait géré le sien, avec un esprit retors et une organisation facile – facile *en apparence.*

À la différence de sa mère, elle accomplissait ces miracles domestiques en dépensant sans compter. Les chemises de Milton étaient lavées dans la meilleure teinturerie des quartiers nord de Baltimore, même si c’était à des kilomètres de ses trajets habituels. (Elle faisait le dépôt, lui le retrait.) Une fille venait faire le ménage deux fois par semaine. Les "célèbres" petits pains à la levure de Maddie étaient industriels, son congélateur était rempli de produits de base. Elle avait recours à des traiteurs pour les fêtes les plus ambitieuses des Schwartz, la fête portes ouvertes du Nouvel An pour les collègues du cabinet juridique de Milton, et la fête de printemps, spontanée au départ, qui avait eu tellement de succès qu'ils s'étaient sentis obligés de maintenir la tradition. Les gens adoraient vraiment cette fête, ils en parlaient toute l'année et attendaient impatiemment la prochaine.

Oui, Maddie Schwartz savait recevoir et donc elle aimait ça. Elle était particulièrement fière de son don pour organiser un dîner presque à la dernière minute. Même quand elle n'avait pas trop d'enthousiasme pour un invité, elle ne se plaignait jamais. Rien d'étonnant donc à ce que Milton soit surpris par son ton maussade, cet après-midi-là.

"Je pensais que tu serais tout excitée, dit Milton. Il est un peu, disons, célèbre."

Maddie se ressaisit vite. "Ne m'en veux pas, j'ai juste peur qu'il soit habitué à des dîners plus impressionnants que celui que je peux concocter à la dernière minute. Mais peut-être qu'il serait charmé par du pain de viande et du gratin de pommes de terre ? J'imagine que quand on est Wallace Wright, on passe sa vie à déguster du homard thermidor et du steak à la sauce Diane.

— Il m'a dit qu'il te connaissait un peu ? À l'époque du lycée.

— Oh, on avait des *années* de différence", dit Maddie, sachant que son généreux mari en déduirait que Wallace Wright était le plus âgé. En réalité il avait deux ans de moins, il était dans la classe en dessous d'elle au lycée du Parc – et d'innombrables échelons plus bas sur l'échelle sociale du lycée.

À l'époque il s'appelait Wally Weiss. Aujourd'hui il était quasiment impossible d'allumer WOLD-TV sans tomber sur Wallace Wright. Il présentait les infos de midi, où il interviewait des célébrités de passage à Baltimore, et il présentait aussi "Wright Makes Right", un programme du soir relativement récent consacré aux plaintes des consommateurs. Ces derniers temps, les rares fois où Harvey Patterson, l'animateur très populaire de WOLD, prenait sa soirée, Wallace le remplaçait.

Et puis, même si c'était censé être un secret bien gardé chez WOLD, Wally faisait aussi le clochard muet qui présentait *Donadio*, le dessin animé qui passait tous les samedis. Donadio était le Bozo de Baltimore. Il ne parlait jamais, et son visage était dissimulé sous des couches de maquillage, ce qui n'avait pas empêché Maddie de se rendre compte de la supercherie à l'époque où Seth regardait l'émission.

Seth était désormais en première. Ça faisait des années qu'elle n'avait pas regardé *Donadio*, ni même WOLD. Elle préférait WBAL, la chaîne la plus populaire.

"C'est un type sympathique, ce Wallace Wright, poursuivit Milton. Absolument pas imbu de sa personne. Je t'ai raconté, on a joué en simple sur ce nouveau terrain de tennis à Cross Keys."

Milton aimait bien faire du name-dropping et il était assez idiot pour se laisser impressionner par une partie de tennis avec une star de la télé, même avec celui qu'on surnommait la Brume de Midi à cause de sa voix de baryton caractéristique. Comme Milton était charmant, et facilement ébloui… Maddie aurait eu du mal à critiquer le culte qu'il vouait aux héros, vu qu'elle en avait elle-même largement bénéficié. Au bout de dix-huit ans de mariage, il lui arrivait encore, dans des moments de relâchement, de la contempler, l'air de se demander comment il avait réussi à remporter un tel trophée.

Elle l'aimait, elle l'aimait vraiment, leur vie commune était harmonieuse, et elle avait beau se livrer publiquement aux lamentations d'usage parce que leur fils unique entrerait à l'université dans deux ans, en fait elle mourait d'impatience. Elle avait l'impression d'avoir vécu dans un de ces dioramas de boîte à chaussures que Seth avait construit – enfin, soyons honnête, qu'*elle* avait construit – en primaire, et maintenant le couvercle commençait à se détacher et les murs à s'écrouler. Ces derniers temps Milton avait commencé à prendre des leçons de pilotage, tout en lui demandant si ça lui plairait d'avoir une résidence secondaire en Floride. Est-ce qu'elle préférait la côte atlantique ou le golfe ? Boca ou Naples ?

Maddie n'avait pas pu s'empêcher de se demander : *C'est ça, mes seuls choix ? Les deux côtes de la Floride ? Le monde doit quand même être plus vaste que ça.* Mais elle s'était contentée de répondre qu'elle pensait que Naples lui plairait.

“À tout à l'heure, mon chéri.” Elle raccrocha en s'autorisant le soupir qu'elle avait retenu. On était fin octobre, heureusement les grandes fêtes étaient finies. Elle en avait assez de recevoir, elle ne supportait plus que sa routine soit constamment perturbée. Rosh ha-Shanah et Yom Kippour étaient censés être une occasion de réfléchir, de faire un bilan, mais Maddie n'arrivait pas à se souvenir de la dernière fois où elle avait eu le temps d'aller prier avant la rupture du jeûne. La maison était à peine revenue à la normale que Milton voulait ramener un invité, et Wally Weiss qui plus est !

Néanmoins il était crucial d'impressionner *Wallace Wright* avec son dîner. Les blancs de poulet en train de décongeler au frigidaire attendraient un jour de plus. Et un pain de viande, même avec un gratin de pommes de terre, n'était pas la note qu'elle voulait jouer. Maddie avait une recette plus astucieuse pour accommoder le bœuf et tout le monde adorait ; certes ce n'était pas du niveau d'une Julia Child, mais il n'y avait jamais de restes. Personne n'aurait deviné l'ingrédient principal : deux boîtes de velouté de champignon Campbell, auxquelles elle ajoutait plusieurs généreuses rasades de vin. L'astuce consistait à entourer ce ragoût d'accompagnements suggérant l'élégance – des biscuits de la pâtisserie Hutzler, que Maddie conservait au congélateur précisément pour cette occasion ; une salade César sans fromage que Milton assaisonnerait à table, avant de l'émincer avec la même technique que les serveurs au Marconi's. Elle enverrait Seth acheter un gâteau chez Goldman. Après tout, ça lui donnait l'occasion de s'entraîner à conduire. Elle lui dirait qu'il pourrait en profiter pour commander ce qu'il voulait au fast-food. Il choisirait un plat *trayf* *, pas de doute, mais Milton exigeait que tout soit casher à la maison uniquement.

Maddie vérifia le bar, mais ils avaient toujours des réserves. Elle servirait deux tournées de cocktails avant le dîner – oh, elle trouverait une bonne idée d'accompagnements à base de noix, à moins qu'elle ne serve du pâté sur des toasts –, le vin coulant à flots pendant le dîner, et puis du brandy et du cognac après. Dans son souvenir Wally n'était pas un grand buveur mais en même temps elle ne lui avait plus reparlé depuis

* Non casher, interdit, en yiddish. *(Toutes les notes sont de la traductrice.)*

l'été de ses dix-sept ans. Personne ne buvait à l'époque. Alors que dans l'entourage de Maddie, tout le monde buvait maintenant.

Il avait dû changer, évidemment. Tout le monde change, mais les ados boutonneux particulièrement. D'après la formule consacrée, le monde appartient aux hommes, mais on n'entend jamais personne proclamer que le monde appartient aux *garçons*. Ce constat avait littéralement pris corps sous les yeux de Maddie lorsque Seth était entré au lycée. Elle lui avait expliqué qu'il fallait être patient, qu'il finirait par atteindre la taille de son père, que son visage finirait par être lisse et séduisant, et ses prophéties s'étaient déjà réalisées.

Elle n'aurait jamais pu être aussi rassurante envers Wally. Pauvre petit Wally, qu'est-ce qu'il avait pu la désirer. Elle avait utilisé ce désir quand ça l'avantageait. Mais en même temps, c'est ce que font les filles, c'est le pouvoir dont elles disposent. Qui prétendait-il berner ? Même plus grand, sans boutons, les cheveux lissés, n'importe quel habitant de Northwest Baltimore savait qu'il était juif. *Wallace Wright !*

Est-ce que Wally était marié ? Maddie avait le vague souvenir d'une épouse, d'un divorce peut-être. L'épouse n'était pas juive, elle en était presque sûre. Elle décida d'équilibrer le plan de table en invitant un autre couple, les Rosengren, qui fourniraient l'émerveillement, yeux écarquillés, que Maddie aurait du mal à simuler. Il lui était impossible de voir Wallace sans voir Wally. Est-ce qu'il ressentirait la même chose ? Est-ce qu'il verrait la Maddie Morgenstern dissimulée à l'intérieur de Maddie Schwartz ? Et jugerait-il que la nouvelle version était un progrès ? Elle avait été une jeune fille ravissante, inutile de faire la modeste, mais aussi terriblement, presque tragiquement naïve. À vingt ans, elle avait perdu sa jeunesse à élever un bébé, courant le risque de devenir une mémère mal fagotée.

Désormais elle avait trente-six ans, et profitait des avantages de ces deux mondes. Elle contemplait une magnifique jeune femme dans son miroir, toujours jeune, mais avec les moyens de s'offrir tout ce qui conserve la jeunesse. Elle avait une seule mèche de cheveux gris, dont elle avait décidé de ne pas cacher la superbe incongruité. Elle arrachait les autres cheveux blancs.

Quand elle ouvrit la porte à Wally ce soir-là, l'admiration qu'il lui témoigna ouvertement lui offrit un délicieux spectacle.

"Jeune fille, votre mère est-elle à la maison ?"

Ça l'agaça. La flatterie était tellement grossière, le genre de chose qu'on dit à une grand-mère minaudante et trop fardée. Est-ce que Wally croyait vraiment qu'elle avait besoin d'être rassurée à ce point ? Elle tenta de dissimuler sa froideur en servant la première tournée de verres et d'en-cas.

"Alors, demanda Eleanor Rosengren après sa première gorgée de whisky, vous étiez vraiment ensemble au lycée du Parc ?" Les Rosengren, comme Milton, étaient allés dans le public.

"Un peu", admit Maddie en riant, et son rire signifiait : *C'était il y a tellement longtemps, n'ennuyons pas les invités avec ça.*

"J'étais amoureux d'elle, dit Wally.

— *Faux.*" Même rire énervé, elle se sentit – une fois de plus – pas très flattée, comme s'il se moquait d'elle et racontait une blague dont elle serait la chute.

"Absolument vrai ! Tu te souviens quand même que… c'est moi qui t'ai emmenée au bal quand… c'était quoi son nom déjà… t'a posé un lapin."

Regard étonné de Milton.

“Oh, personne ne m’a posé un lapin, Wally. Pardon, *Wallace*. On a rompu deux semaines avant le bal. Rien à voir avec un lapin.” Elle n’aurait eu aucune envie d’y aller sans sa nouvelle robe. Elle avait coûté 39,95 dollars – son père aurait été scandalisé d’un tel gâchis après tout le temps qu’elle avait passé à supplier pour l’avoir.

Elle ne fournit pas le nom que Wally n’avait pas retrouvé. Allan. Allan Durst Junior. Quand ils avaient commencé à sortir ensemble, le nom avait sonné suffisamment juif pour apaiser sa mère. Son père *était* juif, enfin plus ou moins. Mais en le voyant, Mme Morgenstern ne s’était plus laissé avoir. “Ce garçon ne peut pas être une affaire sérieuse”, avait dit sa mère, et Maddie n’avait pas protesté. Elle commençait à s’attacher sérieusement à un autre, un autre encore moins susceptible de susciter l’approbation de sa mère.

“Et si nous passions à la salle à manger ?” demanda Maddie, alors que les invités n’avaient pas fini leurs cocktails.

Wally – Wallace – était le plus jeune des cinq convives, mais de toute évidence il s’était habitué à ce que les gens se montrent avides de ses opinions. Obligeants, les Rosengren le bombardèrent de questions pendant tout le dîner. Qui allait se présenter au poste de gouverneur ? Que pensait-il de la dernière gaffe en date d’Agnew ? Du taux de criminalité à Baltimore ? À quoi ressemblait Gipsy Rose Lee en vrai ? (Elle venait de passer à Baltimore pour la promotion de son talk-show syndiqué.)

Pour quelqu’un qui gagnait sa vie en faisant des interviews, Wallace ne posait pas beaucoup de questions. Quand les hommes donnaient leur opinion sur l’actualité, il écoutait avec une patience condescendante, avant de les contredire. Maddie tenta bien de détourner la conversation vers un roman qu'elle avait lu, *Les Gardiens de la maison*, qui soulevait quelques points intéressants concernant la question raciale dans le Sud, mais Eleanor dit qu'elle n'avait pas réussi à le finir et les hommes n'en avaient jamais entendu parler.

Il n'empêche que Maddie eut l'impression que le dîner était une réussite. Milton était ravi d'avoir un ami célèbre ; les Rosengren étaient séduits par Wallace. Il avait l'air de sincèrement les apprécier, lui aussi. Quand la soirée fut bien avancée, sirotant son brandy, lumières baissées, si bien que les bouts de leurs cigarettes ressemblaient à des lucioles volant lentement dans le salon, Wallace dit : "Tu t'en es bien tirée, Maddie."

Bien tirée ? Bien tirée ?

"Imagine, poursuivit-il, que tu aies fini avec ce type. Durst, c'est ça. C'est un rédacteur. Publicitaire."

Elle dit qu'elle n'avait pas revu Allan Durst depuis le lycée, ce qui était vrai. Puis elle ajouta qu'elle avait lu ce qu'il était devenu dans le bulletin des anciens du lycée du Parc, ce qui était faux.

"Je n'ai jamais entendu dire qu'il y avait eu un grand amour de lycée, dit Milton.

— Parce qu'il n'y en a pas eu", rétorqua Maddie, plus sèchement qu'elle n'en avait eu l'intention.

À vingt-trois heures, ils les avaient tous renvoyés chez eux, titubants, en promettant de remettre ça bientôt. Milton s'écroula dans son lit, terrassé par l'alcool et l'excitation. En temps normal, le gros du ménage aurait attendu la fille qui passait le vendredi. Il n'y avait rien de criminel à laisser les assiettes dans l'évier toute la nuit, du moment qu'on les avait rincées. Même si Tattie Morgenstern n'avait jamais laissé traîner ne serait-ce qu'une fourchette dans son évier.

Mais Maddie décida de prendre le temps de tout remettre en ordre.

La cuisine avait été refaite l'année d'avant. Maddie avait été tellement fière du projet, une fois achevé, tellement heureuse de ses nouveaux appareils électroménagers, et pourtant son plaisir s'était vite éteint. Désormais la rénovation semblait idiote, vaine même. Quelle importance, d'avoir le dernier électroménager à la mode, et tous ces placards encastrés ultrachics ? Ça ne lui faisait pas vraiment gagner du temps, même si la reconfiguration des placards permettait plus facilement d'avoir deux services.

Wally avait paru surpris quand il s'était rendu compte, au moment de la salade, que les Schwartz maintenaient leur foyer casher, mais c'était par fidélité à l'éducation de Milton. Deux services, ne jamais mélanger viande et laitages, porc et fruits de mer interdits – ce n'était pas si difficile, et ça rendait Milton heureux. Elle méritait sa dévotion, se disait-elle en savonnant et rinçant les verres en cristal, en séchant la porcelaine fragile à la main.

En sortant de la cuisine, elle heurta d'un coup de coude un verre à vin qui séchait sur l'égouttoir. Il tomba sur le sol et se brisa.

On est censé briser un verre.

De quoi tu parles ?

C'est pas grave. J'oublie toujours ton côté païen.

Le verre cassé représentait cinq minutes supplémentaires, armée du balai et de la pelle, à dénicher tous les éclats de verre. Le temps de finir il était presque deux heures du matin et pourtant Maddie n'arrivait toujours pas à s'endormir. Son esprit vagabondait, dressant la liste de tout ce qu'il lui restait à faire et de ce qu'elle avait négligé. Rien, dans la liste, ne concernait le présent. Tous ses échecs étaient situés vingt ans auparavant, à l'époque où elle venait de rencontrer Wally – et son premier amour, celui dont sa mère n'avait jamais eu le moindre soupçon. Elle s'était juré de devenir – quoi, exactement ? Une personne créative et originale, une personne totalement indifférente à l'opinion des autres. Elle – *ils* – allait vivre à New York, dans Greenwich Village. Il lui en avait fait la promesse. Il allait l'emmener loin de Baltimore, tellement rasoir, ils allaient mener une vie passionnée, vouée à l'art et à l'aventure.

Elle l'avait tenu éloigné de ses pensées pendant toutes ces années. Et voilà qu'il était de retour, tel le prophète Elie débarquant pour le verre de vin qu'on lui a gardé sur la table.

Maddie s'endormit en feuilletant un calendrier imaginaire, et en essayant de calculer le meilleur moment pour abandonner son mariage. Son anniversaire tombait le mois prochain. Décembre ? Non, pas pendant les fêtes, même si Hanoukkah n'avait aucune importance. Février semblait trop loin, janvier un cliché, comme si on tournait en dérision les bonnes résolutions du Nouvel An. Le 30 novembre, décida-t-elle. Elle partirait le 30 novembre, vingt jours après l'anniversaire de ses trente-sept ans.

On est censé briser un verre.

De quoi tu parles ?

C'est pas grave.

Le camarade de classe

J'agrippe le volant de ma Cadillac flambant neuve, je parle tout seul sur le trajet entre chez Maddie et chez moi, un trajet très court, il suffit de descendre Greenspring, de dépasser le lycée du Parc – notre alma mater, même si le lycée n'était pas situé là à l'époque –, puis on tourne à droite sur Falls Road, avant de remonter la colline jusqu'à Mount Washington. Je me parle à moi-même comme un entraîneur à son équipe, même si je n'ai jamais joué dans aucune équipe. Je n'ai même pas été capable d'être porteur d'eau. *Concentre-toi, Wally, concentre-toi.*

Dans ma tête, j'ai toujours mon ancien prénom, Wally. Tout le monde respecte Wallace Wright, moi le premier. Jamais je n'oserais m'adresser à lui comme je parle à Wally.

Je suis terrifié à l'idée de franchir la voie centrale et de provoquer un carambolage, pire peut-être. *Le présentateur de WOLD Wallace Wright a été arrêté pour homicide involontaire près de son domicile des quartiers nord-ouest de Baltimore.*

"Le journaliste ne peut pas faire la une, Wally, je me dis à moi-même. Concentre-toi."

Un contrôle de police serait presque aussi mauvais pour moi. *Le présentateur de WOLD Wallace Wright arrêté pour conduite en état d'ivresse.* Ça passe aux infos uniquement parce que ça concerne un journaliste. Est-ce que ça n'arrive pas à tout le monde de conduire un peu éméché de temps en temps ? Mais un flic pourrait aussi me faire un salut de la main, voire me demander un autographe.

Où est-ce que Maddie a bien pu apprendre à boire comme ça ? Je suppose que c'est comme dans la vieille blague sur Carnegie Hall, *de l'entraînement, de l'entraînement, de l'entraînement.* Je n'ai jamais eu l'occasion de m'habituer aux cocktails parce qu'il est rare que je rentre chez moi avant vingt heures, que je dois être au boulot le lendemain à neuf heures, en direct à midi. Cette routine ne mène pas à l'alcool. Ni au mariage.

Mount Washington est si sombre à minuit, si silencieux. Comment j'ai fait pour ne jamais m'en apercevoir avant ? Le seul bruit est celui du crissement des feuilles mortes sous mes pneus. En remontant South Road, je trouve plus prudent de me garer dans la rue, sans tenter d'entrer dans l'allée, encore moins dans le garage.

Pourquoi je suis resté si tard ? Certainement pas à cause de la conversation brillante. *Parce que tu n'as pas tous les jours l'occasion de montrer à ton premier amour quelle erreur elle a commise.*

Si vous m'aviez posé la question ne serait-ce que ce matin – et les gens n'arrêtent pas de me poser des questions, vous seriez sidéré de découvrir mon statut d'oracle –, je vous aurais répondu, avec une sincérité totale, que je ne pensais jamais à Maddie Morgenstern.

Mais à l'instant où je l'ai vue sur le seuil de chez elle, j'ai compris qu'elle m'avait toujours accompagné, qu'elle était ma seule et unique spectatrice. Elle est là du lundi au vendredi, quand je m'adresse aux caméras entre midi et midi trente pour le journal télévisé de la mi-journée. Et aussi le mercredi soir, quand je présente "Wright Make Right". Chaque fois que j'ai la chance de remplacer Harvey Patterson, dont je finirai par prendre la place. Maddie réussit à être *à la fois* une jeune fille de dix-sept ans et une mère de famille de banlieue, assise chez elle avec une tasse de café, après avoir fini son ménage du matin, en train de regarder la 6 en pensant : *J'aurais pu être Mme Wallace Wright si j'avais bien mené ma barque.*

Elle est même là quand je me maquille pour jouer Donadio, le triste clown muet qui m'a donné la chance de mettre un pied à WOLD-TV.

J'avais déjà travaillé à la radio, où on appréciait ma voix, sans me juger prêt pour passer à l'écran. Le job de Donadio me rapportait vingt-cinq dollars de plus par semaine. Mon contrat stipulait uniquement que je ne devais le dire à personne, et j'étais plus qu'heureux de tenir cette promesse.

Un samedi, alors que j'étais en train de me démaquiller, un meurtre de flic est arrivé dans les tuyaux. J'étais le seul journaliste disponible. Pendant les quatorze mois où je m'étais grimé en Donadio, j'avais en quelque sorte grandi, ma peau s'était adoucie, mon teint s'était paradoxalement éclairci. Peut-être qu'à partir du moment où j'ai commencé à me maquiller en clown, j'ai appris à mieux nettoyer mon visage. En tout cas, mon visage et mon corps ont enfin correspondu à ma voix de baryton tonitruante. Je suis allé sur la scène de crime, j'ai rassemblé tous les faits : une star était née. Pas Maddie, pas ce *putz** avec qui elle sortait au lycée, pas son mari parfaitement charmant. Moi, Wally Weiss. La star, c'est moi.

* Crétin, en yiddish.

On s'est rencontrés, de tous les endroits improbables, au club de notre radio amateur. On a vite établi qu'on partageait une admiration intense pour Edward R. Murrow, dont les reportages à Londres pendant la guerre nous avaient fait forte impression. C'était la première fois que je rencontrais une fille qui avait envie de discuter de Murrow et de journalisme, et une jolie fille en plus. C'était comme faire l'expérience du premier chef-d'œuvre qui vous pétrifie, du roman qui vous accompagne toute la vie, même si, par la suite, vous en lisez de bien meilleurs. Je faisais de mon mieux pour ne pas la regarder fixement, bouche grande ouverte.

L'apparition de Maddie au club de radio amateur ne s'est jamais reproduite ; elle avait cru que c'était un club de *radio*, destiné à des gens qui voulaient en écrire et en faire, pas une pièce remplie de losers qui aiment bidouiller. À la place elle a choisi le journal du lycée, où on lui a vite attribué une rubrique, et elle a commencé à fréquenter une bande de fêtards, tous goys, parmi lesquels Allan Durst. Il était évident que Maddie Morgenstern ne pourrait jamais avoir une relation sérieuse avec lui, mais ses parents ont été suffisamment malins pour ne pas contrecarrer une amourette de lycée. J'ai entendu dire qu'ils avaient même invité les parents de Durst chez eux pour Shabbat. La mère était une artiste célèbre, elle peignait d'énormes tableaux abstraits qui étaient exposés dans les musées, le père un portraitiste compétent, spécialisé dans les douairières de Baltimore.

Allan a plaqué Maddie juste avant le bal. Je l'ai trouvée en train de pleurer dans une salle de classe vide. C'était un honneur de recueillir ses confidences. J'ai suggéré qu'elle fasse de moi son accompagnateur.

"Ce serait une belle manière de l'insulter, non ?" j'ai demandé, en tapotant son dos du plat de la main, de haut en bas, presque comme si je faisais faire son rot à un bébé. Ma main a effleuré ce qui m'a paru le fermoir d'un soutien-gorge, l'expérience la plus érotique de toute ma vie.

Elle a consenti à mon plan avec un empressement presque douloureux.

Je lui ai acheté, en guise de bouquet de poignet, l'orchidée la plus chère de tout Baltimore. Elle a joué son rôle, ignorant Allan, qui était venu en célibataire, et riant à mes blagues comme si j'étais Jack Benny. À un moment Allan s'est approché et il lui a demandé une danse "en souvenir du bon vieux temps". Maddie a penché la tête d'un côté, comme si elle était en train de se rappeler quel bon vieux temps ils avaient partagé exactement, avant de répondre : "Non, non, je suis très heureuse de passer la soirée avec mon *cavalier.*"

Je l'ai éloignée en tourbillonnant, avec la sensation, à chaque pas, d'être le jeune Fred Astaire. À bien y penser, Astaire n'avait pas une beauté conventionnelle. Ce n'était jamais le type le plus grand dans une pièce, ce n'était pas un athlète. Mais c'était *Astaire.*

Pendant que je la raccompagnais chez elle après le bal, elle a glissé sur le siège de la Buick de mon père et elle a posé la tête sur mon épaule. Elle m'a confié qu'elle voulait écrire, écrire pour de vrai, de la poésie et de la fiction, ce qui était presque plus excitant que son très réel baiser devant la porte. De retour dans la voiture, j'ai découvert que la fleur s'était détachée de son ruban. Peut-être que sa fragrance n'était pas différente de l'odeur habituelle des orchidées, mais pour moi elle contenait le parfum unique de Maddie, aussi singulier que sa voix, basse et rauque pour une adolescente. Maddie ne poussait jamais de petits cris perçants, c'était tout sauf une lolita. Elle ne perdait jamais sa dignité, sa majesté, c'était le genre de fille à qui on attribue chaque année le rôle de la Reine Esther dans la pièce de Pourim.

Trois jours après je l'ai appelée pour lui proposer d'aller au cinéma, autrement dit un vrai rendez-vous, après avoir calculé que trois jours était la bonne durée. Pas trop impatient, pas trop détaché. Très Astaire.

Son ton était perplexe, poli. "Comme c'est mignon, Wally, de t'inquiéter pour moi, elle a dit. Mais je vais bien."

En l'espace d'un an, elle était fiancée à Milton Schwartz, grand, et velu, et plus vieux qu'elle, vingt-deux ans face à ses dix-huit, sa première année de fac de droit déjà derrière lui. Je suis allé à leur mariage. J'ai eu l'impression de contempler Alice Faye s'enfuir avec King Kong.

Je n'avais plus repensé à Milton Schwartz depuis presque vingt ans quand je suis retombé sur lui dans le vestiaire du nouveau terrain de tennis, le seul endroit pratique me permettant de faire du sport avant d'aller travailler, vu sa proximité avec Television Hill. On était deux bons partenaires pour un simple et de toute évidence Milton se réjouissait d'avoir un ami célèbre. Il n'a pas fallu longtemps pour qu'il m'invite à dîner chez lui. "Pas de chichis, a-t-il dit. Juste ma femme, nos voisins peut-être, et tu viens avec qui tu veux."

Ma rupture avec Bettina date d'il y a presque deux ans, et même s'il m'arrive de passer une soirée avec une femme, je n'ai aucune relation sérieuse. J'ai décidé d'y aller en célibataire, comme Allan au bal de promo du lycée. Milton savait que j'avais fréquenté le même lycée que Mme Schwartz mais il a dit que sa femme ne lui avait jamais parlé de moi. Au lieu de me sentir démoralisé que Maddie ne se soit pas vantée de notre relation, je l'ai pris pour un compliment. Si elle n'avait pas mentionné à son mari qu'elle connaissait la Brume du

Midi de Baltimore, ça devait être *parce qu'*elle fantasmait parfois sur moi, dans ses moments de ce-que-ma-vie-aurait-pu-être. À la table de sa cuisine, en buvant son café, une cigarette se consumant entre ses doigts, elle revivait ce bal de promo et mon coup de fil trois jours plus tard, regrettant de ne pas avoir dit oui. Ses cheveux noirs auraient blanchi prématurément, sa taille de guêpe aurait disparu sous la graisse. Rien de tout ça n'était vrai, comme je devais m'en rendre compte, mais c'est l'image que je m'étais faite d'elle.

J'ai été surpris de découvrir qu'ils respectaient la *kashrout*. Je n'ai jamais voulu prendre mes distances avec le judaïsme, mais une personnalité de la télévision comme moi doit être connectée à son public, or mon public est majoritairement chrétien. C'est le prix à payer pour être un oracle. Mais en même temps, il y a orthodoxe et *orthodoxe*, et le refus de mélanger viande et laitage était l'unique concession visible du foyer Schwartz au judaïsme. J'ai été un peu choqué par ce qu'ils ont dit des quartiers sud en pleine mutation. Ils se sentaient clairement supérieurs aux Juifs plus religieux qui vivaient le long de Park Heights Avenue. D'après moi, personne n'est plus antisémite qu'un Juif des classes moyennes.

Mais nous n'avons pas passé la soirée à parler judaïsme. On a eu une discussion politique, les Schwartz et leurs invités s'en remettant à mon opinion, comme les gens ont tendance à le faire. On s'est moqué de la dernière bourde en date de Spiro Agnew, son discours à Gettysburg où il était clair qu'il ne savait pas trop quel camp avait gagné sur ce champ de bataille. Au moment des digestifs, dans l'ambiance chaleureuse et amicale, je me suis dit qu'il n'y avait aucun risque à évoquer le bal de promo – et le fait que Maddie, après ça, avait refusé un autre rendez-vous avec moi.

Et elle l'a nié. Elle a dit avec insistance que je ne l'avais jamais invitée.

Oui, a-t-elle reconnu, on était allés ensemble au bal de promo, mais elle a affirmé de manière catégorique que je ne l'avais jamais rappelée, alors que je savais que je l'avais fait.

"Parce que dans ce cas je serais sortie avec toi !" a-t-elle dit, pour que son souvenir l'emporte sur le mien. Mais elle n'a pas pu s'empêcher de tout saper en ajoutant : "Ne serait-ce que par politesse."

Cependant son exaspération était disproportionnée. Il n'y avait aucune raison de s'énerver comme ça.

Parvenu sain et sauf sur le pas de ma porte, je laisse tomber mes clés deux, trois fois, avant de rentrer chez moi en titubant, encore déconcerté par l'hostilité de Maddie. Était-elle consciente que je n'étais pas dupe ? J'étais peut-être le seul à porter un nom goy, ça ne m'empêchait pas d'être toujours un garçon juif au fond de mon cœur, alors que les Schwartz, avec leurs deux services de table, sont des ersatz. Leur maison, et tout ce qu'elle contient, est une façade.

Mon appartement est tellement silencieux – et poussiéreux – depuis le départ de Bettina. Je pensais qu'elle se serait battue pour le garder. La maison avait été sa principale préoccupation durant nos six années de vie commune. Mais à la fin, Bettina n'a rien voulu garder de la maison, ni de moi. On n'avait pas d'enfants. Je ne sais toujours pas ce que cette absence me fait. Un enfant aurait adoré que Donadio soit son papa.

J'ai beau être exténué et ivre mort, je vais dans le "bureau" que Bettina a conçu pour moi, durant notre première année de mariage pleine d'espoir. La déco est tout en cuir et acajou, avec des estampes anglaises représentant des courses de chevaux que je trouve embarrassantes, même si je suppose que la proximité de Pimlico justifie ce style prétentieux. Bettina a disposé les livres avec pour seul critère le plaisir des yeux, ce qui me rend dingue, mais je finis par trouver celui qui m'intéresse : mon vieil exemplaire cabossé d'*Arc de Triomphe*, relégué sur une étagère en hauteur avec les autres poches. La première fois que je l'ai lu, ça m'a donné envie d'écrire, pour transmettre aux gens l'effet que les romans me faisaient. Au lieu de quoi je leur raconte les gros titres et la météo, en haussant parfois un sourcil quand je reçois une célébrité.

Et la voilà, entre les pages 242 et 243 : l'orchidée de Maddie, toute brunie et fragile.

Bien sûr, l'existence de la fleur ne prouve rien : on a convenu qu'on était allés au bal. Et pourtant, à mes yeux elle est la preuve tangible, irréfutable – mais de quoi ? Que tout s'est produit comme je l'ai dit. Pourquoi l'a-t-elle nié ? Mon histoire porte témoignage de son pouvoir, de la gloire de sa jeunesse.

Quoi qu'il en soit, il vaut mieux que notre rendez-vous n'ait rien donné. À trente-cinq ans, je suis encore jeune, et ma vie déborde de possibilités. J'ai beau interviewer actuellement des seconds couteaux, un jour je parlerai aux présidents et aux rois, et je travaillerai pour une des grandes chaînes. Alors que Maddie Schwartz, elle, qui approche la quarantaine, n'a aucun avenir devant elle.

Maddie
Janvier 1966

C'est seulement au moment où le bijoutier a approché la loupe de son œil que Maddie a pris conscience qu'elle avait déjà mentalement dépensé l'argent de la vente de sa bague de fiançailles. Combien allait-il lui en donner ? Mille dollars ? Peut-être carrément deux mille ?

Elle avait besoin de tellement de choses. Le nouvel appartement était un deux-pièces, avec très peu de meubles. Elle avait cru que Seth vivrait avec elle. Mais il avait refusé, disant qu'il préférait rester avec son père dans leur maison de Pikesville, près de ses amis et de son lycée. Elle avait eu beau lui proposer de l'accompagner en voiture, il avait refusé de déménager. Tout ça parce que Milton s'en était mêlé, enfin c'est ce que Maddie soupçonnait. Elle se consolait en se disant que dans deux ans, Seth serait parti de la maison.

Mais si elle avait anticipé le refus de Seth, elle aurait choisi un deux-pièces dans un meilleur quartier. Et ensuite elle pourrait faire installer le téléphone, même si l'absence de téléphone n'était pas totalement tragique. Ça signifiait que sa mère ne pouvait pas l'appeler quotidiennement pour discuter de l'avenir de Maddie et de ce que Tattie Morgenstern nommait immanquablement son *train de vie réduit.*

Avec ton train de vie réduit, Madeline, peut-être que désormais tu as envie de profiter des bons de réduction. J'ai vu que Hochschild's faisait des soldes intéressantes – il va falloir que tu t'habitues aux soldes et aux bons de réduction, Madeline, à cause de ton train de vie réduit. Avec ton train de vie réduit, tu ferais peut-être carrément mieux de ne pas avoir de voiture.

Ce qui la rendait folle de rage, c'est que sa mère avait raison. Tout, dans la vie post-Milton de Maddie, était plus petit, plus miteux. L'appartement était assez charmant, mais Gist Avenue avait beau être située à droite de la Northern Parkway, elle s'était révélée *pas* agréable. Le propriétaire l'avait persuadée de visiter l'appartement l'après-midi, quand le quartier était peuplé et calme. À cette heure de la journée, Maddie avait trouvé que l'appartement ressemblait à un tableau de Paul Klee en 3D, la chaude lumière hivernale créant des carrés dorés sur les parquets vides, étincelant sur les minuscules carreaux bleus et blancs de la salle de bains. Tout ce qu'elle avait vu, c'étaient des formes et de la lumière, de l'espace et des possibilités.

C'est seulement en commençant à emménager qu'elle s'était rendu compte que l'appartement avait beau être charmant, le quartier était vraiment *mixte*. Mixte, en voie de n'être pas si mixte que ça. Maddie n'avait pas de préjugés, naturellement. Si elle avait été plus jeune, et sans enfant, quelques années plus tôt elle serait partie dans le Sud pour participer au projet d'inscription des électeurs. Elle en était presque certaine. Mais elle n'aimait pas être aussi *visible* dans son nouveau quartier, une femme blanche isolée qui se trouvait être la propriétaire d'un manteau de fourrure. Un pauvre manteau en castor, mais un manteau de fourrure quand même. Elle le portait en ce moment même. Peut-être que le bijoutier lui ferait un meilleur prix si elle n'avait pas l'air d'avoir désespérément besoin d'argent.

Quand Milton avait appris sa nouvelle adresse, il avait interdit que Seth vienne la voir et dorme chez elle, ajoutant qu'elle pouvait passer ses week-ends avec Seth dans l'ancienne maison si elle en avait envie, que Milton viderait les lieux pour laisser la mère et le fils ensemble. Un geste gentil et élégant, mais Maddie se demandait si Milton avait déjà commencé à sortir avec quelqu'un. L'idée l'embêtait, mais elle se consolait en se disant qu'une nouvelle femme serait probablement la seule chose capable de convaincre Milton de mettre fin à la bataille du divorce.

Elle ne s'était pas rendu compte qu'elle s'était penchée à ce point sur le comptoir, si bien que son souffle projetait de petits nuages sur la vitre.

"Vous ne l'avez pas achetée ici ?" Le bijoutier avait employé un ton interrogatif, mais elle avait déjà fourni cette information.

"Non, elle vient d'un magasin dans le centre. Je ne crois pas qu'il existe encore – Chez Steiner.

— Oui, je me souviens. Très chic. Beaucoup d'argent dans la déco. Ici on tient à rester simples. Je dis toujours à mes employées : Dans une bijouterie, c'est les bijoux qui devraient briller. Pas besoin de les disposer sur du velours s'ils sont de bonne qualité. Pas besoin d'une adresse dans le centre, où les loyers sont élevés et où il est impossible de se garer. Weinstein's n'est peut-être pas à la mode, mais on n'a pas fermé boutique et c'est l'essentiel pour moi.

— Et donc ma bague…"

Il prit un air triste, une fausse tristesse de politesse, comme si une connaissance antipathique était morte et qu'il exagérait ses sentiments.

“Je ne pourrais pas aller au-dessus de cinq cents dollars.”

Maddie encaissa ça comme un coup de poing dans le ventre, elle qui n’avait jamais pris le moindre coup. “Mais mon mari l’a payée mille dollars et c’était il y a presque vingt ans.” En se vieillissant un peu, vu qu’elle n’avait que trente-sept ans et s’était mariée à dix-neuf. Mais deux décennies faisaient plus sérieux que dix-huit ans.

“Ah, les gens étaient frivoles dans les années quarante, pas vrai ?”

Pas vrai ? Elle avait été une adolescente et une jeune fille ravissante ; être frivole, c’était son état naturel. Mais Milton était un jeune homme doté d’un grand sens pratique, qui évitait de s’endetter, qui faisait de bons investissements. Il n’aurait jamais choisi une bague sans valeur de revente.

Sauf que – Milton n’aurait jamais imaginé que cette bague serait vendue. L’homme le plus cynique au monde était incapable d’imaginer que sa bague de fiançailles serait vendue ; même les prétendants d’Elizabeth Taylor pensaient qu’ils seraient avec elle pour l’éternité.

“Je ne comprends pas comment une bague qui a coûté mille dollars en 1946 pourrait avoir la moitié de cette valeur aujourd’hui.” En prononçant ces mots, elle était consciente d’être passée à toute vitesse d’une exagération à un mensonge, “presque vingt ans”, qui était sensiblement juste, étant *devenu* “vingt”.

“Si vous voulez vraiment le savoir, je pourrais vous infliger un cours mortellement ennuyeux sur le marché des diamants d’occasion et les marges bénéficiaires. Je pourrais vous expliquer la règle de l’éclat et de la taille, et comment les modes changent. Je serais tout disposé à vous donner toutes ces explications, mais en définitive l’essentiel, c’est que je ne peux pas aller au-delà de cinq cents dollars.

— On l'a fait assurer pour deux mille dollars." Est-ce que c'était vrai ? Ça sonnait vrai. Ou peut-être la vérité, c'est qu'elle avait espéré en tirer deux mille dollars.

Milton lui versait une pension alimentaire depuis son départ, mais la somme était insuffisante et irrégulière, sans date ni montant fixes. Comme elle était partie du principe que Seth viendrait vivre avec elle, elle s'était attendue à une allocation plus généreuse. Milton ne renierait jamais son fils unique. Mais puisque Seth restait dans son ancienne maison à Pikesville, elle n'avait pas ce levier. Elle avait besoin d'argent. Milton était en train d'essayer de l'affamer, de la contraindre par sa radinerie à retourner vivre avec lui.

"Il ne plaisante pas sur le cours mortellement ennuyeux", dit une jeune femme aux cheveux roux, qui astiquait le couvercle de la vitrine. Maddie fut surprise d'entendre une employée avoir l'audace de parler à son patron sur un ton aussi effronté, mais Jack Weinstein se contenta de rire.

"C'est bon, on vous a assez entendue, Judith. Écoutez-moi, madame Schwartz… Laissez-nous votre numéro, comme ça, si un de nos clients cherche une bague dans ce genre, on pourra peut-être faire affaire. Ce n'est pas le style…

— C'est un solitaire classique.

— Exactement. Les jeunes filles qui se marient de nos jours, elles ont des idées très spéciales. Certaines ne veulent même pas entendre parler de pierres précieuses." Et il prit un air sincèrement triste.

"Je n'ai pas encore de téléphone. J'attends qu'on me l'installe. D'après C & P le délai est très long."

Il éloigna sa loupe et rendit la bague à Maddie. Elle n'avait aucune envie de la remettre. Ça lui aurait donné le même sentiment de défaite que de revenir à Pikesville.

La jeune femme, Judith, devina immédiatement ce qui tracassait Maddie. Elle sortit une enveloppe en disant : "Par sécurité, je préférerais vous donner une boîte, mais je ne veux pas risquer de subir une leçon de mon frère sur le prix exorbitant de toute chose.

— Votre frère ? Je comprends mieux.

— Encore plus que vous n'imaginez."

La jeune femme était plus séduisante que jolie. Mais ses expressions étaient comiques et ses vêtements s'harmonisaient d'une manière suggérant qu'elle avait passé des heures dans sa chambre à essayer toute sa garde-robe, en créant des combinaisons, avec force repassage et raccommodage, lustrage et brossage. Maddie le savait, parce que Maddie appartenait depuis toujours à ce genre de femmes. Le style de cette jeune femme était aussi *trop* assorti, ce qui la vieillissait un peu. Mais sa gentillesse était bouleversante, comme la gentillesse l'est parfois, et Maddie dut faire un gros effort pour ne pas fondre en larmes.

Elle parvint à grand-peine jusqu'au siège passager de sa voiture, où les sanglots l'emportèrent.

Elle avait attendu cet argent. Elle s'était imaginé un nouveau lit, un modèle élégant et moderne. Un téléphone mural dans la cuisine, peut-être un appareil supplémentaire dans la chambre. C'était tellement peu pratique de ne pas avoir le téléphone.

Cependant ce n'était pas pour les objets qu'elle aurait pu acheter qu'elle pleurait, mais parce qu'elle avait honte d'avoir été percée à jour, d'avoir été surprise en train d'avoir tous ces désirs. Cela faisait très longtemps que Maddie avait autorisé quelqu'un à la surprendre oser avoir un désir. Elle savait à quel point il est dangereux de laisser entrevoir son désir, même fugitivement.

Un coup sur la vitre : le visage comique de la fille – Judith, c'est le prénom que son frère lui avait donné – se colla à la fenêtre. Maddie fouilla pour trouver ses lunettes de soleil, et elle abaissa manuellement la vitre.

“Quelle lumière aujourd’hui ! dit Judith, en lui offrant poliment une excuse.

— Je sais. J’ai du mal à croire qu’il va neiger dans la semaine. À condition que M. Météo ait raison.

— Ça fait beaucoup de conditions. Écoutez, on ne se connaît pas vraiment, mais je sais qui vous êtes. Évidemment.”

Évidemment ? Pourquoi évidemment ? Pendant une seconde de confusion, Maddie crut qu’elle était la femme qu’elle avait failli devenir, une fille de dix-sept ans embarquée dans un scandale. Mais non, elle avait évité ce destin. Le problème, c’était tous les autres destins qu’elle avait évités du même coup, les mensonges qu’elle s’était racontés, qu’elle avait fini par croire. Quand Judith avait dit qu’elle savait qui était Maddie, c’était sans doute à cause des ragots au club, cette atroce nouvelle clique menée par Bambi Brewer, avec ses grands airs et ses sorcières de Salem et ses acolytes. Comparés à cette bande de nouveaux riches, les Morgenstern étaient une vieille fortune.

“Je peux faire quelque chose pour vous ?”

Comme s’il était possible d’avoir besoin des conseils d’une femme entre deux âges qui essaie de vendre sa bague de fiançailles. Le monde avait tellement changé. Il était impossible que cette jeune femme accroupie devant la voiture de Maddie ait les mêmes problèmes que Maddie, vingt ans plus tôt. De nos jours, les jeunes femmes pouvaient avoir une vie sexuelle insouciante en prenant une pilule chaque jour. Il va de soi qu’elles continuaient très probablement à faire semblant d’être vierges une fois qu’elles avaient trouvé l’homme qu’elles voulaient épouser, mais ça s’adressait autant à leurs mères qu’à leurs maris.

“Je me suis dit que vous auriez peut-être envie d’assister à une réunion au Stonewall Democratic Club. L’élection au poste de gouverneur est très ouverte cette année. C’est un bon moyen de rencontrer des gens. Mon frère – pas Jack, Donald, Jack est un peu con, mais Donald est adorable – est très actif en politique.

— Vous êtes en train de m’arranger un rendez-vous ?”

Cette question sembla amuser Judith. “Non, non, Donald n’est pas – sur le marché, je ne peux pas dire ça mieux. Il est célibataire, et content de l’être. Quand je dis « rencontrer des gens », j’ai uniquement ça en tête : des gens. Parmi eux il y a des hommes. Parmi eux, des célibataires. Pour moi, c’est un moyen d’échapper à la maison de mes parents sans qu’on me pose trop de questions. Et si je commençais à y aller avec une charmante dame de Northwest Baltimore, ils s’inquiéteraient moins de l’heure à laquelle je rentre.”

Maddie risqua un sourire tremblant. La gentillesse pouvait être tellement plus douloureuse que la cruauté. Elle chercha un bout de papier dans son sac, écrivit le numéro de sa mère au dos d’un ticket de caisse de Rexall, s’assurant d’abord qu’il n’y avait rien d’embarrassant dessus, comme des protections féminines.

Elle rentra chez elle, même s’il était dur de penser que l’appartement de Gist Avenue était chez elle. Pas de Seth, si peu de meubles, et les voisins la snobaient, comme si c’était *elle* l’élément indésirable dans ce quartier rempli de serveuses et blanchisseuses, de laitiers et de chauffeurs de tramway. Une fois à l’intérieur, elle eut étrangement chaud ; le propriétaire, généralement très radin sur le chauffage, avait poussé les radiateurs à fond. Elle ouvrit la porte coulissante du petit patio ouvrant sur sa chambre. Puis, sur ce qu’elle voulait voir comme une impulsion, elle prit sa bague de fiançailles et l’enfouit tout au fond de la terre d'un pot de violette africaine qu'elle avait posé sur une table bancale près de la porte du patio. Elle tira la porte coulissante pour laisser entrer uniquement un filet d'air hivernal. Méthodiquement, elle créa une apparence de chaos en ouvrant les tiroirs de la cuisine et de la chambre, en jetant certains vêtements par terre.

Alors elle inspira profondément et se précipita dans la rue, hurlant au secours. En l'espace d'un pâté de maisons, un agent de police, un Noir, se précipita vers elle.

"Je me suis fait cambrioler." Elle était tellement essoufflée qu'il était facile d'avoir l'air effrayée.

"Ici, dans la rue ? demanda-t-il, en regardant le sac qu'elle tenait dans ses mains.

— Mon appartement. Des bijoux – pour la plupart de pacotille, mais j'avais une bague de fiançailles et elle a disparu."

Ferdie Platt, car tel était son nom – "Un diminutif de Ferdinand ? Comme le taureau ?" demanda-t-elle, sans recevoir de réponse – la raccompagna jusqu'à l'appartement. Ses yeux étudièrent la porte du patio pas-totalement-fermée, l'appartement en désordre. Ses yeux bruns très vifs balayèrent-ils aussi la violette africaine, en mesurant ses dimensions ? Maddie eut soudain l'impression que ses empreintes étaient visibles dans la terre. Elle vérifia furtivement si ses ongles étaient sales. C'était l'un de ces hommes à l'apparence particulièrement impeccable, avec une perpétuelle odeur de savon. Ni après-rasage ni eau de Cologne, juste du savon. Il n'était pas spécialement grand, mais il avait des épaules larges et la démarche d'un athlète. Il était trop jeune pour se sentir obligé de faire du sport, environ dix ans de moins qu'elle.

"On va appeler l'inspecteur chargé des cambriolages.

— Je n'ai pas le téléphone. Ça explique en partie pourquoi je me suis précipitée dans la rue pour appeler au secours. Mais aussi… J'avais peur que le cambrioleur soit encore ici."

Sa peur était presque réelle. Elle commençait à croire qu'elle avait été cambriolée, qu'un étranger avait fait tout ça. Elle aurait pu être une excellente actrice, si seulement elle avait voulu.

L'agent de police Platt dit : "Et moi je n'ai pas de radio parce que… eh bien, je n'ai pas de radio. Mais j'ai la clé d'une borne d'urgence, qui est près d'un drugstore. Je vais passer l'appel et on attendra là-bas. Il ne faut pas prendre le risque de déranger quoi que ce soit ici."

Au drugstore, après avoir passé l'appel il lui acheta un soda. Maddie s'assit au comptoir pour le siroter, en rêvant que c'était un cocktail. En rêvant, aussi, qu'il s'assoie au lieu de rester planté devant elle, bras croisés, la surveillant comme une sentinelle.

"Je ne vous vois pas trop dans ce quartier, dit-il.

— Je n'y suis que depuis quelques semaines.

— Ce n'est pas ce que je voulais dire. Ce que je veux dire – ce n'est pas le bon quartier pour vous. Je ne vous imagine pas habiter ici.

— Parce que je suis blanche ?" Elle se sentait d'humeur coquine. Elle ressentait des choses qu'elle n'avait plus ressenties depuis des années, pour autant qu'elle les ait jamais ressenties.

"Pas exactement. Il vous faut un quartier où vous passerez inaperçue. Un quartier où vous aurez votre intimité. Peut-être plus près du centre, vous voyez ?

— J'ai signé un bail. J'ai versé une caution.

— Un bail, ça se rompt. Avec une bonne raison."

Deux semaines plus tard, Ferdie Platt fit exactement ça : convaincre le propriétaire de rompre son bail sans pénalités, en récupérant même la caution. Maddie préféra ne pas demander comment il y était parvenu. Puis il inspecta l'appartement qu'elle trouva près de la bibliothèque en centre-ville, une location qu'il jugea à la fois sûre et privée. "Vos allées et venues seront *discrètes* ici."

Une semaine encore plus tard, il l'aida à inaugurer son nouveau lit, celui qu'elle acheta avec une partie de l'assurance. Elle avait aussi pu vendre sa voiture, même si c'est à Milton qu'elle avait dû demander la permission. Tellement exaspérant. Mais elle avait un nouveau téléphone sur la table de chevet, d'un délicieux rouge vif. Juste à côté, la violette africaine montait la garde, sereine et silencieuse.

L'employée

J'ai toujours été supernaturellement patiente. Tout le monde le dit. Enfin… Tout le monde dit que je suis patiente ; Donald, mon frère préféré, est le seul à employer des mots comme *supernaturel.* Quand je veux quelque chose, je suis capable de faire des complots et des plans pendant des mois pour l'obtenir. Des années, même, s'il le faut. Dès l'instant où j'ai jaugé Madeline Morgenstern Schwartz, en train d'essayer de vendre sa bague de fiançailles comme si elle se contrefichait de l'argent qu'elle pouvait en tirer, j'ai compris qu'elle pouvait me servir pour arriver à mes fins. Maddie Schwartz est ma meilleure chance de quitter la maison sans passer par la case mariage.

Je suis la cadette de cinq enfants et la seule fille. On n'a pas forcé mes frères à rester à la maison jusqu'au mariage, mais ce sont des hommes. Ma mère, qui dirige la maisonnée, a décrété que je devais rester ici jusqu'à mon mariage, un destin que je n'ai aucune envie d'accomplir. Je n'étais pas une enfant désobéissante, plutôt l'inverse, et je ne suis pas une fille désobéissante. Mais je suis de plus en plus sûre de ce que je ne veux *pas.* Je ne veux pas devenir institutrice ou puéricultrice, le genre de profession stable qui me libérerait du foyer de mes parents. Je ne veux pas sortir avec des hommes qui ressemblent à mes frères ou à mon père. Je n'ai pas vraiment envie de me marier, pas encore.

Mais parce que je suis une gentille petite fille juive, je suis obligée de vivre chez mes parents jusqu'à mon mariage. Mes parents pratiquent ce genre d'éducation à l'ancienne. "On n'aurait pas de mal à te laisser vivre avec une autre fille, si on approuvait ton choix, mais tes amies changent tout le temps", a dit ma mère. Vraiment ? Aucune importance. Ma mère a parlé. La seule tactique qui me reste consiste à extorquer des informations pour comprendre quels comportements mériteraient l'approbation que ma mère accorde rarement.

Voilà comment j'ai réussi à aller à la fac. Mes parents ne m'auraient jamais laissée partir, même si j'avais reçu une bourse couvrant tous les frais. Ils n'avaient aucune confiance dans la vie que je pouvais mener hors de leur vue. En plus, notre budget était trop juste après la faillite de mon père, indépendamment de ce que mes frères pouvaient rapporter. College Park était inenvisageable pour une banlieusarde sans voiture.

Donc j'ai obtenu une bourse pour UB, avant de travailler tout l'été et de gagner assez d'argent pour couvrir mes autres frais – manuels, trajets en bus, vêtements. Ce plan ne se heurtait à aucune de leurs objections et l'année dernière, j'ai obtenu mon diplôme en sciences politiques. Maintenant il me reste à appliquer la même approche à mon déménagement. Quelles sont les objections de mes parents ? *Coût.* (Voilà pourquoi j'ai accepté de travailler à la bijouterie de Jack, même si je n'ai aucun goût pour la vente – tous ces mensonges et ces discours pour convaincre…) *Sécurité.* Une colocataire, donc. *Moralité.* Pas n'importe quelle colocataire.

Quelqu'un de fiable, de solide. Et, inutile de préciser, une Juive.

Maddie Schwartz pourrait bien être mon ticket gagnant. Si elle est obligée de vendre sa bague, elle devrait être ravie de trouver une colocataire pour partager les factures. C'est vrai, tout le monde trouve bizarre qu'elle n'ait pas pris son fils avec elle après avoir quitté Milton, mais ça doit être la faute de Milton. Tous les habitants de Northwest Baltimore n'attendent qu'une chose, que Milton s'affiche au bras d'une secrétaire ou d'une infirmière. Quelle que soit la fille, ce sera une sous-Maddie.

Ça fait des années que ma famille n'a plus les moyens de se payer le Country Club, mais je me souviens des histoires qui couraient sur Maddie Schwartz, à l'époque où elle s'appelait Maddie Morgenstern. Je crois que c'est mon frère Nathan qui craquait pour elle. C'est lui qui m'a raconté qu'elle a fait sensation le jour où elle a débarqué dans son tailleur rose vif. Et puis intelligente avec ça – bachelière à dix-sept ans, deux ans de fac avant son mariage. Bien sûr, elle a l'âge d'être ma mère, mais quelle importance ? À ce stade mon frère aîné pourrait être mon père. En termes de mentalité, je veux dire.

D'ailleurs Maddie est totalement différente de ma mère. Ma mère était déjà vieille à sa naissance. Dans les photos des années vingt, papa a un look de dandy, le genre d'homme qui vit pour le plaisir, alors que maman, même enfant, a un air sérieux et malheureux. En même temps papa était de la deuxième génération, tandis que maman avait trois ans quand sa famille a débarqué. Ça fait une différence, parfois toute la différence. On ne parle jamais des membres de la famille qui n'ont pas réussi à s'échapper. "Qu'est-ce que tu veux que je te dise", a répondu maman quand je lui ai posé la question.

Non, Maddie est ma meilleure candidate. Mais je ne savais pas comment la contacter. Elle m'avait donné le numéro de sa mère ; je la soupçonnais de ne pas avoir le téléphone. (Une nouvelle preuve qu'elle était fauchée.) J'allais devoir attendre mon heure.

Et puis, juste la semaine dernière, je suis tombée sur la mère de Maddie, Mme Morgenstern, au rayon traiteur de Seven Locks. (Voilà encore une corvée que je veux fuir. Ma mère me fait faire presque toutes les courses, en disant que c'est un bon entraînement pour le jour où je tiendrai mon ménage.)

"Madame Morgenstern, j'ai dit timidement, c'est Judith, Judith Weinstein ? Du Country Club ?"

Elle s'est livrée à l'inspection de ma personne par-dessus la monture de ses lunettes. "Ça fait des *années*."

Il était difficile de décoder cette phrase anodine, et de savoir si Mme Morgenstern commentait le passage du temps ou le scandale de la faillite qui avait éloigné les Weinstein des cercles de l'élite quand j'étais petite. Je suppose que mon incapacité à deviner sa véritable intention prouve que c'est une grande dame.

"Je me demandais si vous saviez comment je pourrais joindre Maddie ? Elle est venue au magasin l'autre jour et" – j'ai cherché une raison plausible – "on a reçu quelque chose qui ressemble à ce qu'elle cherchait.

— Vraiment ? Je ne vois pas comment Maddie serait en mesure d'*acheter* quoi que ce soit. Mais elle a toujours manqué de sens pratique. Enfin elle a le téléphone maintenant. Elle a emménagé dans le centre."

Elle a sorti un minuscule carnet et a écrit les sept numéros. Trois trois deux – un central qui ne me dit rien. L'écriture de Mme Morgenstern ressemblait de manière remarquable à sa propriétaire, très verticale, élégante mais intimidante. Je n'imaginais pas qu'il puisse exister une mère plus dominatrice que la mienne, mais Mme Morgenstern, dans son style, avait l'air d'une femme qui obtient toujours ce qu'elle veut.

Ça s'est passé vendredi. J'ai attendu jusqu'à aujourd'hui pour téléphoner. Je me suis dit que Mme Morgenstern avait eu le temps de raconter notre rencontre, si bien que Maddie ne serait pas trop surprise par mon appel. Et j'avais mentionné le meeting au Stonewall Democratic Club.

J'ai appelé à vingt heures, en supposant que c'était courtois. Une femme qui vit seule est censée avoir fini de dîner et de faire la vaisselle à cette heure-là, et s'installer devant les émissions télévisées du soir. *The Big Valley* démarre à vingt et une heures. J'aime bien le regarder, même si les commentaires ininterrompus de ma mère – "Barbara Stanwyck a l'air plus jeune que cet homme qui joue son fils, elle a raison, tu sais, les femmes doivent prendre l'initiative sur les hommes, même des dingues dans ce genre, comment on appelle ces pantalons, déjà ? des gauchos ?" – me donnent envie de hurler.

Le téléphone sonne encore et encore. Je laisse sonner cinq, huit, douze fois – elle pourrait être dans la salle de bains. À moins que je n'aie fait un mauvais numéro. Je tente une nouvelle fois, juste pour être sûre.

Maddie répond à la deuxième sonnerie, haletante.

"Maddie ? C'est Judith, Judith Weinstein.

— Oh mon… Pardon, c'était vous avant ? Qui avez laissé sonner très longtemps ? Je n'ai pas réussi à répondre à temps et je me suis dit, c'est pas grave, mais quand ça a recommencé, j'ai eu peur qu'il soit arrivé quelque chose à mon fils…" Ses mots donnent l'impression de dégringoler à travers toutes sortes d'émotions, soulagement et agacement, et une autre que je n'arrive pas à identifier.

“Je suis totalement désolée. J’ai rappelé uniquement parce que j’ai cru que la première fois j’avais fait un mauvais numéro.

— Qu’est-ce que vous voulez ?” Son ton est presque grossier. Mais elle a eu peur.

“Juste donner suite à ma proposition. Au sujet d’un rendez-vous au Stonewall Democratic Club. Je pense vraiment que ça pourrait vous plaire. Je peux même passer vous prendre si j’emprunte la voiture de mes parents.” Évidemment, je veux vérifier l’appartement, pour savoir s’il est assez grand. Dans le cas contraire, il faudra que je convainque Maddie de prendre un trois-pièces.

“Oh.” On dirait qu’elle a totalement oublié notre conversation. Elle semble distraite. Si je ne connaissais pas ce genre de femmes, je penserais qu’elle a un peu bu. Mais les dames juives comme il faut ne boivent pas un mercredi soir.

“Il y a un meeting la semaine prochaine. C’est intéressant. Je sais, ça n’a pas l’air important de soutenir les Démocrates dans un État comme le Maryland, mais il ne faut jamais partir gagnant. Les primaires comptent et il y a tellement de manières différentes de s’engager.

— Je peux vous rappeler ? Pas ce soir, mais… plus tard dans la semaine ?

— Bien sûr. Je vous donne mon numéro.”

Maddie doit avoir posé le combiné. J’entends le genre de bruits que quelqu’un fait en essayant de trouver une feuille et un stylo, mais aussi – quelque chose d’autre. Un murmure, un petit cri aigu que pousse Maddie : “Non ! J’ai dit non !” Comme si elle s’était cogné la hanche dans un tiroir, mais aussi, enfin c’est l’impression que ça me fait, comme si la sensation lui plaisait.

“Je suis prête”, dit-elle, et je débite le numéro de mes parents, même si désormais je m’attends à ne jamais recevoir de nouvelles de Maddie Schwartz. Maddie Schwartz, ça me paraît assez évident, ne passe pas ses soirées du mercredi à regarder *The Big Valley*. Et, encore plus évident, elle ne veut pas d'une colocataire.

Installée devant la télévision avec mes parents, je m'efforce de ne pas soupirer tandis que ma mère bavarde interminablement pour partager la moindre de ses pensées, y compris celles qui concernent l'émission qu'on est en train de regarder. Mon père se tait, comme d'habitude. Il ne s'est jamais vraiment remis d'avoir perdu Weinstein's Drugs. J'ai toujours pensé qu'une partie du problème tenait au fait que son nom était mêlé au magasin, et qu'assister à l'effondrement de son magasin et à la chute de l'enseigne revenait à contempler le démantèlement de son propre corps, vendu pour une bouchée de pain.

Ce soir, il s'autorise un unique commentaire, qui concerne l'actrice jouant Audra. "C'est vraiment une beauté." Maman est très offensée. "Oh, alors comme ça maintenant tu aimes *les blondes*. Tu as totalement viré de bord."

Il faut que je trouve un moyen de m'enfuir d'ici.

Février 1966

Maddie posa la tête sur le tissu en vichy, émerveillée par ce qu'elle s'apprêtait à faire. Ça semblait tellement improbable – dangereux, même. Mais Ferdie voulait qu'elle le fasse. Enfin, il ne l'avait pas vraiment formulé comme ça. Il n'avait rien dit, se contentant d'essayer de passer les doigts dans ses cheveux, et rencontrant l'obstacle de la laque qu'elle était obligée d'utiliser pour garder sa coupe longue bouffante parfaitement en place.

"Je connais une femme…, avait-il commencé.

— Je suppose que tu connais plein de femmes", l'avait taquiné Maddie. C'est ce qu'elle supposait. Si ça se trouve, Ferdie était marié. Quelle importance ? Il leur était interdit de sortir ensemble de son appartement, avec le divorce en cours et avec… C'était juste une très mauvaise idée, le monde étant ce qu'il était, et Baltimore étant Baltimore.

"Une femme qui s'occupe des cheveux. Ce qu'on appelle une magicienne en cuisine. Elle le ferait pour pas cher.

— Elle ferait quoi ?

— Le fer." Les deux mots avaient formé une seule syllabe, *l'fer*. Ferdie était de la quatrième génération, avec des racines à Baltimore plus anciennes que celles de Maddie. La famille Platt était remontée au nord après la Guerre civile et la campagne des Carolines, et grâce à une action en justice au début des années cinquante, il avait pu entrer à Poly, un fait qu'il avait réussi à caser assez tôt dans la conversation. Il fallait être un élève exceptionnel pour entrer à Polytechnic, le lycée public réservé aux garçons doués en sciences, cependant Ferdie laissait planer le mystère sur le fossé entre son baccalauréat et sa décision de rejoindre la police locale. Maddie trouvait qu'il parlait comme n'importe quel habitant de Baltimore issu de la classe ouvrière, avec ses *o* traînants et ses doubles *r*. Les premières fois qu'il lui avait téléphoné, il avait répété qu'*on* avait besoin, et elle avait pensé qu'il parlait comme un Blanc bizarre. Même s'ils étaient loin d'être deux étrangers au moment où elle avait emménagé à l'angle de Mulberry et Cathedral Street.

Il était venu à l'appartement de Gist Avenue deux jours après le "cambriolage". L'affaire avait été confiée à deux policiers qui avaient fait un rapport en disant à Maddie qu'ils allaient vérifier les prêteurs sur gages, même s'ils lui conseillaient de ne pas trop se faire d'illusions. Comme elle savait qu'aucune bague n'allait être retrouvée, elle oublia l'histoire, si bien qu'elle fut surprise – et un peu effrayée – quand Ferdie Platt passa la voir.

"Juste pour prendre de vos nouvelles", il avait dit. Chaque mot semblait teinté d'ironie et de sous-entendus. Ses yeux, qui voyaient tout, s'étaient-ils arrêtés sur la violette africaine en inspectant l'appartement ? Connaissait-il son secret ? Était-il raciste de penser qu'un flic noir la soupçonnait, alors qu'elle ne s'était pas inquiétée quand les policiers blancs avaient fait le rapport officiel ?

Et puis il l'avait fixée, vraiment fixée, il avait soutenu son regard et – *oh*. Elle avait oublié que ce genre de regards existait.

"Je voudrais vérifier cette porte coulissante.

— Celle dans ma chambre ?" Sa voix monta dans l'aigu sur le dernier mot.

"Celle par laquelle le cambrioleur est entré.

— Celle dans ma chambre.

— C'est ça."

Elle l'y conduisit, mais ils n'étaient jamais arrivés jusqu'à la porte coulissante. Dès qu'elle parvint sur le seuil, il entoura sa taille de ses mains, la fit se retourner et se mit à l'embrasser. Dans un coin de son esprit, elle fut offensée par son audace, mais le reste de son corps se moqua de ce vestige de Mme Milton Schwartz. Elle avait *bien* flirté avec lui au drugstore ce jour-là, et même si elle avait agi gratuitement sur le moment, elle était heureuse que son petit jeu ait fonctionné. Elle n'avait pas éprouvé ce genre de sensations… Bon, elle n'allait quand même pas dire qu'elle n'avait jamais éprouvé ce genre de sensations avec Milton, mais elle avait été mariée longtemps.

Il n'avait même pas pris la peine d'enlever leurs vêtements, se contentant de la pousser sur le lit, avec sa jupe remontée qui lui couvrait presque le visage. *Il ne doit pas être circoncis*, s'était tracassée Mme Milton Schwartz, mais Maddie s'en fichait. *Et le risque de tomber enceinte ?*

Il fera ce qu'il faut, avait-elle répondu à son ancien moi.

Et puis *elle* s'était retrouvée à gémir, à émettre des sons qu'elle reconnaissait à peine. Maddie avait toujours aimé le sexe avec Milton, mais Ferdie l'obligeait à se demander si ce n'était pas le sexe tout court qu'elle aimait.

Sa vraie inquiétude, ça avait été qu'il n'en redemande pas.

“Voilà une bonne chose de faite”, dit-il à la fin. Il l’embrassa, attrapa des mouchoirs sur la table de nuit pour se nettoyer et tamponner le drap. “La prochaine fois, ça sera lent et romantique. Mais je ne pense qu’à ça depuis que je vous ai rencontrée.”

Elle avait beau être sur un nuage, Maddie avait supposé qu’il mentait. Il était trop brusque, trop déterminé pour se laisser aller à rêvasser. Il n’y avait rien de mal à recevoir ce genre de flatterie. Qu’est-ce que ça lui avait manqué ! Oh, il était bien arrivé, au cours des années, qu’un homme marié qui avait trop bu la coince dans une fête en lui jurant qu’elle l’obsédait, mais Maddie avait toujours esquivé ces étreintes bâclées et sans lendemain avec une bonne humeur accomplie.

Mais ça, c’était différent.

“La prochaine fois…”, elle commença, sans trop savoir ce qu’elle s’apprêtait à dire. Qu’il n’y aurait pas de prochaine fois ? Qu’elle était trop impatiente qu’il y en ait une ?

“T’inquiète pas, il répondit. On ne m’attend pas.”

Plus tard, sous les draps, ils inspectèrent leurs corps nus, en clients satisfaits. Il était circoncis, finalement – “un docteur juif”, dit-il, en sentant sa main s’attarder. Ce qui la surprit le plus, dans son corps compact et athlétique, fut son nombril, un très grand nombril protubérant, bosselé. De son côté, il avait l’air plus intéressé par ses seins et ses cheveux. Elle avait envie de demander si elle était sa première Blanche, mais elle trouvait la question grossière. C’était plus simple de faire l’amour une troisième fois.

Il attendit plusieurs semaines pour lui suggérer de se “repasser” les cheveux, après son déménagement et une fois qu’ils eurent trouvé leur rythme. Il appelait, demandait si elle était libre. Elle l’était toujours, pour lui. Il débarquait avec des plats chinois ou une pizza. Ils finissaient par manger froid, souvent au lit, entre quelques gorgées de bière mousseuse. Il aimait la Ballantine's Ale, si bien qu'elle en gardait en réserve et en buvait avec lui, même si elle préférait le vin ou le vermouth.

Il appelait avant son arrivée pour qu'elle puisse descendre déverrouiller la porte de l'immeuble. Il arrivait après la tombée de la nuit et disparaissait à l'aube. Toujours en uniforme. Il était inévitable que des gens le voient – et Maddie comprit que son voisin de palier fit plus que le *voir.* C'était la première fois de sa vie qu'elle était bruyante. Mais elle avait envie que quelqu'un l'entende et sache qu'elle faisait l'amour deux ou trois fois par nuit, et tant pis si, en guise de public, elle devait se contenter de son voisinage hétéroclite. Parfois Ferdie aimait la prendre au-dessus du lavabo de la salle de bains, et tandis qu'il gardait les yeux bien fermés, elle était hypnotisée par leurs reflets dans le miroir. Elle n'avait jamais eu l'air si pâle et menue. Avant Ferdie, elle se voyait plutôt mate.

D'une certaine manière, c'est ce qui l'avait conduite chez une inconnue, pas très loin de son appartement de Gist Avenue, sa joue pressée contre la housse en vichy d'une table à repasser, à attendre que la magicienne en cuisine lisse ses cheveux. La femme était grande et large, vêtue d'une robe informe, en chaussons. Ses propres cheveux étaient couverts d'un fichu.

"Comment vous avez entendu parler d'moi ?" elle avait demandé.

Ferdie avait anticipé cette question. "La femme de ménage de ma mère.

— Vous pouvez obtenir le même style en mettant vos cheveux sur des canettes de jus d'orange." Elle prononçait *oringe*. "Mais ça, ça durera un peu plus longtemps, si y a pas trop d'humidité dans l'air."

À la fin de l'opération, Maddie ne savait pas trop quoi penser. Belle, oui, un air de ressemblance avec une actrice qu'elle avait vue très souvent à la télévision récemment, avec de grands yeux bruns et une longue chevelure brillante. Mais elle avait aussi le sentiment d'avoir renoncé à une partie de sa personnalité, surtout quand elle passa prendre Seth et qu'il lui dit : "Tu as fait quoi ?"

Pendant une seconde, elle ne comprit pas qu'il parlait de ses cheveux.

Elle toucha ses mèches raides et lustrées, imagina que Ferdie y passait les doigts, et espéra qu'il l'appellerait avant que ses cheveux ne refrisent. "Juste l'envie d'essayer un truc nouveau.

— Tu n'as pas déjà essayé assez de trucs nouveaux cette année ?"

Pouvait-il avoir deviné ? Maddie avait remarqué que plus elle faisait l'amour avec Ferdie, plus les hommes étaient nombreux à la remarquer dans la rue, presque comme si elle dégageait un parfum animal. Mais Seth était juste un adolescent renfrogné, qui faisait ce que font les adolescents renfrognés, torturer sa mère. Il était en colère contre elle. Évidemment. Elle se disait qu'elle aurait dû attendre qu'il ait fini le lycée pour partir.

Ses "rendez-vous" en milieu de semaine avec Seth étaient toujours un peu pénibles. Elle lui demandait de choisir le restaurant, il répondait que ça lui était égal, elle prenait le Suburban House ou le chinois sur Reisterstown Road, et alors il se plaignait de son choix. Elle lui posait des questions, il grognait des réponses d'une syllabe. À la fin ils étaient soulagés tous les deux.

Ce soir-là, pourtant, elle essaya d'insister. "Seth… Si tu m'en veux, c'est normal.

— Eh bien *merci.*" Ils étaient au Suburban House où il avait commandé un croque-monsieur et des frites, et elle n'avait pas protesté, ne prenant pas la peine de le chapitrer sur sa peau, qui le laissait enfin en paix depuis peu. Il mangeait la bouche ouverte. Elle n'avait pas l'énergie de corriger ça non plus.

"Je suis vraiment désolée que ton père et moi, on divorce."

Il sursauta, plongea une frite dans le ketchup. "Rien à foutre.

— *Seth*. Tu ne sais même pas ce que ça veut dire, enfin littéralement."

Il s'interrompit pour réfléchir. "Bien sûr que je sais. Ça veut dire…

— Bon, ce n'est pas élégant. Et on ne parle pas comme ça à sa mère.

— T'es partie. T'es pas ma mère.

— Je serai toujours ta mère. Simplement je ne voulais plus être la femme de ton…"

Elle voyait qu'il essayait de feindre l'indifférence. Mais il ne put se retenir.

"Pourquoi ? Vous vous disputez jamais. Enfin, maintenant si, mais pas avant. Je *pige* pas.

— Je ne suis pas sûre que je vais réussir à le formuler. C'est comme si j'avais entraperçu… comme dans le poème, la route que je n'ai pas prise. Je ne suis pas sûre d'être la personne que j'étais destinée à être." Elle se hâta d'ajouter : "J'étais destinée à être ta mère. Ton existence était nécessaire, le monde a besoin de toi, Seth. Ça faisait partie de mon destin. Mais il ne se limite pas à ça. Tu es presque adulte. Je veux faire quelque chose de ma vie.

— Tu veux dire avoir un boulot ? Mais tu n'as jamais travaillé. Qu'est-ce que tu pourrais bien faire ?"

Maddie n'en voulut pas à Seth de ne pas se rendre compte que *lui* avait été son travail. Elle n'avait pas vu les choses comme ça non plus. Tenir un ménage, élever un bon garçon, quoique renfrogné, être une épouse dévouée – jusqu'à son départ –, ces choses-là n'étaient pas un travail. Vos enfants vous écrivaient des cartes pour la fête des Mères. Votre mari, s'il gagnait assez d'argent, vous offrait des bijoux pour votre anniversaire. Toutes les civilisations regorgeaient de chansons folkloriques en l'honneur des mères. Mais ce n'était pas *un boulot.*

Quand il était petit, Seth avait lu des biographies racontant l'enfance des héros américains – présidents, champions sportifs. Les séries incluaient quelques filles, dont certaines exceptionnelles : Jane Addams, Amelia Earhart, Betsy Ross. Mais l'une des femmes de la sélection était Juliette Low, fondatrice des Girls Scouts, une réussite sans grande envergure, du point de vue de Maddie. Fallait-il être tellement brillante pour inventer une version féminine des Boy Scouts ? Les séries étaient tellement désespérément en quête de femmes qu'elles consacraient même un volume à Nancy Hanks, dont le seul rôle historique consista à donner naissance à Abraham Lincoln.

"Je sais bien que je n'ai fait que deux années de fac, mais je pourrais faire plein de choses.

— Quoi, par exemple ?

— Je pourrais… travailler dans un musée. Ou peut-être trouver un boulot à la radio." Wally Weiss lui devait bien ça, s'était-elle dit avec ironie, même si elle ne se voyait pas l'appeler pour lui demander son aide.

Sentant qu'elle faiblissait, Seth demanda s'il pouvait avoir un deuxième coca.

"Bien sûr", dit Maddie, en cédant. Ça n'avait aucun sens d'exiger d'un enfant qu'il se soucie des rêves et des désirs de ses parents.

De retour chez elle, elle contempla son téléphone, espérant qu'il sonne. Ferdie n'appelait jamais le mercredi.

Pas parce qu'il était au courant de son dîner fixe avec Seth, mais parce que… Eh bien, il ne disait jamais pourquoi et elle ne tenait pas à lui poser la question. Il y avait une épouse, il y avait obligatoirement une épouse. Ça, Maddie pouvait le supporter. Mais elle était presque sûre qu'il y avait aussi d'autres femmes, et elle mourait d'envie de savoir qui. Elle contempla son téléphone, totalement consciente de revivre la nouvelle de Dorothy Parker, celle où une fille adresse une prière plaintive à Dieu pour qu'il fasse sonner son téléphone. Maddie avait adoré Dorothy Parker quand elle était adolescente mais elle n'avait jamais attendu désespérément que des garçons l'appellent. Tout s'était déroulé selon ses plans jusqu'à l'été après le lycée, quand elle essaya de capturer un poisson trop gros pour ses mains inexpérimentées. Elle était assez lucide pour avoir conscience que sa relation avec Ferdie faisait remonter à la surface cette époque hors la loi, que cette nouvelle liaison clandestine la rajeunissait.

Le téléphone ne sonna pas.

Mais elle entendit un autre son, qui ressemblait au bruit de la neige fondue contre sa fenêtre. Elle alla dans la chambre où elle trouva Ferdie sur l'escalier de secours.

"Je passais en voiture et j'ai vu de la lumière.

— Tu ne devrais pas rester dehors, quelqu'un va appeler les flics.

— Heureusement, les flics sont déjà là." Il passa une jambe en uniforme par-dessus l'appui de la fenêtre.

Elle était entre ses jambes quand le téléphone se mit à sonner. Il posa la main fermement sur sa tête et elle se retrouva à s'activer au rythme du téléphone. Il sonnait interminablement. Qui pouvait bien laisser un téléphone sonner vingt fois ? Ferdie et le téléphone cédèrent enfin et elle recula, satisfaite d'elle-même, quand les sonneries recommencèrent. Ça ne pouvait être que Milton, et si c'était Milton, alors ça ne pouvait être que pour Seth. Que pouvait-il s'être passé dans les deux heures qui avaient suivi leur rencontre ?

Elle décrocha, mais c'était juste la fille de la bijouterie qui demandait si elle voulait venir à cette réunion politique. Bien sûr, pourquoi pas, un de ces jours, en fonction de son emploi du temps ? Elle aurait répondu n'importe quoi pour mettre fin à la conversation et retrouver Ferdie.

Plus tard, pendant que Ferdie sommeillait à côté d'elle, Maddie se demanda comment elle allait tenir sa promesse à son fils. Elle devait faire quelque chose de sa vie.

Elle devait devenir une personne qui compte.

Ma famille mangeait des haricots à œil noir au Nouvel An. Vous connaissez la coutume ? C'est censé porter bonheur. Ça ne plaisait pas à mon père. Rien de ce qui avait un vague lien avec le vaudou ne lui plaisait. Si quelqu'un renversait du sel sur la table, il préférait qu'on n'y touche pas. Il passait sous les échelles, et croisait sans crainte tous les chats noirs. Aux yeux de mon père, les superstitions vous éloignaient de Dieu. Respecte la morale, obéis aux Dix Commandements, et tu n'auras pas à t'inquiéter des échelles, des chats ou du chiffre treize. Mais il laissait maman préparer des haricots à œil noir au Nouvel An, à condition qu'on n'en parle pas, et moi j'y croyais, à ces haricots.

Mais quand je ne me suis pas présentée le 1er janvier au repas en famille, personne n'y a prêté attention. Ils connaissaient mon genre de vie. "Frivole", disait souvent mon père à ma mère. "C'est une fille frivole et je dois dire que c'est de ta faute, Merva." Même un samedi soir banal, je travaillais ou j'avais un rendez-vous. Parfois les deux. Aucun mal là-dedans. Il allait de soi que je sortirais le soir du Nouvel An, même en finissant le boulot très tard. Ça avait été une journée exceptionnellement douce pour décembre, encore plus pour janvier, plus de quinze degrés.

Il s'est avéré que c'était un temps excellent pour mourir.

Quand est-ce que ma famille a pensé à prendre de mes nouvelles ? Je leur avais rendu visite deux jours plus tôt, pour voir les garçons. Et même si je les avais comblés de cadeaux à Noël – parce que j'en avais les moyens maintenant, j'avais de l'argent –, je leur ai apporté encore plus de jouets le 29. Je ne me présentais jamais dans cette maison les mains vides. Des jouets pour les garçons, de la nourriture pour maman – des jambons et des rôtis, des choses qu'elle s'accordait rarement, se contentant des promotions dans l'épicerie discount du quartier. Ce soir-là, je lui ai apporté une veste à moi qu'elle aimait. J'aurais bien aimé lui donner du liquide, en plus. Mais mon père me l'interdisait. Il disait que mon argent était sale, qu'il n'en voulait pas. Il disait que je devrais le mettre de côté, pour pouvoir récupérer mes fils.

Il n'avait pas tort. Mais ça crée des tentations, d'être payée en liquide. C'est pas réel, en fait, surtout si on vous paye le reste de vos factures. Sauf ma part du loyer que je donne à Laetitia, évidemment, et ça ne m'inquiétait jamais tant que ça. Si j'étais à court d'argent, il me suffisait de verser quelques jolies larmes. Et bien sûr, je dépensais un peu pour moi. Pas autant que ce que croient les gens – mes plus beaux vêtements n'étaient pas neufs, mais comme neufs. Encore mieux, d'après moi, parce que les très belles tenues dans mon placard arrivaient chargées d'histoires. N'importe quel homme peut acheter des vêtements à une femme. Mon protecteur prenait un risque chaque fois qu'il me donnait quelque chose.

Est-ce qu'on manque vraiment, quand on ne manque à presque personne ? J'étais morte, mais être un fantôme apporte moins de privilèges qu'on ne pourrait s'y attendre. Je ne pouvais pas voir ma famille, traîner chez eux, autant que j'aurais voulu. En plus, si on m'avait donné le droit de hanter quelqu'un, je n'aurais pas choisi ma famille. Ils méritaient mieux que mon triste petit fantôme, en train d'errer en plein auto-apitoiement.

La douceur n'a pas duré, le temps est vite redevenu âpre, suivi par ce blizzard à la fin du mois. C'est seulement à ce moment que les gens ont commencé à prendre maman au sérieux. Des rumeurs avaient circulé, comme quoi j'étais partie en Floride avec Laetitia, qui s'est enfuie à Elkton au Nouvel An. Elle m'a envoyé un télégramme disant qu'elle s'installait en Floride avec l'homme qu'elle venait de rencontrer, mais le télégramme s'est perdu dans une pile de factures et de prospectus glissés sous la porte de notre appartement sur Druid Hill Avenue. Le propriétaire l'a trouvé quand il est venu le 15 janvier se plaindre de n'avoir pas été payé. Il était prêt à sortir toutes nos affaires sur le trottoir, mais maman a récupéré ce qui était à moi et elle a racheté les affaires qui en valaient la peine. Elle a empaqueté mes plus beaux vêtements et elle les a ramenés à la maison. Elle voulait tellement croire que je les porterais encore.

*L'*Afro-American *a publié le premier article sur moi le 14 février. Joyeuse Saint-Valentin à moi-même ! Ma mère m'aimait assez pour convaincre les gens que je n'avais pas pu juste décider de m'en aller comme ça. La police a commencé à poser des questions, par respect minimal. La dernière personne à m'avoir vue avec certitude se rendait le 31 décembre – en fait, à l'aube du 1er janvier – à ce qui allait être, comme je l'avais dit à tout le monde, une longue, longue nuit.*

Tommy, le barman du Flamingo, se souvenait même de mes dernières paroles : "On dit que tout ce qu'on fait le 1er janvier, on le fait l'année qui vient. Je n'ai pas besoin de haricots à œil noir pour savoir que 1966 va être une année géniale."

*Tu aurais pu lire tout ça dans l'*Afro-American, *Maddie Schwartz, mais j'imagine que tu n'as pas l'habitude de lire l'*Afro.

Mars est arrivé sur les chapeaux de roues, ils ne m'avaient toujours pas trouvée, et les quotidiens n'avaient toujours pas écrit un mot sur moi.

Tessie Fine – elle, on a tout de suite remarqué son absence. Je sais, je sais : elle avait seulement onze ans. Et elle était blanche. Mais il ne m'a pas échappé que sa disparition a été signalée immédiatement. Tu t'en es certainement rendu compte. Cette petite fille, ça a été comme un avant-goût pour toi. T'es du genre morbide, Maddie Schwartz.

Alors je me répète : est-ce qu'on manque vraiment quand personne ne remarque votre absence ?

L'écolière

Je n'arrive pas à croire que je me suis retrouvée à me bagarrer avec le principal le jour de mes onze ans, mais je suis l'une des meilleures élèves de Bais Yaakov et j'adore argumenter. Je suis bonne en débat. Je suis bonne en tout. Je suis *furieuse* parce que je ne serai pas appelée à la Torah devant mes amis et ma famille. Je veux une bar-mitsvah, mais les familles orthodoxes modernes comme la mienne ne font ça que pour les garçons. Certaines familles conservatrices organisent une fête pour les filles, et les réformistes – tout le monde se fiche de ce que font les familles réformistes. Mes parents disent que les Juifs du courant réformé ne sont pas vraiment juifs.

"C'est de l'orgueil, me dit le rabbin. Ça n'a rien à voir avec ta vie de Juive. Tu meurs d'envie de frimer. Ce n'est pas le but d'une bar-mitsvah."

Ce n'est pas la première fois qu'on me fait la leçon sur l'orgueil, alors j'ai un argument tout prêt. "Oui, je suis fière d'être juive. Et les garçons aussi sont fiers. Même si la plupart d'entre eux ne lisent pas l'hébreu aussi bien que moi.

— Tu dois cultiver la modestie, Tessie.

— Pourquoi ?” Je tape du pied, en me réjouissant du bruit des fers que ma mère fait mettre sur les talons pour qu’ils durent plus longtemps.

“La Torah nous enseigne…” Je n’écoute pas vraiment le rabbin. Je prépare mon propre argument. La beauté de la Torah, c’est qu’on y trouve toujours un argument pour gagner.

Je rejette mes cheveux en arrière pour que mes boucles rebondissent sur mes épaules, aussi brillantes que dans une publicité pour shampoing. J’ai exactement les mêmes cheveux que ma tante et elle dit que c’est mon plus grand titre de gloire. Quand j’ai lu *Anne de Green Gables*, je n’ai jamais compris pourquoi Anne n’était pas ravie d’être rousse. J’adore être la seule rousse de ma classe. “Un cardinal au milieu des roitelets !”, comme disent les gens. Ils croient que je n’entends pas. Je suis la plus grande, en plus du reste, et la première à avoir des formes. J’ai un plan : m’acheter un soutien-gorge avec l’argent que ma grand-mère m’a donné pour mon anniversaire.

C’est une mission secrète, évidemment. Ma mère ne serait jamais d’accord. Mais une fois que j’aurai fait entrer en douce le soutien-gorge chez nous, qu’est-ce qu’elle pourra bien faire ? On ne peut pas rapporter un soutien-gorge en magasin après l’avoir porté et ma mère ne jetterait un vêtement pour rien au monde. On a plein d’argent mais ma mère est économe. Elle prépare du cognac maison à partir de cerises, elle reprise nos chaussettes. Moi, je ressemble plus à ma tante, celle qu’ils surnomment le Panier Percé.

Le rabbin débite en boucle son discours monotone sur la modestie, *tzniut.* “On ne doit jamais oublier que si la recherche de la connaissance est louable, il ne faut pas l’utiliser pour se donner en spectacle. Ni comme une arme pour forcer les autres à obéir à notre volonté.”

Hum. J'ai remarqué qu'on couvre les garçons de louanges quand ils utilisent leurs connaissances comme une arme, mais les filles, jamais. On me dit constamment d'écouter, de ne pas interrompre. Il y a deux ans, on m'a donné une rédaction à faire sur ma vie future, et j'ai écrit que je voulais devenir chanteuse d'opéra ou rabbin. Ils m'ont dit qu'une fille ne peut jamais être rabbin, même pas cantor. Ils m'ont sorti le même discours sur la modestie, *tzniut.* Si je recevais un dollar chaque fois que quelqu'un me sort la citation "Tout est vanité", je pourrais m'acheter cinq nouveaux soutiens-gorges, un pour chaque jour d'école. La modestie, c'est pour les gens qui n'ont pas la chance de posséder des choses qui rendent les gens envieux.

J'ai trop hâte d'arriver à l'école dans ma blouse blanche, assez transparente pour que les autres filles voient que j'ai des vraies bretelles, pas un maillot de corps. Je vais acheter un Vassarette parce que c'est la meilleure marque, j'ai vu les pubs en lisant *Seventeen* en douce au drugstore. Je boutonnerai mon cardigan sur ma chemise pour que ma mère ne sache pas ce que je fais.

Ça fait des jours et des jours que je prépare cette expédition shopping. Pour commencer, je raconte un mensonge convaincant à la mère qui fait les trajets en voiture cet après-midi. Le magasin de sous-vêtements est à côté d'une animalerie, alors je vais dire à Mme Finkelstein que le poisson de mon frère a besoin de nourriture pour qu'elle me dépose là. Ça l'inquiète – elle est censée m'accompagner devant chez moi – mais j'habite à seulement deux pâtés de maisons, et on ne sort pas de l'*érouv*. Les jours rallongent, mais il fait encore froid, aujourd'hui particulièrement, avec des sales giboulées qui vous frappent comme des cailloux. Elle aussi a envie de rentrer chez elle, et je suis la dernière fille qu'elle doit déposer. Il est impossible de se garer – comme toujours dans ce coin –, alors elle me fait promettre de rentrer directement chez moi.

Je n'ai pas de mal à lui faire cette promesse, pas besoin de croiser les doigts. Qu'est-ce que ça veut dire, "directement", après tout ? Je ne peux pas rentrer chez moi sans passer devant le magasin de lingerie.

Consciente que Mme Finkelstein me surveille, j'entre dans l'animalerie qui pue atrocement. C'est le genre le plus ennuyeux d'animalerie, que des poissons, et des tortues, et des serpents, zéro animal à fourrure. *Fourrure.* J'aurai un manteau de fourrure pour mes dix-huit ans. Mes grands-parents, propriétaires d'un magasin de fourrures, me l'ont promis. Mais moi j'en veux un avant, peut-être à seize ans. C'est dans cinq ans, une décennie totalement nouvelle. Je veux une fourrure. Je veux la même bague que ma mère, avec une grosse pierre verte. Ma mère prétend que ce n'est pas une émeraude, mais moi je pense que si. Je veux des boucles d'oreilles qui brillent. Je veux épouser un homme riche, ou alors gagner plein d'argent toute seule pour m'offrir tout ce que je veux, quand je le veux.

Mais, là maintenant, je veux un soutien-gorge Vassarette, rose de préférence.

"Je peux vous aider ?" Une voix d'homme, en provenance du fond de l'animalerie. Je fais semblant d'inspecter les serpents dans les boîtes en verre dans la vitrine, mais en fait j'essaie de m'assurer, à travers la vitre poussiéreuse, que la voiture de Mme Finkelstein a redémarré et disparu.

"Non, je dis, en prenant ce que ma famille appelle mes airs de duchesse. C'est juste pour *regarder.*"

L'homme est maigre et pâle, avec des cheveux orange et des yeux cerclés de rouge. Si le froid était une personne, il ressemblerait à cet homme. Ses yeux me font penser à une souris blanche, non que ce magasin vende des animaux aussi doux que les souris. Il renifle et se tient mal.

"Tu es rousse. Comme moi."

Non, je ne suis pas comme lui. Non, il n'est pas comme moi. Lui, ses cheveux sont orange. Je lui tourne le dos.

"Tu veux un serpent ? Ou peut-être deux petites tortues ?

— Je vous le dirai, si je vois quelque chose qui m'intéresse. On peut se balader dans un magasin juste pour regarder.

— Mais certains de nos poissons exigent des aquariums spéciaux, et on ne peut pas mettre tous les poissons ensemble…

— Je vous le dirai, si j'ai besoin de vous." Je n'ai aucune envie de parler à un homme qui travaille dans un magasin sale et puant. Un homme aux cheveux orange qui croit qu'il peut me dire à moi, Tessie Fine, avec mes dix dollars en poche, ce que j'ai le droit de faire. Ma tante n'autorise pas les commerçants à lui parler comme ça. Je l'ai vue chez Hutzler's, quand les vendeuses essaient de l'asperger de parfum. "Chérie, elle leur dit, en roulant le *r*, je porte exclusivement *Joy*." Le client a toujours raison.

"C'est bon, mais tu ne peux pas te balader en posant tes mains partout…"

Je n'ai aucune envie de poser mes mains où que ce soit ici, mais il n'a pas le droit de me dire ce que je dois faire.

"C'est un pays libre." Je tape du pied. J'adore le bruit de la semelle en fer de mes talons sur le parquet en bois.

"Ne fais pas ça, dit l'homme, en grimaçant comme si le son lui était pénible.

— Vous ne pouvez pas me dire ce que je dois faire.” Je tape encore du pied. Quel son glorieux. Je tape et je tape et je tape et je…

Mars 1966

“Qu’est-ce qu’il y a de plus agaçant que de ne pas arriver à faire un truc qu’on n’avait aucune envie de faire au départ ?”

Maddie faisait une tentative d’auto-ironie et une observation sur l’éternel chaud-froid entre les mères et les filles.

Mais Judith Weinstein avait dû penser qu’il s’agissait d’une interrogation pleine de profondeur, exigeant une réponse mûrement réfléchie, car elle prit son temps. Maddie ne voyait pas son visage – elles progressaient sur un sentier étroit, Maddie en tête – mais Judith, lorsqu’elle finit par répondre, avait l’air de quelqu’un qui désire à tout prix être d’accord, même si ce n’était pas tout à fait vrai.

“C’est frustrant de faire un effort et qu’elles ne nous laissent pas aider. Mais elles ne nous ont pas empêchées de le faire, non ?”

Sa voix était aussi que chancelante que leur démarche. Judith pensait probablement que Maddie était dingue de suivre ces anciens chemins qui traversaient l’arboretum, à la nuit tombée. Comment avaient-elles atterri là ?

À cause de sa mère, qui l’avait appelée ce matin, comme chaque matin à neuf heures, depuis que le téléphone de Maddie était installé, et parce qu'il n'avait jamais traversé l'esprit de Maddie de ne pas décrocher. C'était la seule chose qui n'avait pas changé, entre son ancienne et sa nouvelle vie : le coup de fil quotidien de sa mère.

"Maddie, tu es au courant pour Tessie Fine ?

— Bien sûr, maman. Je vis à Cathedral Street, pas en Sibérie. On reçoit les mêmes journaux. J'écoute WBAL."

La mère de Maddie avait fait un petit mais distinct "pfff". Ça signifiait qu'elle désapprouvait les propos de Maddie mais n'avait pas envie de se disputer avec elle. Elle avait aussi semblé frissonner à la simple mention de "Cathedral", comme si le nom de la rue était un affront. Elle aurait été encore plus horrifiée si elle avait su que l'appartement de Maddie, même s'il était du côté Mulberry, donnait réellement sur la cathédrale.

"Ça fait deux jours. Notre synagogue a envoyé des volontaires. Le rendez-vous est au parking, et ensuite on y va par deux..."

Il s'agissait d'un "on" spécifique, pas général. La mère de Maddie, Tattie Morgenstern – un étrange diminutif de *Harriet* datant de l'enfance, et qu'elle refusait d'abandonner – était en train de dire à Maddie qu'*elle* irait au parking, qu'*elle* serait associée à quelqu'un, pour qu'*elle* parcoure un trajet attribué dans le périmètre en pleine expansion autour du magasin de poissons tropicaux où Tessie Fine avait été vue pour la dernière fois.

Baltimore s'était enflammée pour cette histoire. Tessie Fine, si jolie, si jeune. Elle avait dit à la mère qui l'avait déposée qu'elle allait acheter de la nourriture pour le poisson de son frère. Mais son frère n'avait pas de poisson. L'homme du magasin avait dit qu'elle était entrée, avant de ressortir cinq minutes plus tard sans rien acheter. Il avait dit qu'elle avait été grossière avec lui. La famille et les amis avaient commenté, avec une admiration évidente : "Oui, on reconnaît bien là notre Tessie."

La mère de Maddie connaissait la grand-mère de Tessie. Elle ne l'aimait pas, mais elle la connaissait. Elles avaient passé leur enfance ensemble, élèves de Park School à l'époque où l'école était encore sur Auchentoroly Terrace. Même si Park School n'était pas très religieuse, c'était l'école préférée des familles juives allemandes, dont les enfants n'avaient pas été acceptés par les autres écoles privées plus anciennes de la ville. Tandis que la zone autour de Druid Hill Park "changeait" – euphémisme favori désignant l'intégration –, les familles et l'école migrèrent vers les quartiers nord-ouest de la ville. Maddie était allée à Park à l'époque où elle était située à Liberty Heights ; elle était désormais à Brooklandville, presque au bout de la Beltway, et Seth était un élève de la troisième génération. Maddie était même sortie une fois ou deux avec le père de Tessie, aux débuts de leur adolescence.

Le père de Tessie, Bobby Fine, était plus conservateur que ses parents. Il choisit de vivre à Park Heights, à l'intérieur de l'*érouv*. Selon Tattie, la mère de Bobby tenait sa belle-fille pour responsable de cette adhésion incongrue à l'orthodoxie. C'était une chose d'avoir deux services et de bannir les coquillages, les crustacés et le porc. Mais la femme de Bobby allait *trop loin* dans le judaïsme. Maddie avait l'impression que les opinions de Tattie Morgenstern au sujet de la religion étaient sans fin, laquelle était la bonne (le judaïsme conservateur), quel était le bon degré. Elle utilisait aussi le mot "presbytérien" comme un terme péjoratif englobant tout ce que faisaient les protestants.

Au cours des années, Maddie avait vu la mère de Tessie à l'occasion, et elle gardait d'elle l'image d'une petite souris, en dépit de ses tenues toujours impeccables. Mais les cercles que fréquentaient les Fine et les Schwartz ne se recoupaient pas et ça lui semblait vulgaire d'empiéter sur la tragédie que vivait la famille Fine. S'ils avaient été vraiment amis, Maddie aurait participé avec joie. Mais ils n'avaient même pas assisté aux mariages des unes et des autres et…

Maddie n'avait aucune envie de dérouler le fil de ses pensées, qui la conduiraient au prochain rituel de la famille Fine auquel elle n'assisterait pas.

"Tellement atroce, dit Tattie. Je ne sais pas comment des parents peuvent survivre à ça.

— Si ça se trouve, elle est en vie", dit Maddie. Un heureux dénouement était encore possible, n'est-ce pas ? Une petite fille pouvait fuguer, se perdre, peut-être se cogner la tête et oublier son identité ? Mais Ferdie avait dit quasiment la même chose que Tattie, juste la veille au soir : il était presque certain que Tessie Fine était morte et les inspecteurs de la brigade criminelle chargés de l'enquête étaient sous pression pour faire n'importe quel progrès, le plus vite possible.

"Quand ils la trouveront…, tenta encore Maddie.

— *Si*, corrigea sa mère. Quand j'étais petite, je me rappelle avoir entendu parler d'un pervers qui violait les petites filles avant de les tuer. Ça se passait dans ton quartier actuel, qui était un ghetto à l'époque. Qui est toujours un ghetto. Bref, il a attaqué une petite fille, sa mère était armée et elle l'a abattu, ce qui a mis fin à tout ça."

Le quartier de Maddie n'était pas un ghetto et l'histoire de sa mère sortait presque mot pour mot des pages du *Lys de Brooklyn*, un roman que la mère et la fille adoraient. Mais il était inutile de le lui faire remarquer. Tattie Morgenstern croyait dur comme fer à tout ce qu'elle disait.

"J'espère qu'ils vont la trouver, et vite", avait dit Maddie, étonnée par sa propre ferveur.

Elle avait dit à sa mère qu'elle devait raccrocher, alors qu'elle n'avait rien de spécial à faire. Elle avait l'argent de l'assurance pour sa bague "volée" et le produit de la vente de sa voiture la dépannerait jusqu'à ce que Milton soit forcé de lui verser une pension alimentaire. Son avocat était certain que Maddie recevrait bientôt sa part pour la moitié de la maison, pour la moitié de presque tout, Seth compris. En attendant, elle pouvait vivre de ses économies, en faisant attention.

Elle avait mis un manteau et elle était sortie se promener. Son quartier n'était pas *si* terrible. Elle avait un fantasme bizarre, même pour elle. Elle imaginait qu'un des hommes qu'elle croisait dans la rue l'attrapait, essayant de l'entraîner dans une allée. Ce serait un étranger, déversant des syllabes inintelligibles, la tripotant. Ce serait terrifiant mais aussi excitant, la preuve qu'elle était encore totalement désirable, même à son âge. Avec ses cheveux lissés et ses pulls moulants, elle faisait moins que trente-sept ans. L'homme essaierait de poser sa bouche sur elle, et puis d'une manière ou d'une autre – elle n'avait pas à trouver d'explication, les rêves ont leur logique propre – Ferdie serait là, il la sauverait et tous deux seraient tellement bouleversés qu'ils trouveraient un endroit proche – une baignoire, une voiture – pour faire l'amour. En prenant le risque de s'exposer, dans tous les sens du terme.

C'était un fantasme bizarre, mais les fantasmes n'avaient jamais tort, c'est du moins ce que Maddie avait lu quelque part.

Perdue dans ces pensées, Maddie était allée plus loin que prévu. Qu'est-ce qu'elle allait bien pouvoir faire ce jour-là ? La liberté vertigineuse de ses premières semaines, sans plus personne à sa charge, avait reflué, et son aventure – était-ce le mot juste ? – soulignait combien sa vie était vide. Elle essayait de ne pas être *trop* disponible pour Ferdie. Parfois elle se forçait à dîner à l'extérieur à l'heure approximative où il appelait généralement, juste pour le faire un peu mariner. Elle n'avait pas perdu l'instinct qui avait fait d'elle l'une des filles les plus en vue de Baltimore, dans sa jeunesse. À l'époque, elle avait même tenu un petit carnet, avec un code qui lui permettait de savoir jusqu'où elle était allée avec chaque garçon avec qui elle sortait. B (évident), VB ("vrai baiser", plus belle expression, selon elle, qu'"une pelle"), SV, SUG, SOG ("sur les vêtements", "sur le soutien-gorge", "sous le soutien-gorge"). Seuls deux garçons étaient allés SJ ("sous la jupe"), et elle avait épousé le deuxième.

Wally Weiss n'avait pas mérité d'être mentionné dans son carnet. Il avait uniquement reçu un baiser, une fois, et c'était fraternel, plus la promesse qu'un jour il trouverait une fille pour B, VB.

Pourtant elle n'avait pas joué les vierges effarouchées avec Ferdie. Elle rougit au souvenir de la vitesse avec laquelle ils avaient progressé. La première fois qu'il l'avait attrapée et embrassée, elle avait pensé que c'était parce qu'il avait deviné. Elle mentait au sujet de la bague et c'était le prix à payer. Elle avait été une vilaine fille et il la tenait. Mais depuis cette première rencontre, elle avait fini par comprendre que Ferdie ignorait totalement qu'elle était en fait une criminelle. Elle avait trouvé un prêteur sur gages pas très regardant sur les papiers, ce qui était facile dans son quartier, et il lui avait donné la moitié de la somme que Weinstein lui avait offerte, mais à ce stade tout le profit était pour elle. Maddie avait utilisé cet argent pour meubler son appartement – des chaises de bistrot et une table en marbre, des coussins en velours, un joli tapis.

Elle s'était arrêtée au Beehive pour prendre une tasse à emporter de son café fort, fraîchement moulu. Allongée sur son lit – tellement décadent, d'être sur un lit en pleine journée, quand on n'était pas malade –, elle avait essayé de se concentrer sur le livre qu'elle avait emprunté à la bibliothèque, *Herzog*. La poésie, qu'elle avait aimée et tenté d'écrire dans son adolescence, ne la touchait plus, mais les romans que la bibliothèque Pratt recommandait ne l'émouvaient pas non plus. Elle avait choisi *Herzog* parce que quelqu'un de la Hadassah avait dit que c'était antisémite et elle aimait se faire son propre avis sur ces sujets. Maddie n'était pas convaincue, jusqu'à présent, que Bellow était un "Juif qui avait de la haine de soi", mais le prénom de la deuxième femme du personnage principal, Madeleine, si proche du sien, était une coïncidence qui la mettait mal à l'aise. Quelle horrible personne, cette Madeleine. Il était difficile de ne pas le prendre personnellement.

Maddie se demanda si, un jour, elle serait la deuxième femme de quelqu'un. Elle désirait vivre passionnément, pleinement. Est-ce possible dans un mariage qui dure longtemps ? Elle et Milton avaient été très amoureux les premières années. Elle était presque *trop* amoureuse. Elle rougissait encore au souvenir de leur couple, une semaine avant leur mariage, garé dans un endroit populaire près de Cylburn Arboretum, si près de commettre l'acte.

Il avait dit non.

Il avait dit non.

Elle avait sa main sur lui, chose qu'elle avait faite pour lui et un autre homme seulement, autre chose qu'elle n'avait jamais mise par écrit. Son journal ressemblait à la campagne d'un général, elle y notait uniquement les territoires qu'elle avait cédés. Elle n'avait pas l'idée de documenter ses propres sorties. Puis le moment était venu où elle avait arrêté de noter, lorsqu'il était impensable d'admettre ce qu'elle faisait – et avec qui.

Elle écarta les jambes et tenta de guider Milton en elle ; elle pensait que c'était le plus haut don qu'elle pouvait accorder. Ils étaient fiancés, presque mariés. Où pouvait bien être le mal ?

"Je ne veux pas mentir devant Dieu", dit Milton. Pendant une seconde, elle crut qu'il plaisantait.

"Bien sûr", dit-elle, son instinct toujours fiable la guidant vers ce qui était nécessaire pour sauver sa dignité, sa réputation. "C'est juste qu'avec toi je me sens tellement transportée, Miltie."

Lors de sa nuit de noces, elle n'oublia pas de mimer la douleur qu'elle avait ressentie lors de sa première vraie fois. Si Milton avait le moindre soupçon que sa jeune épouse n'était pas vierge, il était suffisamment poli – ou suffisamment déçu – pour ne rien exprimer. C'était une importante première leçon dans un mariage qui venait de commencer. Laisser leur place aux mensonges.

À midi, Maddie, avait mis son livre de côté et fouillé dans le réfrigérateur pour trouver un truc à manger. Ces dernières années, elle avait pris l'habitude de déjeuner d'une biscotte tartinée de cottage cheese. Mais Ferdie voulait qu'elle grossisse, et il la poussait constamment à manger. "Tu as besoin de quelqu'un qui prenne soin de toi, ma chérie", disait-il, ayant clairement décidé que sa minceur était la conséquence d'une vie passée à s'occuper des autres, pas un état obtenu grâce à un régime rigoureux. Maddie, qui avait toujours suivi la mode, n'avait pu s'empêcher de remarquer qu'une fille nommée Twiggy était soudain omniprésente. Les nouveaux styles avantageaient les femmes minces. Il va de soi qu'elle était trop vieille pour ce genre de tenues. Enfin, l'était-elle vraiment ? Elle avait beau mincir, ses seins semblaient ne jamais rapetisser. Elle pensa au nombre de garçons qui avaient supplié, *supplié* pour passer de SV à SUG à SOG, et comme, découvrant ses seins, ils avaient le souffle coupé, tels des hommes touchant terre après un long séjour en mer.

Cylburn Arboretum. Ce n'était pas si loin de l'endroit où Tessie Fine avait été vue la dernière fois, moins de deux kilomètres, un peu de nature sauvage en plein cœur de la ville. Si quelqu'un devait balancer un corps quelque part…

Elle avait vérifié l'heure. Peut-être qu'elle *devrait* aller participer aux recherches de Tessie Fine. Pas pour faire quelque chose uniquement parce que sa mère avait critiqué son attitude renfrognée, le genre d'attitude qui convient mieux à une adolescente. Maddie allait téléphoner à cette fille, celle de la bijouterie, et lui demander de l'accompagner. Elle ignorait pourquoi elle voulait une compagne, mais ça lui paraissait en quelque sorte plus respectable.

Judith, à l'évidence excitée d'entendre Maddie, avait dit que son frère l'autoriserait à quitter le travail, étant donné l'importance de la mission. Elles avaient pris le bus jusqu'au parking de la synagogue, et à leur arrivée les volontaires étaient sur le point de partir.

"Uniquement des hommes, dit le président de la synagogue, qui avait organisé les battues.

— C'est ridicule, rétorqua Maddie.

— Ce n'est pas un travail pour les femmes." Il contempla leurs vêtements, comme s'il pouvait les éliminer sur cette seule base, mais leurs chaussures et leurs manteaux se prêtaient parfaitement à un passage au peigne fin des allées et des terrains vagues.

"Dans ce cas nous ferons nos propres recherches de notre côté, dit Maddie. Ce n'est pas comme si on avait besoin de votre permission pour nous promener dans Baltimore."

L'arboretum était plus loin de Northern Parkway que dans son souvenir, les pelouses plus vastes et plus boisées. La journée, qui avait commencé sur une promesse de printemps, était devenue une vieille dame leur infligeant une punition glaciale. Elles arpentèrent le terrain méthodiquement, conscientes qu'elles devraient partir à dix-sept heures, heure de fermeture hivernale. Les chemins s'enfonçaient tout le long du parc jusqu'à Cylburn Avenue. L'heure tournant, Maddie dit à Judith : "On n'a qu'à longer ce sentier jusqu'aux grilles au bout."

Plus tard, quand on lui demanda *Comment vous avez eu l'idée d'aller regarder là ?* Maddie fut désarçonnée. Elle ne pouvait pas répondre : *Je me souvenais que je m'étais garée là avec tous les garçons avec qui j'étais sortie,* encore moins : *J'ai essayé de convaincre mon futur mari de me faire l'amour là, mais il voulait attendre parce qu'il croyait que j'étais vierge.*

Alors elle dit : *Juste une intuition.*

Sur cette intuition, elles empruntèrent le dernier sentier, jusqu'à la clôture le long de l'avenue. Le terrain s'abaissait à cet endroit, créant un ravin. La grille était cassée, grande ouverte, mais depuis la rue, le fond du ravin était invisible, il fallait être sur la colline, au-dessus, pour voir ce que vit Maddie.

Elle entrevit quelque chose de brillant, trop brillant, dans le sous-bois hivernal gris-vert. C'était un croissant argenté sur le talon d'une chaussure. La chaussure était attachée à une jambe, la jambe à un corps, le corps à une tête, un visage. Un visage trop calme, trop immobile. Aucun visage d'enfant n'était aussi immobile.

Avec son manteau vert loden et ses collants bruns, Tessie Fine s'était presque fondue dans le paysage. Mais ses tresses rousses flamboyaient comme des tournesols, et ses chaussures brillaient, attrapant les derniers rayons de lumière.

Le patrouilleur

Quand l'appel arrive, ma première pensée c'est : *Dieu merci, je ne vais pas être obligé d'aller chez Burger Chef.* Tous les soirs, avec mon coéquipier, Paul, on se dispute sur l'endroit où on va dîner, et ce soir il a gagné. Je préfère Chez Gino. Ça a peut-être l'air insensible, de penser au dîner quand un appel arrive au sujet d'un corps, peut-être le corps que tout le monde est en train de chercher, mais vous devez comprendre que selon moi c'est carrément bidon. En fait, je m'imagine deux ados, un garçon et une fille, en train de faire un truc qu'ils étaient pas censés faire. Ils ont regardé l'heure, se sont rendu compte qu'on les attendait chez eux pour le dîner, n'avaient aucune chance d'y arriver, alors il leur fallait une bonne excuse.

Bref on est sur la Northern Parkway, direction l'ouest, la patrouille la plus proche de l'arboretum, alors on prend l'appel. En temps normal l'endroit devrait déjà avoir fermé, mais les employés sont restés pour laisser les portes ouvertes.

La première chose que je remarque, c'est qu'en guise de couple, c'est pas un couple garçon-fille, ni des ados, mais deux femmes, une la vingtaine, l'autre la trentaine, clairement pas de la même famille. Et la plus vieille a beau avoir au moins dix ans de plus que moi, c'est la plus canon des deux. La plus jeune est présentable, comprenez-moi bien, avec ses cheveux brillants et un joli visage. Mais la plus vieille a des cheveux noirs et des yeux clairs et la taille fine – elle porte un imper, très ceinturé – et c'est dur de ne pas se dire : *Wouah.* Je suis marié et je ne cours pas les putes comme certains de mes collègues, mais je ne suis pas aveugle.

Il n'empêche que je ne crois pas qu'elles aient trouvé la fille, surtout quand elles nous entraînent à travers l'arboretum, jusqu'à Cylburn Avenue. C'est pas une rue très animée, mais il y a assez de circulation pour que quelqu'un ait repéré le corps les deux derniers jours. On laisse le véhicule de patrouille au parking et on avance, deux par deux, comme la pire sortie à quatre de toute l'histoire. Moi je marche à côté de cheveux noirs, qui montre le chemin.

Elle a pleuré. "J'ai un fils, elle dit. Un ado." Je lui dis que je ne suis pas marié depuis assez longtemps pour avoir des gosses, ce qui est plus ou moins vrai. On est mariés depuis trois ans et on a eu deux fausses couches. Le docteur dit que rien n'empêche qu'on ait des gosses en bonne santé un de ces jours. Des fils, j'espère, pour me suivre dans l'exercice de mes fonctions. Mon père était dans la police et je suis dans la police. Mon grand-père est arrivé de Pologne en 1912 et son anglais n'a jamais été très bon, sinon lui aussi aurait été dans la police. Aujourd'hui les gens n'arrêtent pas de parler de préjugés et tout le toutim, comme si nous, on n'en connaissait pas un rayon. Quand ma famille est arrivée en Amérique, à Baltimore, les Irlandais avaient le pouvoir et ils protégeaient leur peuple. Après ça a été au tour des Italiens d'avoir le pouvoir et de protéger leur peuple. Et puis nous, les Polaks, ça a été notre tour. Et comme ça sans arrêt, depuis toujours et pour toujours. Faut juste attendre son tour.

Je demande ce que fait son mari et elle entame sa réponse comme si la question la surprenait. Mais si t'as un gosse, t'as un mari, non ? Elle dit : "Avocat", avant de se dépêcher d'ajouter : "Pas criminel. Civil. Droit de l'immobilier.

— Je parie qu'il gagne bien sa vie", je dis, histoire de dire quelque chose. La soirée est tellement calme. On entend la circulation pas loin – la Northern Parkway, le sifflement continu des voitures sur la nouvelle voie express, Jones Falls, on les voit à travers les arbres à cette période de l'année – mais ça donne la sensation d'un bruit étouffé, comme à l'église. On baisse la voix, par respect.

En ce qui me concerne – la plupart du temps, j'ignore totalement ce qui se passe dans la tête de Paul, à part son désir de manger au Burger Chef et de pourchasser les clodos – j'ai envie que ces femmes se trompent. Pas parce qu'on va finir tard. On vient d'arriver, on n'a rien de mieux à faire. Mais je ne veux rien avoir à faire avec un gosse mort. Ça risque de me porter malheur. Deux fausses couches, j'ai eu assez de morts comme ça. Des fois je me demande si les fausses couches sont une punition, mais pour quoi ? Je suis un homme bon. J'étais un peu agité quand j'étais plus jeune, ce qui est naturel et normal. Pour un homme. Ma femme, Sophia, elle a six ans de moins que moi, une femme très pure. Elle mérite d'avoir ses bébés. Si Dieu pense qu'Il doit me punir pour quelque chose, je peux comprendre, mais Sophia ne mérite pas ça. Et s'Il nous donnait des enfants, on en ferait des citoyens tellement bons, des garçons qui me suivraient au département de police et des filles qui apprendraient à faire toutes ces choses merveilleuses que Sophia sait faire, des choux farcis, de la poitrine de bœuf et des *pierogis*.

On arrive à Cylburn Avenue, et au départ, j'ai bien l'impression que mon vœu va être exaucé. Pas de corps en vue.

"Où est... ?" Cheveux noirs a l'air ennuyée. "Je croyais qu'elle était juste là." La plus jeune, elle a à peine ouvert la bouche jusque-là, Paul n'a pas arrêté de lui faire la causette tout le long de la colline. Il est célibataire, techniquement il a une régulière, même si je suppose que ça ne me regarde pas. Avant le mariage, tout ce que tu fais, c'est ton problème.

La plus jeune dit : "Non, allez un peu plus loin." La nuit est tombée à toute vitesse, bien épaisse, et on sort nos torches. J'essaie de les réconforter : "Vous ne pouvez pas imaginer le nombre de fois que les gens font ce genre d'erreur..." Et alors la torche de Paul attrape l'éclair d'un truc et la voilà. Tessie Fine, le cou brisé comme celui d'un poulet. Pas besoin d'être médecin légiste pour piger.

On appelle des renforts. Paul propose de raccompagner les femmes jusqu'au parking de l'arboretum, mais elles disent qu'elles n'ont pas de voiture là-bas, elles sont venues à pied depuis la synagogue.

"On peut vous appeler un taxi", je dis.

La plus vieille proteste. "Non, non. Je... je dois rester. Je suis une mère. Si quelque chose arrivait à mon garçon et qu'une mère le trouve, je voudrais qu'elle reste." Je ne comprends pas, mais il faut respecter. Je parie que Sophia ferait pareil.

Maintenant que le soleil est couché, le froid commence à nous geler les os, cette humidité de mars qui est pire qu'en plein hiver. Je me sens mal de ne rien avoir pour mettre sur les épaules des dames, mais si j'enlève ma veste je vais me retrouver en bras de chemise, et les deux ont un manteau. Les agents de la criminelle se pointent, mais Paul et moi on doit surveiller la rue et les femmes vont rester jusqu'à ce qu'ils embarquent ce petit corps, avec sa tête qui pend selon cet angle horrible. Pas besoin d'être costaud pour faire ça à une petite fille. Faut être atrocement en colère. Qui pourrait bien être en colère contre une petite fille ? J'espère que c'est pas un crime sexuel. Je crois que je deviendrais dingue, si mon enfant mourait comme ça.

Je vois bien que ça lui fait un gros choc, à cheveux noirs. Elle prend ça plus personnellement parce qu'elle a un gosse. Ou parce que c'est elle qui a eu l'idée de chercher à cet endroit. *Comment vous avez su qu'il fallait chercher ici ?* on lui demande, mais elle ne répond rien, juste, elle s'entoure de ses bras.

La nouvelle, les gens finissent par l'apprendre. On a fait gaffe à la liaison radio mais Television Hill est à moins de deux kilomètres et la route a été bloquée. Une nuit claire de fin d'hiver comme celle-là, les sirènes rouges et bleues se voient à des kilomètres. Certains citoyens inquiets ont probablement dû commencer à passer des coups de fil. Les journalistes sont bloqués au bout de la rue, parfois ils hurlent des questions, mais la plupart du temps ils se tiennent tranquilles. À un certain moment, je vois le journaliste qui couvre les flics au *Star*, Jack Diller, en train de descendre la rue. Diller couvre notre secteur depuis tellement longtemps qu'il est plus flic que journaliste et quand on lui dit de faire machine arrière, il reste aimable. "Mais c'est bien Tessie Fine ? Je veux juste savoir ça", il dit. Va savoir comment, quelqu'un confirme, mais pas moi.

On ramène les femmes chez elles, évidemment. J'aurais jamais pensé qu'elles habitaient si loin l'une de l'autre. Je me demande comment elles se connaissent, comment elles ont fini par faire équipe pour la battue. La plus vieille monte devant et on la laisse faire. Paul s'assoit derrière, c'est un vrai moulin à paroles. Il drague, ce con. On roule jusqu'à Pikesville, ce qui ne m'étonne pas, vu que tous les Juifs vivent là. Mais ensuite l'autre, la dame au mari avocat, nous dit : "J'habite dans le centre. Je suis désolée… Je sais que ça fait un grand détour."

On lui dit que c'est pas grave.

En roulant vers le centre, je lui donne des conseils : "Vous n'êtes pas obligée de parler à la presse. C'est mieux si vous évitez.

— Pourquoi ?

— Y a un tueur en balade. Moins il en sait sur ce qu'on sait, mieux c'est. Et en attendant, jusqu'à l'arrestation, la star c'est vous."

Ça a l'air de la faire réfléchir. "C'est pas bien ?

— Ni bien ni mal. Mais quand c'est fait, c'est fait. C'est tout. C'est des vrais chiens, les reporters. Ils vont se bagarrer pour n'importe quelle miette. Et comme ils sont très nombreux, ils voudront tous avoir un angle différent. Le premier qui vous chope, il va vous mettre sur un piédestal. Si bien que les autres devront vous démolir.

— Me démolir ? Mais j'ai fait quoi ?" Maintenant elle a l'air très secouée et je me sens mal.

"Rien. C'est juste histoire de vous prévenir… Les journalistes sont capables de changer le bien en mal. C'est ce qu'ils font." Un journaliste a couvert mon père de boue il y a longtemps. Ça n'a rien donné à la fin, mais j'en ai tiré une leçon.

On la dépose devant cet immeuble pourri près de la cathédrale. Je propose de monter avec elle mais elle oppose un refus très ferme. Presque trop ferme, comme si elle croyait que j'allais tenter quelque chose, ce qui est insultant. Je suis juste en train d'essayer de recoller les pièces de son histoire. Un fils, donc il a dû y avoir un mari à un moment. Est-ce que le fils est grand ? Possible, si elle l'a eu très jeune. J'arrive pas à voir un gosse habiter dans cet immeuble. Ma femme et moi, on vit dans une maison mitoyenne près de Patterson Park, mais dès qu'on aura des gosses – et on en aura, je sais qu'on en aura, on n'a juste pas eu de chance –, et que je commencerai à monter en grade, on se trouvera une maison en dehors de la ville, avec au moins une petite pelouse. Les gosses, il leur faut un jardin, même si personnellement je n'ai pas connu ça. Bref qu'est-ce que je pourrais bien tenter, avec Paul assis derrière, le véhicule de patrouille à ramener au commissariat avant de rentrer chez moi pour me glisser dans le lit près de ma femme, qui sera en train de dormir, ou de faire semblant. Elle traverse une phase où elle n'aime pas que je la touche. Son corps l'a laissée tomber alors elle pense qu'elle m'a laissé tomber, mais je lui en veux pas, vraiment pas du tout.

Je prends une bière avec Paul et d'autres collègues, en exagérant peut-être un peu notre rôle dans la découverte de Tessie Fine, autrement dit en minimisant ce que cette madame Maddie et sa copine ont fait, mais c'est la torche de Paul qui a chopé ce bout de chaussure, et c'était nous, les professionnels sur la scène de crime. Bref, après avoir bu ma bière, ça paraît logique de rentrer en passant devant son immeuble, juste parce que… J'en sais rien. Je m'inquiète pour elle. Une belle dame comme ça ne devrait pas habiter là.

À mon arrivée, un véhicule de patrouille est garé devant. Me voilà vraiment inquiet. Est-ce qu'il est arrivé quelque chose ? Trouver un cadavre, ça peut vous chambouler, enfin c'est ce que j'ai entendu dire. C'était mon premier, à moi aussi. Enfin je m'apprête à traverser la rue et à monter chez elle quand je vois un uniforme, seul, sortir de l'immeuble… et monter dans ce véhicule de patrouille. Et c'est impossible, vraiment impossible que ce type-là ait l'autorisation.

Parce qu'il est plus noir que l'encre et qu'on laisse jamais les négros utiliser les véhicules.

Je prends en note la licence et l'immatriculation. Ça dépend de mon district, Northwest. Demain je commencerai à poser des questions autour de moi pour essayer de comprendre pourquoi un véhicule du Northwest District a pu se retrouver garé devant l'appartement de Maddie Schwartz à trois heures du matin.

Et pourquoi un flic de couleur sortait de chez elle au milieu de la nuit.

Mars 1966

C'était étrange, d'évoluer dans le monde en portant un secret. Pas Ferdie – Maddie voyait Ferdie comme un *arrangement* qu'elle était obligée de garder pour elle à cause des préjugés des autres. Mais seule une poignée de gens – Judith, les policiers – savaient que c'était elle qui avait trouvé Tessie Fine. "Découverte par deux passants", avaient titré les journaux, alors qu'à la télévision, les présentateurs, parmi lesquels Wallace Wright, disaient qu'il s'agissait d'un "jeune couple". Pas faux, pas correct non plus. Pas seulement parce que "jeune couple" impliquait qu'il s'agissait d'un duo garçon-fille. Tout ce qu'on racontait donnait à Maddie un rôle purement accidentel dans la découverte. Elle avait choisi l'endroit, elle avait eu l'idée de descendre le dernier chemin, mais personne n'aurait pu le deviner, à la lecture des journaux et en regardant le journal télévisé.

Il n'y avait eu encore aucune arrestation, même si Ferdie lui disait qu'on soupçonnait fortement un employé du magasin de poissons. L'employé disait que la petite fille était entrée dans son magasin avant d'en sortir aussitôt, mais personne ne le croyait.

Et Maddie apprit par Ferdie qu'elle et Judith avaient été brièvement "suspectes".

"Qu'est-ce que tu veux dire ? demanda-t-elle, tandis qu'ils buvaient une bière au lit, deux jours après la découverte du corps de Tessie Fine.

— Pour commencer, les flics de la criminelle font toujours attention aux gens qui trouvent les corps. C'est juste leur manière de procéder. Et donc ils se retrouvent face à ces deux femmes qui redescendent Cylburn Avenue alors que la nuit tombe – ils ont pensé que vous étiez peut-être lesbiennes. Ils le pensent probablement encore.

— Je leur ai dit qu'on ne nous avait pas laissées participer à la battue et qu'on avait décidé de chercher toutes seules", dit Maddie. Comment qui que ce soit pouvait penser qu'elle était lesbienne ? Si c'était le cas, elle ressemblerait à Lakey dans *Le Groupe.*

"Ma chérie, si les enquêteurs croyaient tout ce que les gens leur racontent, ils ne feraient pas très bien leur boulot." Pause. "J'aimerais bien être enquêteur.

— Je suis sûre que tu es capable de faire tout ce que tu auras choisi.

— Le département applique la ségrégation, Maddie. Les flics noirs patrouillent dans la rue, et parfois ils sont infiltrés pour les stups. On n'a pas le droit d'utiliser les voitures. Je n'ai même pas de radio, juste la clé d'une borne d'urgence. Tu te souviens comment on s'est rencontrés ?"

Elle jeta un coup d'œil à la violette africaine. "Je ne risque pas d'oublier.

— Bref, tu te retrouves donc face à ces deux femmes en train de se balader dans une rue déserte après la tombée de la nuit, loin de là où elles habitent toutes les deux. Je parie qu'ils vous ont demandé si vous connaissiez la fille."

Ils l'avaient fait. Mais pour Maddie, c'était presque une conversation mondaine, des goys en train d'essayer de comprendre les liens reliant les membres de la communauté juive. Oh, pour ça elle avait papoté. *Sa grand-mère et ma mère se connaissaient – j'imagine que presque toutes les femmes de Northwest Baltimore qui possèdent un manteau de fourrure connaissent les Fine. Et j'ai été à la même école que son père, il y a des années. Il m'a emmenée danser une fois.* Rétrospectivement elle était gênée en repensant à la facilité avec laquelle elle avait partagé ces histoires avec eux, elle se demandait s'ils avaient trouvé tous ces minuscules détails pompeux, même fugitivement. Elle ne s'était pas non plus demandé pourquoi Judith et elle avaient été interrogées séparément le lendemain.

"Ne va pas croire qu'ils t'aient soupçonnée sérieusement", ajouta Ferdie. Ce qui, d'une certaine manière était encore plus insultant. Comment était-elle devenue un second rôle, dans une histoire qui ne se serait jamais produite sans elle ? Il va de soi qu'elle n'avait pas envie de se retrouver dans les journaux ni à la télévision, parce que dans ce cas on devrait la définir comme – quoi ? Une femme séparée, l'ancienne épouse de, la mère éloignée (pas par choix) de. Qui était Madeline Schwartz ? Elle ne pouvait revendiquer la découverte de Tessie Fine sans que cette question ne vienne sur le tapis.

Elle prit conscience qu'elle aurait dû se réjouir de ce compromis en rentrant d'une promenade le lendemain, et en trouvant sur son perron un homme corpulent vêtu d'un imperméable et d'un chapeau.

"Bob Bauer, dit-il, en tendant la main.

— Je sais qui vous êtes." Il avait une chronique populaire dans le *Star*. Illustrée par un charmant croquis à la plume.

“Et vous êtes…
— Madeline Schwartz.
— Précisément la femme que je suis venu voir.
— Puis-je vous demander pourquoi ?
— Je crois que vous le savez… Écoutez, on peut rentrer ? J’ai marché jusqu’ici et ça monte. C’est dur pour un homme gros comme moi.
— Je ne vous qualifierais pas de gros.
— Alors je ne vois pas quel autre mot vous emploieriez.”

Charmée, consciente d’avoir été charmée, elle le fit entrer et lui offrit un verre d’eau. Il était presque à bout de souffle après avoir grimpé ses trois étages.

“Charmant appartement, dit-il. J’ai failli aller à l’autre adresse par erreur, mais ma source a rectifié.
— L’autre… ?
— Où vous viviez avant.”

Pendant un moment, elle crut qu’il parlait de Gist Avenue, avant de se rendre compte qu’il avait failli se rendre chez Milton et Seth. Une catastrophe évitée, pensa-t-elle, puis elle se demanda pourquoi elle avait cette réaction. Elle n’avait rien fait de mal. Ce serait bien que Seth, au moins, sache que sa mère avait trouvé Tessie Fine.

“Mon mari et moi sommes en train de divorcer.
— Ça arrive dans les meilleures familles. Bref, je me suis dit que c’était une histoire particulièrement touchante, vous et votre amie découvrant Tessie Fine. Ça vaut la peine de la raconter, vous ne trouvez pas ?”

Une part d’elle avait très envie de dire oui. Mais cela impliquait d’en dire trop. Pas seulement sur sa situation actuelle, mais aussi sur le fil des pensées qui l’avaient conduite à l’arboretum. Il semblait soudain impossible d’expliquer son raisonnement sans mentionner les redoutables séances de pelotage auxquelles elle s'était livrée en ce lieu. Elle redoutait, si elle révélait ne serait-ce qu'une version édulcorée de cette histoire, de finir par tout raconter. Ferdie, et la mise en scène de sa virginité lors de sa nuit de noces, et peut-être même l'identité de l'homme qui avait rendu cette mise en scène nécessaire, un secret qu'elle avait conservé durant toutes ces années.

"Je ne tiens pas à faire parler de moi, dit-elle.

— On pourrait utiliser seulement votre prénom." Il avait beau être gentil et poli, on sentait qu'il était tenace. Il ne bougerait pas de la chaise de sa cuisine, même s'il avait toujours son chapeau et son imper. "Masquer certains détails.

— Je ne suis pas obligée de vous parler. Je le sais. Mon mari est avocat."

Il sourit. "Bien sûr que vous n'êtes pas obligée. Légalement du moins. Mais les gens ont envie de connaître cette histoire, et c'est la vôtre. Vous avez envie de la partager ?"

Elle s'autorisa à vivre le moment dans son imagination. Tous les yeux fixés sur elle. Ça serait comment ? Et pourquoi avait-elle tellement envie de le savoir ? Mais non, pas comme ça, décida-t-elle. Elle se souvint des avertissements du patrouilleur.

Pourtant elle sentait qu'elle devait lui donner quelque chose. Pourquoi ? Elle l'ignorait. Tout ce qu'elle savait, c'est ce que quand un homme se présentait et exigeait quelque chose d'elle, elle se sentait obligée de l'aider. Mais c'était comme élever des enfants. Il était toujours possible de détourner leur attention. Vous remplaciez la sucette et les bonbons qu'ils voulaient par un plat sain, en leur faisant croire que c'était leur idée depuis le début.

"Je ne suis pas l'héroïne de l'histoire. Mais l'homme de l'animalerie, si.

— Comment vous le savez ? Ils ne l'ont pas arrêté."

Elle ne pouvait pas répondre : *Je le sais parce que mon amant me l'a dit.* Alors à la place elle dit : "Il y a un détail concernant le corps que la police n'a pas encore rendu public. Quelque chose qu'ils ont trouvé sur le corps. Ils attendent un rapport. Quand ils l'auront reçu, ils l'arrêteront probablement."

Il était impressionné. Plus important, il avait en fait cessé de s'intéresser à elle. "Excusez-moi de vous poser cette question – ça ne sera jamais publié – mais est-ce qu'ils pensent que c'est un crime sexuel ?"

Elle ignorait la réponse, mais elle ressentait l'étrange désir de protéger Tessie Fine. "Non. Mais c'est lui le coupable. Surveillez-le."

Il ôta son chapeau. "Madame Schwartz, vous m'avez offert une aide précieuse.

— Vous ne citerez pas mon nom, promis ?"

Il sourit. "Non, je peux même vous appeler « une source ». Mais quand je baratinerai mes potes au quartier général, je pourrai leur dire que j'ai une information de première main. C'est bien de première main, n'est-ce pas ?"

Elle n'était pas totalement sûre du sens de l'expression "première main" dans ce contexte, mais elle fit oui de la tête.

Le chroniqueur

Je suis chroniqueur. Je ne suis pas obligé de trouver des scoops, d'avoir peur de me prendre des coups. Je ne pratique plus ce genre d'information depuis longtemps. C'est censé être un titre honorifique, le stade où on est au-dessus de la mêlée, autorisé à pontifier ou à se contenter de faire des petits croquis mettant en scène sa propre vie. C'est mon job, la plupart du temps. Je raconte la vie en banlieue – ma femme, mes gosses. Et puis, parfois, il m'arrive de me dire que j'ai besoin de mettre mon nez dans une histoire. H. L. Mencken n'a pas obtenu sa propre salle à la bibliothèque Pratt en écrivant des histoires rigolotes sur sa femme. Pour un reporter de Baltimore, Mencken est le porte-drapeau. Mencken, Jim Bready, Russell Baker peut-être, même si je me souviens de ses débuts avec les flics de nuit, et c'était pas dément.

Mais Tessie Fine – il fallait que j'écrive sur elle. Il fallait que je sache. La démarche la plus évidente aurait consisté à parler à ses parents. Ils m'auraient ouvert leur porte. Presque tout le monde le fait. Les gens me font plus confiance, pour eux je ne suis qu'un dessin. Quel mal pourrait-il bien y avoir à me parler ? Je suis juste un dessin humoristique en chair et en os.

J'y pense beaucoup. Au fait que je suis vraiment un dessin humoristique.

Bref, j'étais en train de tirer des infos à Diller, notre journaliste qui couvre les flics la nuit, un boulot qu'il occupe depuis tellement longtemps qu'il est plus flic que journaliste. Le type le moins curieux que j'aie jamais rencontré de ma vie. Il y a plus de types dans son genre dans les journaux que vous ne pourriez l'imaginer. Si quelqu'un pouvait apprendre à un chien à porter un chapeau de feutre et à trimbaler un bloc-notes, il ferait son boulot aussi bien que Diller, à aboyer des faits pour que des rédacteurs les transcrivent la nuit. *Fille, morte. Trouvée près de Cylburn Avenue. Pas encore d'arrestation. Des sources confirment qu'il s'agit de Tessie Fine.* Mais il arrive que Diller sache des trucs en ignorant ce qu'il sait, et c'est lui qui m'a décrit les deux femmes présentes sur la scène de crime. J'ai encore assez d'informateurs au commissariat et j'ai déterré le nom d'une des deux.

Je marche jusqu'à son appartement sur Cathedral Street parce que j'oublie toujours à quel point ça monte, depuis le port où se trouve le *Star*, vers les quartiers nord. C'est pas un mauvais quartier, pas un bon non plus. *Qu'est-ce qu'une belle fille comme vous fait dans un endroit pareil ?* j'ai envie de demander, quand je l'aperçois qui remonte la rue. Elle a l'air jeune, dans sa tenue beatnik. OK, pas si jeune de plus près, mais encore fraîche et coquine, comme la brise qui souffle aujourd'hui et donne plus la sensation d'un début d'automne que d'une fin d'hiver. Elle me rappelle ma femme, ma vraie femme, pas celle à laquelle je suis marié aujourd'hui. Je veux dire, je suis marié à la même femme depuis vingt-sept ans, mais ce n'est plus la femme que j'ai rencontrée à Quincy, en Pennsylvanie, quand on était au lycée. Et je ne suis plus le même homme. Je ne peux pas le lui reprocher. Job en personne n'aurait pas survécu aux épreuves qu'on a traversées.

Je suis choqué que cette dame ne veuille pas me parler. Tout le monde veut parler à Bob Bauer. Mais, fair-play, elle m'offre un meilleur tuyau. Je suppose que c'est parce qu'elle écoutait en douce ce qui se disait sur la scène de crime, ou parce qu'un patrouilleur a été indiscret. Une jolie femme dans son genre – on pourrait se laisser aller à frimer un peu. Bref, j'appelle un flic de la criminelle que je connais, un type qui a toujours été gentil avec moi. Par pitié, probablement, mais ça ne me dérange pas. Pas de souci. Je l'ai mérité. Je lui demande de me rejoindre dans un bar où on ne risque pas de croiser d'autres flics et journalistes, alors on atterrit Chez Alonso sur Cold Spring Lane.

Et, tiens donc, la dame avait raison. L'employé est le suspect numéro 1.

"Ils ont trouvé quelque chose sous les ongles, me dit mon ami flic. Et dans ses cheveux. Surtout.

—.Le sang de quelqu'un ?" En pensant : *Elle m'a promis que c'était pas sexuel.*

Mon ami fait non de la tête. "Une poussière bizarre, qui ressemble plus à du sable. Rien à voir avec ce qu'il y a dans ce parc. Un truc impossible à trouver dans tout le Maryland.

— Comment c'est possible ?

— Du sable d'aquarium ! dit le type. Mais t'as pas le droit de l'écrire avant qu'ils délivrent le mandat demain. Ils vont l'arrêter chez lui. Il vit avec sa mère."

On pousse un grognement en même temps, signifiant que ça doit être vraiment un pauvre type. Pourtant mon cœur tirerait un véritable feu d'artifice si mon fils adulte voulait habiter chez nous.

“Ça pourrait être pas mal qu’un journaliste soit sur place pour traiter l’info, je dis. Une personne de confiance, capable de mettre en avant votre efficacité.”

La flatterie fonctionne. Comme souvent. Je n’accompagne pas les flics pour l’arrestation en bonne et due forme, mais je suis au commissariat quand ils ramènent le type. Il essaie de dire qu’il est fou, mais les vrais fous ne le disent jamais.

Si seulement il avait mieux nettoyé. Le sous-sol de cette animalerie regorge de preuves. Et pourquoi une preuve se trouverait-elle au sous-sol ? Elle n’avait aucune raison d’y descendre, à moins qu’il ne lui ait promis quelque chose. Le médecin légiste dit qu’il l’a d’abord frappée, fort, mais pas assez pour la tuer, avant de lui rompre le cou. Non, je suis à peu près sûr que le type n’a pas craqué. Il venait probablement de voir *Psychose* et il se disait qu’il tenait une défense infaillible.

Mon scoop fait sensation. Ça ne m’étonne pas. Tous les autres journaux sont obligés de courir après. Les jeunes journalistes qui couvrent la police, même ceux de mon journal, sont furax. (Sauf Diller, qui est strictement obsédé par l’identification de ma source.) Qui je suis, moi, pour me permettre de piquer l’une des plus grosses affaires au commissariat ? Je vais vous le dire, qui je suis. Je suis Bob Bauer. J’ai servi pendant la Seconde Guerre mondiale, je suis rentré chez moi et j’ai épousé mon amoureuse du lycée, j’ai commencé au bas de l’échelle avant d’arriver aux sommets grâce à mes papiers. J’ai tous les talents – chronique, info sérieuse, analyse politique. Je suis le gorille d’une tonne qui s’assoit où il veut. Dans la salle de rédaction, le jour de la publication de mon article, je suis assis à mon bureau, dans un coin du supplément dominical, et les autres journalistes viennent me rendre hommage, me féliciter, me demander comment j'ai fait. Je lève un doigt vers eux en souriant. "Échangez des secrets, les gars. Échangez des secrets."

Personne ne me propose d'aller prendre un verre après le boulot. Je suis pas sûr que j'aurais pu les accompagner. Mais j'aurais aimé que quelqu'un le propose. J'ai arrêté de sortir avec les types du boulot il y a longtemps et ils ont arrêté de m'inviter.

Alors je rentre à la maison, dans la triste maison, la sombre maison de Northwood, où la femme qui a inspiré "Betty" dans ma chronique, la Lucille Ball de mon Ricky Ricardo, est assise sur une chaise roulante, le corps dévoré par la sclérose en plaques. Elle passe ses journées à boire, mais qui pourrait le lui reprocher ? Dans ma chronique, "Betty" sort danser, court le voisinage en semant joyeusement la pagaille, cuisine et fait le ménage. Elle ne peut plus vraiment faire le ménage, encore moins cuisiner. Je fais de mon mieux, c'est-à-dire pas grand-chose. Mais je ne veux pas embaucher quelqu'un, parce que ça voudrait dire laisser quelqu'un entrer chez nous et révéler au grand jour le mensonge de la vie imaginaire que j'ai créée pour le journal, cette vie pleine de joie d'une maison où l'épouse est totalement étourdie, et le mari un rabat-joie, et le fils et la fille ne font que rire, rire, rire, de toutes ces aventures.

Le fils vit en Californie. La fille est morte de leucémie à trois ans.

Voilà ce que j'aurais dû dire à Maddie Schwartz : *Tout le monde a des secrets. J'ai des secrets. Je trouverai le moyen d'écrire en dissimulant les vôtres. Je ne révélerai pas votre séparation. Je n'ai pas besoin de savoir comment vous saviez qu'ils cherchaient l'employé du magasin de poissons. Mais votre source était un homme, pas vrai, Maddie Schwartz ? Une femme comme vous – il y a toujours un homme pas loin.*

Ma femme et moi, on mange devant la télé. Mon scoop est partout. Elle essaie de me remonter le moral, mais elle sait tout comme moi à quel point mes victoires sonnent creux. L'employé d'un magasin de poissons, la leucémie – au moins, l'employé d'un magasin de poissons, on peut s'imaginer refermer les mains autour de son cou, se dire qu'il sera condamné à la peine de mort. Je ne dis pas que j'envie les Fine. Je n'ai jamais aucune envie de voir qui que ce soit admis dans ce club horrible. Mais ils ont eu onze ans, et moi seulement trois.

Trois ans. Mille jours et des poussières.

Je dois écrire ma chronique pour demain. Je vais raconter l'époque où ma fille croyait que le diable vivait dans notre garage. Est-ce que c'est une histoire vraie ? Quelle importance ? Je n'ai pas besoin de raconter ma vraie vie dans le détail. Qui viendra se plaindre si je me trompe ?

Quand j'avais onze ans, en cours de sociologie on a dû faire un exposé sur les dix plus grandes villes américaines. Baltimore était sixième, mais ce qui m'a frappée, c'est la chute brutale entre la cinquième, Detroit, presque deux millions d'habitants, et la sixième, Baltimore, moins d'un million. New York, au sommet de la liste, en avait presque huit millions. Chicago, Los Angeles, Philadelphie – des vraies villes, comparées au village Baltimore. Les autres gamins voulaient Baltimore, peut-être par orgueil local, peut-être parce qu'ils croyaient que ce serait plus facile. Moi je voulais uniquement New York. Le prof m'a mise dans l'équipe de Saint Louis, en dixième position à l'époque. Est-ce que j'ai l'air d'une fille de Saint Louis ? J'étais furieuse. Stupide Saint Louis, qui n'a rien d'autre que son fleuve Mississippi et ses usines de chaussures. Saint Louis était minus et moi je savais que j'étais destinée au grandiose.

Je raconte ça uniquement pour te rappeler, Maddie, que Baltimore est toute petite, encore plus petite dans les frontières étroites de ses tribus. Tous les habitants de mon quartier connaissaient Ferdie Platt, son goût des femmes et du Ballantine's. Avec moi il n'a jamais essayé, mais c'est parce que j'étais déjà avec quelqu'un, quelqu'un d'important, et Ferdie n'était pas un idiot. En plus il choisissait des femmes qu'il n'aurait pas à sortir, ce qui lui faisait faire des économies. Ferdie Platt était radin, tu as dû t'en rendre compte. Et quel genre de femme n'a pas envie que son homme la sorte, se mette en frais pour elle ? Les femmes qui ne peuvent pas sortir en public : les femmes mariées et les femmes blanches. Il a vraiment fait coup double avec toi, Maddie Schwartz.

Mais Ferdie venait souvent au club, mon club, le Flamingo. Les gens pensaient qu'il touchait des pots-de-vin. Il faisait copain-copain avec M. Gordon et d'autres hommes du même genre. J'ai osé lui poser la question une seule fois, un jour où il prenait un verre au bar. Peut-être que je le draguais, j'en sais rien. Ç'aurait été dangereux pour nous d'avoir le béguin, pas de doute. Mais à la fin je me suis retrouvée morte, alors j'aurais peut-être dû essayer, juste cette fois.

J'ai dit, aussi insolente que possible : "C'est pas parce que vous buvez gratuitement ici que ça vous dispense de laisser un pourboire.

— J'en laisse un.

— Pas suffisant."

Écoute, il était séduisant. Si j'avais pu me dire que j'avais le luxe de choisir des hommes uniquement pour le plaisir, je l'aurais envisagé. Je parie que ça t'a jamais traversé l'esprit, pas vrai, Maddie Schwartz ? Choisir les hommes avec qui on couche uniquement en fonction de son propre plaisir, voilà ce qui rend une femme vraiment riche.

Je me suis penchée sur le bar, ce qui soulevait mes seins, déjà bien en vue dans le minuscule costume que j'étais obligée de porter. Il m'a à peine jeté un regard.

"J'essaierai de faire mieux. J'ignorais que mon passage hebdomadaire était cause de récrimination.

— Pourquoi vous venez ici ? C'est pas dans votre district.

— Pourquoi, selon vous, mademoiselle Sherwood ?"

J'ai répondu, pleine d'audace, parce que l'audace m'avait toujours réussi : "Parce que vous touchez des pots-de-vin."

C'est marrant comment il a réagi. Il ne s'est pas énervé. Il ne s'est pas dépêché de me contredire. Il s'est contenté de tapoter ses poches pensivement en disant : "Je crois que si je touchais des pots-de-vin, je laisserais de bien meilleurs pourboires.

— Vous ne dites pas non, j'ai remarqué.

— Il n'a pas dit oui, il n'a pas dit non." Il chantait les paroles, mais je ne savais pas si c'était une vraie chanson ou s'il venait de l'inventer.

"Est-ce que c'est une vraie chanson ? On dirait une vraie chanson. Même si vous chantez faux." Il chantait bien, en fait, mais je n'allais quand même pas lui faire des compliments.

"Ah, les jeunes d'aujourd'hui, il a dit.

— Vous avez maximum cinq ans de plus que moi.

— J'ai aussi tous les albums qu'Ella Fitzgerald a enregistrés. She Didn't Say Yes, The Jerome Kern Song Book. *Sorti en 1963. J'ai une bonne stéréo." Il s'est interrompu et j'ai retenu mon souffle. Il allait me proposer de sortir avec lui, ce qui était dingue, dangereux. Mais courageux. Je ne pouvais pas m'empêcher d'admirer. À l'époque, au Flamingo, les hommes ne s'approchaient pas de moi. M. Gordon y veillait. Un homme assez dingue pour risquer une chose pareille – peut-être qu'il était amoureux de moi, en fin de compte.*

Il a dit : "Vous pouvez probablement le trouver chez Korvette's, ou Harmony Hut. Je pourrais vous prêter le mien, mais je n'aime pas prêter mes disques. Je suis trop pointilleux sur leur entretien."

Voilà qu'il remettait ça, avec des mots savants. J'étais presque sûre que ça voulait dire "ponctuel", mais pas question de poser la question et lui donner une occasion de m'humilier.

"Pas de souci, j'ai dit. J'aime pas cette musique de vieux. J'aime les Supremes.

— Ça ne m'étonne pas", il a dit.

Cette nuit-là, il m'a laissé un billet de cinq dollars. Je ne l'ai jamais revu. Mais c'est parce que je suis morte deux semaines plus tard. Si j'avais voulu Ferdie Platt, je l'aurais eu. Juste histoire que tu saches, Maddie Schwartz. J'aurais pu l'avoir.

Avril 1966

Le printemps était timide cette année-là, incertain de l'accueil qu'il recevrait. Pourtant, même aux jours les plus frais, Maddie sortait fumer sur son escalier de secours. Elle avait arrêté deux ans plus tôt, très facilement, après la publication du rapport du ministère de la Santé, et elle n'avait jamais été accro. Fumer était une activité annexe pour elle, ça accompagnait une tasse de café, ou les moments où elle attendait Milton dans un lieu public et qu'elle manquait d'assurance.

Mais récemment, elle avait ressenti un fort besoin de fumer. Les cigarettes calmaient ses nerfs, l'aidaient à réfléchir. La liberté lui donnait le vertige, la paralysait. Les gens utilisaient l'expression "comme un gosse dans un magasin de bonbons" pour désigner la recherche effrénée du plaisir, mais Maddie devinait que la plupart des enfants, après s'être initialement gavés de leurs friandises préférées, ne sauraient pas quoi faire ensuite. Devraient-ils se concentrer sur la quantité ou la qualité ? Manger tout de suite ou rassembler le maximum de réserves pour plus tard ? Il y avait un nouveau jeu télévisé, "Coup de balai au supermarché", où les femmes répondaient à des questions sur le coût des marchandises, faisant gagner à leurs maris du "temps de shopping", le but consistant à s'emparer des trucs les plus chers. Même si elle avait encore été avec Milton, Maddie était incapable de s'imaginer en train de participer à ce jeu, et pas seulement parce que Milton refuserait par principe d'attraper des queues de homards. Milton n'avait aucune idée des prix que pratiquaient les supermarchés. Pour cette raison, elle avait elle-même cessé d'y prêter attention, des années auparavant. Maddie était fière d'avoir atteint une étape de sa vie – "une étape de sa vie", la formule lui paraissait soudain nouvelle – où elle n'avait pas à récupérer les bons de réduction ni à acheter les promotions. Ce genre d'économies avait été crucial au début de leur mariage. Mais c'était plus marrant d'avoir de l'argent que de ne pas en avoir.

Elle étudia les annonces sous "Offres d'emploi, femmes." Infirmières, caissières, serveuses, secrétaires, employées de bureau. Rien ne semblait convenir. Mais attendez – il y avait bien un boulot, dans un bureau, au *Star*. Était-il possible que Bob Bauer l'aide ? Après tout, elle l'avait aidé, non ? Il avait écrit le grand article en une sur l'homme qui avait tué Tessie Fine. En fin de compte, toute l'histoire avait semblé étrangement décevante, tellement "claire et nette". Une petite fille entre dans un magasin et tape du pied, et un homme "craque", purement et simplement. Ferdie avait dit à Maddie que les enquêteurs ne croyaient pas la version des faits du type, il n'avait pas pu craquer, frapper quelqu'un sur le côté du crâne, avant d'avoir la présence d'esprit de traîner la victime au sous-sol pour finir le boulot en lui brisant le cou. Ils croyaient que l'homme avait – quel était le mot que Ferdie avait utilisé ? – "des inclinations".

Maddie sourit à ce souvenir. Ferdie aimait les grands mots, même s'il ne les utilisait pas toujours avec précision.

Mais dans ce cas précis, il n'était pas loin de la vérité, même si le mot sonnait trop raffiné pour un acte aussi atroce. La police ne pensait pas que Stephen Corwin avait déjà commis un meurtre avant, mais ils soupçonnaient qu'il avait déjà commis des attouchements sur d'autres enfants. Il avait probablement eu plus de chance avec ses précédentes victimes, vu qu'il travaillait dans ce qui représentait, après tout, un lieu très tentant pour un enfant, où il pouvait faire des choses que les enfants ne trouvaient pas trop bizarres. Guider une petite main dans son pantalon, demander juste une ou deux caresses. Tessie Fine, qui possédait sang-froid et confiance en elle, avait dû résister quand il avait essayé avec elle. Mais jusque-là, ils n'avaient pas encore réussi à trouver un autre enfant qui avait visité le sous-sol et la preuve qu'ils avaient ne leur permettrait pas de demander la peine de mort.

"C'est pas comme si tu pouvais passer à la télé pour dire : « Hé, les mamans de Northwest Baltimore, est-ce que d'après vous ce pervers a tripoté vos gosses ? » On a mis des agents pour enquêter dans les écoles, poser des questions, parler aux infirmières des urgences. Mais si c'était juste un tripoteur – ou assez malin pour s'assurer que c'étaient les gosses qui le touchaient, en se contentant, lui, au maximum, de défaire un ruban dans les cheveux –, on ne trouvera rien."

Maddie avait remarqué le *on.* Ferdie crevait d'envie d'entrer à la brigade criminelle. Il avait séduit quelques enquêteurs, en les traitant comme les dieux d'une inaccessible Olympe, et ils lui faisaient des confidences.

Elle et Ferdie étaient en train de fumer au lit quand il lui avait révélé ce détail au sujet de Tessie Fine. C'était peut-être Ferdie qui avait ramené les cigarettes dans sa vie, à y repenser. À l'époque de son mariage avec Milton, Maddie avait depuis longtemps dépassé la phase où on a envie d'échanger bavardages et commérages après le sexe. Mais avec Ferdie, une pause cigarette était un moyen pour le retenir un peu plus longtemps. Elle n'avait pas envie qu'il passe la nuit chez elle. (Ce qui tombait bien, vu qu'il ne le faisait jamais.) Mais elle avait toujours envie qu'il reste un peu plus longtemps qu'il n'était enclin à le faire. Alors elle lui posait des questions, et le taquinait pour en savoir encore plus sur son travail. C'est comme ça qu'elle avait appris deux trois trucs sur son enfance. *Le plus jeune d'une fratrie de sept, jouait au baseball à Poly.* Mais il avait très vite refusé d'en dire plus.

Son rêve, c'était de ressembler à un code secret, avait fini par comprendre Maddie. Il allait disparaître de sa vie aussi vite et brutalement qu'il y était apparu. Parfois elle avait l'impression que tous deux sortaient d'un des problèmes de maths de Seth : *Un train quitte Baltimore à 18 heures, il fait du 160 km à l'heure, alors qu'un train quitte Chicago à 20 heures, et fait du 193 km à l'heure. S'il y a 1 175 kilomètres entre ces deux villes, quand vont-ils se croiser ?*

Que se passe-t-il si ces deux trains s'arrêtent un moment sur une voie de garage ? Qui le remarquera ? Qui le saura ? Les trains seront-ils différents en reprenant leur voyage ?

Ferdie voulait monter en grade. Il voulait devenir enquêteur, et pas agent infiltré des stups. On disait que le département, qui pratiquait la ségrégation depuis tellement longtemps, était sur le point de changer. Il y aurait bientôt des possibilités.

"Tu es BON, elle lui avait dit. Je suis sûre que tu vas y arriver."

Il avait éclaté de rire. "Ça suffit pas d'être BON. Ils vont faire entrer des gens pour essayer d'améliorer les chiffres. Ça suffira pas d'être bon. Faut que j'aie de la chance."

C'est ainsi que Ferdie fonçait droit sur Penn Station à Baltimore, le plus vite possible, tandis que Maddie traînaillait sans trop savoir où elle avait envie d'aller. À cet instant précis, elle n'arrivait même pas à se décider à acheter du tissu pour des robes d'été, ces somptueux imprimés Marimekko qu'elle avait vus dans une boutique. Très avant-garde pour Baltimore, même si Jackie Kennedy avait été photographiée dans des vêtements de cette marque des années auparavant, au début du mandat de son mari. Mais les nouveaux motifs étaient plus audacieux, plus grands. Maddie les avait étudiés avec mélancolie dans un endroit qui s'appelait The Store Ltd., à Cross Keys, le nouveau lotissement sécurisé du North Side, une espèce de village à l'intérieur de Baltimore. Maddie aimait Cross Keys. Elle irait peut-être y vivre quand ils auraient tout réglé avec Milton.

Le tissu n'était pas la seule chose qu'elle convoitait au Store Ltd. Le propriétaire faisait des bijoux sublimes. Si simples – d'habiles courbes en argent, des formes originales, des pierres précieuses utilisées avec parcimonie, voire pas du tout. Et pourtant tellement chers. C'était ça l'avenir, élégant et aérodynamique. La contemplation des bijoux donna à Maddie l'envie de se couper les cheveux le plus court possible, mais Ferdie aurait dit non. Bon, elle aurait tout son temps pour se faire couper les cheveux plus tard. Et il ne pouvait pas l'empêcher de se faire percer les oreilles, pas vrai ?

Assise sur son escalier de secours, elle toucha ses lobes d'oreilles, étirés par des années de clips pesants, dont certains devaient avoir de la valeur. Elle avait laissé la plupart de ses bijoux dans son ancienne maison, histoire de prouver sa bonne foi, selon elle. Mais peut-être cela avait-il créé un malentendu avec Milton et Seth, ils lui en voulaient peut-être parce qu'ils croyaient qu'elle se lasserait vite de cette bizarre expérience et qu'elle reviendrait vivre avec eux. Elle n'avait jamais eu l'intention de quitter Seth, évidemment. Elle s'était dit qu'il aurait envie de l'accompagner dans cette nouvelle vie, lui aussi. Au vu de sa tentative passée pour vendre sa bague de fiançailles, elle ne prendrait pas la peine de vérifier combien elle pourrait tirer de ces vieilleries. Mais elle avait envie de se faire percer les oreilles. Elle prit les pages jaunes et trouva un bijoutier à Pikesville qui le ferait pour le prix des boucles d'oreilles à quatorze carats qu'elle devrait porter le temps de la cicatrisation.

Depuis Pikesville, elle se rendit directement au Store pour contempler amoureusement les créations au-dessus de ses moyens de Betty Cooke. La vendeuse, qui la reconnut, lui apporta de nouveaux échantillons Marimekko.

"Ça n'est pas raisonnable, ça n'est vraiment pas raisonnable", dit Maddie. Il y avait un motif floral bleu dans des tons noirs, idéal pour son teint. Et le printemps serait bientôt là. Elle prit cinq mètres et demi, puis trouva le patron d'une robe bustier toute simple, si simple qu'elle aurait probablement pu la monter toute seule si elle avait eu une machine à coudre. Mais ça aussi, elle l'avait laissé chez Milton. Elle détestait l'idée d'avoir à la lui demander. De lui, elle voulait uniquement de l'argent.

Elle acheta une pomme à la petite épicerie sur le trottoir en face du Store, arpenta les allées courbes de Cross Keys, étudia les appartements et les maisons de ville. Elle finit par se retrouver près du terrain de tennis. Que serait-il arrivé si Milton n'avait pas fait une partie de tennis et ramené Wally Weiss chez eux ? Il est probable que Maddie ne serait pas partie, du moins pas à ce moment-là. Et si elle n'était pas partie, elle n'aurait pas subi la harangue de sa mère ce jour-là, et elle n'aurait pas découvert le corps de Tessie Fine. Elle savait que c'était un mauvais raisonnement que d'en déduire que Tessie n'aurait jamais été retrouvée, mais elle n'aurait pas été trouvée *ce* jour-là, la battue ne s'était pas encore étendue aussi loin. Maddie avait accompli quelque chose d'important ; Maddie était importante. Même si personne ne le savait.

Et avoir été importante, même si personne ne le savait, créait un désir. Elle voulait être quelqu'un qui compte. Elle voulait que le monde soit différent parce qu'elle y était née. Être la mère de Seth ne suffisait pas. Il aurait beau devenir le premier président juif des États-Unis, ou un médecin qui trouverait le traitement contre le cancer, sa réussite ne comblerait pas ce manque terrible. Elle avait absolument besoin de quelque chose rien que pour elle, au-delà de Ferdie et de sa chambre à coucher donnant sur la cathédrale.

Elle avait envie de parler à l'homme qui avait fait ça. Elle aurait aimé le comprendre d'une manière qui, selon elle, n'avait pas d'importance aux yeux de la police. Ils ne se demandaient pas *pourquoi* il avait tué, la seule chose qui les intéressait était de l'envoyer derrière les barreaux pour l'empêcher de faire du mal à d'autres enfants. Mais si Maddie était la mère de Tessie Fine, elle voudrait en savoir plus. Toute cette histoire avait un tel goût d'inachevé.

Peut-être qu'elle pourrait parler à l'homme qui avait fait ça. Pas lui parler – correspondre avec lui. Lui écrire une lettre, l'encourager à se confier, lui révéler ce lien qu'ils partageaient, le corps de Tessie Fine.

Sur le chemin du retour, elle descendit deux stations de bus plus tôt pour se rendre dans une papeterie de Charles Street.

Elle emporta la boîte de papier à lettres sur l'escalier de secours, en dépit d'une lumière anémique et d'un petit vent frais. Un simple vélin crème, pas la bonne occasion pour un papier avec ses initiales. Et d'ailleurs, lesquelles utiliser ? Elle rédigea plusieurs brouillons dans un carnet, avant de remplir la page devant elle de son écriture fine et intrépide.

Cher monsieur Corwin,
Je suis Madeline Schwartz, la femme qui a trouvé le corps de Tessie Fine. Ce qui implique que je me sens connectée à vous, pour le meilleur ou pour le pire. Vous êtes la dernière personne à l'avoir vue en vie, je suis la première personne à l'avoir vue morte…

Elle marcha jusqu'au bureau de poste central pour s'assurer que le courrier arriverait le plus rapidement possible.

Il ne lui traversa même pas l'esprit qu'il pouvait ne pas lui répondre, parce que les hommes faisaient presque toujours ce que Maddie voulait qu'ils fassent. Presque.

Le suspect

La première lettre contient une photo d'elle. Elle a l'air d'une dame charmante. Elle veut connaître ma version de l'histoire. Je l'intéresse. *Moi.*

Je n'ai pas vraiment avoué, vous savez. J'ai juste arrêté de parler après mon arrestation. Qu'est-ce j'aurais pu bien dire ? Le sable d'aquarium, le fait que les gens savaient qu'elle était entrée dans le magasin – qu'est-ce que je pouvais bien dire ? J'ai dit que ça suffisait, que je refusais d'en dire plus, et quand ils ont fini par me laisser passer un coup de fil, je ne l'ai pas gaspillé en appelant un avocat. J'ai appelé maman, en sachant qu'elle saurait quoi faire, qu'elle voudrait bien s'occuper de tout. Elle m'a dit que j'étais un idiot, mais j'ai l'habitude. Le matin du jour où tout ça est arrivé, elle m'avait déjà dit que j'étais un idiot. Presque tous les jours de ma vie elle m'a répété que j'étais un idiot.

Mais elle ne le pense pas. C'est juste qu'elle se sent facilement frustrée, ma maman. Elle est du genre nerveux. Elle doit prendre ses pilules. Elle a eu une vie dure, avec mon père qui est parti et un gosse comme moi à élever toute seule. J'étais pas bon à grand-chose. J'aimerais bien pouvoir vous dire que j'aimais mon boulot au magasin, que j'étais le genre de type qui aime les poissons et les serpents, parce que ça ressemble à ce qu'un type malin dirait. Mais j'étais un type qui avait besoin d'un boulot. Le propriétaire du magasin avait besoin de quelqu'un qui pouvait travailler le samedi parce que ça marchait bien le samedi. Y a pas que des Juifs qui achètent des poissons et des serpents, il a dit. Je vais faire faillite si j'ouvre pas le samedi. Et tout le monde saura que t'es *pas* un Juif.

Je ne sais pas ce que ça veut dire, ne pas avoir une tête de Juif. Je suis roux avec les yeux bleus et la peau très pâle, mais sans taches de rousseur. À deviner, vous diriez probablement que je suis irlandais, mais en fait notre nom vient de l'espagnol, même si on n'est pas des Espagnols, évidemment. Ma maman, elle dit qu'il n'y a pas tant que ça d'Irlandais roux, en fait, que c'est juste que les Irlandais ont tendance à être un peu plus roux que les autres peuples. Ma maman est intelligente. C'est pour ça que je l'énerve. C'est pas de sa faute.

Mais je ne suis pas lent, non, ou débile. C'est juste que je ne suis pas aussi intelligent que ma maman, mais il faut dire qu'elle est *très* intelligente. Elle aurait pu faire tout ce qu'elle aurait voulu, si elle avait été un homme. Au lieu de quoi elle a épousé un homme pas à la hauteur, un branleur qui est parti quand j'étais petit. Enfin bref c'est une autre raison, je crois, qui fait que j'ai écrit à la dame qui m'a écrit. Je voulais montrer que j'étais pas débile. Et puis c'était rien qu'une dame qui m'écrivait. Je ne savais pas qu'elle montrerait ma lettre.

En plus, je ne lui ai pas vraiment dit *quelque chose*. En vrai, je lui ai dit que je ne pouvais pas lui parler, à elle ou à n'importe qui, que mon avocat avait été très ferme là-dessus. Oui, ça la fichait mal que la fille soit entrée dans le magasin, mais ça ne prouvait pas que c'était moi. Je ferme à cinq heures. Plein de choses ont pu se passer après mon départ. La porte arrière avait été crochetée.

Tout ce que je lui dis, c'est que j'ai rencontré la fille et qu'elle a été grossière avec moi. J'avais passé une mauvaise journée. Avec maman on s'était bagarrés ce matin-là. C'était tellement stupide. Nos bagarres sont toujours stupides. Ce jour-là, je crois qu'elle s'est énervée contre moi parce que je lui avais laissé seulement deux œufs. Elle a dit : “Impossible de faire des bons œufs brouillés avec deux œufs” et j'ai dit : “Je te ferai deux œufs au plat”, et elle a dit qu'elle ne voulait pas essayer les œufs au plat ou pochés, elle voulait des œufs brouillés, et avec deux il y avait pas assez de volume. Et puis juste après on s'est retrouvés à se hurler dessus. C'est comme ça qu'on se bagarre. Comme chien et chat, comme Andy Capp et Flo, on se hurlait dessus et elle a dit qu'elle me laisserait pas la voiture pour aller au boulot ce jour-là, j'avais qu'à y aller à pied sous la pluie.

Pendant que j'essayais péniblement de travailler, je savais qu'elle se sentirait mal quand je rentrerais. Elle s'excuserait, m'apporterait une serviette pour que je m'essuie les cheveux, elle sécherait mes chaussures pour qu'elles ne finissent pas toutes raides et déformées par le long trajet à pied. Elle me ferait du thé et on mangerait notre dîner ensemble sur un plateau. On se bagarrait beaucoup, mais on finissait toujours par se réconcilier. Mais avant ça, j'étais pas dans mon assiette, comme si le monde allait de travers. C'est pour ça que j'ai crié sur la fille, que je lui ai dit de sortir du magasin. Elle a dû revenir, plus tard. Peut-être qu'elle est entrée par effraction, pour faire des bêtises, et quelqu'un l'a suivie. D'après moi c'est ce qui s'est passé, et c'est tout ce que j'ai dit à la dame qui m'a écrit. D'accord, je lui ai aussi raconté pour l'armée, ce qu'ils m'ont fait là-bas.

Comme j'ai déjà dit, je ne suis pas aussi intelligent que maman. Cette dame, elle s'est servie de moi. Une jolie dame a mis sa photo dans une lettre, en disant qu'on avait quelque chose en commun, que j'étais la dernière personne à avoir vu Tessie Fine en vie et qu'elle était la première personne à l'avoir vue morte, et que ça nous faisait un lien. J'étais pas débile au point de me laisser piéger. J'ai écrit : *Non, la dernière personne qui a vu Tessie Fine en vie c'est la personne qui l'a tuée et c'est pas moi.* Mais j'en ai quand même trop dit, mais rien de confidentiel, comme mon avocat et maman ont pas arrêté de me dire en me hurlant dessus quand ça s'est su.

Mais ensuite l'avocat s'est calmé et il a dit : *C'est peut-être un cadeau, en fin de compte. Je peux peut-être m'en servir.* Maman était furieuse au départ. Elle a dit : *Je laisserai personne dire que mon Stephen est fou.* Mais l'avocat a eu vite fait de lui faire changer d'avis.

Mai 1966

Maddie s'est habillée avec soin pour sa visite au *Star*. Son instinct lui dictait de s'y présenter sous son ancienne identité. Des gants et un chapeau, malgré le temps radouci. Quelle allure étrange ça lui donnait, si loin de la personne qu'elle était désormais, elle le savait. Mais ses jupes et ses robes plus courtes, les couleurs plus vives qu'elle s'était mise à porter – ça ne lui donnerait pas l'air sérieux. Elle devait dégager une impression de sérieux et de motivation.

C'était facile de descendre la colline jusqu'à l'immeuble du journal, à peine plus d'un kilomètre de chez elle. Comme ça serait simple, si elle trouvait un travail, de faire ce trajet du lundi au vendredi, quelle satisfaction de rentrer chez elle, en haut de la colline, épuisée après une longue journée. Elle se demandait si les gens du journal se fréquentaient, si elle recevrait des invitations.

Elle se demanda aussi comment Ferdie le prendrait, qu'elle ne soit plus entièrement à sa disposition. Est-ce que ça l'ennuierait ? Ou est-ce qu'il en serait soulagé ? Ça pourrait créer le prétexte d'une élégante rupture, si tel était son désir.

Mais le simple fait de franchir le seuil de l'immeuble suffit à miner sa confiance. Il fallait qu'elle s'approche d'un gigantesque bureau, derrière lequel une femme était assise, surélevée, tel un juge, face à un standard téléphonique.

"Avec qui avez-vous rendez-vous ? demanda-t-elle.

— M. Bauer ? dit Maddie, en détestant la façon dont sa voix monta dans les aigus, comme si elle n'avait aucun droit de se trouver en ce lieu saint, et de demander d'être reçue par le célèbre journaliste qui s'était assis chez elle en la suppliant de raconter son histoire.

— Il vous attend ?

— Non.

— Quel est votre nom ?"

Elle le fournit dans un murmure, presque comme si elle avait peur que quelqu'un l'entende, puis attendit les instructions de la standardiste, sur une banquette en bois. Après force grommellements et soupirs, la femme indiqua : "Cinquième étage.

— Quoi ?

— Cinquième étage, cinquième étage. Il travaille dans les bureaux du supplément du dimanche au cinquième étage."

La première impression que Maddie eut de la salle de rédaction est que c'était, eh bien, sale. Sale et bruyant. Tellement de journaux, empilés partout. Les cris des gens, le claquement des machines à écrire, une sonnette quelque part. Et tellement d'hommes. Mais elle fit un effort pour se rappeler que des femmes aussi travaillaient là. Elle avait lu leurs signatures, vu leurs articles. Les femmes aussi pouvaient être journalistes.

M. Bauer avait un bureau dans un coin de la salle où travaillait l'équipe du supplément dominical. Ses fenêtres donnaient plein sud, vers l'océan, et la vue aurait pu être lumineuse et ouverte si les fenêtres n'avaient été couvertes de poussière et de saleté. Quelqu'un avait écrit dans la crasse : *Le Star, L'un des Journaux du Monde.* Maddie ne comprit pas la blague tout de suite. Le *Beacon*, le quotidien du matin plus sérieux, avec des bureaux à l'étranger et une grande équipe à Washington, s'était surnommé *"L'un des Meilleurs Journaux du Monde"*.

"Quelle surprise de vous voir ici", dit-il en se penchant en arrière sur sa chaise. Il lui parut différent de prime abord et Maddie comprit que l'homme qu'elle avait rencontré avait joué en quelque sorte un rôle. En faisant semblant de s'intéresser à elle, d'avoir de l'empathie, de feindre tout ce qui était nécessaire pour obtenir ce qu'il voulait. Désormais il n'attendait plus rien d'elle – ou du moins c'est ce qu'il pensait.

"Je veux un boulot ici."

Il sourit. "Je ne suis pas rédacteur en chef, madame Schwartz. Je ne suis pas en charge des embauches. Et si c'était le cas, je ne suis pas certain que je soutiendrais la candidature d'une femme sans expérience.

— Mais vous pouvez m'aider.

— C'est possible. Mais pourquoi je le ferais ? C'est un endroit sérieux ici, pour des gens sérieux. On ne déboule pas ici de la rue pour commencer une carrière.

— Je vous ai aidé à trouver…" Elle se demanda si elle devait utiliser le mot, s'il allait la ridiculiser. "Je vous ai aidé à trouver un scoop."

Nouveau sourire. Pourtant elle n'en fut pas intimidée. Ni ne se sentit ridicule. Elle savait ce qu'elle avait, dans son sac.

"Vous m'avez fait dévier de ma piste. Vous avez eu de la chance que la déviation fonctionne.

— Je vous ai offert bien mieux que ce que vous cherchiez. Je n'appellerais pas ça une déviation.

— Et maintenant ça vous donne envie de travailler au journal ? Qu'est-ce que vous pourriez bien apporter à ce poste ?"

Elle sortit de son sac une liasse de feuilles, attachées par une ficelle. "Ce sont des lettres. De Stephen Corwin. Je lui ai écrit au sujet du meurtre de Tessie Fine et il m'a répondu. Deux fois."

Le silence ne se fit pas dans la pièce – Maddie sentit que ça n'arrivait jamais. Mais quelque chose changea. Maintenant d'autres personnes les écoutaient, ou du moins essayaient. Sans doute M. Bauer le remarqua aussi parce qu'il dit : "Allons faire un tour."

Elle pensait qu'il parlait de sortir du journal, mais il l'emmena dans le couloir, puis sur les marches d'un escalier au fond. "Je peux les voir ?

— Je vous montre la première", dit-elle.

M. Bauer était un lecteur très rapide. "Et alors ? dit-il. Il n'admet rien. Il se contente de répéter cette histoire ridicule que la fille est revenue quand lui était parti. Personne n'y croit.

— Moi non plus, dit Maddie. Mais un détail suggère qu'il a un complice."

Il leva les sourcils. "Lire entre les lignes, c'est une chose, mais vous, vous vous êtes carrément installée entre les lignes pour y écrire un roman ! Ça fait beaucoup de déductions. Donc il a inventé une histoire comme quoi c'est quelqu'un d'autre le coupable. Où vous déduisez qu'il y a un complice là-dedans ?

— Pas là-dedans, dit Maddie. Revenez au début de la lettre, quand il raconte sa dispute avec sa mère ce jour-là.

— Cette histoire stupide d'œufs. Même moi je n'arriverais pas à la rendre intéressante.

— Non, quand il raconte qu'il est allé travailler à pied.

— Oui. Et alors ?

— Le corps de Tessie Fine a été découvert à trois kilomètres de l'animalerie. Comment il est arrivé jusque-là ? Quelle voiture il a utilisée ? Je suis allée lire tous les articles sur l'affaire à l'Enoch Pratt." Quelle détermination elle avait ressentie, en se dirigeant vers la succursale centrale de la bibliothèque, à quelques pas de chez elle, pour demander à lire les quotidiens sur leurs longues tiges en bois. Elle avait rarement eu recours à la bibliothèque Pratt. On se serait cru dans un château, comparé à la fadeur moderne de la succursale Randallstown où elle avait emprunté des romans à la mode.

"Il a dû cacher le corps la nuit et le sortir le lendemain.

— Possible. À moins qu'il ne se soit rendu compte qu'il avait fait une erreur en racontant cette histoire, qui suggère qu'il y a un complice, ou une personne au courant de ce qu'il a fait. C'est pour ça qu'il m'a écrit la deuxième lettre, qui raconte sa période à Fort Detrick.

— Et alors ?

— Stephen Corwin a été appelé sous les drapeaux il y a cinq ans. Il a réclamé le statut d'objecteur de conscience comme adventiste du septième jour. On l'a envoyé à Fort Detrick où il a participé à une expérience connue sous le nom d'Opération Whitecoat.

— C'est ridicule, dit M. Bauer. L'armée ne mène pas des expériences qui transforment les hommes en tueurs de petites filles.

— Moi aussi, je trouve ça ridicule, dit Maddie. Comme s'il se raccrochait aux branches. Mais c'est *intéressant*, pas vrai ? Et aucun journal n'en a parlé. J'aimerais écrire le compte rendu de notre correspondance.

— Mais est-ce que ça ne risque pas de vous exposer à tout ce qui vous faisait peur lors de ma première visite ? Des révélations sur votre vie privée ? La honte que ça va causer à votre fils ?

— Pas si c'est sous mon nom. Si je suis l'auteur."

Il eut besoin de quelques secondes pour comprendre ce qu'elle demandait. "Une signature, dit-il. Vous voulez votre nom en haut de l'article. Vous voulez qu'on vous engage et que votre premier papier soit ce scoop pleine page. Mais ça ne marche pas comme ça, Lois Lane. Vous allez faire quoi, vous incruster dans chaque grande affaire de meurtre ? Vous déguiser en ivrogne et partir à la recherche du Tueur aux Morpions qui terrorise les poivrots de Baltimore ? Trouver le type sur la butte herbeuse ? C'est pas ça, être journaliste. Ça fait plutôt de vous une cascadeuse, une Nellie Bly de seconde zone."

Un autre masque venait de tomber. Elle l'avait blessé. Et Maddie, qui savait instinctivement ce dont les hommes ont besoin, sut tout de suite comment rattraper le coup.

"Est-ce que ce serait vraiment une erreur si je l'écrivais avec votre aide, comme un test ? Je serais heureuse de démarrer au bas de l'échelle, de travailler pour monter en grade. Je ne demande pas de faveurs.

— Oh, Maddie, le journalisme rend les femmes grossières. Si vous voyiez la virago qui couvre les syndicats.

— J'aime à me dire que quel que soit mon travail, je resterai très féminine.

— Je n'en doute pas, dit-il. Bon, ça me faciliterait le travail d'avoir les lettres pour les montrer à mes patrons…"

Elle rangea la lettre dans son sac. "Je n'ai pas pris la deuxième avec moi. Je suis venue d'abord. Je suis venue *vous* voir d'abord. Mais il y a deux autres journaux en ville, le *Beacon* et le *Light*. Je devrais peut-être leur rendre visite pour voir ce qu'ils ont à m'offrir."

Deux jours plus tard – deux jours assise à côté de M. Bauer, parfois pour taper à la machine, parfois pour discuter et le laisser récrire, mais en insistant aussi à certains moments pour choisir les mots en train de se former sur le papier de copie de sa machine à écrire acariâtre –, l'article de Maddie parut en une. UN TUEUR S'ÉPANCHE. Il portait la signature de M. Bauer mais son nom apparaissait en italique : *Basé sur une correspondance avec Madeline Schwartz, qui a participé aux recherches ayant abouti à la découverte du corps de Tessie Fine.*

Sa correspondance s'inscrivait dans un récit plus vaste, augmentée par l'enquête de M. Bauer. Un porte-parole de l'armée déclarait avec fermeté qu'il était totalement impossible que les "traitements" auxquels Stephen Corwin avait été soumis aient pu provoquer une psychose. Sa mère le décrivait comme une personne malheureuse qui n'avait cessé de la décevoir, et ne racontait que des mensonges, y compris l'histoire des œufs. Il avait pour amis des hommes louches qu'elle désapprouvait.

Finalement l'avocat de Corwin tenta d'assigner Maddie à comparaître, pour s'entendre répondre que ses notes étaient sous la loi de protection du Maryland parce qu'elle était une employée contractuelle du *Star*. Et si l'avocat du journal laissait entendre que son contrat était antérieur à sa correspondance avec Corwin, et qu'il n'avait donc pas été rédigé à la hâte juste après la requête, il ne le formula pas aussi clairement, et l'avocat commis d'office inexpérimenté renonça à cette ligne de défense, décidant de se concentrer sur l'idée que Corwin n'était pas apte à être jugé.

L'article fit sensation et les journalistes ne parlèrent que de ça pendant plusieurs jours. Maddie était en partie l'héroïne de l'histoire – une séduisante femme presque divorcée piège un tueur d'enfant pour lui faire avouer qu'il a un complice – mais elle ne perdit jamais de vue le fait qu'elle avait *fait* l'histoire et, avec l'aide de M. Bauer, qu'elle l'avait écrite. Après tout, mais elle eut le bon sens de ne pas le mentionner à M. Bauer ni à personne d'autre du *Star*, elle avait désiré dans sa jeunesse écrire de la poésie et des romans, et travaillé au journal du lycée. Où elle avait rencontré Allan Durst, qui avait indirectement failli la détruire.

Mais à ce stade de sa vie, écrire l'aiderait peut-être à se réinventer.

En récompense pour son scoop, Maddie fut embauchée comme assistante de l'homme qui dirigeait la rubrique "Courrier des lecteurs" du *Star*, Don Heath. Il se montra extrêmement sceptique. "Je n'ai jamais eu d'assistant, qu'est-ce qui leur prend de penser que j'ai soudain besoin d'une assistante, s'inquiéta-t-il. Vous pouvez toujours ouvrir le courrier. Quand vous commencerez à être rodée, je vous laisserai vous atteler à certaines des questions les plus faciles, celles qu'on ne publie pas dans le journal."

Au vu des demandes triviales qui se retrouvaient effectivement publiées, Maddie s'interrogea sur le degré de stupidité des autres. Mais elle s'en fichait. Elle avait un bureau. Elle avait un boulot. En ouvrant les enveloppes qui arrivaient quotidiennement, une montagne de plaintes mesquines dignes de Sisyphe, elle s'imagina dans le futur en train d'expliquer à un jeune, en adoration devant elle, comment sa carrière avait commencé. Peut-être à Seth, ou à une salle remplie d'étudiantes. "On dit qu'un long voyage commence avec le premier pas. Eh bien, mon petit voyage, depuis mon bureau au Courrier des lecteurs jusqu'à la vraie salle de rédaction, a commencé avec de longues ouvertures d'enveloppes."

La nuit, Ferdie lui passait de la crème sur les mains en s'inquiétant de la voir abîmer ses jolis ongles. Maddie lui dit, avec une assurance qui différait de son ancienne assurance : "Je ne vais pas passer ma vie à ouvrir le courrier."

Monsieur Courrier des lecteurs

Je n'ai jamais demandé d'assistante et ça me fiche la frousse quand ils m'annoncent brutalement qu'il m'en faut une. Ils m'ont collé au Courrier des lecteurs il y a quatre ans quand j'ai commencé à faire – appelons ça des erreurs. Rien de fatal ou de calomnieux. Je me suis embrouillé un jour, et j'ai dit qu'un banquier local qui recevait une récompense avait été à la fac de Crown à Long Island. Non, je n'en avais jamais entendu parler, mais c'est le nom que j'ai compris. Fichus jeunes gens, toujours en train de marmonner et grommeler à notre époque. Bon d'accord, en fait c'était la fac de Brown dans le Rhode Island. Ils ont corrigé avant la publication. Est-ce que c'est pas à ça que ça sert, un correcteur, à repérer ce genre d'erreurs ? Ils m'ont envoyé chez un ORL, mais mon audition était bonne. Je leur ai dit que j'avais bu un verre ou deux au déjeuner ce jour-là. Ce n'est pas comme si d'autres journalistes ne le faisaient pas. On est un journal du soir. Le délai limite pour la parution en kiosque, c'était quatorze heures. On déposait son papier, on laissait la rédaction bidouiller, on livrait bataille, et puis on allait déjeuner. J'aime aller chez Connolly's, quasiment sur le trottoir en face. Ils font un sandwich au poisson très correct. Et c'est après, au retour, que j'ai fait mon interview. Ça aurait pu arriver à tout le monde. J'ai promis que j'arrêterais de boire. Je ne leur ai pas dit que je n'avais pas bu un seul verre ce jour-là.

Ils m'ont cru. Mais ils m'ont retiré ma chronique et ils l'ont donnée à ce faux cul de Bauer. Oh, un homme charmant, avec ses petites histoires charmantes sur sa charmante famille. Plutôt me crever les yeux que d'écrire ces merdes sentimentales. Ils m'ont donné le Courrier des lecteurs et un bon relecteur, tout en vérifiant occasionnellement mon haleine en douce (enfin, quand je dis en douce…).

Si seulement il y avait un truc à renifler. Je préférerais avoir du gin ou de la vodka sur les lèvres. Mais il faut croire que quand le cerveau se barre en couille, sa pourriture ne sent rien.

D'après mon docteur, je n'ai pas de symptôme de démence. Il oublie – ha ha ha ! le docteur à qui j'ai demandé un diagnostic de démence oublie des choses – que je suis déjà passé par là, j'ai vu de près comment ça se passe. La démence m'a pris ma mère, et ne me dites pas que ces choses-là ne se transmettent pas. Ça a démarré pour elle exactement comme pour moi. Une erreur du cerveau par-ci par-là. D'après mon docteur, le vrai problème, c'est pas quand on oublie. Il me demande si je reconnais les gens de mon entourage, s'il m'arrive d'oublier des mots de base. Pas jusque-là. Mais si c'est le cas, pourquoi ils m'ont donné une assistante ? "Forme-la", ils ont dit. Elle en veut. Pas jeune, mais elle en veut. Ils ne peuvent pas me raconter de salades. Elle a presque quarante ans, qui commence à bosser dans un journal à cet âge-là ? Je me demande si c'est une infirmière, ou quelqu'un qu'on a embauché pour m'espionner. C'est pas de la paranoïa, s'ils ont vraiment décidé de me dégager.

Le syndicat les empêche un peu de me virer, mais le syndicat ne pourra pas me protéger si je fais une grosse bourde, si je tombe vraiment malade. On peut se soûler à mort dans un coin de la salle de rédaction, c'est ce que Ned Brown est en train de faire au moment où je vous parle. Ça, c'est admis. Mais si je me pointe un jour sans pantalon, c'est la porte direct. Heureusement, c'est dur de faire une grosse bourde en dirigeant le Courrier des lecteurs. Même un singe en serait capable. À condition de ne pas devenir sénile.

Pendant la première semaine de l'assistante, je sais pas quoi faire d'elle. Je suis dans un coin, la meilleure place pour se faire oublier. Ils réussissent à lui dénicher un petit endroit à elle, ce qui m'exaspère. J'ai l'habitude d'être tranquille, de parler au téléphone sans qu'on m'entende. Je l'envoie chercher un café, ce qui prend, allez, peut-être dix minutes en tout dans la journée. Je finis par lui donner le courrier, et lui dire de l'examiner. Je dis : "Ça me donnera d'autant plus de temps pour peaufiner ma prose immortelle." Elle rit. C'est le genre de femme qui rit aux blagues des hommes, même quand elles ne sont pas drôles.

La vraie blague, c'est que j'ai la rubrique la plus idiote du journal, mais aussi la plus populaire. Vous n'imaginez pas le courrier que ça produit, et ouais, j'avoue – je ne lis pas tout. Je lis jusqu'à avoir obtenu assez de problèmes pour remplir l'espace. Quatre colonnes par semaine, il me faut au minimum douze bonnes questions. Et il faut que ce soient des plaintes de consommateurs, des trucs que je puisse *régler*. Je ne suis pas aussi célèbre que ma consœur "Dear Abby", mais personne ne le devinerait, à lire mon courrier.

Je crois que personne ne vit jamais assez vieux pour imaginer avec précision la décennie qui va suivre. Vous venez d'avoir trente ans et vous croyez que vous savez à quoi va ressembler votre quarantaine, mais en fait non, et puis la cinquantaine arrive, et alors, qu'est-ce que la quarantaine était bien. J'ai quarante-huit ans actuellement et je ne vais pas faire semblant de savoir à quoi mes soixante-dix ans vont ressembler, à part pour la déception. Parce que jusque-là, chaque décennie m'a apporté moins que ce que j'espérais ; alors pourquoi la suivante devrait être différente ?

Je vais vous faire un autre aveu : j'ai un système pour sélectionner le courrier. Je préfère les lettres tapées à la machine aux lettres écrites à la main, l'écriture masculine à l'écriture féminine, la cursive uniquement, pas de taulards, et je me fiche qu'ils aient la preuve photographique des flics qui leur ont fait un sale coup. Je ne suis pas là pour améliorer les feux de signalisation et comprendre pourquoi il est impossible de rapporter des gants en peau de mouton à Hutzler's même si l'étiquette est encore en place. (Le magasin a fini par accepter de les reprendre en échange d'un avoir. Je suppose que Hutzler's pensait que les gants avaient été volés, et ouais, c'était probablement le cas. Monsieur Courrier des lecteurs n'est pas là pour émettre des jugements de morale.)

Alors je donne le courrier à mon assistante zélée. Elle fait du bon boulot, trop bon peut-être. Elle pige vite, celle-là. Elle pige ce qui fait une bonne question, apprend à reconnaître les faux. Elle vérifie les numéros de téléphone avant de me montrer les lettres, en s'assurant que quelqu'un répond. Elle crée une toute nouvelle catégorie – des problèmes faciles qui ne méritent pas une colonne dans le journal mais peuvent être résolus par un coup de fil rapide. Au départ ça ne me plaît pas, et puis je décide – pourquoi pas ? C'est toujours moi qui donne suite au courrier, moi qui écris la rubrique, et c'est mon style qui la rend populaire. Mon style et le fait que c'est l'une des deux choses dans le journal qui essaie vraiment d'aider les gens. L'autre, c'est la nécrologie. Jamais personne ne me surprendra à le dire en salle de rédaction, mais les gens ont raison de penser que la plupart du temps, les journaux préfèrent les mauvaises nouvelles aux bonnes. Les mauvaises nouvelles font vendre. Un *Happy Valley Gazette*, ça n'a jamais existé.

Celle-là, son ambition crève les yeux. *Vous venez d'où ?* j'ai envie de lui demander. *Vous n'avez pas de mari, jolie comme vous êtes ? Et Bob Bauer, il essaie de vous sauter ? Vous ne seriez pas la première, à ce que j'ai entendu dire. Monsieur Famille, Le Type Bien Professionnel. Y a pas de types bien dans cette branche, mais vous apprendrez ça vite.*

Je lui fais faire ses débuts en l'envoyant me chercher mon déjeuner.

Juin 1966

“Et maintenant, scoop ! On va vous laisser voler de vos propres ailes.”

La silhouette de Calvin Weeks, l’assistant du responsable des pages locales, se profila au-dessus de Maddie, une inquiétante liasse de papiers copies dans les mains. En poste depuis à peine deux semaines, Maddie connaissait déjà la légende de Calvin Weeks et de ses “haricots noirs”, qu’il fourrait généralement dans les casiers des journalistes à la fin de son service. Il tapait ces missives sur du papier carbone, gardant pour lui les originaux et gratifiant les journalistes des duplicatas tachés. C’était peut-être à cause de ces taches qu’on les surnommait haricots noirs, en fait personne ne savait vraiment. Calvin Weeks était l’assistant du responsable des pages locales depuis presque vingt ans, et il dispensait des haricots noirs depuis dix-neuf sur ces vingt.

“S’il fait ce boulot depuis tellement longtemps, ce n’est pas pour rien, avait dit Bob Bauer à Maddie. Vous avez entendu parler du principe de Peter. C’est le corollaire de Cal, la version journalistique du serment d’Hippocrate. D’abord, faites le moins de mal possible. Ça explique ses horaires, de trois heures du matin à onze heures. S'il arrive un gros truc dans la nuit, le rédacteur de nuit prend le relais. Si l'info débarque dans la journée, les vrais patrons sont là. Weeks, c'est au mieux un agent de circulation, qui régule le flux d'articles."

Il était quinze heures trente, Maddie aurait fini le travail dans quatre-vingt-dix minutes. C'était une excuse suffisante pour ne pas se laisser entraîner dans cette galère.

"Je finis à dix-sept heures.

— Je suis sûr que Don ne m'en voudra pas que je vous emprunte."

M. Heath fit oui de la tête, tel un maître livrant son serviteur. Avait-il le pouvoir de faire ça ? Qui était son vrai patron ? Maddie devrait probablement enquêter là-dessus.

"Il y a une petite réception cet après-midi, poursuivit Cal. Normalement on se contenterait d'envoyer un photographe. Mais avec tous les négros qui se font du mouron ces derniers jours, le grand patron a pensé que ce serait une bonne occasion de susciter un peu de bonne volonté et de montrer qu'on n'écrit pas seulement sur les émeutes et les braquages."

Il lui tendit la feuille de papier, le haricot noir, récitant son contenu tandis qu'elle le parcourait des yeux : "Violet Wilson Whyte fête sa vingt-neuvième année dans la police aujourd'hui. C'est pas rien, non ? Le premier flic négro était une femme. Alors on lui organise une petite réception, au quartier général. Vous y allez, vous récupérez deux trois citations – comment elle a commencé, comment elle est honorée, rutabaga, rutabaga – et vous pondez quinze lignes. On le passe dans le journal demain."

Rutabaga, rutabaga était un autre tic de Cal, sa version personnelle de blablabla. Ça non plus, personne ne savait comment ça lui était venu. Il rappelait à Maddie un acteur qu'elle avait vu dans *Le Roi et moi* à Painters Mill, un acteur que sa médiocrité n'empêchait pas d'être extraordinairement content de lui tandis qu'il se pavanait sur scène sous le chapiteau du théâtre. Il était entré pour sa scène en descendant d'un pas martial l'aile jouxtant le fauteuil de Maddie, sa cape volant derrière lui, même si Maddie avait des doutes sur le fait que la royauté du Siam portait des capes. L'ourlet de la cape, tourbillonnant derrière lui dans la chaleur estivale, avait fouetté le coin de son œil. Ça ne lui avait pas fait mal, mais le contact inattendu l'avait fait sursauter et Maddie avait poussé un petit cri. L'acteur s'était retourné pour la regarder avec un grand sourire, comme s'il lui avait fait un cadeau, avant de continuer à avancer vers la scène, où il entreprit de massacrer les chansons d'Oscar Hammerstein, livrant une performance qui se voulait une imitation de Marlon Brando dans *Un tramway nommé désir*.

Elle fit une nouvelle tentative. "Je finis à dix-sept heures.

— Dans ce cas, vous feriez mieux de vous dépêcher."

Elle était presque sûre d'avoir compris la situation. Le communiqué de presse était arrivé tard, mais un quelconque supérieur exigeait que ça soit fait et Cal servait les intérêts du grand patron. L'année s'annonçait comme une période de grande agitation à travers tout le pays, des émeutes se déclenchant dans de nombreuses villes. Jusqu'à présent, Baltimore avait été épargnée. On offrait à Maddie cette "grande chance" parce que Cal supposait qu'elle était trop timide pour déclarer des heures supplémentaires, ou qu'elle était assez obsédée par l'idée d'avoir sa signature en haut d'un article pour oublier son droit à des heures supplémentaires.

Il avait raison sur les deux plans.

Elle marcha jusqu'au quartier général de la police et montra son badge du *Star*. On lui répondit que ce n'était pas une carte de presse.

"Je sais", dit-elle. C'était faux. "Mais je travaille là. Ils m'ont envoyée parce que M. Diller n'a pas le temps."

Pourtant Diller, le journaliste couvrant la police, était dans la pièce. Pourquoi ne pouvait-il pas écrire l'article ? Maddie, encore une fois grâce aux explications de Bob Bauer, le savait. Diller était incapable d'écrire *quoi que ce soit*. Il dictait les faits, puis un rédacteur les mettait en forme pour obtenir un article publiable. C'était un boulot de débutant, et la plupart des journalistes avaient tendance à abandonner la police le plus vite possible, parce qu'eux avaient envie d'écrire les mots sous leur signature. Diller, lui, n'avait aucune envie de monter en grade. Diller était capable de dicter les faits correspondant à la mort d'une femme noire ; il était capable de le faire dans son sommeil. Mais confronté à une histoire sans crime, il n'aurait jamais su par où commencer.

Maddie, tout excitée, sortit son carnet de reporter tout neuf, et elle s'efforça de suivre les compliments banals que le représentant de la police débitait machinalement. Elle n'avait jamais appris la sténo et elle n'était pas sûre de savoir comment elle était censée noter exactement des citations, mais elle fit de son mieux à la volée, en créant ses propres abréviations. La pièce était pleine de monde, mais c'est le gâteau, non Violet Wilson Whyte, qui semblait au cœur de l'attraction. Quand le représentant de la police insista pour que l'héroïne de la soirée dise quelques mots, elle se contenta de quelques commentaires brefs, prononcés d'une voix douce, mais avec une assurance et une autorité évidentes.

“Merci, dit-elle. Je voudrais juste dire que je suis heureuse d’être là, vingt-neuf ans après mes débuts. Mais mon travail ici n’est pas encore fini, pas encore.” Elle appuya fortement sur ces deux derniers mots.

“À vingt-neuf nouvelles années !” cria quelqu’un du fond de la pièce. *Stupide*, pensa Maddie. *Et même grossier.* Ça sonnait comme un sarcasme, comme si l’homme qui était intervenu se moquait de Mme Whyte. Elle se demanda si Ferdie était là. D’autres agents de police noirs avaient certainement dû être invités au quartier général pour cette célébration particulière. Mais la foule était assez éparse, et très blanche.

Elle posa quand même la question à Diller. Pas sur Ferdie, mais sur l’absence de Noirs en général.

“C’est une farce à l’intention de la presse. Quel flic reçoit une réception pour ses vingt-neuf ans de service ? Ils ont organisé ça à la dernière minute. Clairement une arnaque de relations publiques pour rappeler à tout le monde qu’ils ne se contentent pas de faire exploser la tête des négros.

— Dans ce cas, pourquoi on le couvre ?”

Il la regarda bizarrement : “Attendez, vous êtes bien du *Star* ?

— Oui, je suis Maddie…”

Mais il était déjà parti, après avoir obtenu sa part de gâteau, de la taille d’une brique d’angle. Il était au milieu d’un groupe d’hommes. Probablement des journalistes comme lui. Comment appelait-on un groupe de journalistes ? *Troupeau serait pas mal*, pensa Maddie. *Une bande de corbeaux, un troupeau de journalistes.*

Elle s’approcha de l’invitée d’honneur, carnet à la main, et se présenta comme une journaliste. On l’avait envoyée en reportage, non ?

Mme Whyte se montra réticente. “J’ai eu beaucoup d’occasions de parler de moi. Si vous avez consulté vos dossiers avant de venir – et évidemment je suis sûre que vous l’avez fait – vous devez tout savoir de moi.”

Un reproche voilé, bien mérité. Maddie aurait dû sortir les archives des journaux de la bibliothèque. Elle rougit, mais elle ne retournerait pas en salle de rédaction sans un article. On la testait, et Maddie avait toujours réussi ses examens.

“Qu’est-ce quc ça fait, d’être la première ?

— Ce n’est pas très différent d’être la deuxième, ou la troisième, ou la millième.

— Mais le département continue à ne pas employer tant de Noirs que ça. Et ils n’ont pas l’autorisation de faire autant de choses que leurs collègues blancs.” C’est Ferdie qui le lui avait dit, évidemment. Les Noirs pouvaient être patrouilleurs ou aux mœurs, et pas grand-chose de plus. Pas de véhicules, pas de radios. Maddie avait choisi de ne pas demander à Ferdie comment il réussissait à obtenir un véhicule de patrouille pour ses visites nocturnes chez elle.

Mme Whyte, visiblement étonnée par le savoir de Maddie, s’adoucit un peu. “Eh bien, disons que depuis le temps, j’ai l’habitude de travailler avec rien. Je patrouillais sur Pennsylvania Avenue dans ma jeunesse. J’avais l’impression d’être plus utile aux enfants du quartier en faisant ce boulot que quand j’étais institutrice. Je ne critique pas les enseignants. Moi aussi je l’ai été et mon mari a fait toute sa carrière dans le système éducatif. Mais plein de femmes étaient enseignantes. Les enfants les voyaient quotidiennement. Quand je quadrillais les rues en uniforme, je leur montrais qu’il y avait d’autres possibilités. Comment imaginer ce qui est invisible ?”

Maddie prenait furieusement des notes. Elle était tellement captivée par la fierté farouche de Mme Whyte à l'égard de son travail qu'elle en oublia presque les questions de base – son âge, le nom de son mari. Puis elle lui demanda où elle avait grandi, comment ses parents avaient réagi à la vocation de leur fille, ce qu'elle faisait pour se détendre à la fin de la journée.

Cette dernière question amusa Mme Whyte. "Regarder un peu la télé, dit-elle. Lire le journal. J'ai essayé le tricot, mais j'étais juste bonne à faire des écharpes, et encore, elles ressemblaient à rien. D'après ma sœur je tenais mal mes aiguilles."

Maddie fut de retour au journal à seize heures trente. Elle tapait vite, mais écrivait plus lentement, et elle rédigea péniblement son article. Pourtant le travail lui plaisait ; ça lui rappelait l'époque du journal du lycée, quand elle écrivait sa chronique en cherchant des bons mots, en distribuant des surnoms aux autres élèves populaires. Il était presque vingt heures quand elle atteignit les quatre cents mots demandés. Elle était trop timide pour appeler le service "copie" comme les autres journalistes le faisaient, alors elle apporta elle-même les pages à Cal.

"Trop long", dit-il, sans même avoir lu, et il se dépêcha de rayer le dernier paragraphe d'une croix rouge.

"Mais c'est la meilleure partie, dit Maddie. C'était une citation de Mrs Whyte disant à quel point elle espérait inspirer les enfants qu'elle voyait tous les jours." *Comment imaginer ce qui est invisible ?*

"Vous n'êtes pas censée mettre ce qu'il y a de mieux à la fin."

Depuis ses débuts au *Star*, Maddie avait lu les journaux avec une attention et une concentration inconnues de son ancien moi. Elle avait remarqué ce qui rendait certains articles vivants, alors que d'autres ressemblaient à un épisode de *Badge 714* : on veut les faits, rien que les faits, m'dame.

"C'est un portrait, non ? Les portraits peuvent avoir…" Elle s'interrompit, doutant du mot et du droit qu'elle avait à l'utiliser. "Les portraits peuvent avoir un chapô, non ?

— C'est censé être quinze lignes sur un négro qui ne fait ni une émeute ni un cambriolage.

— Mais c'est intéressant, dit Maddie. Je pense que l'essentiel est là.

— On a déjà beaucoup écrit sur elle. Soyez contente que ça fasse déjà un article – on aurait pu se contenter d'une photo et d'une légende. Mais si vous êtes bonne, alors peut-être que je vous ferai d'autres propositions."

Si vous êtes bonne. Maddie était lucide. Cal était en train d'essayer de l'exploiter pour de futures missions en fin d'après-midi, comptant sur le fait qu'elle accepte par ambition et sens des convenances. Comptant sur le fait qu'elle ne réclame pas ce qu'on lui devait par humilité.

"Il est vingt heures passées. J'ai fait trois heures supplémentaires. Comment je les ajoute à mon salaire en fin de semaine ?

— Prenez des heures de récup, dit-il d'un ton désinvolte. Je le dirai à Don. Vous pouvez prendre une heure par jour sur trois jours.

— Des heures de récup ?

— De récupération. C'est bon si tout le monde est d'accord. Oh, d'après le règlement vous devez les prendre cette semaine, pour rester au-dessous de quarante heures, mais tout le monde se fiche de ce genre de détails techniques."

Maddie était convaincue que c'était la direction qui se fichait de ce genre de détails techniques.

“Les heures supplémentaires sont payées une fois et demie le taux horaire. Donc est-ce que je ne devrais pas avoir gagné quatre heures et demie ? Sinon je ne vois pas l’intérêt pour moi de prendre des heures de récup.”

Son regard devint glacial, et le peu de gentillesse qu’il avait réussi à feindre disparut de son visage. Avec ses incisives pointues, sa peau trop blanche et ses yeux trop rouges, Cal ressemblait à un vampire ou à un chat albinos. Maddie comprit qu’il n’avait pas de vraie autorité. Comme cela devait lui déplaire.

“Très bien, dit-il. Vous avez gagné quatre heures et demie. À prendre avec l’accord de votre employeur. Qu’est-ce que vous allez en faire ? Profiter d’une pause déjeuner plus longue ? Faire du shopping ?

— Pour l’instant je mets ce temps de côté. On ne sait jamais quand ça peut servir. Vous expliquerez la situation à Don ? Que vous m’avez demandé de faire ça et que j’ai gagné des heures de récup ?

— À prendre avec l’accord de votre employeur, répéta Cal. Vous ne pouvez pas juste annoncer que vous sortez plus tôt. Vous allez devoir vous entendre avec Don.

— Bien sûr.”

Elle s’éloigna, totalement consciente de ne pas avoir répondu à ses questions intrusives concernant l’usage qu’elle comptait faire de son temps. Elle n’avait absolument pas l’intention de lui dire qu’elle avait prévu de trouver un autre moyen de s’introduire dans le journal. Un vrai article.

Quand le *Star* sortit le lendemain, son papier avait été réduit à cinq paragraphes. Il n’y avait aucune trace du nom de Maddie et toutes les expressions et citations qu’elle avait trouvées vivantes ou réussies avaient été supprimées. Elle s’en fichait. Elle le découpa et le rangea dans un dossier en kraft sur son bureau, qu’elle nomma, après réflexion, “Morgenstern, Madeline”. Quand elle écrirait sous son nom, elle utiliserait peut-être celui-là.

Elle ouvrit les lettres qu'elle avait abandonnées quand Cal l'avait envoyée au quartier général. Deux d'entre elles avaient du potentiel et elle les mit de côté pour M. Heath. Une autre était de son ressort. Un passant avait remarqué que les éclairages de la fontaine de Druid Hill Park étaient cassés. Elle appellerait le département des Travaux publics le lendemain pour signaler la panne. Ça ne méritait pas de figurer dans la rubrique. Désormais elle savait faire ce genre de distinctions et elle était fière des initiatives qu'elle prenait. Bob Bauer l'avait prévenue que Heath avait peur qu'elle essaie de lui piquer son boulot.

Les ambitions de Maddie étaient bien plus hautes, tellement hautes qu'elle avait du mal à savoir précisément ce qu'elle convoitait. Elle dorlotait et chouchoutait M. Heath, lui rapportant des cookies de chez Entenmann's ou une tranche de gâteau marbré Sara Lee avec sa tasse de café de l'après-midi. Elle regagna vite ses bonnes grâces. Quatre heures et demie, à utiliser comme elle le désirait. Mais comment désirait-elle les utiliser ? Que pouvait-on faire de quatre heures et demie ?

Un électricien dans un canot s'apprêtait à lui donner la réponse.

Madame la Loi

Je n'en voulais pas, de cette réception. À qui on offre une réception pour ses vingt-neuf ans dans la maison ? Je ne partirai pas avant d'avoir été nommée capitaine, comme je l'ai dit à mes supérieurs souvent. *Très* souvent.

Mais j'ai compris ce qui se passait, pourquoi le département voulait me fêter, pourquoi il y avait des photographes, et carrément une journaliste, même si, malgré son âge, elle m'a fait l'effet d'une débutante. Je me suis dit : *En voilà une qui va devoir prendre de l'assurance si elle veut faire ce métier, pas de doute.* On m'a déjà pas mal interviewée, pour de vrais articles de fond. Je n'avais vraiment pas besoin d'être prise en photo, une pelle à tarte à la main.

Je n'ai jamais manqué d'assurance. Mon père m'a appris à ne pas avoir peur de la mort, ce qui explique mon aptitude à faire mon travail. Ne pas avoir peur de la mort ne veut pas dire n'avoir peur de rien. Ça veut dire que je n'ai pas peur de l'endroit où j'irai après ma mort. Je n'ai pas mené une vie irréprochable. Mais je suis une femme chrétienne, je prie mon Dieu de me guider à travers mes épreuves, de me pardonner quand je m'écarte du droit chemin, de me tendre la main pour m'aider à le retrouver.

Souvent les choses que les gens pensent que je devrais aimer ne me plaisent pas. Je n'aime pas les fêtes. Je n'aime pas être photographiée. Je n'aime pas être au centre de l'attention. Je n'ai vraiment pas aimé être invitée dans cette émission de télé, "To Tell the Truth", mais au moins, moi, j'ai dit la vérité. Ce qui n'empêche qu'il y avait quelque chose de choquant là-dedans. Le principe de l'émission, c'est d'inviter quelqu'un d'un peu étrange, voire d'anormal. Je ne suis pas anormale. Je suis une femme diplômée de l'université qui s'est souciée du sort des enfants, les miens – j'en ai quatre, deux à moi et deux que j'ai adoptés – et tous ceux qui habitaient dans les quartiers où je patrouillais. D'une certaine manière, j'ai joué un rôle de travailleuse sociale plus que d'agent de police. Mais je pense que j'en ai fait plus pour eux que les travailleurs sociaux. Quand une assistante sociale sonne chez quelqu'un, elle est l'ennemie, la fouineuse. Quand je rends visite aux mères de famille – généralement parce qu'on a eu vent de comportements grossiers ou de débordements liés à l'alcool –, je suis secrètement la bienvenue. Elles savent que je comprends, que je m'intéresse à elles. Mais je dois toujours faire passer en premier l'intérêt de leurs enfants.

On m'a appelée "Madame la Loi". Ça me plaît, surtout le "Madame". Je suis fière de mes bonnes manières, de ma distinction. Dans les années cinquante, à l'époque où j'ai supervisé beaucoup de femmes plus jeunes que moi, j'insistais sur l'importance des bonnes manières, d'une apparence élégante. Il n'y avait pas de raison que notre travail nous rende masculines ou grossières. Parfois j'ai dû me transformer en une espèce d'institutrice sévère. J'attrapais des gamins qui séchaient l'école pour s'introduire en douce dans des cinémas. Je leur disais qu'ils avaient le choix : je pouvais les ramener chez eux ou à Cheltenham. Ils choisissaient toujours de rentrer à la maison.

Je suppose qu'ils pensent que je devrais prendre ma retraite. J'aurai soixante-neuf ans à l'automne. Peut-être que la réception était un indice. Mais je fais comme si les indices n'existaient pas, je me fiche des regards en coin, des critiques qu'on chuchote et que je suis censée avoir entendues, ou pas. Si quelqu'un a quelque chose à me dire, qu'il me le dise en face. Je ne suis pas prête à m'en aller. Je n'ai pas planifié mon enterrement. Même le jour où je me suis retrouvée au bout d'un fusil, avec cet homme qui prétendait être un messager de Dieu alors que c'était juste un mac qui vendait des jeunes filles, même ce jour-là ne m'a pas donné envie de préparer mon enterrement. Alors quelle raison j'aurais de le faire aujourd'hui ? J'ai l'intention de vivre encore longtemps. Et mon héritage ira bien au-delà du fait d'avoir été la première.

Voilà ce que je tentais d'expliquer à la journaliste, tellement timide pour quelqu'un qui a largement dépassé la trentaine. (Le truc avec les Blancs, c'est que c'est très facile de deviner leur âge. Leur peau révèle leur âge aussi sûrement que les cernes d'un arbre.) Bon, en même temps j'avais quarante ans quand j'ai commencé ce boulot. Je suppose qu'il n'est jamais trop tard pour entamer une carrière. Peut-être que j'en entamerai une troisième en partant d'ici. Je crois que je ferais un bon pasteur. Mais je préfère *agir*, au lieu d'exhorter les autres à le faire. Je pourrais peut-être créer une société ou une œuvre de charité, en exploitant mon expérience annuelle de collecte de paniers-repas. Mais je ne me servirai jamais de “Madame la Loi”. Ce serait indigne. Le nom partira avec moi.

Le lendemain, à la parution du journal du soir, ma photo est dedans, avec juste quelques paragraphes, et en plus par endroits la fille a mal cité mes propos. Mais un des agents en patrouille dans le Northwest, Ferdinand Platt, m'arrête dans l'entrée pour me poser des questions, plutôt frivoles selon moi. *Qu'est-ce que j'ai pensé de l'article ? Je l'ai aimé ?* Je lui réponds la vérité, que les articles sur moi ne m'intéressent pas trop, qu'il y en a eu beaucoup depuis le temps. Pourquoi ? Parce que mon nom paraissait dans la presse longtemps avant que je devienne agent de police, pour mon travail avec le Syndicat des femmes chrétiennes pour la tempérance à travers tout le pays. Je tiens l'alcool pour l'un des plus grands fléaux de notre époque. La drogue aussi, évidemment, mais l'alcool est légal. Quand je passe en voiture devant la brasserie Carling sur la Beltway, je sens une odeur plus forte que celle du houblon brûlé. C'est celle des familles détruites et brisées. J'ai témoigné devant la commission Kefauver sur le danger de la drogue, mais l'alcool est même pire, en termes de coûts pour la société. Oui, je comprends le paradoxe de la prohibition. J'étais une femme adulte à l'époque. J'ai vu ce qui s'est passé. Mais je ne suis pas sûre que la solution était de le légaliser.

Ce jeune Ferdinand doit probablement trouver ça énorme d'avoir son nom dans un journal. C'est un homme séduisant, un peu trop séduisant pour son propre bien. La rumeur dit qu'il est aussi trop proche de certains hommes de notre communauté, et plus précisément d'un homme très mauvais qui tente de se dissimuler derrière des hommes bien. Shell Gordon est une honte. Il possède cet endroit sur Pennsylvania Avenue, un établissement de second ordre où les filles sont obligées de porter ces tenues atroces. Ferdie Platt est un habitué, d'après ce que j'ai entendu, et il connaît les clients. Un petit vice, comparé aux autres vices de ce département.

En plus, c'est peut-être même le signe que c'est un bon policier. Tous les Shell Gordon de l'univers, aussi criminelles que soient leurs activités, sont profondément attachés au maintien de l'ordre. C'est de leur ressort de créer et d'organiser le chaos et la criminalité, et ils ne toléreront pas que des travailleurs indépendants s'en mêlent. Je sais qu'au début de l'enquête, des gens du club ont essayé d'aider la police à comprendre ce qui est arrivé à Cléo Sherwood. Ses parents sont des gens bien. Je ne sais pas pourquoi cette fille a mal tourné. J'ai cru comprendre qu'elle a commencé à se déchaîner à l'adolescence. Certaines filles sont juste tellement jolies que ça devient un danger et elles ne savent pas quoi faire de leur beauté. Je n'ai jamais été une jolie femme, mais je ne crois pas être vaniteuse en disant que je suis assez attirante. Élégante, avec une belle peau. M. White n'a jamais eu à se plaindre.

C'est dommage que je n'aie jamais rencontré la jeune Cléo. Je suis sûre que j'aurais pu l'aider à retrouver le droit chemin.

Et alors comme ça tu as rencontré Madame la Loi, Maddie Schwartz. Je la connaissais quand j'étais petite. Tous les gens du quartier la connaissaient. C'est elle qui m'a consolée quand ton futur mari m'a fait pleurer. Milton faisait souvent pleurer les enfants. Tu le savais ? C'était un pauvre garçon trop gros, assis dans un coin de l'épicerie de sa famille, le nez plongé dans ses livres. J'avais seulement six ans, j'étais en CP, et cet étudiant à la fac a décidé de se moquer de moi parce qu'il a entendu un autre gosse m'appeler par mon surnom, Cléo. Mon vrai prénom c'est Eunetta. J'imagine que tu peux comprendre que j'aie préféré Cléo.

Mon surnom, c'est d'autres enfants qui me l'avaient donné, comme c'est généralement le cas des surnoms. Je suppose qu'il y a des gens qui se rebaptisent eux-mêmes, mais c'est un peu triste, non ? On étudiait l'Égypte ancienne et il y avait un dessin de Cléopâtre de profil. Un garçon, pensant se moquer de moi, a dit : "Mme Henderson, on dirait Cléo, avec son nez toujours pointé en l'air." Mon nez est – était – splendide. Droit, délicat, des proportions parfaites. Un peu comme si je m'étais trimbalée avec un diamant de dix carats que personne ne pouvait m'arracher. Alors les gens essayaient de me mettre mal à l'aise, ils essayaient de prétendre que ma beauté était de la laideur, ils faisaient semblant de confondre haut et bas, blanc et noir. Mais leurs moqueries ne m'atteignaient pas parce qu'ils étaient incapables de dissimuler leur envie. J'avais les yeux clairs, une jolie bouche, des pommettes hautes. Mais en fait c'est mon nez qui structurait tout mon visage et me rendait belle. Aussi vaniteux que ça puisse paraître, mon physique ne m'a jamais mise mal à l'aise. C'est peut-être un tort. Les hommes ont commencé à me tourner autour bien trop tôt, quand j'avais quatorze, quinze ans, et à vingt et un ans, j'en avais déjà marre de les repousser. C'est comme ça que je me suis retrouvée avec deux bébés sur les bras, et zéro mari.

Très vite tout le monde m'a appelée Cléo ; personne ne se souvenait d'Eunetta, et personne n'avait l'air de se rendre compte qu'ils m'avaient sauvée de la seule parcelle de laideur que je possédais. Je n'y ai plus repensé jusqu'au jour où Milton a entendu mon cousin m'appeler par mon surnom, dans le magasin de ses parents : "Tu vas faire quoi de tes sous, Cléo ?" Oncle Boîte était venu nous rendre visite. C'était pas notre oncle et je ne sais pas pourquoi on l'appelait Boîte ni ce qu'il est devenu. Tout ce qu'on en savait alors, c'est qu'il allait et venait, et quand il venait, c'était la fête, une fête sans raison précise, les meilleures. Les enfants recevaient de l'argent sous le regard noir de mon père qui restait dans son coin. Mon père détestait les fêtes, s'amuser, tout ce qui suggérait qu'on puisse profiter de notre passage sur terre.

"Probablement des bonbons", j'ai répondu au cousin Walker.

"Cléo ? a demandé Milton tandis que je poussais mon argent vers lui. C'est quoi ce nom ?

— Le diminutif de Cléopâtre. Les gens disent que je lui ressemble."

Il a éclaté de rire. "Comme si une pauvre idiote de couleur pouvait ressembler à Cléopâtre ! C'est le truc le plus stupide que j'aie entendu de ma vie. C'était une reine. Toi t'es qu'une pauvre boula."

"Boula." C'est absolument le mot qu'il a employé. "Boula", diminutif de "Bamboula". Les autres enfants ont ri, comme s'ils n'étaient pas concernés par le mépris de Milton. J'étais toute seule, la risée. J'ai fondu en larmes et je suis sortie du magasin en courant, en oubliant mes bonbons et mes sous.

"Pourquoi tu pleures, ma petite ? Tu t'es perdue ? Tu as des ennuis chez toi ?"

J'ai levé le visage, le bras contre l'arête de mon nez, mon magnifique nez droit, honteuse de mes larmes. Mes camarades de classe me feraient payer ces larmes. Elles auraient envie de les refaire couler. Elles voudraient essayer de voir si elles pouvaient me briser, comme cet horrible gros Milton Schwartz l'avait fait. J'ai levé les yeux, en haut, tout en haut, jusqu'au visage de Madame la Loi. Tout le monde connaissait Mme Whyte. Elle était de la police, mais elle était gentille. Elle n'avait pas envie d'enfermer les gens, sauf si elle était obligée, mais gare à vous si jamais vous descendiez la rue avec une bouteille dans un sac en papier quand Mme Whyte était de sortie.

J'ai bredouillé mon histoire dans un fatras de mots pleins d'une humiliation cuisante, mais pas un détail ne lui a échappé.

"Il y a des gens, des érudits, qui pensent que Cléopâtre était nubienne, elle m'a dit. Allez viens, on va aller récupérer tes sous au magasin."

Elle m'a escortée dans l'épicerie. J'ai récupéré mes bonbons et mon argent, ce qui m'a sidérée. C'était ça la justice, c'était ça la loi ? Est-ce que Milton devait me donner des bonbons gratuitement parce qu'il avait tenté de me voler quelque chose ? Quand quelqu'un essayait de vous faire du mal, est-ce que sa dette était supérieure à ce que vous méritiez ? Qui a une dette envers toi, Maddie Schwartz, et toi, à qui dois-tu quelque chose ?

En tout cas, je me suis promis à six ans que plus personne ne m'enlèverait jamais ma dignité. C'est difficile de tenir les promesses qu'on se fait quand on est petit, comme tu l'as appris, Maddie Schwartz. Mais pendant vingt ans j'ai réussi à conserver ma dignité. Aucun homme ne m'a fait pleurer, pas même les deux hommes qui m'ont abandonnée avec deux petits garçons, et sans alliance. Je marchais tête haute, même quand j'étais habillée avec les vêtements des cartons de l'église. J'étais Cléopâtre, une reine nubienne en cachette.

Et c'est alors que j'ai rencontré un homme, le roi que je désirais depuis toujours, et ça en a été fini de moi.

Là, ça se passait cinq, presque six mois plus tard. L'eau du lac se réchauffait, se modifiait. De minuscules créatures mordillaient ce qui restait de mes vêtements. Des rayons de lumière perçaient l'obscurité à midi, sans pouvoir m'atteindre. Cette chose que j'étais devenue, ce lambeau de corps malpropre qui s'agitait et avait pris la place de mon corps magnifique – il bougeait, avec pour résultat de bloquer ou déconnecter un fil électrique. Un homme qui avait un rendez-vous au vivarium, une nuit, remarqua que les lumières de la fontaine avaient cessé de fonctionner. Du moins j'ai décidé que c'est ce qu'il devait être, et ce qu'il manigançait. Un homme avec une vie clandestine, le cœur battant, tous les sens en alerte. Tous les gens du quartier savaient quel genre d'hommes traînaient autour du vivarium la nuit. Qui se ressemble s'assemble. Un homme qui a une vie clandestine doit bien être capable de deviner l'existence d'un secret au cœur de la vie ordinaire, de sentir que les ampoules cassées appartiennent à une histoire plus vaste. Une histoire plus morbide. Il a écrit une lettre au Courrier des lecteurs, en demandant comment il se faisait qu'on ait pu laisser s'éteindre cette lueur de beauté civique. Il m'a envoyée vers toi ; tu as envoyé un homme à la fontaine, traversant à la rame le lac qui ressemblait au fleuve des Enfers dans les mythes qu'on nous apprenait à l'école.

Puissiez-vous tous pourrir en enfer.

Quelle était la citation, déjà, qu'on nous apprenait à l'école ? "Faute d'un clou, le fer fut perdu…" Eh bien faute d'une ampoule, on s'apprêtait à me retrouver, et oui, un royaume serait perdu. Des vies entières seraient ruinées, un roi serait renversé, des cœurs seraient brisés.

Et tout ça par ta faute, Maddie Schwartz. Moi j'avais eu le bon sens et la dignité de me taire.

DEUXIÈME PARTIE

Juin 1966

Quand Maddie sortit de l'ascenseur, une boîte en carton du snack-bar à la main, elle enregistra aussitôt ce qu'elle pouvait seulement décrire comme une absence. Il manquait quelque chose dans la salle de rédaction, lieu déjà familier et cher à son cœur. On avait supprimé une couche sonore. Les machines à écrire continuaient à claquer et chanter, les téléphones à sonner, mais les conversations s'étaient tues. Plus de cris, plus de rires. Ne subsistaient que les murmures indispensables, le strict minimum de mots requis pour que le rouleau compresseur du journal produise sa dernière édition, celle aux huit étoiles.

La responsable des articles de fond, une femme à la poitrine abondante et au visage rouge, Honor Livingston, attendait dans le cagibi du Courrier des lecteurs avec le rédacteur en chef du journal, M. Marshall. Ça lui donna l'impression que Dieu en personne traînait à côté de sa boîte aux lettres. Maddie posa le carton contenant le sandwich et le café. Ses mains tremblaient. Une catastrophe s'était produite, elle ne voyait pas d'autre explication. Seth ? Milton ?

“Madeline Schwartz, commença M. Marshall.

— Oui", dit-elle, en réponse à une question qu'il n'avait pas posée. C'était inquiétant qu'il connaisse son nom. Avait-elle des ennuis ? Qu'est-ce qu'elle avait bien pu faire ? Avait-elle fait une erreur dans son article sur Mme Whyte ? Une grave erreur ? Elle était encore à l'essai, on pouvait la licencier sans motif. Peut-être que Cal avait proféré une horrible accusation contre elle, parce qu'elle avait eu le courage de se défendre sur la question des heures supplémentaires.

"Il y a deux policiers dans mon bureau qui attendent de vous parler."

Ses genoux cédèrent et elle chercha un soutien, paumes à plat sur le bureau. *Seth*, hurlait une partie de son cerveau, même si une autre partie murmurait : *Ferdie.* Mais personne n'était au courant pour Ferdie. Elle avait des ennuis. Un événement terrible s'était produit.

"On n'a pas beaucoup de temps, se dépêcha de dire M. Marshall à voix basse. On a eu de la chance que vous soyez partie déjeuner à leur arrivée." Maddie enregistra l'inexactitude de la phrase ; elle était sortie *chercher* le déjeuner, pas déjeuner. La plupart du temps, elle rapportait des plats de chez elle. "La police est ici parce que, d'après M. Heath, vous avez appelé le département des Travaux publics au sujet de l'éclairage de Druid Hill Park.

— Oui, ça m'arrive de le faire. Gérer des petits problèmes. Je n'aurais pas dû ?

— Un ouvrier a trouvé un corps là-bas, une Noire. Ils veulent savoir pourquoi vous avez appelé, ce que vous pouvez leur dire sur la personne qui s'est inquiétée de l'absence d'éclairage.

— C'était une lettre." Elle essaya de se rappeler le moindre détail possible. Écrite à la main, par un homme. Est-ce qu'il y avait son nom ? Elle le pensait, mais elle se souvenait aussi qu'elle s'était dit que le nom était faux.

Pas John Smith, mais un nom générique du même genre. Elle n'avait pas vérifié le nom parce que la lettre n'était pas publiée dans le journal, si bien qu'il était inutile d'enquêter sur l'expéditeur. (Une fois, M. Heath avait publié une lettre signée "Seymour Fesses" et désormais Maddie était censée repasser derrière lui.)

"Et vous vous en êtes débarrassée", affirma M. Marshall.

Elle s'apprêtait à dire non, qu'elle conservait un dossier contenant les réponses qu'elle avait elle-même gérées, jusqu'à ce que les problèmes soient résolus. Mais les yeux bruns très enfoncés de M. Marshall soutenaient son regard et elle devina, comme cela lui arrivait souvent, ce qu'un homme avait envie d'entendre.

"On ne *conserve* pas les questions qui ne sont pas publiées, dit-elle avec une lenteur voulue. Ce serait absurde.

— Bien." M. Marshall hocha la tête. "L'avocat-conseil du journal est dans mon bureau. Que diriez-vous que je vous y emmène pour que vous expliquiez aux enquêteurs qu'on ne garde pas, pardon qu'on ne conserve pas les questions qui ne sont pas publiées ?"

Entendre M. Marshall citer ses propres termes fut un moment de gloire. Elle devait avoir choisi les mots justes. Véridiques, mais simultanément trompeurs. La lettre concernant la fontaine aurait été jetée d'ici la fin de la semaine. Mais pour l'instant elle figurait encore dans ses dossiers.

Les officiers de police qui l'attendaient étaient des enquêteurs de la brigade criminelle, des hommes qui n'avaient pas l'air très différents des journalistes des pages locales. Pas plus de la quarantaine, mais prématurément vieillis par leurs boulots et les mauvaises habitudes que ces boulots encourageaient. Ils furent déçus d'apprendre qu'il était d'usage de jeter les lettres non publiées et ils poussèrent Maddie à se souvenir du moindre détail enfoui dans sa mémoire. Elle dit qu'elle ne se souvenait pas du nom de l'expéditeur, excepté qu'il s'agissait d'un homme. Il disait qu'il était passé devant la fontaine tard dans la nuit. Personne ne savait avec certitude depuis quand l'éclairage était cassé, mais le département des Travaux publics doutait que le problème puisse dater d'il y a longtemps. On lui avait dit qu'il n'avait pu s'écouler que quelques jours avant que quelqu'un remarque que la fontaine était plongée dans le noir.

"Une idée sur l'identité du corps ? demanda M. Marshall aux enquêteurs. Sur la cause de la mort ? Et comment ça a atterri là ?"

Ça.

"Le corps est dans un sale état." Les enquêteurs avaient l'air de scruter le visage de Maddie, pour voir si ce détail la surprendrait. "Une Noire. On... Enfin on n'en dira pas plus pour l'instant."

Vous ne nous dites pas tout ce que vous savez, alors on ne vous dit pas tout ce qu'on sait. Comme les hommes adultes pouvaient se montrer puérils, un genre de puérilité qui épargnait les femmes, du moins pour ce que Maddie en savait. Renfrognés et grincheux, n'en ayant jamais fini de jouer selon les règles en vigueur dans un terrain vague, obsédés par les questions d'équité et de taille. Bien sûr que les femmes aussi se souciaient de questions de taille, mais elles apprenaient très tôt à surmonter l'idée selon laquelle la vie consistait en une répétition d'échanges équitables. Une fille découvrait presque au berceau que les choses ne seraient jamais équitables.

Comme pour prouver ce dernier point, M. Marshall la congédia, laissant entendre que sa présence ici n'avait aucune importance. Elle était un instrument, ni plus ni moins qu'une machine à écrire ou son casque téléphonique. Elle transmettait l'information, mais elle était incapable de dire *comment*. Maddie ouvrit le courrier du jour, bouillant de rage. Combien de crimes plus graves étaient dissimulés dans les plaintes mesquines critiquant le fonctionnement de la ville ?

Mais une heure plus tard, après le départ des enquêteurs, on la rappela en lui demandant d'apporter tous les dossiers qui "selon elle pourraient être pertinents".

Le rédacteur en chef avait un bureau somptueux. Les émotions qui la submergeaient lors de sa première visite l'avaient empêchée d'y prêter attention. Une table immense, probablement en acajou ; un fauteuil en cuir ; une lampe projetant un éclairage vert. Les invités s'asseyaient dans des fauteuils bergères rembourrés. L'ensemble formait un violent contraste avec le chaos miteux de la salle de rédaction.

"Je veux être clair au sujet de ce qui vient de se passer, dit M. Marshall, recroquevillé au-dessus de ses mains serrées. Nous sommes de bons citoyens. Nous coopérons avec la police s'il le faut. Mais nous voulons savoir ce qu'on a en main avant de le partager. À partir du moment où la police prend connaissance de vos dossiers, on peut très bien ne plus jamais les revoir. Ils pourraient être saisis comme preuves.

— Je ne crois pas qu'il y ait grand-chose là-dedans", dit-elle, en lui tendant la chemise kraft où elle conservait "ses" problèmes, les lettres qu'elle sélectionnait pour les résoudre, elle, l'invisible Madame Courrier des lecteurs. À moins qu'elle ne soit redevenue une "Mademoiselle" ? Aucun de ces termes honorifiques ne lui convenait. Madame était Mme Milton Schwartz, qui avait tenu son foyer avec une aisance impitoyable. "Mademoiselle" était une fille de dix-sept ans.

"Pourquoi est-ce que vous ne sortiriez pas la lettre pour nous la lire ? suggéra-t-il. Après tout, vos empreintes doivent déjà être dessus. On ne peut pas conserver sa pureté à la preuve, mais on peut éviter de la contaminer encore plus."

Elle retrouva facilement la lettre, avec l'enveloppe agrafée, même si l'unique information qu'elle fournissait tenait au timbre, établissant qu'elle avait été postée à Baltimore la semaine précédente. La requête était directe. Le nom, Bob Jones, sonnait encore plus faux désormais.

"On ne vérifie pas l'identité des gens si on ne cite pas la lettre", expliqua-t-elle. Elle se rendit compte que M. Heath n'avait pas été invité à la réunion, et cela la remplit de fierté, même si elle ignorait pourquoi.

"Pas grand-chose à en tirer, dit M. Marshall. J'avoue que j'espérais que ça nous fournirait une petite piste, de quoi coiffer les autres au poteau.

— Femme noire dans la fontaine, dit le chef du service des pages locales, Harper. Je ne ferais même pas l'ouverture avec. Diller dit qu'il a entendu qu'il s'agit probablement d'une femme qui a disparu un peu plus tôt dans l'année, une serveuse du Flamingo, la boîte de Shell Gordon. L'*Afro* s'est mis sur le coup, mais apparemment ils n'ont pas trouvé grand-chose."

L'avocat du journal fixait Maddie. "Vous êtes la femme qui a piégé Stephen Corwin."

Elle rougit. "*Piégé* n'est pas le mot que j'emploierais. Je me suis contentée de lui demander de m'écrire."

M. Marshall reprit le fil. "Et vous voilà qui passez un coup de fil presque par hasard au département des Travaux publics et un corps remonte à la surface !"

Elle eut le sentiment qu'on l'accusait de quelque chose. D'ingérence ? De malhonnêteté ? Aucun de ces termes n'était entièrement faux, mais est-ce qu'on ne devrait pas plutôt louer ses qualités de fonceuse, d'employée à l'instinct prometteur ? Elle décida de ne rien dire. Le moment était lourd de sens. Quelque chose était sur le point de se passer. Elle allait être récompensée, ou repérée. Au minimum ils diraient à M. Heath qu'elle n'était pas sa secrétaire personnelle.

Au lieu de quoi, on la congédia pour la deuxième fois de la journée. "Merci pour votre aide, Madeline."

Elle n'avait même pas parcouru trois mètres qu'elle entendit des éclats de rire tapageurs en provenance du bureau du rédacteur en chef. Elle ne pensa pas qu'ils se moquaient d'elle, mais elle ne se sentit guère mieux, vu la vitesse avec laquelle ils étaient passés à un sujet privé suscitant leur hilarité. Déprimée, elle se rendit aux toilettes pour s'asperger le visage d'eau froide, en espérant effacer les rougeurs sur ses joues.

Les toilettes des femmes étaient l'un des rares endroits tranquilles et relativement propres de tout l'étage. Elles possédaient même une minuscule antichambre avec une causeuse en simili cuir, même si la seule femme qui y traînait était Edna Sperry, la journaliste couvrant les syndicats. Elle prenait ses aises sur la causeuse, avec son papier, du café, des cigarettes, émergeant à la toute dernière minute pour le rendre, en maudissant à l'avance les modifications de sa prose qu'elle anticipait.

"Madame Sperry…, s'aventura Maddie, après s'être lavé les mains et avoir aspergé d'eau son visage.

— Oui ?

— Je suis Madeline Schwartz, je travaille au Courrier des lecteurs. Mais j'aimerais avoir un poste de journaliste. Je sais que je commence tard – je viens d'avoir trente-cinq ans." Après tout, trente-sept ans est tout près de trente-cinq, alors que "presque quarante" sonnait comme un arrêt de mort. "Puis-je vous demander…"

La femme plus âgée balaya Maddie du regard, elle balança ses cendres dans un cendrier débordant de mégots, et émit un son qui aurait pu être un rire.

Maddie refusa de se laisser intimider.

“Puis-je vous demander comment vous êtes devenue journaliste ?”

Alors Edna éclata indubitablement de rire.

“Qu’est-ce qu’il y a de si drôle là-dedans ?

— À la minute où vous avez commencé par « Puis-je vous demander… », vous avez perdu l’avantage, dit-elle.

— J’ignorais qu’il me fallait un « avantage ».” Edna n’était pas différente d’une de ces vieilles viragos qu’elle devait séduire à la synagogue et à la Hadassah à l’époque où elle venait de se marier et commençait tout juste à siéger dans des comités.

“Il vous faut de l’autorité, de l’assurance. Vous savez comment j’ai commencé ?” Maddie, imaginant qu’il s’agissait d’une question rhétorique, ne répondit pas. “Eh bien vous devriez le savoir. Si vous voulez devenir journaliste, la première étape consiste à vous préparer avant chaque interview pour en apprendre autant que possible sur votre sujet.”

Maddie était battue, mais elle ne voulait pas le montrer. “Je ne vous voyais pas comme un sujet. Plutôt comme une collègue.

— Ça a été votre première erreur”, dit Edna.

C’était un de ces moments, la seconde ça-passe-ou-ça-casse, où l’avenir entier de quelqu’un dépend de sa bonne réaction. Maddie en avait déjà fait l’expérience. Comme le jour, un peu avant ses dix-huit ans, où elle se tenait, le visage inexpressif, dans un garage de Northwest Baltimore, à contempler des déménageurs portant des meubles, et embarquant ses rêves à l’arrière d’un camion, aussi sûrement qu’ils chargeaient un canapé en soie jaune. Ou encore un mois plus tard, quand elle rencontra Milton à un bal et comprit qu'il était à la fois mondain et naïf, un homme qu'elle serait capable de duper.

"Merci pour votre attention", dit-elle d'une voix douce. Elle pensait : *Non, ma première erreur a été de tenter d'obtenir l'aide d'une femme. Je m'y prends mieux avec les hommes. Je m'y prends toujours mieux avec les hommes.*

Cette nuit-là, Ferdie aussi se moqua d'elle. "Parce que c'est une négro, Maddie. Voilà pourquoi tout le monde s'est fichu de sa disparition.

— Je sais, lui dit-elle. Je ne suis pas naïve."

Mais elle était blessée. Elle avait cru que sa colère contre la dureté des hommes du *Star* était une manière de rendre hommage à son amant. Ils ne pouvaient jamais sortir ensemble en public ? Et alors ! Ce n'était pas à cause d'un préjugé racial mais davantage de son statut de femme mariée, et peut-être du statut marital de Ferdie, même si elle avait du mal à comprendre quel statut exactement était le sien.

"À une époque, les journaux locaux ne mentionnaient même pas la mort d'une femme noire, dit Ferdie. Je n'en veux pas à tes patrons de leur indifférence jusqu'au moment de la découverte de son corps. Une fille comme Cléo Sherwood – elle a pas mal circulé. Si l'*Afro* en a beaucoup parlé, c'est seulement parce que sa mère était désespérée – et parce que Cléo travaillait chez Shell Gordon. Il est mouillé dans plein de trucs.

— Tu la connaissais ?"

Sa question avait suscité le même rire. "On ne se connaît pas tous, Maddie. C'est une grande ville."

Elle glissait dans le sommeil quand elle se souvint qu'il n'avait pas répondu à sa question. Et à ce moment-là, ça lui semblait trop – *conjugal* d'insister. Qu'est-ce que ça pouvait bien lui faire, les gens que Ferdie connaissait ou avait connus ?

Pourtant le sujet continuait à lui trotter dans la tête. Tellement d'aspects de la découverte de Cléo Sherwood ressemblaient à la mort de Tessie Fine, mais d'une manière tordue. Pas de battues, pas de gens concernés. Pas de cause officielle de la mort, pas encore. Pas d'arrestation rapide, pas de scandale.

L'unique chose que ces deux morts avaient en commun, c'était Maddie.

Une coïncidence, mais quand quelqu'un *est* la coïncidence, c'est dur de ne pas y accorder de l'importance. Justice serait rendue à Tessie, même si Corwin ne dévoilait jamais l'identité de son complice. Mais qu'en serait-il pour Cléo ? Comment avait-elle atterri là ? Pourquoi y était-elle allée ? Était-elle encore en vie, à son arrivée à la fontaine ?

"Tu as dit que Cléo Sherwood travaillait où, déjà ?" Ça semblait une question qu'elle avait le droit de poser, une question sans danger.

"Au Flamingo, dit Ferdie. Maddie, *non*.

— Non quoi ?

— Non, ne t'en mêle pas.

— Comment je pourrais m'en mêler ?" Même elle percevait les fausses notes dans sa voix.

"Voyons voir, comment est-ce que Madeline Schwartz pourrait s'incruster dans une affaire de meurtre ? Eh bien, elle pourrait participer à une battue. Elle pourrait donner une interview à un journaliste…

— J'ai *pas* fait ça.

— … elle pourrait écrire une lettre à un pervers qui va finir condamné à mort, avant de se débrouiller pour écrire *là-dessus* pour le journal. Il y a un truc entre toi et ce journal, Maddie. Comme un papillon attiré par la lumière, si tu veux mon avis.

— C'est là où je travaille, maintenant. C'est mon boulot. J'essaie de réussir. En quoi ça me rend différente de toi ?"

Après quoi Ferdie se tut pendant un moment, et dans le silence, la question de Maddie se remplit de plus de strates et de sens qu'elle n'en avait eu l'intention. Ils étaient au lit. Ils étaient toujours au lit. Il leur arrivait de se lever et de boire une bière et manger un morceau, mais finalement ils ne s'habillaient jamais entièrement. Une fois ou deux, ils avaient bien tenté de s'installer sur le canapé pour regarder une émission à la télé, mais ils s'étaient sentis mal à l'aise, assis bien droit, côte à côte, tout habillés. Ferdie traîna le poste dans la chambre et le posa sur le bureau. Parfois ils regardaient le cinéma de minuit sur Channel 11. Leur univers entier se réduisait à cette chambre.

Ferdie commença : "Je pense que…", avant de s'interrompre. Maddie était à la fois aux anges et terrifiée. Peu de choses étaient aussi provocantes qu'un amant s'apprêtant à vous dire qui vous êtes.

"Continue.

— Je ne trouve pas les mots précis. Je pense que tu te sentais, je ne sais pas, un peu invisible dans le monde. Ou coincée entre deux mondes. Tu n'es plus Mme Schwartz. Mais tu n'es pas *pas elle* non plus. Ça t'a plu, de voir ton nom dans le journal. Tu as envie de le voir encore. Pas dans un article, mais au-dessus d'un article."

"Ma signature." C'était exactement ça dont elle avait envie. Quand elle avait offert à Bob Bauer l'histoire de Corwin, son histoire *à elle*, ils avaient imprimé son nom en haut de l'article, en italique : *Basée sur une correspondance avec Madeline Schwartz, qui a participé à la découverte du corps de Tessie Fine.* Mais désormais elle savait que ça n'était pas ça, une signature. D'une certaine manière, ce n'était même pas son nom. Mais alors, quelle femme possédait vraiment son propre nom ? Le nom "de jeune fille" de Maddie était le nom de femme mariée de sa mère.

Avait-elle choisi Ferdie parce que le mariage interracial, illégal dans le Maryland, leur était littéralement interdit ? Pouvait-elle d'ailleurs affirmer l'avoir choisi ? Ils vivaient dans une bulle, dans cette chambre, se cachant – de quoi, elle n'en était pas sûre. Elle n'avait pas peur de Milton. De fait, elle aimait fantasmer sur Milton découvrant qu'elle avait un *amant*, cet amant en particulier. Ferdie n'avait pas besoin de courir dans tous les sens après les balles de tennis que Wally Weiss lui lançait pour rester ferme.

Mais Seth ne devait jamais l'apprendre. Un adolescent ne pouvait pas, et n'était pas censé se confronter à la vie amoureuse de sa mère. Que se passerait-il après son divorce, quand elle réintégrerait le monde réel, quel que soit le monde réel à ce stade ? Se remarierait-elle ? Désirait-elle se remarier ? Peut-être, probablement. Mais pour l'instant, elle désirait uniquement *ça*, sans trop savoir le définir. Ça, et la salle de rédaction. Il y avait d'autres femmes là-bas, des femmes qui écrivaient sur le port de Baltimore, le monde, Washington.

Edna. Ses joues s'enflammèrent au souvenir de la désinvolture avec laquelle elle l'avait congédiée.

Au lit avec Ferdie, cette nuit-là, elle ne lui raconta rien de tout ça. Ni la rencontre avec Edna, qu'elle trouvait honteuse. Ni qu'elle prévoyait d'utiliser les hommes pour servir son ambition, même si ça le rendrait jaloux, d'une manière flatteuse pour elle, elle en était sûre. Si

Ferdie avait été son but, elle aurait désiré cette jalousie, elle en aurait eu besoin. Comme avec Milton.

Sauf que Ferdie n'était pas, ne pouvait pas être son but. Même si ça avait été légal – mais ce n'était pas légal, pas dans le Maryland. Ce n'était pas de sa faute et elle ne pouvait rien changer à la situation, même si elle l'avait voulu.

Ils refirent l'amour. Vers trois heures du matin elle devina qu'il s'éclipsait. Il caressa ses cheveux, l'embrassa une dernière fois.

Elle pensa : *Je pourrais peut-être revenir à mon ancienne coupe.* Plus courte, plus bouffante. Edna était coiffée comme ça. La plupart des femmes du journal aussi, réflexion faite.

Non, non, se rappela Maddie. Elle allait se servir des hommes.

La virago

J'écrase ma cigarette dans le cendrier métallique sur pied fourni dans les toilettes des dames. La plupart des mégots m'appartiennent. Les autres femmes, membres de l'équipe de longue date, m'ont cédé ce cabinet de toilettes pour femmes, l'un des deux à l'étage, en guise de tanière privée. Elle est petite, minable, fonctionnelle. Tout comme moi, diraient certains. Mais jamais en ma présence.

Je rejoins mon bureau et commence à passer des coups de fil pour une enquête que j'ai prévu de rendre plus tard dans la soirée. Les patrons détestent l'organisation de mes journées, mais je suis trop bonne dans mon domaine pour qu'ils exigent des changements. Ce qui ne les empêche pas de se plaindre. *C'est un article pour l'édition de l'après-midi, Edna. Qu'est-ce qu'on fera s'il y a du nouveau dans la nuit ou le matin ? Qu'est-ce qu'on fera si on est obligés de chercher des infos dans les journaux du matin ?* Comme si quelqu'un dans cette ville avait déjà réussi à me devancer. Je viens quand je veux, je fais des remarques sur la manière dont ils ont massacré l'édition du jour, j'engueule Cal, et puis je me mets à la rédaction de mon article du lendemain. J'en rends environ huit ou neuf, ce qui oblige Cal à déplacer mes articles. J'aime bien travailler avec Cal. Il a un peu peur de moi, comme il se doit. Mais ça ne l'empêche pas de bidouiller.

Aujourd'hui ses bidouillages vont entraîner un rectificatif dans le journal et je vous prie de croire qu'il précisera *Dû à une erreur d'édition*, le genre de mea culpa qu'ils détestent, mais que moi, je les force à faire. J'en parlerai à Cal plus tard et je lui ferai assez peur pour qu'il ne me refasse plus le coup pendant des mois. On dirait un chien, un chien débile, qu'il faut passer sa vie à dresser. Franchement on devrait m'autoriser à le frapper avec un journal enroulé quand il fait des bêtises. On a plein de journaux enroulés sous la main et je crois que mes leçons seraient plus efficaces.

Mon bureau ressemble à une forteresse, un de ces châteaux que font les enfants avec des grands blocs de construction, sauf que les blocs en question sont mes dossiers, empilés dans des boîtes en carton. Au départ le but n'était pas de construire des murs pour m'isoler de la salle de rédaction. Je voulais juste avoir mes dossiers à portée de main et je manquais de place, vu que mes tiroirs étaient déjà remplis. Je connais la place de chaque document, je suis capable de trouver tout ce dont j'ai besoin en moins de dix minutes, bien plus vite que n'importe qui dans les fiches d'une bibliothèque. Mais je suis la seule à pouvoir localiser un dossier précis dans mon petit labyrinthe. C'est peut-être fait exprès.

Je suis chargée d'un secteur hautement spécialisé, que j'ai quasiment inventé au *Star*. Ils m'appellent la journaliste "des syndicats", ce qui veut dire que j'enquête sur les nombreux syndicats de la ville. Inévitablement, j'arrive souvent la deuxième sur de grosses affaires en provenance du port ou de Beth Steel. Flics, pompiers, profs. Les syndicats, ça concerne tout le monde à Baltimore.

Le seul syndicat sur lequel je n'ai jamais écrit c'est le Newspaper Guild, qui pourrait bien appeler à la grève avant la fin de l'année. Si c'est le cas, je ne rejoindrai pas mes collègues sur les piquets de grève. Je prétendrai que ça pourrait nuire à mon impartialité. Jamais je ne franchirai un piquet de grève – ça serait imprudent, on m'en voudrait après la signature des accords, parce qu'on finit toujours par signer un accord –, mais je ne m'y joindrai pas non plus.

La vérité, c'est que je déteste les syndicats et que j'ai négocié pour être exonérée de cotisation quand je suis entrée au *Star*, si bien que je ne suis pas une adhérente qui contribue. Les manifestations, c'est bon pour les enfants ; les grèves sont des jeux destinés à distraire les travailleurs du seul fait que personne n'est de leur côté. Ni la direction, ni leurs propres dirigeants syndicaux.

Certains de mes collègues ont tenté de me convaincre que ne pas être encartée me rendait partiale, mais moi je pense que ça me rend plus objective. Mes enquêtes, mes relations avec les dirigeants syndicaux de Baltimore parlent d'elles-mêmes. Le fait est que les différents patrons de syndicats préfèrent me parler directement parce que je ne les ménage pas. Mes questions – directes, sceptiques, voire offensives – les aident souvent à voir les défauts de leurs stratégies.

Je suis la journaliste qui couvre les syndicats depuis onze ans, au *Star* depuis dix-neuf, journaliste tout court depuis vingt-quatre, vingt-huit en comptant mes années à l'école de journalisme de Northwestern. (Je les compte.) Si vous y ajoutez les deux ans que j'ai passés à travailler pour le journal du lycée de ma ville natale d'Aspen dans le Colorado, ça nous amène à trois décennies dans le secteur du journalisme. Je n'ai pas été la *première* femme en salle de rédaction, mais on n'était pas nombreuses, et celles qui voulaient couvrir les domaines les plus durs et masculins l'étaient encore moins.

Le fait que je sois laide comme un pou m'a aidée, évidemment. Oh, je sais que certains diraient que je me juge trop sévèrement, mais j'étais une adolescente minuscule et maigre, à une époque où la silhouette en sablier était portée aux nues. Et mon nez, même s'il n'est pas disgracieux, est trop gros pour mon visage. D'autres femmes affligées du même sort auraient marché sur les traces de Diana Vreeland, ou imité Martha Graham. Je n'ai jamais d'ennuis. Dans mes deux premiers boulots, à Lexington, Kentucky, puis à Atlanta, j'ai totalement ignoré les hommes, certaine d'évoluer très rapidement. Quel intérêt d'avoir une idylle dans des endroits où je n'avais jamais été destinée à m'attarder ?

Mais je suis quand même, en dépit de ce que certains de mes collègues disent derrière mon dos, une femme qui a les mêmes besoins que toutes les femmes, et à mon arrivée à Baltimore j'ai examiné les hommes à ma disposition. Collègues, flics, adjoints du procureur, dirigeants syndicaux. Voilà le genre d'hommes qu'une journaliste rencontrait. Aucun n'était à mon goût. J'ai déniché un gentil jeune homme, un prof d'anglais au collège qui buvait un café au Pete's Diner, et j'ai jeté mon dévolu sur lui. Timide et sans expérience, il s'est montré tellement reconnaissant envers mes avances romantiques que ça ne lui a jamais traversé l'esprit qu'il n'était pas obligé de me demander en mariage. On a deux enfants maintenant, des adolescents, et si nos premières années ont été un enfer – et elles l'ont été –, la bonne nouvelle c'est que j'ai oublié comment on y a survécu. On l'a fait, c'est l'essentiel.

Et voilà que débarque cette *femme au foyer*, qui a décidé qu'elle peut débouler au *Star* comme une fleur et devenir journaliste. Bien sûr que beaucoup de membres de l'équipe ont fait leur chemin comme ça, en entamant leur ascension depuis simple employée de bureau, voire standardiste, mais ces jeunettes, à leurs débuts, faisaient profil bas. Celle-là – elle ne brûle pas du désir d'apprendre, j'en suis sûre. Elle veut les *accessoires* d'une vie de femme journaliste – son nom dans le journal, une occasion de se percher sur le bureau d'un homme en balançant ses jolies jambes et en lui tapant une cigarette. L'une des raisons pour lesquelles je fume rarement à mon bureau, c'est que ça pourrait provoquer un incendie. Mais aussi, en m'accordant des cigarettes – récompense des articles rendus, des coups de fil passés –, j'augmente mon efficacité. Je les appelle mes trois C – copie, puis cigarette et café. Je relis mes pages aux toilettes, où la plupart des femmes de l'équipe ont appris à me laisser tranquille.

Tout le monde sait que la jolie fille doit uniquement son boulot d'assistante de Heath au fait qu'elle est jolie. Mais ce boulot est une impasse. Elle aurait dû tenter d'obtenir une place dans le supplément dominical ; elle aurait été parfaite pour écrire sur les mariages et les fiançailles. Non que beaucoup de mariages juifs soient chroniqués dans le journal, mais il y a toujours un Meyerhoff, parfois un Herschel.

On me prend souvent pour une Juive, mais dans ma famille, on est des Écossais durs au mal et costauds, aussi indestructibles que le marbre que mes ancêtres extrayaient. Je me répète, mais les gens en déduisent que ça devrait me donner de la sympathie pour les syndicats, et je me répète encore, c'est plutôt le contraire. Les syndicats sont utiles aux médiocres, et une bénédiction pour les incompétents. Si vous êtes très bon dans votre boulot, un syndicat vous freine.

Je me demande ce que mes collègues penseraient s'ils savaient que j'ai été approchée par Agnew, qui se présente au poste de gouverneur cette année, même si ça s'annonce difficile pour un Républicain. Il m'a proposé le poste de porte-parole de la presse, en disant que ça me conduirait à obtenir quelque chose sous son administration. J'ai répliqué que je veux entrer dans son cabinet, de préférence au Commerce. Après quoi j'ai contacté le membre du Congrès Sickles, qui est en meilleure position pour obtenir l'investiture des Démocrates, et je lui ai dit qu'Agnew me voulait. En novembre, je gagne sur tous les tableaux. Les accords que j'ai passés avec les deux camps prouvent que je suis impartiale, non ?

J'en ai soupé de la vie de journaliste. Je les ai assez vues, ces jolies filles qui trébuchent sur leurs talons hauts en salle de rédaction, en trouvant ça amusant et excitant. Elles veulent même *sortir* avec des journalistes. Dieu sait si j'ai fait des erreurs pendant ma carrière, mais cette erreur-là, jamais.

Juin 1966

Après sa désastreuse conversation avec Edna – et Maddie n'était pas idiote, elle savait qu'elle avait cafouillé –, elle fit rapidement et calmement un bilan pour évaluer ce qu'elle avait, ce qu'elle voulait, ce dont elle avait besoin. Elle modifia subtilement son apparence, atténuant ses tenues presque trop à la mode, dissimulant ses cheveux repassés dans un chignon. (Elle ne pouvait pas arrêter de les faire lisser, ça déplairait à Ferdie.) Elle examina ce qu'elle considérait comme ses "succès" jusqu'à présent – tomber sur le corps de Tessie près de l'arboretum, lancer à M. Bauer une bribe d'information pour détourner l'attention de sa personne, appeler le département des Travaux publics de la ville au sujet d'une fontaine. Des coïncidences, certes, mais qui avaient pour seul point commun *Maddie.*

Elle décida de ne pas exagérer le rôle de la chance quand elle proposa à M. Bauer de déjeuner avec elle afin de la conseiller sur sa carrière.

Il la regarda en plissant les yeux, l'air perplexe. "Où ça ?

— Ici, au journal.

— Non, je veux dire, où voulez-vous déjeuner ?

— Au New Orleans Diner ?” C’était à quelques pâtés de maisons, un endroit où les employés et les secrétaires déjeunaient sur le pouce, même si Maddie apportait toujours un casse-croûte de chez elle pour économiser de l’argent. Quelques journalistes aussi y mangeaient, mais pas si nombreux. Les journalistes préféraient le restaurant de fruits de mer sur le quai tout proche ou, pour leurs supérieurs qui s’accordaient deux heures, un menu complet arrosé de martinis savouré dans l’obscurité d’établissements feutrés, après le dernier bouclage. Sur le chemin du retour au bureau, ils tanguaient sur des ondes de gin, mais ça n’avait pas grande importance, vu qu’ils avaient achevé leur tâche du jour. Il leur restait tout l’après-midi jusqu’au soir pour retrouver de l’énergie. Maddie aurait adoré aller déjeuner dans un endroit de ce genre, mais si elle en faisait la suggestion, M. Bauer risquerait de penser qu’elle avait autre chose en tête.

En plus, elle voulait régler l’addition.

Par-dessus leurs assiettes – une salade de thon et une canette de Tab pour elle, un sandwich au jambon à la diable et un café pour lui –, elle dit : “Je sais que je ne suis pas journaliste. Mais je crois que je pourrais devenir une bonne journaliste s’ils m’y autorisaient. Et je ne parle pas de ces tâches idiotes que Cal essaie de me refiler.

— Vous *autoriser*, dit M. Bauer. Personne ne va vous autoriser à rien du tout. C’est à vous de faire en sorte que les choses aient lieu.

— Et si je trouvais un sujet, un bon sujet, et que j’enquête dessus sur mon temps libre ?

— Vous marcheriez probablement sur les plates-bandes de quelqu’un. Ça ne va pas marcher.

— Mais si tout le monde s’est désintéressé de l’affaire, alors je ne marcherais sur les plates-bandes de personne, non ?

— Vous parlez comme un gosse la main dans le bocal de biscuits, qui essaie de chipoter.” Pourtant elle devinait que son obstination l’amusait. Elle lui plaisait un peu. Ce qui n’était pas un problème. Maddie avait l’habitude. Elle avait passé sa vie à plaire aux hommes. Toute la ruse consistait à préserver cette délicate émotion, en l’empêchant de basculer dans quelque chose de sérieux, qui impliquerait que quelqu’un se sentirait blessé dans ses sentiments et son orgueil.

“Alors comme ça vous pensez qu’il existe une affaire qui risque de passer à la trappe si vous n’enquêtez pas dessus ?

— Cette fille… la femme… dans le lac.”

Il secoua la tête. “Ce n’est pas une affaire.

— Pourquoi ?

— Elle avait une vingtaine d’années, elle négligeait ses gosses, elle vadrouillait déjà depuis un bout de temps. Même pas mariée aux pères de ses fils. Elle a rendez-vous avec un type louche. Dans un resto chinois. Il la tue. Et alors ?

— Vous savez, si demain on me retrouvait morte chez moi, quelqu’un pourrait dire à peu près la même chose de moi.” Maddie n’y croyait pas vraiment, mais elle trouvait que c’était un bon argument. “Je suis juste une femme qui a quitté son mari. Mon propre fils ne veut pas vivre avec moi. C’est pour ça que je ne voulais pas vous parler ce jour-là. Parce que vous auriez été obligé de raconter cette partie-là de ma vie et mon fils, Seth, aurait eu tellement honte.”

Bob Bauer tapa sur la bouteille de ketchup, sans aucun effet. Maddie allait la lui prendre des mains quand la serveuse la précéda avec familiarité. En fait elle le connaissait bien, elle avait plaisanté sur sa commande. *Jambon à la diable, espèce de diable.*

“Pourquoi est-ce que vous voulez tellement devenir journaliste, Maddie ? La plupart des femmes dans ce secteur, soit elles ont commencé jeunes, soit elles en profitent pour se trouver un mari. Et elles sont presque toutes des viragos, du moins selon moi.

— Le monde est en train de changer, dit-elle.

— Pas pour le mieux, je le crains.

— Et Margaret Bourke-White ?” Même Maddie se rendait compte qu’elle se raccrochait aux branches. Pourquoi citait-elle une photographe ? Où étaient ces femmes journalistes célèbres ?

“L’exception qui confirme la règle. Il y aura toujours des exceptions. Vous vous trouvez si exceptionnelle que ça ?”

Elle croqua le plus délicatement possible dans sa salade de thon, et mastiqua très longuement. “Eh bien, oui. Et aussi Martha Gellhorn. Je voulais dire Martha Gellhorn.

— Alors vous pouvez peut-être tirer quelque chose de cette histoire. Écoutez, demain, pendant votre pause déjeuner, je vous propose qu’on aille ensemble au commissariat, je vous présenterai John Diller, qui vous apprendra les bases. Comment se procurer un rapport de police, pour commencer.

— J’ai fait brièvement sa connaissance au quartier général, l’autre jour, mais je ne crois pas l’avoir déjà vu en salle de rédaction.

— Et il est probable que vous ne l’y verrez jamais. Il appelle un rédacteur pour qu’il transcrive ses infos, il serait incapable d’écrire un mot à sa mère ou même une liste de courses sans un rédacteur à l’autre bout du fil pour l’aider. Des journalistes l’ont secrètement surnommé Adjoint Diller ou Adjoint le Gros. On lui dira qu’il s’agit… disons de vous former. Comme ça, il n’aura pas peur qu’une fille qu’il ne connaît ni d’Ève ni d’Adam pose des questions sur sa chasse gardée. Comme je l'ai dit, c'est plus un flic qu'un journaliste. Il a du sang de flic dans les veines. Il sait absolument tout sur ce qui se passe à la police."

Pas *absolument*, pensa Maddie, en sentant ses joues s'embraser.

La serveuse

Ils sont en train de parler de Cléo, monsieur B. et la femme qui est avec lui. J'ai failli me pencher pour dire *Je la connaissais*, mais ça déstabilise les gens, qu'on leur rappelle que la serveuse n'est pas sourde-muette. Laissez-moi vous dire que c'est la garantie d'un pourboire de merde.

Je suis surprise quand la femme avec monsieur B. prend l'addition du déjeuner, et encore plus surprise qu'elle me laisse un bon pourboire. Je ne veux pas dire que toutes les femmes sont radines, mais cette femme-là n'a pas l'air de s'y connaître en boulot difficile, et pour le pourboire, ça change tout. Les avocats, c'est les pires, des vrais rapiats. Mais les femmes au foyer, qui n'ont jamais bossé de leur vie, elles peuvent être tout aussi nulles.

Peut-être qu'elle essaie d'impressionner monsieur B. Ça fait presque dix ans que je suis sa serveuse. Je me souviens de lui quand il était plus jeune, plus mince. Il dit qu'il essaie de perdre du poids, et après il commande un jambon à la diable. Je le connais assez pour m'amuser à lui donner une tape quand il tend la main pour prendre des frites dans l'assiette de quelqu'un.

Évidemment, cette femme-là, c'est pas le genre à commander des frites.

Pourquoi est-ce qu'une femme prendrait l'addition pour monsieur B. ? C'est pas permis. Un jour il m'a dit que c'est à lui de payer pour son repas, systématiquement. Que si je le vois avec un inconnu, je dois m'assurer que c'est bien lui qui la reçoit. Mais cette femme, il la laisse payer. Très bizarre. C'est clairement pas une relation amoureuse, parce que dans ce cas elle n'aurait jamais payé. En plus il est marié. Il dit qu'il est "heureux" en ménage, mais je ne suis pas sûre que le mot *heureux* s'applique à aucun domaine de la vie de monsieur B., sauf peut-être le journal. Il aime son boulot. Il n'a aucune envie de rentrer chez lui. Je le sais parce que parfois il débarque juste avant la fermeture et boit très lentement une tasse de café pendant que je compte mes pourboires, en me parlant de l'endroit où il a grandi, une ville qui ressemble beaucoup à celle d'où je viens, en West Virginia.

C'est pas mes oignons. Mes oignons, c'est d'apporter à manger sur la table, vite et chaud.

Je fais la serveuse depuis mes treize ans, mes treize ans aux longues jambes qui me donnaient l'air d'en avoir seize. Mes parents ont transféré la famille à Baltimore pendant la guerre, pour bosser à l'usine Glenn Martin. Ça n'a pas marché. Rien ne marchait pour eux. Ils buvaient, ils ont divorcé, ils se sont remis ensemble, ce qui était pire que la boisson ou le divorce. Il fallait que je trouve un moyen de m'enfuir, même si j'avais à peine treize ans, alors j'ai trouvé un boulot dans un endroit qui s'appelait Stacey's. Ensuite j'ai bossé chez Werner's et maintenant je suis au New Orleans Diner. Le NOD, comme on l'appelle, est tout en longueur et en étroitesse. Il a découragé beaucoup de serveuses. J'ai vu plein de jeunes qui ne restaient pas longtemps parce qu'elles n'étaient pas efficaces. Elles trottaient trop, alors qu'il faut glisser. Moi je sais faire le maximum de déplacements avec le minimum de pas.

Faut pas croire non plus que j'étais beaucoup plus maligne qu'elles à mes débuts. Se retrouver avec du liquide à la fin de la journée n'est pas ce qui peut arriver de mieux à une ado isolée. Pendant deux trois ans très durs, je suis presque devenue comme ma mère. C'est à ça, en gros, que ressemble la vie d'une femme, non ? On devient sa mère, ou pas. Bien sûr toutes les femmes disent qu'elles ne veulent pas ressembler à leur mère, mais c'est idiot. Pour beaucoup de femmes, devenir comme sa mère veut juste dire grandir, prendre des responsabilités, se comporter comme une adulte est censée le faire. J'entends les jeunes femmes bavarder en buvant leur café, et se plaindre des opinions de leurs mères, des règles qu'elles leur imposent. Je suis dans le camp des mères. Surtout maintenant, quand je vois les jeunes commencer à agir si bizarrement, à s'habiller si bizarrement, à écouter de la musique de plus en plus dingue.

Ce qui ne m'empêche pas d'avoir aussi de la sympathie pour les filles. Je me souviens de moi à leur âge, j'étais fan d'Elvis. J'aurais aimé avoir une mère à la maison qui me hurle un peu dessus, au lieu du fantôme en robe de chambre avec sa bouteille de gin qui se faufilait dans ma chambre quand j'étais sortie pour me piquer mes pourboires.

Bref, un jour je me suis réveillée enceinte et c'était fini. Le type m'a épousée mais c'est bien la seule chose correcte qu'il ait faite de sa vie, et très vite je me suis retrouvée toute seule à dix-neuf ans, avec un bébé.

Maintenant ce bébé, Sammy, a quatorze ans, et c'est un excellent élève. Je ne bois pas et notre maison est propre comme un sou tout neuf. Une location, mais propre comme un sou tout neuf, même si j'ai du mal à comprendre l'expression. Est-ce que les sous peuvent vraiment être sales ? Je rentre chez moi tous les jours et je passe une heure pieds surélevés sur l'ottomane, un verre de Pepsi à côté de moi. Grâce à ça, mes jambes méritent encore de se faire siffler dans la rue, pas une seule varice. Moins de trot, plus de glisse. Et les pieds en l'air. Les voilà les secrets que je partagerais avec les filles plus jeunes si elles me posaient la question. Mais elles ne le font jamais. Elles croient avoir toutes les réponses, même celles qui réussissent à survivre au New Orleans Diner.

Ce nom crée une grande confusion, croyez-moi. Certains clients s'attendent à trouver des plats de La Nouvelle-Orléans au menu, si ce truc-là existe. Alors que c'est juste une gargote qui, avant, était sur Orleans Street, avant que le propriétaire ne la transfère sur Lombard, alors il a décidé de l'appeler le New Orleans Diner pour garder sa clientèle, mais il s'est planté, il a enlevé le mot "street" des menus et il était trop radin pour corriger. C'est un Grec, doué pour les finances et la cuisine, le reste, il n'y comprend rien.

La femme qui déjeune avec monsieur B., elle lui pose beaucoup de questions. Mais pas comme quand on veut apprendre à connaître quelqu'un. Pas comme dans un rendez-vous galant. Je n'ai même pas besoin d'entendre ce qu'ils se disent pour le savoir. Cette femme ressemble à un chien qui chasse un écureuil, elle a tout le corps aux aguets. Chaque fois que je vois un chien dans cet état, je me demande : *Qu'est-ce que t'attends d'un écureuil ? T'es bien nourri, et ça sera pas si bon que ça.* Quoi que cette femme attende de monsieur B., ça ne peut pas être aussi important qu'elle le croit. Rien ne l'est. J'ai passé ma vie à apprendre cette leçon. Rien de ce qu'on attend n'est aussi important qu'on le croit.

C'est en versant à monsieur B. sa troisième ou quatrième tasse de café que j'entends son nom, Cléo Sherwood. Elle a bossé en cuisine au Werner's, mais pas très longtemps. Elle voulait être serveuse, mais les patrons étaient contre. Il fallait être blanche pour servir aux tables, ils disaient que c'est ce que les clients voulaient. Cléo se trouvait trop jolie pour finir planquée en cuisine. Elle avait raison. Maintenant elle est morte. J'ai vu ça dans le *Star* l'autre jour. C'est le premier mort que je connaisse, en dehors des gens qui sont censés mourir, vous voyez ce que je veux dire, comme les grands-parents. Ça m'a fait bizarre de lire dans le journal que Cléo était morte. En plus, dans le lac. Comment une fille fait-elle pour atterrir dans une fontaine ? Probablement à cause d'un homme. Chaque fois qu'une femme meurt jeune, c'est à cause d'un homme.

Penser à Cléo me rappelle à quel point la vie est courte, et comme il faut en profiter pour vivre un peu. En comptant mes pourboires cet après-midi-là, je me rends compte que j'ai fait une bien meilleure journée que d'habitude, et je me retrouve à tourner le dos à mon arrêt de bus pour rejoindre le centre-ville où sont regroupés tous les grands magasins. Hutzler's est trop cher pour moi, jamais je me verrais faire du shopping chez Hutzler's. Il y a dix étages, et tellement de choses à acheter qu'il déborde sur un autre immeuble. Mais Hochschild Kohn fait moins peur. Je franchis les portes à tambour et me dirige vers le rayon parfumerie parce que c'est la première chose que je vois.

Sur moi le parfum, c'est du gâchis. J'ai beau me laver souvent les cheveux, je trimbale presque en permanence une odeur de bacon et de frites. En même temps ça ne gêne personne. Quand Sammy est entré à l'école, j'ai décidé d'en finir avec les hommes. J'aurai trente-cinq ans quand il entrera à la fac. Ça sera encore l'âge de s'amuser. La femme au déjeuner, elle sentait bon. J'aimerais sentir bon comme elle.

"Puis-je vous montrer quelque chose ?" me demande une vendeuse. Jolie robe, beaux cheveux, mains splendides qui me donnent envie de planquer les miennes dans mes poches.

Au lieu de quoi je demande à essayer un échantillon de Joy, mais juste parce que je me souviens des pubs qui disent que c'est le parfum le plus cher du monde. La vendeuse me tend un bout de papier parfumé de mauvaise grâce, et elle me tamponne à peine le poignet. Je le renifle. Non, ce n'était pas le parfum de la femme au déjeuner avec monsieur B. J'essaie de deviner et je désigne un flacon avec une colombe dessus. *L'Air du Temps*. J'ose pas dire le nom. Même si je savais parler français, avec mon accent, ça serait ridicule. Jusqu'à il y a deux ans, je ne savais même pas que j'avais un accent, et puis Sammy a ramené un copain à la maison et je les ai entendus discuter dans la cuisine. "Pourquoi ta mère parle comme ça ? – Comme quoi ?, a demandé Sammy, mon gentil garçon, mon garçon adoré. – Comme si elle jouait dans *Beverly Hillbillies*." Injuste, parce que je ne parle pas du tout comme elles. Mon accent traînant de West Virginia a été englouti par tous les accents de Baltimore que j'entends autour de moi. Mon accent ressemble un peu à celui de Sammy, c'est le résultat agréable d'une collision malencontreuse. Les gens aiment ma voix. Ils m'aiment *moi*, mes habitués, leurs visages s'illuminent quand je viens prendre leur commande. Je suis aimée et adorée. Je ne vais sûrement pas essayer de dire *L'Air du Temps* en face d'une petite vendeuse, juste pour lui donner l'occasion de se moquer de moi.

“L’eau de Cologne est moins chère, dit la fille. Mais le flacon est moins grand.

— Je n’achète pas du parfum pour la taille du flacon.” Histoire qu’elle sache qu’elle n’a pas affaire à une plouc.

Mais le prix – la vache ! Qui peut bien payer un prix pareil, juste pour sentir bon ? Tu ne peux pas te contenter de te tamponner un peu d’extrait de vanille derrière l’oreille et en rester là ?

En le respirant, je suis sûre que c’est le parfum de la femme au déjeuner avec monsieur B. Et je sais aussi que je n’aurai jamais les moyens de me l’offrir, peu importe le nombre de kilomètres que j’aurai parcourus en glissant sur le sol du New Orleans Diner, peu importe le nombre de nouveaux clients qui auront regardé le menu en faisant la même blague : “Quoi, vous ne servez pas de gumbo ?” J’éclate toujours de rire comme si je ne l’avais jamais entendue celle-là, vraiment jamais. Je suis aussi jolie que cette femme, enfin je pourrais l’être. Je suis plus jolie que la fille du rayon parfumerie, avec son nez pointu qui touche quasiment le plafond. Mes jambes sont bien galbées, j’ai un beau teint. Mon fils est formidable, on s’en sort bien. Mais je n’aurai jamais de flacon de parfum avec une colombe dessus et cette femme-là doit avoir plein d’autres flacons sur son bureau, alignés sur un de ces plateaux tapissés d’un miroir où les femmes chics posent leurs parfums.

“J’ai peur que ce ne soit pas mon style. C’est trop… fruité.”

Elle sourit, comme si elle m’avait piégée.

Je rentre chez moi, je surélève mes pieds pendant une heure, je bois un Pepsi, en regardant *Bowling for Dollars.* Cette émission-là me remplit toujours de joie. Je ne sais pas pourquoi. Parfois je reconnais des dames du voisinage. J’enlève mes bas, je me passe du beurre de cacao sur les jambes. Elles sont belles. Moins de trot, plus de glisse. J'aurais fait une bonne serveuse en rollers, mais on ne trouve pas ce genre d'endroits dans le Maryland. Je crois que c'est une spécialité californienne, ou des endroits où il fait souvent beau.

Sammy rentre, quatorze ans, déjà dix centimètres de plus que moi, il m'embrasse sur la joue sans que j'aie besoin de demander. Pour la dernière fête des Mères, il m'a offert un parfum muguet acheté à la pharmacie et vous voulez que je vous dise ? C'est mieux que *Joy*, ou je ne sais quel flacon avec une colombe dessus. *L'Air du Temps*. Qu'est-ce que ça peut bien vouloir dire ? Air quelque chose ? Je demanderai à Sammy plus tard. Il a des 20 partout au collège Hamilton, même en français. Il va mettre le feu, mon garçon. Il est tout ce dont j'ai besoin, la meilleure chose que je ferai de ma vie.

Pendant les pubs je lis le *Star*. Cléo Sherwood appartient vraiment aux infos de la veille, le journal l'a déjà oubliée. Un jour elle m'a dit qu'elle deviendrait célèbre et j'imagine qu'en un sens elle l'est. Ou l'a été, pendant une journée.

J'aurais dû me pencher pour dire à cette dame : "Je la connaissais, Cléo Sherwood. Posez-moi des questions." Ç'aurait été quelque chose, non ? Mais il ne faut jamais laisser deviner aux clients que vous avez entendu leurs conversations. Ils pensent qu'elles sont privées. J'ai servi des amants clandestins, des gens qui se séparaient, des hommes clairement en train de faire des trucs qu'ils n'étaient pas censés faire. J'apporte leur plat, je flirte avec mes habitués, et pour le reste je fais semblant d'être sourde et presque aveugle.

J'évolue sur le lino flamboyant du New Orleans Diner comme une skateuse, la meilleure d'entre toutes, tout en glisse, jamais de trot.

Juin 1966

M. Bauer déposa Maddie à la salle de presse du quartier général de la police comme un parent négligent larguant son enfant le jour de la rentrée en crèche. Il se contenta de la laisser devant la porte, mais c'était à elle d'entrer et de se faire une place.

Même la salle de rédaction du *Star*, aussi sale et chaotique qu'elle était, n'avait pas préparé Maddie au coin miteux du quartier général de la police qui avait été réservé aux membres de la presse. Car John Diller avait eu beau insister sur le fait qu'il y avait *une* journaliste, Phyllis Basquette, qui couvrait la police pour l'autre journal du soir, le *Light*, le reste, c'étaient tous des hommes.

"Où est-elle ? demanda Maddie, sceptique.

— En train de rouler sur la Beltway, pour faire correspondre son kilométrage à ses notes de frais", dit Diller.

Maddie soupçonna qu'il se moquait d'elle, mais elle fit oui de la tête. Si une telle femme existait, Maddie pouvait comprendre qu'elle ait envie de fuir cette pièce. La pièce, tout l'immeuble en fait, était l'un des endroits les plus masculins où elle se soit aventurée de sa vie, et pas dans le bon sens, comme, disons, le bar chez Haussner's. (Ou comme elle imaginait le bar chez

Haussner's ; les femmes n'y étaient toujours pas autorisées, une règle étrange pour un restaurant à la mode qui ne prenait pas de réservations. Mais comme les gens faisaient la queue jusqu'en bas de la rue, ça ne nuisait pas aux affaires.) Cependant le bâtiment comptait quelques femmes officiers de police et secrétaires, et cette légendaire Phyllis Basquette. Mais ça sentait l'homme – leur sueur, leur tabac, leur après-rasage. Du mauvais après-rasage bon marché.

Diller lui fit faire le tour des lieux, en commençant par lui montrer comment sortir un rapport de police. Elle lut les quelques détails concernant la disparition de Cléo Sherwood, qui avait disparu pendant des semaines sans que personne ne le remarque. Un barman, Thomas Ludlow, disait qu'un homme avec qui elle avait rendez-vous très tard était venu la chercher à l'aube du 1er janvier. L'homme était grand, mince, la trentaine, avec un col roulé sous sa veste en cuir noir. Cléo ne l'avait pas présenté et le barman ne l'avait jamais vu avant. Elle portait un chemisier vert, un pantalon léopard, un blouson rouge et des gants de conduite en cuir. Maddie recopia tous ces détails dans son carnet, ne serait-ce que pour avoir l'impression de faire quelque chose.

"C'est quoi une femme numéro un ? elle demanda à Diller.

— Une femme de couleur. Les Blanches sont numéro deux, celles de couleur numéro un."

Diller lui fit visiter tous les départements, en lui présentant les différents sergents. Ils se redressaient à son arrivée dans la pièce, mais les visages se fermaient dès que Diller précisait qu'elle était sa collègue. La séduction qu'elle exerçait habituellement sur les hommes ne semblait pas fonctionner ici. Et quand elle tenta de lancer le capitaine de la brigade criminelle sur l'affaire

Cléo Sherwood, il se montra taciturne, voire brusque. “Pas encore officiellement un meurtre, dit-il. Toujours en attente des résultats de l’autopsie.”

Durant toute la visite, Diller, un petit homme pimpant, se montra indéchiffrable. Maddie en conclut qu’il se réjouissait de sa déconfiture, qu’il essayait de la bizuter pour la faire fuir et protéger sa place. Pourtant c’est lui qui suggéra, à l’issue de la visite : “Vous voulez aller à la morgue pour voir s’ils ont avancé sur l’affaire Sherwood ?”

Elle hésitait et c’est justement pour ça qu’elle sentit qu’elle devait accepter.

“Son corps est encore là-bas ?

— Je ne crois pas qu’ils l’aient déjà rendu à la famille. Même si c’est le cas, vous ne perdrez pas votre temps. Si vous voulez vraiment vous spécialiser dans la police, il faut que vous fassiez la connaissance des types là-bas.”

Oh, mon Dieu… Encore des *types*.

À pied la morgue était tout près du *Star*, et un peu plus loin du quartier général de la police. En chemin, Diller lui raconta l’histoire du Tueur aux Morpions, qui cherchait ses proies dans les bars sur les quais, et il désigna une allée où une victime avait été retrouvée. Il détailla aussi gaiement les blessures que le journal avait dissimulées sous ce surnom, afin de permettre aux lecteurs de deviner exactement ce que les corps avaient subi. “Normalement je ne raconterais jamais ça à une dame, mais vous êtes journaliste.”

Le Inner Harbor était un quartier crasseux. L’usine d’épices McCormick à l’extrémité ouest parfumait l’air de cannelle, ce qui contrastait étrangement avec le paysage. Maddie s’était rarement aventurée aussi loin au sud du front de mer, même si elle y était passée pour accompagner les sorties scolaires de Seth quand il était petit.

Elle tenta d'imaginer les hommes tristes, les hommes malades qu'on attirait à l'extérieur des bars avant que leurs cadavres ne soient abandonnés dans des terrains vagues et des allées. Mais même eux étaient traités avec plus de respect que Cléo Sherwood. Leur tueur avait été nommé, identifié, et on avait relié leurs morts.

"Comment la mort de Cléo Sherwood pourrait-elle ne pas être un meurtre ? demanda-t-elle à Diller. Comment est-ce qu'un corps pourrait bien atterrir dans une fontaine en janvier ?

— Bonne question", répondit Diller. Mais il ne chercha pas à y répondre.

Le bureau du médecin légiste était un endroit lumineux où tout était stérilisé. À l'arrivée de Diller et de Maddie, les hommes rassemblés autour d'une civière élargirent leur cercle étroit, lui procurant une vue dégagée sur le cadavre allongé là. C'était un homme corpulent, la peau virant au violet. Tel que le corps était positionné, elle avait une vue directe sur son entrejambe.

"Je vous présente Marjorie Schwartz, dit Diller.

— Madeline", corrigea-t-elle. Elle hésita à tendre la main, et se ravisa en se disant qu'elle n'était pas stérile. "J'espérais pouvoir vous parler de Cléo Sherwood.

— Ah oui, la Dame du Lac", dit le médecin légiste. Maddie en prit note mentalement. Le surnom lui plaisait. Peut-être l'usage de ce terme humaniserait-il l'histoire de Cléo Sherwood, tout comme le Tueur aux Morpions accordait un peu de dignité à ses victimes.

Le médecin légiste la conduisit devant la rangée de tiroirs, et il se mit à les ouvrir au hasard comme s'il ignorait où le cadavre de Cléo Sherwood pouvait bien se trouver. Maddie vit un homme avec des blessures au couteau, de nombreux cadavres quelconques puis, enfin, celui pour lequel elle était venue. Elle en eut l'estomac tout retourné, mais elle resta maîtresse d'elle-même.

"Son… visage", dit-elle. On pouvait à peine appeler ça un visage et sa couleur n'était ni blanche ni brune, plutôt d'un gris marbré.

"Est-ce que sa mère a été obligée de voir ça ?

— Identifiée par sa sœur."

Mais comment ? s'interrogea Maddie. Au lieu de quoi elle demanda : "Qu'est-ce qui a causé ça ?

— L'eau, cinq mois d'exposition… ce n'est pas optimal. Nous avons pu établir qu'elle ne s'est pas noyée et qu'il n'y a aucune trace de traumatisme sur le squelette.

— Non, ce que je veux dire c'est comment pourrait-il s'agir d'autre chose que d'un meurtre ? Comment un corps pourrait-il atterrir dans cette fontaine ?

— Ce n'est pas notre boulot, dit le médecin légiste. Nous recherchons les causes de la mort. Et jusque-là, nous n'en avons pas trouvé.

— Quelles sont les possibilités ?

— Exposition à l'eau, hypothermie. Peut-être qu'elle s'est retrouvée coincée dans la fontaine… le 1er janvier, le dernier jour où quelqu'un l'a vue, il faisait doux.

— Vous pensez qu'elle a nagé jusqu'à la fontaine, entièrement habillée – elle était entièrement habillée, pas vrai ? – et qu'elle s'est glissée à l'intérieur de la fontaine ?"

Il lut dans un rapport : "Le sujet portait un pantalon léopard, un blouson rouge, et un chemisier vert." Levant les yeux : "Vous seriez sidérée d'apprendre ce que font les gens qui ont trop bu. Les gens sous drogue, ils sont encore plus dingues.

— Vous voulez dire sous LSD par exemple ?" Maddie avait lu des choses effrayantes sur la drogue dans le magazine du *Time*.

"À Baltimore ? Elle ? Plutôt l'héroïne.
— Cléo Sherwood était accro à l'héroïne ?
— Je n'ai pas dit ça. On ne peut pas le savoir."

Les hommes l'observaient, la jaugeaient, attendaient qu'elle craque. Maddie se tourna vers Diller : "Il est presque midi. Vous voulez aller déjeuner ? Je suis *affamée.*"

Il l'emmena dans une taverne de l'autre côté de la rue. "Autrefois ce restau appartenait au père de Babe Ruth", dit-il. L'estomac de Maddie se retourna quand elle vit certains plats du menu – *pain de lapin, viande émincée, brochettes* –, mais elle était déterminée à manger de bon cœur, ou du moins à en faire des tonnes pour prouver qu'elle mangeait de bon cœur. Elle avait l'habitude de faire semblant d'être la fille marrante qui adore la nourriture grasse qui fait grossir. Elle commanda un club sandwich et des frites, sachant qu'elle se contenterait de grignoter le sandwich, avant de l'éparpiller autour de son assiette, en le coupant en morceaux encore plus petits. Quand Diller commanda une bière, elle l'imita.

Elle avait cru qu'il ne ferait pas attention, mais il remarqua que très peu de nourriture finissait dans sa bouche.

"Vous ne vous sentez pas bien ?
— J'essaie de maigrir, dit-elle. Certaines femmes mangent du fromage blanc. Moi je commande exactement ce dont j'ai envie, mais j'en mange juste quelques bouchées."

Ils mangèrent – *il* mangea – en silence.

"Vous avez parlé à sa famille ?"

La question sembla l'étonner. "De qui ?
— Cléo Sherwood. La Dame du Lac." Essayant la formule pour se l'approprier.

"Pourquoi je ferais ça ?

— Pourquoi pas ? Ce n'est pas une chose que vous faites normalement, quand les gens meurent ?"

Il engloutit la dernière bouchée de son burger, se tapota la bouche avec une serviette. Ce n'était pas un rustre. Il avait d'aussi bonnes manières que Maddie, peut-être même meilleures. Sa chemise était d'un blanc immaculé, il était rasé de frais chez le barbier, sa veste en seersucker était impeccable.

"C'est une femme de couleur.

— Et donc ?"

Il parut prendre la question au sérieux, ne serait-ce peut-être parce que c'était nouveau pour lui.

"Ça ne fait pas la une, quand les gens de couleur meurent. Je veux dire, ça arrive tout le temps. C'est le contraire d'une information. On ne parle pas des trains qui arrivent à l'heure. En plus, vous avez entendu le médecin légiste. Probablement une histoire de drogue. Elle s'est défoncée et elle a décidé qu'elle pouvait nager jusqu'à la fontaine.

— Mais sa mort a été tellement publique. Et tellement mystérieuse.

— C'est pour ça que la découverte de son corps a attiré l'attention. Mais l'*Afro* a retracé la plupart des pistes qu'on aurait pu explorer. C'est juste une fille qui est partie rejoindre un type dangereux. Il n'y a rien de sensationnel là-dedans. Elle est sortie avec beaucoup de types, d'après ce que j'ai entendu dire.

— C'est quoi, beaucoup ?

— Je sais pas. Je…" Il faisait un effort pour rester correct. "Je répète juste ce que j'ai entendu dire. Il y a des femmes, des filles faciles. C'est comme ça qu'elles paient leur loyer. Et puis elle travaillait dans ce club, le Flamingo. C'est une espèce de Playboy Club pour des gens qui n'ont pas les moyens de s'offrir l'original. Des filles en costume riquiqui chargées de vendre des alcools allongés à l'eau, des orchestres de seconde zone. Le type qui est propriétaire, il a des putes, tout le monde le sait."

Maddie repensa à ce qu'elle avait vu, la dégradation du corps qui avait été Cléo Sherwood autrefois. La nature était vicieuse. Quand Marilyn Monroe était morte quatre ans auparavant, les gens avaient dit qu'elle était désespérée par son âge, sa détérioration physique, qu'elle voulait laisser un cadavre magnifique. Personne ne laisse un cadavre magnifique. Même dans le cas d'une mort sans traumatisme, seul le savoir-faire de l'embaumeur permet de rendre le corps présentable, plusieurs heures après. Chaque jour, Maddie était un petit peu moins belle que la veille. Chaque jour de sa vie, elle le passait aussi à mourir.

Monroe avait trente-six ans à sa mort. C'est juste avant ses trente-sept ans que Maddie avait décidé de vivre.

"Et si j'allais parler aux parents ?"

Il haussa les épaules. "Un peu morbide, surtout si vous n'en tirez pas un article, mais je suppose que vous êtes libre de faire tout ce qui vous plaît, du moment que Monsieur Courrier des lecteurs est content. Si vous êtes en quête d'un article de fond, pourquoi vous n'allez pas rendre visite à la médium ?

— La médium de quoi ?

— La médium. La voyeuse ou la voyante, appelez ça comme ça vous chante. Les parents sont allés la consulter pour essayer de savoir où était leur fille. Vous pourriez vous servir de ça pour écrire un article sur elle, une espèce de portrait. Elle a dit qu'elle voyait du vert et du jaune, mais il n'y a pas de jaune dans cette fontaine et le seul vert c'est les algues, qui ne devaient pas y être, la nuit de sa disparition. Et le barman avait déjà dit à la police qu'elle portait un chemisier vert, donc ça n'était pas nouveau. Je parie que si vous lui demandez d'expliquer ça aujourd'hui, elle dira que le visage était tourné vers le soleil – sauf qu'il ne l'était pas – ou qu'il y avait des jonquilles au bord du lac, sauf qu'il n'y en avait pas, pas en janvier." Il éclata de rire et son rire le secoua entièrement jusqu'à ce qu'il réussisse à poursuivre ; il s'était amusé lui-même. "Ne lui téléphonez pas avant parce que, parce que" – là il tapait carrément sur ses genoux – "parce que je parie qu'elle ne prévoira jamais votre venue."

Le journaliste qui couvre les flics

Je sais ce que mes collègues disent derrière mon dos. Ils m'appellent Adjoint le Gros. Ils disent que je me suis tellement intégré que je suis plus flic que journaliste. Que je suis incapable d'écrire une ligne, ce qui explique que je suis encore chargé des flics au bout de trente ans. Toute personne qui tient à faire carrière dans le journalisme abandonne les flics. Regarde-moi cette petite pouliche, qui croit qu'elle va faire carrière en écrivant sur une négresse morte. Elle a rien pigé. Même au *Star*, qui n'essaie pas de ressembler au *Beacon* chicos, avec son bureau à l'international et son équipe de huit journalistes à DC, le secteur des flics est censé être une étape, un endroit où on ne fait que passer.

Un journaliste de cinquante-deux ans en charge des flics, c'est plutôt inhabituel. Devant moi, mes collègues m'appellent "le Doyen". Ils font semblant de me respecter. Ils essaient de me voler mes sources, convaincus qu'ils peuvent faire mieux avec. Mais si j'ai ces sources c'est justement parce que je ne vais nulle part. Ces jeunes gens trahiraient instantanément quelqu'un. Je fais ami-ami avec les flics. Je vais aux baptêmes de leurs gosses, j'assiste au barbecue annuel de la Fraternité de l'Ordre de la Police, je paye des tournées au bar préféré des flics.

Je suis heureux au QG. J'ai mal au bide quand je suis obligé de faire une apparition en salle de rédaction, sauf si c'est pour récupérer mon chèque ou me faire rembourser mes notes de frais. Les deux seules bonnes raisons d'entrer au *Star*.

Mon père était un journaliste de Philadelphie, un chroniqueur, une légende. Jonny Diller. Il s'appelait Jonathan, moi John, une erreur jamais rectifiée sur le certificat de naissance, mais je ne suis pas un subalterne et j'interdis à qui que ce soit de m'appeler Johnny. Bien sûr que je voulais faire le même boulot que mon paternel. Ça avait l'air marrant. Les gens le traitaient comme une personne à part parce que son nom était régulièrement en une du journal. J'ai atterri au *Star* parce que je suis allé à Hopkins, où j'ai été le rédacteur en chef du *News-Letter*. J'ai toujours pensé qu'un jour je referais les cent soixante kilomètres dans l'autre sens, et que je rentrerais peut-être chez moi comme chroniqueur ou journaliste politique.

Sauf qu'il y avait un problème : j'étais incapable d'écrire. Je veux dire, oui, je suis capable d'aligner des phrases dans le bon ordre, mais j'ai perdu tout mon flair passé. Je ne saurais pas comment l'expliquer. L'organisation du travail dans un journal fait qu'on ne commence pas par écrire. On va sur la scène de crime, on trouve une cabine téléphonique, on téléphone un compte rendu des faits pour que les rédacteurs les transcrivent. Dans un journal du soir, on n'a pas le temps de retourner au journal pour rendre son papier. On connaît l'emplacement de toutes les cabines téléphoniques de la ville, c'est notre bureau.

Quand on m'a donné mon premier meurtre, au troisième jour de travail, j'ai laborieusement écrit l'article sur mon calepin, en me disant que je le dicterais au rédacteur chargé de récrire, histoire de lui faire gagner du temps. Il m'a passé un savon. Je ne lui faisais pas gagner du temps, je lui en faisais perdre, parce que ce que j'avais écrit était mauvais. "Voilà ce qu'il me faut et voilà l'ordre dans lequel il me le faut", il a aboyé. Et quand j'essayais d'ajouter une touche personnelle, ou un détail que je trouvais intéressant, il disait : "Contente-toi de répondre aux questions que je pose, fiston."

Je me suis dit : *Je vais leur montrer.* J'ai commencé à écrire un roman la nuit. J'ai mis toutes mes tripes dans l'histoire d'un garçon qui grandit à Philadelphie, un gamin des beaux quartiers attiré par la zone et qui s'y fait un ami. Du classique, dans l'esprit de *Rue sans issue*, un personnage a pour destin de devenir prêtre, l'autre criminel, mais en moins sombre. Dans mon livre, un des gamins devenait journaliste, l'autre flic, et il finissait par y avoir un malentendu entre eux, le journaliste insistant pour publier un truc qui sabotait une grosse affaire de meurtre, et donnant du coup au tueur une chance de s'échapper. Le flic agit selon son intime conviction, il tue le tueur, et il est arrêté.

Je me disais que c'était un sujet explosif.

Une nuit, assis devant ma machine à écrire, j'ai relu ce que j'avais écrit jusque-là. À raison de deux pages par jour, j'avais amassé trois cents pages au milieu de l'année, presque un roman complet. J'ai entamé la relecture de ce que j'avais accompli et deux choses m'ont frappé.

La première, c'est que dans l'histoire que j'avais écrite, je détestais vraiment le journaliste. Toute ma sympathie allait au flic, alors que le personnage autobiographique, c'était le journaliste.

La deuxième, c'est que je ne savais pas écrire. J'en étais totalement incapable.

Comprenez-moi bien. C'était pas *mauvais*. C'est juste que c'était pas bon. Je jure que j'étais bon autrefois. J'avais rempli des carnets de poèmes et de nouvelles, gagné des concours au lycée et à l'université. Mais au *Star*, ce rédacteur chargé de transcrire les faits que je lui dictais avait détruit quelque chose en moi, et c'était irrécupérable. Je me sentais comme un dieu privé de tous ses pouvoirs, et contraint, en guise de punition, d'errer sur terre dans cet état diminué. Sauf que j'étais puni pour quoi ? Tant que je continuerais à téléphoner mes comptes rendus pour qu'on les mette en forme, mes talents d'écriture allaient diminuer, diminuer, diminuer. Le point de vue étroit du *Star* sur ce qui constituait un véritable article était en train de détruire mon propre point de vue.

Mais que se passerait-il si je montais en grade et me spécialisais dans un autre secteur – et que je sois toujours aussi incapable d'écrire ? Alors ?

À ce moment-là – je me revois encore à mon bureau dans le salon, ma femme jeune (à l'époque) partie se coucher depuis longtemps, les manches de mes chemises relevées, et c'est comme contempler un homme convaincu de pouvoir voler, jusqu'au moment où il se réveille et se retrouve en équilibre sur un rebord de fenêtre. Je me suis figé. Même avec un révolver sur la tempe, je crois que j'aurais été incapable d'appuyer sur une touche de ma machine à écrire. Je me suis retrouvé atteint de la panne de l'écrivain. Je l'ai encore. Je suis incapable d'écrire des phrases, je peux juste aligner des mots. Je prends des faits en notes sur mon carnet, mais ce n'est pas considéré comme de l'écriture, juste de la sténo. D'ailleurs je connais la sténographie, ce qui explique que mes notes soient si bonnes, si fiables, et mes citations jamais remises en cause. Personne ne m'a jamais accusé de m'être trompé ne serait-ce que sur un mot. Quand tous les journaux couvrent la même affaire et qu'une citation ou un fait divergent, c'est moi qui ai raison. Je n'ai pas été corrigé une seule fois en presque trente ans de carrière. Vous vous rendez compte à quel point c'est rare ?

Au déjeuner, je demande à la dame, Maddie-Marjorie, de partager. Elle a l'air un peu surprise, mais elle paye sa part, comme il se doit. C'est pas un rendez-vous galant. J'empoche l'addition et je retourne au bureau, je donne mes notes de frais – avec celle du déjeuner dont je sors, en écrivant "Sgt Patrick Mahoney" à l'arrière de l'addition – et je repars avec une grosse poignée de billets. Après le boulot, je me dirige vers le bar préféré des flics, où je paye une tournée générale aux frais du *Star*, avant d'attraper l'addition pour me faire rembourser ensuite. En toute légalité. Si payer une bière à un flic ne fait pas partie de mon boulot, alors je n'ai pas compris quel boulot je fais.

J'aperçois le patrouilleur de l'affaire Tessie Fine, le premier à être arrivé sur la scène de crime, un jeune Polonais qui a la réputation d'être trop réglo pour son propre bien. Il ne s'attarde jamais après une bière et il a un air moralisateur, il parle un peu trop de sa femme et pas comme la plupart des hommes, avec un mélange de blagues bon enfant et de plaintes. Non, la femme de ce type est une sainte, un ange. L'homme en fait trop, si vous voulez mon avis.

"Vous saviez que la gentille dame, celle qui a trouvé le corps de Tessie Fine et est devenue la correspondante du tueur, elle travaille au journal maintenant ?" Vous voyez, je donne une petite info, histoire d'en recevoir peut-être une petite en échange.

Il fronce les sourcils. "Je ne suis pas sûr que cette dame soit gentille.

— Qu'est-ce qui vous fait dire ça ?

— Je n'aime pas les commérages."

Ce qui est, évidemment, la première chose que quelqu'un dit avant de faire des commérages. Ce type-là aime particulièrement les commérages, même s'il n'appelle pas ça comme ça. Quand un homme s'y met, ce n'est jamais du commérage.

J'amorce la pompe. "Elle a décidé qu'elle voulait fouiner dans l'affaire Cléo Sherwood. La serveuse du Flamingo, la fille facile.

— Et alors ?

— Rien… pourquoi ne pas la laisser essayer.

— Pour sûr elle les aime bien noirs", il dit.

Je me penche, en faisant glisser mon paquet de cigarettes sur le bar vers lui. Je le connais. Il ne prendra pas une autre bière, mais il peut faire passer son unique bière avec une cigarette.

"Pas sûr d'avoir pigé.

— Vous avez déjà rencontré un patrouilleur qui s'appelle Ferdie Platt ? Il patrouille dans le secteur Northwest, il est plus noir que l'encre. Elle le *connaît.*" Il appuie lourdement sur ce mot, *connaît*, pour s'assurer que je comprends ce que ça implique.

"Ah ouais ?

— J'ai enquêté sur lui. Il est très pote avec Shell Gordon, le propriétaire du Flamingo. D'après moi son vrai but n'est pas d'écrire un article sur Cléo Sherwood. Je pense qu'elle soutire des infos pour les ramener à Platt. Il a dû lui raconter des trucs sur l'affaire Tessie Fine, et c'est comme ça que Bob Bauer s'est retrouvé avec toutes ces infos. Si elle enquête sur cette affaire, je parie que c'est Ferdie Platt qui l'y a poussée.

— Pourquoi il ferait ça ?"

Il souffle la fumée de sa cigarette. "Un bon point pour vous. Mais je l'ai vu entrer et sortir de son immeuble qui, à tous les coups, n'est pas dans le Northwest, ça au moins j'en suis sûr.

— Et qu'est-ce que vous y faisiez ?"

Le Polonais tire sur sa bière, sans répondre. Ce type est comme ça. Un rat dans l'âme, une commère jamais sortie de la cour d'école, encore à marquer des points.

"Faut que j'y aille. Ma femme ne s'endort pas tant que je ne suis pas rentré."

Et il me laisse réfléchir à ce qu'il vient de me dire. Ainsi cette petite femme au foyer a obtenu son gros scoop parce qu'elle a un petit ami flic, de couleur qui plus est. Je me demande s'il l'a poussée à écrire ces lettres au tueur de Tessie Fine, en lui disant ce qu'il fallait y mettre, et si les flics de la criminelle se servaient de lui pour l'utiliser, elle. Pourtant les flics que je connais étaient sincèrement désolés quand l'article est paru, et que le *Star* a souligné les incohérences entre ce que Corwin leur avait dit et ce qu'il lui avait dit à elle, le détail de la voiture, le complice. Trois mois d'interrogatoires plus tard, il n'a toujours pas craqué, il répète que c'était entièrement un mensonge, qu'il a juste inventé des bobards pour s'en prendre à elle, mais à l'évidence il y a un complice en balade et ça les rend dingues. S'ils avaient arrêté le complice, ils pourraient les jouer l'un contre l'autre, et s'assurer d'une condamnation à mort pour l'un des deux.

Mais je ne suis pas une commère. Je ne vais pas me précipiter au journal pour raconter aux gens que la petite nouvelle couche avec un flic. C'est pas comme si elle allait faire carrière comme journaliste en charge des flics, pas au *Star*.

Qu'as-tu pensé en voyant le corps ? Suis-je devenue plus réelle à tes yeux ? Ou bien moins ? Ça devait être monstrueux, je parie, tout droit sorti d'un film d'horreur. La créature du lac. Je ne supporte pas de dire que c'est à moi, ce corps. Qui – toi, les gens de la morgue, les policiers – pourrait encore voir une personne dans cette chose ? J'en veux pas aux gens de s'en ficher. Je m'en fiche. Je suis incapable d'avoir le moindre sentiment envers ce tas de chair et d'os, accroché avec obstination à ses secrets. Mes compliments pour avoir contemplé ce spectacle.

Je sais que ça semble idiot, mais – j'étais nue, j'imagine ? Qu'est-il arrivé à mes vêtements ? Évidemment ils doivent être importables et ils ne pouvaient pas les laisser sur moi. Mais font-ils partie des preuves ? Est-ce que quelqu'un les a examinés avant de les ranger quelque part ? Est-ce qu'on les a nettoyés avant de les jeter ? Chacun de ces vêtements avait une histoire à raconter, si du moins ça intéressait quelqu'un. Il y avait tout un monde d'histoires dans les vêtements que j'ai choisis ce soir-là.

Parce qu'il faisait doux, j'ai choisi un pantalon léopard, un blouson rouge vif et un chemisier vert émeraude en dessous, 100 % soie. L'association des couleurs me dérangeait un peu parce que ça faisait trop Noël, mais un homme m'attendait qui me disait de me dépêcher. Pas de temps à perdre. Un foulard serré sur les cheveux, lissés la veille. Pas de bijoux.

Tous les vêtements, c'est mon homme qui me les avait offerts, mais dit comme ça, l'histoire est incomplète. N'importe quel homme est capable d'acheter une robe, un manteau, une écharpe à une femme. Mon homme, lui, était bien plus malin. Il attendait son heure, puis il se jetait sur les occasions qui se présentaient d'elles-mêmes. Tout comme il s'était jeté sur moi à la seconde où il m'avait vue. Il arrivait que des retouches soient nécessaires. Il les faisait lui-même. Il connaissait mon corps par cœur. Quand je l'imagine penché sur une machine à coudre, en train d'ajuster ces vêtements à ma taille – disons que cette image me prouve qu'il m'aimait, et moi je l'aimais parce qu'il m'aimait. C'était un roi et j'aurais pu être sa reine, une meilleure reine que celle qui lui avait été imposée, celle dont tout le monde disait qu'il devait la garder s'il voulait étendre son royaume. J'ai lu plein de livres sur Henri VIII et ses femmes. Ma préférée, c'est Anne Boleyn. D'une certaine manière, j'essayais de jouer son jeu, même si les règles, en 1965, étaient un peu différentes qu'en 1500 et quelques.

Et puis le jeu était tellement plus vaste que ce que je croyais. Plus vaste que moi, plus vaste que lui, plus vaste que nous tous.

Juin 1966

Une femme en peignoir rose ouvrit la porte quand Maddie sonna chez la médium. *Madame Claire a pris froid*, pensa Maddie, fière de cette référence littéraire, puis agacée de ne plus réussir à se souvenir du nom de la médium dans *La Terre vaine*.

La femme en peignoir rose avait une voix rauque, presque voilée, mais elle n'avait même pas l'air d'avoir un rhume. C'était plus probablement des allergies qu'un rhume de cerveau, en cette douce journée de juin.

Maddie avait attendu la fin de son travail pour prendre le bus jusqu'au "studio" de Madame Claire, un appartement aménagé au rez-de-chaussée d'une vaste maison ancienne de Reservoir Hill. À sa grande surprise et à sa honte, on lui avait reproché son voyage de deux heures à la morgue, même si son travail avait été fait et qu'elle disposait de ces quatre heures trente en heures supplémentaires. Maddie commençait à comprendre qu'il y avait une différence entre s'entendre dire qu'elle avait le droit de travailler sur une affaire et y travailler effectivement. Elle devait au journal huit heures par jour. Elle faisait bien son travail, avec efficacité et intelligence. Elle était capable de faire ses huit heures en six.

Mais le temps qu'elle économisait ne lui appartenait pas. Tel le mineur de la chanson "Sixteen Tons", elle devait, sinon son âme, du moins son temps à l'entreprise.

Quand elle était femme au foyer, c'est à elle que sa rapidité et son efficacité profitaient. Elle avait été son propre patron, même si elle laissait Milton penser que certaines décisions venaient de lui. C'était étrange, de devoir en répondre à des hommes qui n'étaient pas son mari. Ça la faisait se sentir maussade et rebelle, un peu comme Seth. *J'ai fait mon travail*, avait-elle envie de dire. *Qui ça regarde si je prends une longue pause déjeuner pour enquêter sur l'affaire Cléo Sherwood ?* Néanmoins elle savait qu'il était inutile de protester.

Et voilà qu'elle avait pris un bus pour aller dans un quartier de la ville où elle n'aurait jamais osé aller en voiture il n'y a pas si longtemps. Si elle rentrait chez elle en taxi, aurait-elle l'autorisation de se faire rembourser ? Elle en doutait. En plus il n'y avait pas de taxis dans le coin.

Au moins les journées s'allongeaient et il ferait sans doute encore jour quand elle sortirait de chez Madame Claire, dont l'appartement se trouva être proche à pied de la synagogue de Milton. Elle ne resterait pas là longtemps. Chizuk Amuno avait annoncé que le temple quitterait ce quartier pour s'installer en banlieue l'année prochaine. Après tout, c'est là où leurs fidèles vivaient. *Où les Juifs sont.* Dans sa tête, dans le bus, Maddie avait transformé ça en chanson sur l'air de "Where the Boys Are". *Où les Juifs sont / Personne ne m'attend.*

Il y a moins d'un an, elle évitait le centre-ville de Baltimore, s'y aventurant uniquement pour assister occasionnellement à une symphonie, ou dîner chez Tio Pepe's ou au Prime Rib. Elle pensait que c'était un quartier sale et dangereux. Elle n'avait pas tort. Mais depuis qu'elle travaillait au *Star*, proche des bars bruyants sur les quais, elle commençait à adorer pouvoir se rendre à pied dans les grands magasins de Howard Street. Elle tombait moins amoureuse de la ville que de la possibilité d'un nouveau départ, à un âge où elle aurait pensé que sa vie serait à peu près finie.

Quand elle était petite, elle faisait le calcul : née en 1928, elle aurait vingt-deux ans au milieu du siècle, soixante-douze à l'aube du vingt et unième. Elle avait supposé qu'elle resterait immuable, que l'âge adulte était statique. Son jeune moi n'avait pas tort : l'existence de Maddie était entièrement en place à ses vingt-cinq ans. La maison qu'ils achetèrent cette année-là, leur deuxième acquisition à Pikesville, aurait pu tout aussi bien être un mausolée. Seth était le seul véritable être vivant dans cette maison et il s'apprêtait à la quitter. Elle imaginait son départ comme un conte de fées, ou bien un épisode de *La Quatrième Dimension.* (Une émission qu'elle n'aimait pas trop, mais que Milton adorait, si bien qu'ils la regardaient tout le temps.) Le paysage de leurs vies serait desséché, mort. Son vide apparaîtrait au grand jour.

Est-ce que Madame Claire – oh, Claire pour *clairvoyante*, trop subtil ! – devina tout ça tandis que Maddie se tenait sur le seuil de chez elle ? Maddie ne croyait pas dans les pouvoirs psychiques, mais quelque chose, dans le regard redoutable de la femme, suggérait qu'elle était capable de lire les pensées de Maddie, si elle le désirait.

"Avez-vous rendez-vous ?

— J'ai supposé que vous alliez deviner ma venue", répondit Maddie, avant de le regretter aussitôt. Pourquoi avait-elle repris la blague de Diller ? Ça ne risquait pas de la rendre sympathique auprès de cette femme.

"Mon don n'est pas toujours actif, dit Madame Claire. Il me demande parfois du répit. Mon don peut être épuisant." Pause signifiante. "Quand je m'en sers, je m'attends à être payée."

Maddie pensa au peu de billets que contenait son sac, et à son faible espoir de rentrer chez elle en taxi.

"Je ne suis pas là en tant que cliente. Je travaille au *Star*. Je voudrais vous poser quelques questions au sujet de la séance que vous avez faite quand Cléo Sherwood était portée disparue.

— Toute question engage le don.

— Est-ce que trois dollars suffiraient ?

— Montrez-moi les billets." Elle les arracha à Maddie et les renifla littéralement.

Ils durent lui paraître acceptables, car elle invita Maddie dans ce qui était l'ancienne entrée de la maison. Les fenêtres sur rue étaient dissimulées par un tissu rouge brillant qui espérait se faire passer pour du satin, mais Maddie reconnut une imitation bon marché. Il y avait une boule de cristal, un jeu de cartes classique. Madame Claire les ignora, en demandant à Maddie de s'asseoir en face d'elle et de poser les mains, paumes en l'air, sur la table. Puis elle posa la paume de ses mains dessus, ses doigts touchant les poignets de Maddie. Elle aurait pu prendre son pouls si elle en avait eu envie. Mais elle ne le fit pas. Elle ne fit rien.

"Et donc les parents de Cléo Sherwood sont venus vous voir ? demanda Maddie, rompant le silence embarrassant.

— La mère, pas le père. Le père pense que ce que je fais est l'œuvre du diable." Froncement de sourcils. "C'est un homme très ignorant.

— Vous avez vu quoi ?

— J'ai tenu un objet qui, d'après sa mère, avait beaucoup d'importance pour Cléo.

— Un objet ?" *Ça*, c'était nouveau.

“Une étole d’*hermine.*” Sa voix caressa le mot, comme si elle en dessinait les contours. “Un vêtement très précieux.

— Comment est-ce que Cléo pouvait bien avoir une fourrure ?”

La médium lui jeta un regard dédaigneux. Évidemment. Il n’était pas dur de deviner comment une jeune femme célibataire pouvait se procurer une fourrure.

“Je sais ce que vous avez dit à l’*Afro.* Ça ne semblait pas…” – Maddie devait avancer avec précaution – “ça ne collait pas avec l’endroit où on l’a retrouvée. Le vert peut-être, à cause du parc, ou de son chemisier. Mais pas le jaune. Est-ce qu’elle correspondait à quelque chose plus tôt dans la soirée ? Cette couleur jaune que vous avez vue ?”

Madame Claire hocha la tête. “Oui. Je voyais quelque chose qui était là avant. Je pense qu’elle a dû se trouver dans une pièce jaune. Du jaune, c’est la dernière chose qu’elle a vue.

— Vous voulez dire… qu’elle a été tuée ailleurs ?” Maddie repensa à la morgue et aux scénarios du médecin légiste. *C’est lourd, un cadavre. Un homme, même costaud, n’aurait pas la force de le soulever pour le jeter dans la fontaine.*

“Du jaune, c’est la dernière chose qu’elle a vue”, répéta Madame Claire.

Maddie n’en revenait pas d’avoir gâché du temps et de l’argent pour si peu. Le détail de l’étole était nouveau, mais il ne suffisait pas à faire un article. “Vous voyez autre chose ?”

Elle ferma les yeux pendant si longtemps que Maddie commença à se demander si elle s’était endormie. Puis ses yeux s’ouvrirent, avec un art consommé. “Un secret.

— Cléo Sherwood avait un secret ?

— Non, je crois que c'est vous qui en avez un."

Maddie dut se forcer à ne pas retirer brutalement ses mains des mains rêches de Madame Claire.

"Tout le monde a des secrets, dit-elle.

— Oui, évidemment. Mais le vôtre vous a rendue malheureuse. C'est comme un caillou dans votre chaussure, mais vous continuez à marcher. Tout ce que vous devez faire c'est vous arrêter, la secouer, et vous vous sentirez mieux. Mais vous ne voulez pas. Je me demande pourquoi. Ce n'est pas un gros secret, et pourtant vous ne voulez le dire à personne."

Est-ce que Madame Claire faisait allusion à Ferdie, qui venait de lui traverser l'esprit ? Elle se sermonna. *Ne sois pas idiote, Cette femme est une arnaqueuse. Tout ça est un tissu d'absurdités.* "Ce n'est peut-être pas à moi de le révéler. Peut-être que quelqu'un d'autre est mêlé à ce secret.

— Non, c'est arrivé il y a longtemps. Mais je vois aussi du jaune dans votre aura, même si ça s'évanouit, ça disparaît, comme si les lumières s'éteignaient très lentement. Est-ce que c'est un réverbère ? Je ne sais pas. Ça a disparu."

Maddie posa les mains sur ses genoux, pour rompre le lien, au cas où. "Ça vous arrive de vous sentir coupable de ce que vous faites ?

— Pourquoi est-ce que je me sentirais coupable ?

— Votre séance pour la mère de Cléo Sherwood lui a donné de l'espoir. Mais elle était presque certainement morte à l'époque où elle vous a consultée. Vous ne pouviez lui donner aucune vraie réponse.

— Je n'ai pas demandé à avoir ce don et je n'oblige pas les gens à venir me voir. Je ne *vous* ai pas obligée à venir me voir. Et je ne promets pas de réponses. Les gens me demandent ce que je vois et je le leur dis. Ce n'est pas ma faute si l'autre monde est indirect, si les visions ne viennent pas avec des explications.

— Qu'est-ce que vous pouvez me dire sur mon avenir ? Jusque-là vous semblez regarder uniquement mon passé."

Madame Claire prit une grande respiration et retint son souffle, regardant Maddie au fond des yeux, pupilles dilatées. Maddie eut l'impression d'être un cobra face à un charmeur de serpent. Finalement Madame Claire expira.

"Danger, dit-elle. Je vois un danger.

— Je suis en danger ?" Elle parlait d'une voix perçante, en pensant au trajet retour.

"Non, c'est *vous* le danger. Vous allez faire souffrir quelqu'un terriblement, et créer plein de problèmes."

Oh, pensa-t-elle, déçue malgré elle. Revoilà le passé, Milton. Et puis Seth. Parfois elle se demandait si elle aurait mieux fait de tout raconter à Milton, si lui raconter aussi tardivement son imposture l'aiderait à mieux supporter son départ.

Mais – le jaune, qui disparaît. L'éclipse. Cette fichue éclipse.

Elle rentra à pied chez elle dans le crépuscule de juin, en ayant l'impression d'être un personnage de la mythologie grecque, peut-être Orphée pénétrant aux Enfers pour récupérer Eurydice. Elle se tenait très droite, son sac à main en bandoulière comme on conseillait désormais aux femmes de le faire. Elle essayait de ne pas marcher trop vite, en partie parce que ses talons n'étaient pas adaptés à un rythme rapide, mais aussi pour ne pas donner l'air d'avoir peur. Pourtant il était tellement évident qu'elle n'était pas du quartier que les hommes qu'elle croisait paraissaient reculer et lui accorder plus d'espace. Est-ce qu'eux aussi voyaient un danger en elle ?

Cette nuit-là elle laissa la fenêtre ouverte, ce qui était risqué, mais l'air printanier apportait une fraîcheur sucrée, peut-être à cause des jardins de la cathédrale. Cette partie de Baltimore abritait si peu de parfums de la nature, comme si les saisons évitaient totalement le centre-ville. Elle se glissa dans son lit, entièrement nue. Vers deux heures du matin, elle entendit des pas légers sur l'escalier de secours, et la fenêtre s'ouvrir en grand. Le corps d'un homme couvrit le sien, la posséda.

"On en a déjà parlé, Maddie, dit Ferdie plus tard. Ne laisse pas cette fenêtre ouverte. Quelqu'un d'autre que moi pourrait entrer.

— Peut-être que je la laisse ouverte pour quelqu'un d'autre."

Pause. La chambre était plongée dans le noir ; elle ne pouvait pas voir l'expression de son visage. "Sois pas comme ça.

— Comme quoi ?

— Comme, eh bien, une strip-teaseuse ou une fille facile.

— Comme Cléo Sherwood ?

— T'en as pas fini avec elle ?

— Je vais écrire sur elle. Une femme est morte. Je peux peut-être faire en sorte que les gens se rendent compte qu'ils devraient s'en soucier."

Il soupira. "J'en doute.

— Tu la connaissais ?

— Bon Dieu non. Le Flamingo Club n'était pas dans mon secteur.

— Elle avait un petit ami, d'après toi ? Quelqu'un qu'elle cachait ?

— Plus d'un, c'est évident."

Il embrassa sa croupe, un baiser léger pour lui signifier de se retourner et de se mettre à quatre pattes. Elle lui avait dit un jour qu'elle avait fait uniquement l'amour dans la position du missionnaire, que Milton ne voulait entendre parler de rien d'autre.

Elle avait dit la vérité, mais un mensonge aussi. Avec Milton elle l'avait fait uniquement d'une seule manière, mais Milton n'était pas, en dépit de ce dont il était encore convaincu, son unique amant, et son premier amant avait été un homme entreprenant, capable, hélas, de la convaincre de presque tout faire. *Un canapé en soie verte. Le rayon jaune de la lune durant une éclipse.* Ah, mais c'était ça la tactique de Madame Claire, non ? Elle pouvait voir n'importe quelle couleur, puisqu'ensuite le client complétait l'histoire.

La médium

Les gens qui ne possèdent pas le don ont du mal à comprendre. Alors que ce serait peut-être nécessaire. Si vous saviez ce que je vois, *comment* je vois – eh bien à une époque ils brûlaient les femmes comme moi, et peut-être qu'ils leur rendaient service.

Je suis certaine que la femme qui est venue me trouver aujourd'hui n'y croit pas. Alors je décide de lui faire un peu peur. Elle n'est pas digne de mon don, elle ne veut pas l'utiliser pour de bon. Je lui dis qu'elle a un secret, sans prendre trop de risque : qui n'en a pas ? Mais j'ai vraiment vu l'aura jaune autour d'elle, presque malgré moi. Ce que je ne savais pas, c'est si c'était lié à elle ou si ça flottait dans l'air depuis la visite de la mère de Cléo Sherwood, qui m'a demandé de caresser cette fourrure. À ce moment-là, j'étais convaincue que sa fille était en vie. Et elle l'était peut-être, qui sait ? Son corps a bien pu être jeté dans le lac fin février. Mais si elle était encore en vie – où était-elle ? Pourquoi est-ce que j'ai été incapable de la sauver ? Est-ce que le vert était la couleur des murs de la pièce où elle était retenue ? Est-ce que le jaune que j'ai vu était l'unique ampoule de la cave où on l'avait emprisonnée ?

J'avais huit ans la première fois que j'ai deviné que j'avais un don de seconde vue. J'ai fait un rêve. Dans ce rêve, ma tante, qui était encore adolescente, était en voiture avec un homme qu'elle connaissait à peine. Il roulait trop vite. Elle l'a supplié de ralentir. Il a perdu le contrôle de la voiture. Ma tante a été blessée, l'homme est mort. Quand je me suis réveillée ce matin-là j'ai appris que ces événements précis avaient eu lieu. Ma tante était à l'hôpital avec une jambe cassée, le conducteur de la voiture était mort. J'ai dit à maman que j'avais tout vu en rêve. Au début, elle a essayé de me dissuader d'en parler. Elle a dit : "Non, ma chérie, tu as dû nous entendre parler dans la nuit." Ou : "Peut-être que tu as fait ce rêve la nuit d'après, mais tout se mélange dans ta tête, l'ordre des événements, parce que tout était tellement fou le lendemain, il y avait tellement d'allées et venues, et on avait tellement peur qu'elle meure."

Aujourd'hui je pense que c'est pour moi que maman avait peur. Elle savait que le don me coûterait cher, ce qui a été le cas. Je ne peux pas le contrôler, je ne peux pas le convoquer. Les gens penseraient que je triche si j'admettais cet aspect-là du don, alors je ne le mentionne pas. Le fait est que tous les gens qui viennent me voir reçoivent de bons conseils. Ils en ont pour leur argent. Mais tout le monde ne bénéficie pas d'une vraie expérience psychique. Ça, je ne le contrôle pas.

La mère de Cléo Sherwood – elle a eu la vraie. J'ai vraiment vu du vert et du jaune, tout autour. J'ai pensé que ça pouvait être le soleil, j'ai pensé qu'elle était dans un endroit où elle ne pouvait pas tourner la tête, ce qui l'obligeait à regarder le soleil. Peut-être une pièce, ou un plafond. Mais ses dernières minutes de vie consciente, je suis certaine qu'elles ont été entourées de jaune.

Après le départ de la dame – pas besoin d'être voyante pour deviner qu'elle était mécontente –, j'éteins ma lampe en décidant que la journée est finie, même si généralement j'ai plus de travail le soir. La plupart des gens, surtout ceux qui vont à l'église, préfèrent me rendre visite quand il fait nuit. Mais je suis essorée. La plus petite vibration me vide totalement.

J'ai quarante-sept ans. J'ai été mariée trois fois, chaque fois un désastre, mais je n'en parle jamais parce que, je me répète, les gens douteraient de mes capacités. Comment ça se fait qu'une voyante se choisisse des maris aussi calamiteux ? Parce qu'elle écoute son cœur. Le cœur ne sait rien, ne voit rien, mais il provoque tout un remue-ménage et pique une crise pour obtenir ce qu'il veut. Personne ne comprend ce que je fais, qui je suis, comment mon pouvoir fonctionne. Ce n'est pas une machine qu'on peut brancher puis éteindre. Le don est ultrasensible. Il préfère le temps sec au temps humide, le froid à la chaleur.

La mère de Cléo m'a rendu visite un bon jour, froid, ensoleillé et sec. Dans un de ces jours où l'air est léger et tranchant, je suis capable de sentir des choses qui m'échappent le reste du temps. J'étais capable de voir à travers l'âme de Mme Sherwood et c'était la chose la plus triste que j'ai jamais entrevue. Elle adorait sa fille, elle voulait que je voie un indice suggérant qu'elle était en vie ; c'est peut-être pour ça que j'ai cru que c'était possible. Je ne crois pas qu'elle aime son mari ou ses autres enfants autant que cette fille, celle qui lui a causé le plus d'ennuis. Il y a des mères comme ça. En caressant l'étole, elle semblait presque prendre vie, comme un chat dont on gratte le dos. Et une odeur s'en est échappée, douce et éventée, un genre de parfum qui sentait le… *désir ardent.* Elle avait désiré follement quelque chose, cette fille-là.

J'ai vu du jaune, un jaune aveuglant. J'ai vu une femme dont le visage était tourné en direction du soleil, qui s'en approchait peut-être trop avec ses ailes, comme dans cette légende. Nous ne sommes pas destinés à voler. Nous ne sommes pas destinés à voir ce que je vois. Je suis une femme bien, qui va à l'église, et certains dimanches – jamais je ne l'avouerais à mon pasteur – je prie Dieu de me laisser en voir *moins.* Mais Dieu me dit : *Suzanne* – c'est mon vrai prénom – *je n'accorde pas le don à ceux qui sont incapables de le contrôler.*

Cette femme, celle qui est venue poser des questions sur Cléo Sherwood, elle n'avait rien de bon en tête. Elle aussi sentait le désir ardent, mais privé de toute douceur. On aurait dit un moteur de voiture, qui accélère, accélère, accélère, fait du bruit, et lance des étincelles partout autour de lui. Elle veut arriver quelque part. Le problème, c'est qu'elle ne sait pas où. C'est ça qui la rend dangereuse.

Je déguste mon dîner, côte de porc et haricots verts, en m'autorisant un petit verre de vin doux, qui m'apaise. Je me prépare pour aller me coucher et dormir, ce que je redoute. Mes rêves sont un fardeau parce que, parfois, ils disent la vérité, mais je ne sais jamais lequel se réalisera, et lequel sera juste un rêve. Avez-vous déjà eu la sensation d'être coincé dans un rêve affreux, et puis vous vous réveillez soulagé que ça ne soit pas en train d'arriver ? Ce soulagement m'est interdit tant que je n'ai pas vérifié que mes rêves ne se sont pas réalisés. Oui, ma vision est un don, mais je n'ai pas demandé à l'avoir et j'ai hâte de le rendre. Reprends-le-moi, mon Dieu, ce n'est pas juste. Rends-moi ordinaire, une femme qui peut vivre avec un homme, poser sa tête sur l'oreiller la nuit sans craindre ce qui va peut-être lui rendre visite dans ses rêves, ce qui l'attendra peut-être à son réveil, au moment où rêves et cauchemars s'interrompent pour tout le monde, sauf moi.

Vert et jaune, hein ? Tu en as pour ton argent, Maddie Schwartz. Tu sais ce qui était vert et jaune ? Le tissu des fauteuils au balcon du théâtre où j'étais assise, deux semaines avant ma mort.

Mon homme m'avait fait la surprise de m'emmener à New York. Il avait acheté des billets pour une comédie musicale, L'Homme de la Mancha. *Ce n'étaient pas des bons sièges et on était les seuls Noirs du public, à ce que j'ai vu. Et la musique – bon, selon moi elle était insignifiante, vieillotte, mais ça l'a ému, je m'en suis aperçue. J'ai observé les larmes couler le long de ses joues, pas seulement pendant la chanson que tout le monde connaît, celle qui passe à la radio. (Je me répète, uniquement si vous écoutez les radios de vieux.) Il a carrément sangloté à la fin, quand la femme a dit que l'homme mort dans le lit n'était pas l'homme qu'elle connaissait, que l'homme qu'elle connaissait et aimait était toujours vivant quelque part. Je me suis dit, à ce moment-là, qu'il allait m'appartenir et choisir d'être le héros, pas l'homme dans le lit. Mais non, il pleurait parce qu'il connaissait ses limites, il connaissait déjà son choix final. Il était faible.*

Je l'ai regardé regarder le spectacle au sujet du spectacle à l'intérieur du spectacle. Ça m'a rappelé cette blague sur l'infini que les gosses se racontent : je dessine mon portrait en train de dessiner mon portrait en train de dessiner. C'est de plus en plus petit, de plus en plus petit, de plus en plus petit, jusqu'à ce qu'on ne voie plus rien.

Alors j'ai pris une décision concernant mon avenir : j'allais être celle qui resterait en vie. Pas le vieillard dans le lit sur scène, pas les magnifiques femmes déchaînées de Henri VIII, Anne Boleyn et Catherine Howard, et pas la dernière, l'infirmière, que personne ne mentionne, et qui est morte juste après lui. Je serais Mary Boleyn, la sœur d'Anne, qui les a tous dupés et a vécu heureuse longtemps. Voilà ce que j'allais choisir.

Il était trop tard. Le choix de rester en vie m'avait été ôté et je ne le savais même pas.

Le 1er janvier, à trois heures du matin, je suis allée choisir des vêtements dans mon placard pour mon rendez-vous, en prenant le temps de m'assurer qu'aucune affaire de Laetitia n'était mélangée avec les miennes. On s'empruntait des vêtements, mais les miens étaient tellement plus beaux. Ce n'était pas la première fois que j'avais un rendez-vous dans la nuit et j'étais toujours toute seule pendant les fêtes, c'est la règle de ce genre de relations. Vois ça comme ton deuxième service, je me suis dit. Mon homme était généreux, mais j'avais toujours besoin de plus d'argent et je ne me faisais pas les pourboires que j'aurais mérités, en restant coincée derrière le comptoir. Et c'était la faute de qui ? Tout le monde savait qu'il m'arrivait de retrouver des types dans la nuit. Tout le monde sauf lui. J'espère qu'il ne l'a jamais su, mais je suis sûre que ceux qui voulaient le monter contre moi ont fait en sorte qu'il le découvre.

J'ai remis cette fourrure dans mon placard, en m'assurant qu'elle était enveloppée dans un sac du pressing, comme à la fin de l'hiver. Pour moi l'hiver était déjà fini. Pour moi tout était déjà fini. Je n'habitais pas dans le meilleur quartier, je n'avais pas le meilleur appartement, malgré sa vue sur le parc et le lac. J'imagine qu'autrefois les immeubles sur Druid Hill étaient grandioses, à l'époque où les Blancs y habitaient, mais ça commence à être loin. C'est l'histoire du quartier, l'histoire du monde. Les Blancs partent toujours à temps. Ils savent d'instinct quand la plomberie va arrêter de fonctionner, quand les fils de l'électricité vont se mettre à s'effilocher en crépitant. Regarde-toi, Madeline Schwartz, regarde comme tu as déserté ton mariage. Tu t'es probablement dit que tu partais juste à temps.

J'ai rangé ma fourrure au fond du placard et je suis sortie pour aller à mon rendez-vous, l'estomac noué par la peur. Mais il fallait que j'y aille. La fin avait déjà été écrite, elle ne dépendait pas de moi.

Six semaines plus tard, quand ma maman a convaincu le propriétaire de lui ouvrir la porte, elle a trouvé ma fourrure et elle a reconnu un vêtement que j'adorais. Elle l'a apportée à la voyante, qui a enfoui son visage dans sa doublure en soie rose pâle, et a caressé la fourrure blanche. C'est du lapin, mais elle l'a appelée hermine, ce qui vous renseigne sur la femme qui a proclamé avoir vu mes dernières heures. Vert et jaune, tu parles. Je portais bien un chemisier vert, mais le vrai vert, c'était celui de la jalousie, et il n'y avait pas de jaune – sauf si tu comptes la lâcheté de l'homme qui a décrété que je devais mourir, sans daigner faire le sale boulot lui-même.

Juin 1966

"Tu as fait ça ?"

Judith Weinstein s'apprêtait à avaler une cuillerée de bouillon de poulet aux *kreplach* quand Maddie lui raconta sa visite à Madame Claire. Ses manières étaient aussi soignées que son apparence, si bien que Judith était capable d'interrompre le trajet de sa cuillère sans renverser une goutte, mais il était réjouissant de voir à quel point les aventures récentes de Maddie la stupéfiaient.

"Je suis allée voir le corps de Cléo Sherwood à la morgue. Ensuite j'ai rendu visite à la voyante que sa mère a consultée.

— Cette fille noire qui est morte ? Celle qui travaillait au club de Shell Gordon ?

— Elle travaillait au Flamingo. C'est à cet endroit-là que tu penses ? C'est qui Shell Gordon ?"

Judith renifla, même si ça ressemblait plus aux éternuements délicats que les chats répriment.

"Je te l'ai *dit*, Maddie. Stewart « Peanut Shell » Gordon. C'est un petit voyou qui essaye d'être un grand, pour égaler Willie Adams, qu'il idolâtre autant qu'il le déteste.

— Jamais entendu parler de ces gens.

— Je te l'ai dit, que tu devrais m'accompagner au Stonewall Club. C'est intéressant. Même si j'ai obtenu la plupart de ces informations par mon oncle Donald. Shell Gordon veut devenir un homme d'influence, comme Adams. Il fait circuler de grosses sommes pour le Jour du Scrutin.

— Circuler ?"

Judith avala des petites gorgées de son bouillon, un menu étrange pour une journée aussi chaude. Les soupes de The Suburban House étaient bonnes, mais Maddie s'offrait un festin complet – bagel au saumon et cream cheese, accompagné d'une canette de Tab. Elle avait parcouru des kilomètres à pied cette semaine. En plus, Ferdie adorait son corps.

"C'est comme ça que tu rameutes des voix.

— Mais c'est illégal de payer les gens pour voter."

Judith sourit, heureuse d'avoir l'occasion de montrer que, dans leur toute nouvelle et tendre amitié, elle était celle qui savait. "Tu ne paies pas exactement les gens pour qu'ils votent. Tu paies les gens pour qu'ils *rameutent* des électeurs.

— Je ne suis pas sûre de comprendre la différence.

— Pas sûr qu'au final il y en ait une."

Maddie n'avait pas envie de recevoir une leçon politique. Elle avait recherché la compagnie de Judith parce qu'elle ressentait le besoin d'avoir une confidente, quelqu'un qui puisse écouter ses histoires du boulot. Elle se disait que ses aventures – sa virée à la morgue et dans un quartier noir – ennuieraient ou scandaliseraient Ferdie. Et il allait de soi qu'elle ne pourrait jamais raconter ses projets à sa mère. Alors elle avait cherché une amie à qui parler, avant de se rendre compte qu'elle n'en avait pas. Elle avait essayé d'appeler Eleanor Rosengren, qu'elle n'avait pas revue depuis ce dîner fatidique – ce n'était pas exagéré de le dire : ce dîner avait réellement changé sa vie – avec Wallace Wright. Mais Eleanor lui avait paru distante, bizarre. Des lignes de démarcation avaient été tracées à Pikesville et Maddie comprit que ses anciens amis seraient du côté de Milton, aussi sûrement qu'ils habitaient dans le comté de Baltimore et non dans le centre de Baltimore comme elle. Maddie avait abandonné non seulement Milton, mais tout son ancien quartier. L'intégralité de ses anciens amis désapprouvaient son nouveau mode de vie.

Du coup elle recontacta Judith, la jeune femme dynamique qui se précipitait toujours pour lui répondre. Et c'était gratifiant de voir à quel point ce dîner avec elle la remplissait de joie. Elle avait même proposé qu'elles aillent ensuite voir un film au Pikes Theater, proposant de reconduire Maddie chez elle dans la voiture de son père.

Maddie avait supposé que leur conversation durant le dîner porterait sur ses exploits professionnels, et que Judith n'aurait rien à raconter. Elle fut très surprise – et, honnêtement, agacée – d'apprendre que Judith aussi avait une confidence à lui faire.

"Tu te souviens des flics, le jour où…" C'était encore douloureux d'évoquer Tessie Fine, la semelle argentée de cette chaussure, les cheveux roux, le manteau vert.

"Évidemment.

— Le mien m'a appelée."

Maddie nota mentalement cette formule, *le mien.* Est-ce que l'autre flic avait été le sien ? Il avait voulu la raccompagner devant sa porte, mais c'était sûrement par politesse ? Quoi qu'il en soit, il ne l'avait pas appelée ni relancée d'aucune façon et elle ressentit une pointe de jalousie, comme si elle et Judith étaient deux filles qui avaient fait une sortie à quatre, le rendez-vous de Judith ayant marché et le sien, non. Stupide. Elle ne sortirait jamais avec un flic. Oh… elle sortait avec un flic. Non, elle ne *sortait* pas. Ce n'était pas le bon mot pour désigner ce qu'elle et Ferdie faisaient. Elle rougit, sans que Judith parût le remarquer.

"Qu'est-ce qu'il voulait ?"

Judith ne se montra pas vexée par la question, même si elle était presque grossière. "Il m'a demandé de sortir avec lui. Je savais que ça scandaliserait ma mère, mais c'est mon père qui a vraiment piqué une crise. Je ne sais pas si c'est parce qu'il est flic ou irlandais. En tout cas il a dit qu'il était impensable que sa fille sorte avec « un homme pareil ».

— Quelle honte, dit Maddie, sans le penser. Il était mignon." À nouveau sans le penser. Le seul souvenir qu'elle gardait de cet homme, c'était ses bavardages insipides.

"Il veut nous rejoindre ce soir, dit Judith. Au cinéma. Tu es d'accord ?"

Maddie se sentit idiote, un peu comme si on se servait d'elle, alors que c'était elle qui avait appelé Judith. Elle se sentit même rejoindre le camp des parents de Judith, dont elle était peut-être plus proche en âge. Si Seth avait voulu sortir avec une *shiksa**, qui plus est fille d'un flic, il n'aurait pas eu l'approbation de Maddie. Mais elle aurait aussi pris soin de ne pas s'y opposer. C'est comme ça que sa propre mère avait réagi à sa relation avec Allan au lycée. En faisant semblant de ne pas s'en inquiéter, en invitant ses parents au dîner de Pessah.

De quelle manière, se demanda Maddie, sa mère aurait-elle réagi en apprenant l'identité du vrai premier amour de Maddie ? Elle était parvenue à le dissimuler à tout son entourage. C'était peut-être ça, son vrai

* Fille non juive.

talent : les amours cachées. Mais on était en 1966. Être une courtisane n'était plus une carrière.

Courtisane. Il lui semblait entendre le rire de son premier amour retentir par-delà les années. *Les euphémismes sont bons pour les lâches, Maddie.* Il s'était beaucoup moqué d'elle, en y repensant. Moqué de son ambition d'écrire. Il lui disait qu'elle deviendrait une mère au foyer de banlieue comme toutes les autres.

"Bien sûr que je suis d'accord, assura-t-elle à Judith.

— Et je me suis dit, ajouta Judith, que si ça ne te dérange pas, on te paiera un taxi. Tu vois, si mes parents pensent que je dois te raccompagner dans le centre avant de rentrer à la maison, c'est une bonne heure de trajet, et..."

À son tour de rougir. Ça aurait pu rendre Maddie vraiment jalouse, sauf qu'elle savait que tout ce que Judith et son petit ami feraient pendant leur heure volée ne pourrait égaler ce qu'elle et Ferdie accomplissaient dans ce même laps de temps. Pourtant, oh, comme ce serait adorable d'être assis au cinéma en tenant la main de quelqu'un, de n'importe qui. Est-ce qu'on devait toujours choisir entre la passion et la respectabilité ?

Le film était *Le Chevalier des sables.* Après s'être croisé faussement par hasard dans l'entrée du cinéma, le trio choisit des places près du dernier rang, puis Maddie insista pour se rapprocher de l'écran, en prétendant qu'elle avait oublié ses lunettes. (Elle ne portait pas de lunettes.) Judith et son flic, Paul Machinchose, protestèrent faiblement. Il était en civil. Il n'était pas spécialement séduisant, aux yeux de Maddie du moins. Mais le fait de connaître l'existence de cet amour – désir – interdit, onze rangées derrière elle, l'excitait. À moins que ce n'ait été Richard Burton, si attirant en dépit de sa peau grêlée. Elle se sentait tout en émoi.

Puis elle sentit que l'homme à côté d'elle avait posé la main sur son genou.

Elle souleva la main et la reposa sur ses genoux, en lui jetant un coup d'œil. Il n'avait pas un air dépravé. Il n'était pas en train de se tripoter et son regard demeurait fixé sur le film. Elle aurait dû appeler une ouvreuse à l'aide – mais non. Il avait un assez beau profil. Un beau nez romain, une épaisse chevelure, de longs cils derrière ses lunettes. Pas d'imperméable crasseux, de braguette ouverte...

C'est à ce moment-là que Maddie poussa un hurlement.

Pas parce qu'elle avait peur, pas vraiment. Oh, elle était terrorisée, mais pas par cet homme. Elle était horrifiée par son propre *manque* de peur, bouleversée par la pensée, même fugitive, qu'elle était capable d'entraîner cet homme hors du cinéma pour faire des choses avec lui, pour le laisser faire des choses avec elle. Elle était en train de devenir dépravée, il n'y avait pas d'autre mot. Voilà pourquoi elle s'était mariée aussi vite que possible. Parce que son premier amour avait éveillé en elle ce désir terrible, qu'elle savait devoir étouffer, dompter. Et voilà que ce désir ressortait, et se baladait en liberté dans le monde.

Évidemment, dès qu'elle se mit à crier, Paul et Judith se précipitèrent à sa rescousse, alors que l'homme au nez romain avait disparu. Personne ne reparla d'un retour en taxi, étant donné la terreur que Maddie avait subie. Le couple la raccompagna chez elle en voiture. Maddie se sentit presque coupable de les priver de leur moment. En même temps ils étaient sortis du cinéma quarante-cinq minutes avant la fin du film, donc il leur restait encore une heure ensemble.

Judith lui téléphona pour tout lui raconter le lendemain, chuchotant sur la ligne de la bijouterie de son frère.

“Il voulait se garer sur Cylburn Avenue. Près de… Tu ne trouves pas ça bizarre ?

— Non”, dit Maddie. *Oui*, pensa-t-elle. *Mais moins bizarre que ce que j'avais envie de faire hier soir, donc de quel droit je peux juger ?*

Une libertine, se dit-elle après avoir raccroché. *Je suis en train de devenir une “libertine”.* Où avait-elle entendu ce mot pour la première fois ? Dans la bouche de son premier amant, évidemment. Était-il encore en vie ? Il avait déménagé il y a longtemps et elle avait perdu sa trace. Mais étant donné les liens unissant les familles de Baltimore, elle supposait qu'il y aurait eu un avis de décès dans les journaux locaux. Et si sa femme mourait, il n'y a pas de doute qu'un avis de décès serait publié. Mais il n'était pas encore vieux, il approchait seulement de la soixantaine. Il n'y avait aucune raison de penser qu'il était mort.

Elle se revit à moins de dix-huit ans, debout sur le trottoir à contempler les déménageurs transporter des meubles dans un camion.

“Ils vont où ? avait-elle demandé au moins intimidant des hommes.

— New York, avait-il grogné.

— Je le connais. Enfin je les connais… J'étais… j'étais à l'école avec leur fils.”

Le déménageur ne s'était pas montré intéressé. Pendant des mois, la peur la plus intense que Maddie avait affrontée avait été que quelqu'un découvre son secret, et ce qu'elle avait fait. Mais maintenant elle voyait que le pire destin, c'était que personne ne soit au courant. Elle avait trop bien gardé leur secret. Toutes les promesses, les mots chuchotés, les serments échangés, pour qu'il puisse lui voler quelque chose qu'elle ne retrouverait jamais – il n'y avait aucun témoin. Lui seul connaissait les mots qu'il avait employés pour décrire leur fuite ensemble, les visions qu'il avait dépeintes – il maniait bien mieux le langage que le pinceau – de leur avenir de vrais *libertins* au Village, vivant uniquement d'art et d'amour. Elle ne pouvait prouver que rien de tout ça n'avait eu lieu. L'événement le plus important de sa jeunesse avait été chargé dans ce camion, et transporté à New York en plus, mais sans doute pas au Village, impossible. Ils allaient probablement habiter dans l'Upper East Side, dans le genre de maison, de foyer, qu'il faisait mine de mépriser.

Les déménageurs chargèrent dans le camion un grand canapé en soie verte. Maddie avait perdu sa virginité sur ce canapé, l'été de ses dix-sept ans. "Tu peux rester un peu plus longtemps ? il avait demandé. Il va y avoir une éclipse ce soir. C'est un événement auquel on n'assiste quasiment qu'une fois dans sa vie. Et je sais que tes parents ne s'inquiètent jamais quand tu es ici avec moi."

Non, ils ne s'inquiétaient jamais. Même à dix-sept ans, Maddie était capable de comprendre l'ironie de la situation.

Deux mois plus tard, à l'automne, elle rencontra Milton. Évidemment il avait supposé qu'elle était vierge, et elle ne vit aucune raison de le contredire. Elle l'était sans l'être. Elle était une autre personne, une autre Maddie. Ou plutôt, elle se sentait plus innocente, plus jeune encore, parce qu'elle s'était fait souiller et berner par un homme plus vieux qu'elle, qui n'avait aucun scrupule à la bercer de mots destinés à lui dérober ce que tout le monde présentait comme son bien le plus précieux, son atout singulier à offrir à un homme, la seule dot ayant encore de la valeur.

Est-ce que Cléo Sherwood avait un petit ami ? Tout le monde disait que non, mais les rencontres d'un soir ne vous offraient pas une étole en hermine. *Cherchez* *l'homme**. Maddie allait chercher l'amant de Cléo, cet homme marié, et exiger des réponses. Ça rachèterait le manque de courage de ses dix-sept ans, quand elle avait été incapable, encore et encore, de tenir sa résolution de se présenter à la femme de son amant.

Évidemment, cette femme la connaissait déjà, mais seulement comme la camarade de classe de son fils, la fille avec qui il était sorti et qu'il avait invitée au bal de promo, avant de la larguer. La fille dont son mari faisait le portrait dans son atelier. Le portrait final était plein de raideur, dépourvu de sa vitalité et de son charme, dépourvu de toutes les qualités qu'il affirmait voir en elle, quand il posait ses pinceaux et lui faisait l'amour, encore et encore et encore, l'été de ses dix-sept ans.

* En français dans le texte.

Le spectateur

Je le jure, je n'ai jamais fait ça de ma vie. Ça n'était pas un plan. Bon, d'accord, mon plan c'était de *m'asseoir* à côté d'elle. J'ai mes places préférées après tout. Il n'y a pas foule dans ce cinéma et généralement je n'aime pas être aussi près de l'écran. Ça me fait mal au cou, aux yeux. Mais je la remarque qui entre avec le couple, presque comme leur chaperon, avant de les laisser au fond pour s'installer devant. Je la suis, je m'assois de l'autre côté de l'allée puis je viens me mettre à côté d'elle après le dessin animé, juste quand le film commence.

Je suis… Je n'ai pas envie de vous dire ma profession. Je suis un homme respectable, vous pouvez me faire confiance là-dessus. Je suis un homme bon, un bon soutien de famille. Oui, je suis marié, mais ma femme est froide avec moi. Elle l'a toujours été. Je crois que je ne lui plais pas. Il m'arrive de lui demander : "Je te plais ?", et elle répond : "Je *t'aime*", comme si c'était mieux, comme si c'était suffisant. Mais non. J'ai besoin de lui plaire aussi, qu'elle rie à mes blagues, qu'elle ait l'air moins brimée par mon existence en général. Quand je rentre à la maison en fin de journée, ma femme a l'air de trouver que ma présence dans notre maison lui pèse.

Une belle maison, que je paye. Ça me rappelle le vieux mythe, Cupidon et Psyché, sauf qu'elle n'a aucune envie d'essayer de me regarder en douce la nuit quand je dors. Ça lui suffirait, d'être mariée au monstre, tant qu'il rapporterait un chèque à la maison.

Alors parfois je lui dis que je dois travailler tard et je vais au cinéma ou je m'arrête quelque part pour boire un verre. Mais vous devez me croire : je n'ai jamais, mais vraiment jamais fait ce que je fais ce soir. Et ce que je fais, est-ce que c'est tellement grave ? Je touche une jambe, un genou, qui dépasse de ses vêtements. Elle a une jupe courte, ce qui fait que je touche vraiment son genou. Je ne suis pas en train de prévoir de la toucher, pas du tout, mais à ce moment-là il se passe quelque chose avec sa respiration. Elle ralentit, presque une invitation. Elle me fait l'effet d'être sensuelle, alors que la scène sur l'écran devant nous n'est pas particulièrement romantique. Elle sent tellement bon, pas son parfum, mais quelque chose de plus organique, une odeur innée qui est meilleure que le parfum, ou le shampoing, ou le savon. C'est comme longer un arbuste en fleurs dans le jardin d'un voisin, juste derrière la grille, mais quelques fleurs essaient peut-être de s'échapper. Au début, vous voulez juste les sentir. Vous vous penchez, vous inspirez. Impossible de ne pas les toucher, de ne pas passer le doigt le long d'un pétale de velours soyeux qui libère du pollen dans l'air. Puis, si le voisin ne se montre pas, vous franchissez la limite, vous l'arrachez pour de bon et l'emportez avec vous. Tout le monde a fait ça, non ?

Je ne vais pas aussi loin. Je touche son genou. Un contact amical, un contact oblique, qui pourrait être accidentel. J'attends. Pendant un moment, on dirait qu'elle envisage de me toucher en retour. Je ressens ce qu'elle pense, la manière dont elle soupèse ses choix.

Elle repose ma main sur mes genoux, mais gentiment, avec douceur même.

Et c'est à ce moment-là qu'elle se met à hurler comme une folle.

Heureusement je connais le quartier, je connais le cinéma. Je sors en courant par la sortie de secours, près de l'écran, qui débouche sur une allée. Une fois dehors, je suis trop méfiant pour continuer à courir. Ils vont chercher quelqu'un qui tente de s'enfuir. Je prends une cigarette, mes mains tremblent à peine, et je l'allume, appuyé contre l'arrière du restaurant chinois à côté, ce qui fait que j'aspire plus de graisse que de nicotine. Je vois un homme sortir, avec deux femmes derrière lui, je les regarde qui parcourent toute l'allée du regard. Je les regarde droit dans les yeux, en fumant avec autant de nonchalance que possible.

Ils se dirigent vers la rue, mais ils sont moins pressés maintenant, ils cherchent moins le criminel qu'à réconforter la femme, le couple l'entoure, lui prend les bras comme si elle était infirme. J'ai envie de leur hurler : *Je lui ai juste touché le genou.*

Je rentre chez moi. Ma femme est assise à la table de la cuisine, en train de faire des mots croisés. Un jeu d'enfant, et ça lui prend presque vingt minutes…

"Ça s'est bien passé au travail ?" demande-t-elle sans lever les yeux, sans même marquer une interrogation dans sa voix. Ce n'est pas une question. C'est juste quelque chose qu'on est censé dire quand votre mari est de retour. Elle met moins d'affect dans sa voix que la domestique robot dans *Les Jetson.*

"Très bien." Son crayon gratte la page. Elle utilise un crayon pour ses mots croisés. Je fais la double télégrille du *New York Times* à l'encre.

"Sheila, est-ce que je te plais ?"

Elle soupire. “Tu ne vas pas recommencer. Tu te crois dans *Un violon sur le toit*, tu vas encore me chanter : *Est-ce que tu m'aimes ?* Combien de fois il faut que je te le répète : Je t'aime.

— Je t'ai demandé si je te *plaisais.*

— C'est mieux l'amour.”

Vraiment ? Vraiment ? Il y a quatre ans, j'ai rencontré une femme dans un bal. Elle ne parlait pas beaucoup, ce qui la rendait mystérieuse et séduisante. Elle était aussi réticente avec son corps, ses baisers et ses sentiments qu'avec les mots. Je projetais tellement sur ces silences, ces résistances. Il faut se méfier de l'eau qui dort, etc. En trois mois on était mariés.

Il s'avère que même s'il faut se méfier de l'eau qui dort, elle n'a pas de courants, et vous vous retrouvez à faire du surplace. À la fin, l'eau qui dort finit par vous noyer.

Juin 1966

Quand Maddie tourna au coin de la rue où les parents de Cléo Sherwood habitaient, elle reconnut le pâté de maisons. Non seulement cette portion d'Auchentoroly Terrace était proche de la synagogue et de l'ancienne épicerie des Schwartz, mais elle était aussi sur le trajet que les Schwartz empruntaient pour rejoindre les restaurants et le cinéma du centre-ville. Milton aimait s'écarter de quelques pâtés de maisons pour redescendre cette rue. Il avait cette étrange habitude, son futur ex-mari, une tendance que Maddie surnommait pour elle-même le pèlerinage de la Mémoire de Milton. Il passait sa vie à vérifier son passé, montrant inlassablement à Seth ses monuments. La maison, l'épicerie, sa cour d'école. Ce n'était pas par nostalgie. Milton voulait rappeler à Seth, et éventuellement à Maddie, que les débuts dans la vie de Milton se caractérisaient par un dur travail et des privations, qu'il s'était fait tout seul.

"Est-ce que ces gens sont pauvres ?" avait demandé Seth à sept ou huit ans. On devait être en été, il faisait chaud, les gens traînaient sur le porche devant chez eux, les gosses dévalaient la rue dans un sens et dans l'autre, en sautant peut-être même pour se faire arroser par une bouche d'incendie.

"Oui, avait dit Milton. Mais pas plus pauvres que ma famille autrefois."

Cet après-midi de la fin juin n'était pas particulièrement chaud. Dehors du moins. Mais dans l'escalier conduisant à l'appartement des Sherwood au deuxième étage, l'air lourd sentait le renfermé, et l'odeur de graisse était si épaisse que Maddie se sentit sale rien qu'à la traverser en montant les marches.

À moins que la sensation huileuse sur sa peau ne provienne de sa propre honte à rendre visite aux parents d'une morte, sans les avoir prévenus avant, et de sa honte face aux questions qu'elle prévoyait de leur poser.

En même temps, même si elle l'avait voulu, elle n'aurait pas pu les appeler. Il n'y avait pas de numéro de téléphone enregistré au nom des Sherwood. Mais Maddie apprenait à ne pas demander la permission. Une permission, ça se refuse, alors que si quelqu'un faisait semblant d'avoir le droit de se trouver quelque part, son assurance pouvait donner le change et l'emporter. Est-ce que ce n'était pas exactement ça que M. Bauer avait fait avec elle, il n'y a pas si longtemps, même si la naïve Maddie Schwartz lui paraissait désormais à des années-lumière ?

Elle frappa à la porte, un petit coup sec, prête à dire : "Bonjour, je suis Madeline Schwartz du *Star* et je suis venue vous poser quelques questions au sujet de Cléo Sherwood."

Une très jeune femme – la sœur de Cléo ? – ouvrit la porte. Elle se détourna pour regarder quelqu'un derrière elle, et Maddie entra sans un mot. Elle en avait vraiment assez d'attendre qu'on lui donne la permission. Un homme, probablement le père de Cléo, était assis dans un fauteuil près des fenêtres sur rue, en train de lire le journal. Le *Star*, remarqua Maddie. *Son* journal. Il ne leva pas les yeux ni ne fit mine de remarquer sa présence.

À ses pieds, deux enfants, des garçons, jouaient avec des petits camions sur le tapis. Ça devait être les fils de Cléo, même s'ils se ressemblaient à peine. L'aîné, qui devait avoir quatre ou cinq ans, était épais – pas gros, mais trapu, l'air costaud, avec une capacité de concentration impressionnante. Il poussait son camion jaune sur le tapis, absorbé dans son jeu à lui. Le cadet ressemblait énormément à la photo de Cléo que Maddie avait vue dans la coupure de l'*Afro*. Il avait ses yeux clairs, ses traits délicats, et un air rêveur, indépendant.

Mme Sherwood sortit de la cuisine d'un pas lourd, et elle s'essuya les mains sur un torchon. Cependant elle ne tendit pas la main à Maddie, se contentant de demander : "Il y a du nouveau ?

— Non, rien de nouveau, dit Maddie. Mais je veux écrire sur Cléo en espérant que mon article va déterrer quelque chose, réveiller la mémoire de quelqu'un et nous aider à trouver son meurtrier. Ça n'a pas dû être simple – elle jeta un coup d'œil aux petits garçons avant de reporter son regard sur Mme Sherwood –, ça a dû attirer l'attention, il me semble, ce qui s'est passé au lac cette nuit-là. Un article pourrait faire en sorte que quelqu'un se souvienne de choses qui ne lui ont pas semblé importantes à ce moment-là."

Ce n'était pas vraiment sa mission du jour, mais elle savait qu'il valait mieux ne pas poser d'emblée les questions les plus difficiles.

"L'*Afro* a déjà publié beaucoup d'articles sur *Eunetta*, dit Mme Sherwood. Et ça n'a intéressé personne, alors pourquoi ça devrait intéresser quelqu'un maintenant ?

— Je pense que ça intéresse plein de gens", répondit Maddie. Elle n'aimait pas mentir, mais ça n'était pas un vrai mensonge. Si on trouvait le tueur, et surtout si on le trouvait parce qu'elle refusait que l'affaire soit enterrée, alors les gens seraient intéressés, elle en était sûre. "C'est juste… Est-ce qu'il y a quelque chose que je devrais savoir ? J'ai été très frappée par un détail que la voyante m'a raconté. Madame Claire ?

— *Elle.* Elle n'a pas été d'une grande aide.

— Les couleurs jaune et verte ne vous rappelaient rien ?

— Non, madame."

C'était bizarre, de s'entendre appeler madame par une femme clairement plus vieille qu'elle. Mais ça voulait dire que Maddie avait d'une manière ou d'une autre convaincu les Sherwood qu'elle avait de l'autorité. Était-ce dû au journal ? Ou au fait qu'elle était blanche ?

"J'ai été frappée que vous lui ayez apporté une étole en fourrure. Je ne me trompe pas ?

— Non, madame.

— Qui a donné cette étole à – Eunetta ?" Elle avait remarqué que sa mère avait employé le prénom de naissance de sa fille, et aussi son reproche sous-jacent.

"Je n'en ai aucune idée.

— Mais elle était à elle ?

— Oui, madame.

— Comment se fait-il que vous l'aviez ?

— Madame ?

— Elle n'habitait pas là, non ? Au moment de sa disparition. Elle partageait un appartement avec une autre fille.

— Oui, madame. Elle avait une colocataire. Une fille qui s'appelle Laetitia. Qui a quitté la ville sans payer sa part du loyer, environ une semaine avant que Eunetta…"

Elle jeta un coup d'œil aux petits garçons sur le tapis, qui avaient l'air de ne lui prêter aucune attention. "Eh bien, en décembre, Laetitia a dit à Eunetta qu'elle avait prévu d'aller en Floride avec un monsieur qu'elle avait rencontré juste avant Noël. Quelques semaines plus tard, elle a envoyé un télégramme pour dire qu'elle allait se marier. Tant mieux pour elle, mais elle aurait dû payer sa part du loyer de janvier. Et personne n'a reçu son télégramme, même si je suppose qu'elle ne pouvait pas le savoir. Le propriétaire a considéré que Eunetta était aussi volage que Laetitia." Elle s'interrompit, l'air de penser qu'elle avait répondu.

"Je ne suis toujours pas sûre de comprendre pourquoi vous aviez l'étole.

— Il n'allait pas tarder à changer la serrure et à jeter leurs affaires. Alors j'y suis allée et j'ai emballé quelques affaires, les plus belles. L'étole sentait la cigarette et le gardénia, alors je me suis dit que ça ne faisait pas longtemps qu'elle l'avait portée. C'est pour ça que je l'ai apportée à Madame Claire. Parce que j'ai pensé que Eunetta l'avait peut-être mise une semaine ou deux… avant.

— Et qui lui a offerte ?

— Comment je pourrais le savoir ?"

Elle ne souligna pas que Mme Sherwood n'avait pas pu répondre à la question.

"Je peux la voir ?"

Le père froissa bruyamment son journal et s'éclaircit la gorge, d'une manière théâtrale pas très subtile, mais Mme Sherwood fit signe à Maddie de la suivre au fond de l'appartement. Elle la conduisit jusqu'à un ancien garde-manger transformé en un placard bourré à craquer de vêtements, de cartons et de jouets d'enfants. Mais Mme Sherwood avait l'air de comprendre comment tout était rangé puisqu'elle sortit rapidement l'étole suspendue à un cintre, enveloppée dans du plastique. Ce n'était pas comme ça qu'on rangeait une fourrure, Maddie le savait, mais elle vit aussi immédiatement qu'il ne s'agissait pas d'une fourrure particulièrement belle. Elle ne demanda pas la permission de la sortir du plastique, se contentant de le faire, pour chercher la marque. "Fourrures Fine". C'était la famille de Tessie. Quelle petite ville, Baltimore. Elle examina l'étole avec soin, mémorisant chaque détail.

"Est-ce qu'elle se l'est achetée toute seule ?"

Mme Sherwood s'empressa de répondre sèchement : "Elle ne *volait* pas. Eunetta était une fille bien.

— Non, je veux dire… C'était un cadeau ?

— Elle gagnait très bien sa vie. Vu ce qu'elle nous donnait pour élever les enfants pendant qu'elle essayait de… se faire une situation.

— Je vois. Elle était comptable ? C'est bien ce que l'*Afro* a dit ?

— Pas… précisément. Elle était caissière, et elle faisait aussi le service au bar du Flamingo Club sur Pennsylvania Avenue. On ne boit pas dans notre famille, mais il n'y a rien de mal à servir des gens qui boivent. C'est légal, après tout."

Maddie continuait d'examiner l'étole. Non, ce n'était pas une fourrure coûteuse, mais elle n'était pas mal. La doublure rose en acétate ressemblait à de la soie. Et elle était bien coupée.

"Donc elle se l'est achetée toute seule ?

— Je n'en sais rien."

Traduction : "Je ne dirai rien."

"Vous avez d'autres vêtements à elle ?

— Je n'étais pas censée… le propriétaire…

— Je ne dirai rien, madame Sherwood. Je suis juste tellement… curieuse. J'ai envie de l'imaginer, de la connaître. Si je pouvais voir ses vêtements…" En réalité elle voulait surtout prolonger la rencontre.

Après une légère hésitation, Mme Sherwood sortit des vêtements les uns après les autres, manifestement fière de la garde-robe de sa fille. Chaque tenue était enveloppée dans la housse en plastique du teinturier, mais il fallut un peu de temps à Maddie pour comprendre ce qu'elles avaient par ailleurs en commun – elles étaient toutes un peu démodées. Pas de la dernière saison, ni de celle d'avant. Une robe pailletée trop longue pour la mode actuelle. Un tailleur imitation Chanel devait dater d'il y a presque dix ans, alors que la robe en laine noire de très bon goût, avec une étiquette de Wanamaker's, ressemblait exactement à celle que Maddie avait portée à l'enterrement de son beau-père. C'était ultra à la mode – il y a deux ans.

Aucune pièce n'était jaune ou verte, remarqua Maddie. Tant pis pour Madame Claire.

Elles retournèrent au salon, l'esprit de Maddie encore absorbé par cette garde-robe. Wanamaker's. Le grand magasin de Philadelphie n'avait jamais eu de succursale à Baltimore. Comment Cléo s'était-elle retrouvée avec une petite robe noire, de bonne qualité, achetée chez Wanamaker's ? Et l'étiquette indiquait une taille 42, alors qu'il était presque sûr que Cléo ne dépassait pas un 38.

"Madame Sherwood, est-ce que… Eunetta avait un petit ami ? Je sais qu'elle avait un rendez-vous cette nuit-là, avec quelqu'un de nouveau, que les flics n'ont jamais retrouvé et que personne ne semble connaître. Mais est-ce qu'elle voyait quelqu'un d'autre ? Quelqu'un qui aurait pu lui offrir cette étole, ces robes ?"

À sa stupéfaction, la demande provoqua un flot de larmes chez Mme Sherwood, qui cacha son visage entre ses mains. "C'était une fille bien, je me fiche de ce que les gens disent ou pensent, elle était jeune et idiote, mais c'était une fille bien et elle n'a rien fait de mal.

— C'était une idiote, dit le père. Je te l'accorde. Elle était idiote et gâtée, mais c'est de ta faute, Merva. Tu passais ta vie à l'excuser, tu ne lui as jamais demandé de prendre la moindre responsabilité.

— Est-ce que vous voulez dire…" Maddie s'interrompit, terrassée par la douleur. Un camion en métal avait été lancé violemment contre son tibia par l'aîné des garçons, déchirant ses bas et la faisant saigner.

"Arrête de faire pleurer ma mamie ! Arrête de parler de ma mère ! Va-t'en. Va-t'en va-t'en va-t'en va-t'en VA-T'EN."

L'autre petit garçon ne releva même pas la tête, continuant simplement à pousser son camion rouge sur le tapis comme si rien ne s'était passé.

"*Petit Homme !* Arrête tout de suite, Petit Homme. Qu'est-ce qui te prend ?" La grand-mère était consternée, mais M. Sherwood, tout en arborant une expression sévère – son visage semblait fait comme ça, il était impossible de l'imaginer avec un sourire – approuva de la tête, comme si son petit-fils lui avait obéi.

Maddie boitilla jusqu'à la porte et dans l'escalier, ne s'arrêtant qu'après avoir parcouru plusieurs pâtés de maisons. Elle reprit son souffle une fois assise sur la banquette du bus, examinant ses collants déchiquetés. Le tibia mettait un temps fou à guérir, elle le savait. Les plaies resteraient ouvertes, collant à ses bas, qui ensuite se tacheraient quand elle les enlèverait. Ses jambes étaient bronzées grâce aux bains de soleil qu'elle prenait dans les parcs municipaux durant ces chaudes journées d'été, mais elle ne pouvait pas aller au bureau jambes nues.

Il n'empêche que la blessure et le bas déchiré en valaient la peine, décida-t-elle. Son intuition était bonne.

Cléo avait eu un amant, quelqu'un qui avait les moyens de lui faire de tels cadeaux – sans avoir les moyens de se montrer au grand jour. Si personne n'avait jamais vu l'homme qui était venu la chercher pour un rendez-vous nocturne au Nouvel An, alors qui avait donné ces vêtements à Cléo ?

Si l'homme du rendez-vous lui avait offert l'étole, ne l'aurait-elle pas portée cette nuit-là, malgré la douceur de l'air ?

Petit Homme

La dame a fait pleurer ma maman. Je veux dire Mamie. Je lui donne les deux noms parce qu'elle est les deux pour moi maintenant. La première fois qu'on est venus vivre ici, j'avais une maman et une mamie. Et puis Maman est partie, mais elle revenait tout le temps, presque toutes les semaines. Elle m'a dit que son boulot l'obligeait à dormir sur place, qu'elle travaillait dur pour qu'un jour on ait une nouvelle maison ici à Baltimore, une maison avec un papa – pas mon papa, mais un nouveau papa –, et peut-être assez de place pour que j'aie plus à partager ma chambre avec Theodore. Chez Mamie, on dort dans la même chambre que Tante Alice, Theodore et moi on est dans le même lit, il bouge beaucoup dans son sommeil et parfois il tombe. Bon, d'accord, parfois c'est moi qui le *pousse*, mais c'est juste parce qu'il donne des coups de pied et balance ses bras en travers du lit dans son sommeil et moi j'ai besoin d'air. Ma maman disait tout le temps ça quand elle vivait ici. J'AI BESOIN D'AIR ! Et puis elle attrapait un livre et son manteau et elle se précipitait dehors et moi j'avais peur qu'elle revienne jamais.

Et puis, un jour, c'est arrivé. Au début, Mamie disait qu'elle était dans une autre ville. "C'est Detroit ?" je demandais. Parce que Detroit, c'est là que mon père est parti. Mon père est à Detroit et le père de Theodore a été tué dans une guerre, même si je sais pas où est cette guerre, je crois pas que les guerres, ça existe encore. Mais mon père il est vivant, il pourrait venir me chercher, même s'il le fait pas. Ça doit être à cause de Theodore. "Aucun homme ne veut les bébés d'un autre homme." C'est ce que Papi a dit à Maman avant qu'elle parte pour là où elle est, Saint Louis je crois, ça pourrait bien être Saint Louis, parfois elle parlait de Saint Louis.

Avant qu'elle parte, elle était ici à Baltimore et elle venait nous voir toutes les semaines. Elle nous apportait des cadeaux. Papi lui a dit que l'argent qu'elle dépensait en cadeaux pourrait être mis de côté et gardé pour qu'on puisse être réunis plus vite. Maman a rigolé et elle a dit : "C'est pas tes sous, non ?" Ses habits étaient de plus en plus jolis. Notre maman, c'était la plus jolie, toujours, mais après son départ elle a commencé à mettre des habits très chics avec plein de fourrure. Fourrure sur ses manches, fourrure sur son chapeau, et puis, un jour, une cape toute en fourrure. Elle disait qu'elle travaillait pour un magasin de vêtements et qu'elle avait le droit d'emprunter des vêtements à condition de rien renverser dessus. Je sais pas pourquoi elle devait dormir là-bas, peut-être qu'elle était leur agent de sécurité. Enfin bref c'est pour ça qu'elle s'est énervée quand Theodore a essayé de toucher la cape, qu'elle appelait une étole, et j'ai demandé : "Comment elle s'appelle l'étoile ?" Papi, ça l'a fait rire, mais pas un rire gentil. "Méfie-toi de Petit Homme, il a dit. Petit Homme c'est le plus malin des deux. – Et moi je suis quoi ? Teddy a demandé. – Le plus joli", notre maman a dit. Qui veut être joli ? Joli c'est pour les filles.

Et puis plusieurs jours après Noël, Maman est venue, elle nous a apporté les plus beaux cadeaux du monde, des camions Tonka – une dépanneuse jaune pour moi, une camionnette rouge pour Teddy – alors qu'on venait juste d'avoir Noël. À Mamie elle a donné une enveloppe et sa veste avec la fourrure sur les poignets. "Pourquoi tu me donnes ça ? Mamie a demandé. – J'ai bien vu comment tu la regardais", elle a dit. Mamie a dit : "Tu sais bien que j'ai aucune occasion pour la porter." Maman a dit : "Eh bien il y a toujours des enterrements", et Mamie lui a dit de pas parler comme ça, ça porte malheur.

C'est la dernière fois qu'on l'a vue. "Quand est-ce qu'elle revient Maman ?" j'ai demandé. Au début, Papi et Mamie ont dit "Bientôt" mais je voyais bien qu'ils savaient pas. Mamie a commencé à pleurer beaucoup, quand elle pensait qu'on l'entendait pas. Tante Alice, aussi, elle pleurait au milieu de la nuit. Et puis il y a quelques semaines, un homme a sonné à la porte et toute la famille a pleuré, mais j'avais jamais entendu quelqu'un pleurer comme ça, on aurait dit qu'ils criaient. C'était presque comme regarder un film d'horreur, du genre de ceux que je regarde parfois en douce avec Tante Alice, il y en a un, c'est l'histoire d'un homme qui vole les femmes et les transforme en statues et quand la chose méchante arrive, quand tu sursautes, ça fait du bien mais c'est bizarre ? Moi j'ai trouvé que c'était pareil, la chose méchante était arrivée et maintenant tout allait pouvoir s'arranger.

Mais Maman revient jamais, pas vraiment, et les choses s'arrangent pas.

Maintenant c'est l'été. Hier, Papi a presque rigolé comme avant, à cause d'un truc que Teddie avait fait ou dit. Teddie, on dirait exactement ma maman, en garçon. Tante Alice l'habillait en fille quand il était bébé, pour rigoler, et les gens disaient des trucs du genre : "Qu'est-ce qu'un garçon va faire avec des yeux comme ça ? – Il va regarder avec", moi je disais, et les gens riaient, riaient, ce qui me plaisait et me plaisait pas. Après le départ de Maman j'ai essayé de continuer à dire des trucs marrants et à faire des trucs marrants pour faire rire les gens. Mais les gens rient plus pareil maintenant. Avant je les faisais rire tellement facilement, mais maintenant j'ai beau essayer de toutes mes forces c'est rare quand ça arrive, et quand ils rient, généralement à cause de Teddy, ça finit parfois en pleurs.

Alors quand je vois cette dame blanche, avec son carnet et sa voix de maîtresse comme à l'école, qui fait pleurer ma mamie, je me lève et je la frappe avec le camion, le dernier cadeau de ma maman, je la frappe aussi fort que je peux, dans les jambes. Tout le monde se met à crier et j'ai plein d'ennuis et Mamie dit que je vais devoir trouver un moyen pour payer les bas de la dame, qui se sont déchirés quand je l'ai frappée. Mais moi je sais que c'est pas vrai. Même Mamie était heureuse en secret que je la chasse.

Je chasse les gens. Je fais ça. J'ai chassé ma maman et maintenant elle reviendra jamais. Avant j'avais peur qu'elle revienne et qu'elle prenne seulement Teddy avec elle parce que Teddy est joli comme elle et il devrait vivre dans un endroit avec de la fourrure partout. J'étais pas sûr d'être à ma place si on déménageait dans une maison chic. En plus moi j'ai un père alors que Teddy il en a pas. Ils l'ont appelé pour lui demander s'il voulait que j'aille à Detroit mais il est très occupé. En plus, il a dit, Teddy me manquerait, et il a peut-être raison. Même si des fois j'arrive presque à me rappeler quand on était tout seuls, Maman et moi. Enfin je crois.

Et même quand Teddy était là, j'étais spécial, on avait des choses rien que pour nous. Souvent elle me demandait de remonter la fermeture éclair de sa robe avant de sortir. C'est elle qui m'a appelé Petit Homme. "Aide-moi, Petit Homme, tu seras toujours le seul homme dans ma vie. – Et Teddy ? – C'est un amour mais t'es mon premier, trésor, et ça changera jamais. C'est sur toi que je peux compter, Petit Homme. C'est toi qui vas gouverner le navire de cette famille."

Je pense que ça veut dire que je suis censé entrer dans la marine parce qu'on connaît personne qui a un bateau. Mais je sais nager. Ma maman m'a appris. Elle aimait pas nager à cause de ses cheveux, mais elle savait, elle était forte, elle allait vite, et elle m'emmenait à la grande piscine à Doodle Hill, à côté du zoo, et elle mouillait ses cheveux, rien que pour moi. Rien que pour moi.

Tout ça c'est bien fait pour toi, Maddie Schwartz. Dommage que Petit Homme ne t'ait pas frappée plus fort. Dommage qu'il ne t'ait pas cogné la tête avec ce camion.

Et tu en voulais encore, pas vrai ? Ça ne te suffisait pas de faire pleurer ma maman et de pousser mon gentil petit Lionel à riposter. Ça ne te suffisait pas de tripoter cette fourrure, comme Madame Claire. Il fallait que tu saches d'où elle sortait, qui me l'avait donnée. Il fallait que tu pioches, pioches, pioches, pousses, pousses, pousses, en te fichant de ce qui remontait à la surface.

Est-ce que j'étais même réelle pour toi ? Est-ce que j'ai jamais *été réelle pour toi ? Je ne t'en veux pas de ne pas avoir vu qui j'étais dans ce corps à la morgue, ce monstre sans visage. Mais tu as vu mes photos, tu as touché mes vêtements, tu as envahi la maison de mes parents. Je suis sûre que tu aurais essayé de visiter l'appartement où j'habitais avec Laetitia s'il n'y avait pas déjà eu de nouveaux locataires.*

Ma vie ne t'intéressait pas, seulement ma mort. Ce sont deux choses différentes, tu sais.

Juillet 1966

“Et voilà, dit Bob Bauer, en lançant une enveloppe sur le bureau de Maddie.

— C’est vous qui nous donnez notre chèque maintenant ?” Elle aimait bien faire la coquine avec Bob Bauer, parvenant à s’abstenir de vraiment flirter avec lui, sans s’abstenir de *ne pas* flirter avec lui.

“Le patron m’a donné deux billets pour le match des Orioles demain soir. Pour mon boulot sur l’affaire Corwin. Je ne peux pas y aller et je me suis dit…”

Sa phrase inachevée contenait une insinuation. Maddie n’était pas sûre qu’il avait voulu insinuer ça. Maddie n’était pas sûre qu’il avait voulu faire ce sous-entendu, qu’il était capable d’admettre qu’elle avait monnayé ce qui était en train de devenir l’une des affaires les plus retentissantes de l’année pour ce petit-boulot-à-peine-mieux-qu’employée-de-bureau. Bob Bauer n’avait pas arrêté de publier des articles sur le tueur obstinément muet, son complice encore inconnu, et les expériences tout aussi mystérieuses à Fort Detrick, où Corwin, adventiste du septième jour, avait été envoyé en tant qu’objecteur de conscience pour des raisons religieuses, avant de recevoir des doses de bactéries. Bauer avait même interviewé la mère de Corwin, qui avait dit avec une grande tristesse que son fils n'avait plus jamais été le même après son passage à l'armée.

Maddie avait l'impression d'être Jack dans *Jack et le haricot magique*, sauf que les haricots qu'elle avait reçus en échange de la vache familiale étaient de simples haricots, pas du tout magiques. Deux billets pour un match de baseball ne l'impressionnaient pas particulièrement, même des bonnes places, quatre rangées derrière le banc de touche des Orioles. Mais elle les prit quand même, en se disant qu'elle proposerait à Seth cette sortie qu'il adorerait, et qu'il serait peut-être même impressionné que sa mère ait de telles places. Seth collectionnait les cartes de baseball et il parlait de Brooks Robinson comme s'il s'agissait d'un Prophète de l'Ancien Testament.

"Je suis déjà pris, dit Seth quand elle lui téléphona ce soir-là. Je ne peux pas y aller.

— Tu ne peux pas te libérer ? demanda Maddie. C'est une telle occasion. L'équipe est bonne cette année, non ?" Elle était quasiment sûre que les Orioles faisaient une bonne année. Elle ne suivait pas le sport, mais le *Star* avait pour tradition de publier une bande dessinée d'une page résumant le match de la veille au soir. Cet été-là, les dessins à la plume des Orioles avaient souvent célébré joyeusement leurs succès.

"Mais on s'est déjà vus hier soir", dit Seth. C'était vrai. Un énième dîner décousu au Suburbain House. Il avait mastiqué bouche ouverte. Maddie avait bu du café. Aucun plat du menu qu'elle connaissait par cœur ne lui avait fait envie. Elle avait commencé à lire le *New York Times* à la bibliothèque du *Star*, recopiant des recettes publiées sous le nom d'un homme, Craig Claiborne. Une recette récente à base de restes l'avait particulièrement marquée. Il ne lui était jamais venu à l'esprit qu'on pouvait faire frire un poulet à l'avance avant de le manger froid exprès. Pour elle, le poulet froid était un plat par défaut, du genre de ceux qu'on mange devant le frigo, comme Milton l'avait toujours fait lors de ses descentes nocturnes qui lui avaient fait prendre du ventre, ce qui l'avait amené à s'inscrire au club de tennis de Cross Keys, ce qui avait introduit Wally Weiss dans leur vie et l'avait conduite jusqu'ici. La semaine dernière, elle avait servi à Ferdie, en guise de vrai repas, une assiette de poulet froid avec des tomates braisées, et il s'était montré impressionné par son poulet. Elle ne lui avait pas dit que c'était une recette du journal. Elle devinait qu'il trouverait ça ridicule, d'avoir besoin d'une recette pour faire frire du poulet.

"Il y a une règle qui t'interdit de me voir deux fois par semaine ? avait demandé Maddie.

— Je suis pris, avait répondu Seth.

— Une fille ?

— Maman." Il avait mis un tel dédain dans ces deux syllabes que Maddie n'eut pas le cœur d'insister. Elle laissa tomber. Et quand Ferdie lui rendit visite plus tard dans la soirée et qu'ils furent rassasiés, de hamburger, de bière et de sexe – le même article sur les restes recommandait de faire griller un steak en trop pour préparer des sandwichs ensuite, pour autant que Maddie ait vraiment les moyens de s'offrir des steaks avec son salaire –, elle demanda à Ferdie : "Tu aimes le baseball ?"

Moins de vingt-quatre heures plus tard, ils interprétèrent la mascarade de deux étrangers qui bavardent agréablement après s'être trouvés par hasard assis côte à côte au Memorial Stadium. En fait, c'est Maddie qui bavardait. Car il s'avéra que Ferdie adorait le baseball et les Orioles. Ses yeux abandonnaient rarement le terrain. Il applaudissait et poussait des hourras véhéments. Une fois, parce qu'une phase de jeu l'avait particulièrement mis en joie – Maddie était en train de rêvasser, donc elle ne savait pas très bien ce qui s'était passé –, il sauta sur ses pieds si brusquement que les gens autour sursautèrent. La majorité des fans des Orioles avaient tendance à réagir avec une bienséante retenue.

C'était le seul Noir de leur rangée, remarqua Maddie. Mais évidemment il s'agissait de très bonnes places. Ses yeux parcoururent le stade à la recherche des gradins plus abordables, tout en haut des travées. Presque tous les supporters étaient blancs. Il était totalement possible qu'il y ait plus de Noirs sur le terrain que sur les sièges du stade. Les Noirs n'aimaient donc pas le baseball ?

Elle faillit toucher Ferdie à ce moment-là, mais se rappela à temps qu'elle n'en avait pas le droit. Elle avait une place, lui aussi. C'était une coïncidence qu'ils soient assis côte à côte. Ils bavardaient comme deux étrangers pourraient le faire dans un stade, échangeant des propos polis et distants. *Vous aimez le baseball ? – Oui, j'ai joué à Patterson Park quand j'étais jeune, généralement champ extérieur, même s'il m'arrivait de lancer. À Poly, je jouais champ centre.* D'une certaine manière, elle découvrait plus de choses sur lui que tout ce qu'elle avait appris au lit.

Un Oriole amorça un swing, sa batte frappa la balle qui suivit une trajectoire circulaire dans leur direction et finir par atterrir quelques rangées plus haut. Ferdie, les yeux fixés sur la trajectoire, ressemblait à un adolescent crevant d'envie d'en être. Il contemplait l'heureux élu qui avait reçu la balle à mains nues et l'offrait à un petit garçon derrière lui, hochant la tête d'un air ravi pour approuver sa générosité.

Cette nuit-là le sexe fut meilleur que jamais, ce qui surprit Maddie. Elle ignorait que le sexe pouvait continuer à s'améliorer. Mais Ferdie semblait galvanisé – par la victoire des Orioles, par l'impertinence polissonne de leur jeu, si endurant, si enthousiaste que Maddie eut peur qu'on entende depuis la rue les petits cris qu'elle poussait, malgré le bruit du caisson de climatisation dans la fenêtre.

"J'aime pas cette clim.

— Parce qu'elle fait du bruit ?" Elle avait éprouvé de la reconnaissance pour le flap-flap-flap des pales à l'ancienne.

"Parce qu'elle t'oblige à laisser la fenêtre ouverte. C'est dangereux, Maddie.

— C'est toi qui as choisi ce quartier pour moi.

— Je sais. Mais… c'est à moi que je pensais, en fait. J'avais besoin d'un endroit où je pouvais aller et venir sans que personne ne me remarque. Je pensais que ce n'était pas dangereux. L'hiver, quand je t'ai rencontrée, tout – les fenêtres – était bien fermé et je voyais l'escalier de secours uniquement comme un moyen de monter et descendre, avant que tu fasses installer le téléphone. Mais maintenant… ça m'inquiète. Tu te souviens de notre rencontre ?"

Maddie jeta un coup d'œil à la violette africaine, énorme et duveteuse.

"Le quartier me convient. C'est tout près du *Star* à pied. Ça m'économise un ticket de bus. Et quand je prends le bus ou le taxi pour une mission, le journal me rembourse.

— On raconte que tu es allée voir les parents de Cléo Sherwood."

Ça la surprit. “Où est-ce qu’on raconte ça ?”

Ferdie soupira. “Tu vas te faire agresser en allant dans des quartiers comme ça. Il y a des émeutes partout. Ça pourrait arriver à Baltimore aussi.

— C’est les Noirs qui se font agresser. Tu n’as pas vu ce qui s’est passé à Cleveland ?” Deux hommes noirs y avaient été assassinés, et de nombreux hommes blancs arrêtés.

“Le meurtre de Cléo Sherwood n’est pas une *affaire* criminelle, Maddie. C’est juste une fille qui est sortie avec le mauvais type.

— Elle avait un petit ami. Peut-être que ça l’a rendu jaloux, peut-être…

— Le barman du Flamingo a décrit l’homme avec qui elle est sortie.

— Un homme qui n’était pas son petit ami.” Elle était fière d’affirmer cela comme un fait, comme si elle était vraiment au courant, alors qu’elle ignorait totalement si c’était vrai.

“Le barman du Flamingo n’est le petit ami de personne, dit Ferdie.

— Je voulais dire…” Elle ne finit pas sa phrase. Il savait ce qu’elle voulait dire. Il faisait exprès de ne pas comprendre.

Il posa la main sur son ventre, signe qu’il avait fini de parler. Elle avait honte de son ventre. Les magazines de mode montraient actuellement des filles vêtues d’un bikini suspendu à leurs os iliaques, avec des bras et des jambes squelettiques. Maddie avait toujours été fière de sa minceur, mais comparée à ces jeunettes, elle se trouvait un air bovin. Datée, une femme d’une autre ère. Elle avait envie d’être moderne et élégante, de ressembler à une fusée conçue pour des missions vers les étoiles.

“J’aurais aimé…” Ferdie mit du temps à finir sa phrase. Dans ce moment où tous les possibles étincelaient à l’horizon, Maddie se sentit simultanément effrayée et excitée. Qu’est-ce que Ferdie aimerait vraiment ?

“J’aurais aimé…, répéta Ferdie, attraper cette balle. Moi aussi je l’aurais donnée à un gosse. Mais j’aurais aimé que ce soit moi qui l’attrape. Ç’aurait été quelque chose, non ?”

Numéro Six

Fin de la troisième manche, je fais face à Lopez et le coureur d'ouverture est à la deuxième place. Lopez peut être sauvage. Il a déjà agressé six frappeurs cette saison et ce n'était pas pour les repousser. Il est incontrôlable.

Balle un.

Balle deux. Elle arrive trop près de moi. Je sens la tension de mes coéquipiers sur le banc de touche.

Première frappe, je regarde.

Frappe deux – la balle tombe de ma batte, atterrit dans les tribunes.

C'est ma troisième saison avec les Orioles, même si je n'ai pas vraiment été sur le terrain en 64. Une présence au bâton, un retrait sur des prises, dans l'alignement des frappeurs, huit fois en tout. L'année dernière, j'ai joué cent seize matchs, et j'ai frappé deux cent trente et une balles. Pas génial, mais mieux que Etchebarren, et mes talents en défense ne sont jamais pris en défaut. J'ai aussi été frappé par un lancer quatre fois. Je m'en fiche d'être frappé, mais ce n'est pas comme ça que je veux arriver sur la base.

Le prochain lancer, ça va, il va frapper de plein fouet. Je frappe, je passe les bases, la balle arrive, je touche le marbre. On mène, 2-1.

Les fans des Orioles sont presque trop polis, du genre à murmurer, jamais un cri, en même temps ils nous huent pas tant que ça, donc bon, match nul. Pourtant, même dans le calme relatif du Memorial Stadium, on devine que les fans savent que cet été-là est spécial. On est magiques ! Nous voilà, presque arrivés au Match des étoiles, on mène 54-25 et je m'approche des trois cents retraits sur les prises. J'entrerai pas dans la Ligue majeure. Ça, c'est pour Frank, ou probablement pour Brooks. Mais je parie qu'un jour, j'y arriverai. La Ligue nationale, un Gant doré ou deux. J'ai vingt-deux ans, je me fais huit mille dollars par an et je me réveille tous les jours sourire aux lèvres.

C'est ce que j'ai toujours voulu toute ma vie, depuis mes huit ans. Mon héros, c'était Willie Mays, mais quand j'ai évalué mes chances de faire partie des plus grands, je me suis dit : *Je vais trouver mon style à moi, trop haut pour moi ce panier de basket.* Je n'avais aucune envie qu'on dise que je copiais Willie. Mais je sais jouer en défense, comme Willie, courir après une balle. Si j'attrape pas quelque chose, à tous les coups c'est un home run.

Après la partie, je suis assis dans ma voiture, une Dodge Dart de 65 achetée pour un bon prix quand les modèles de 66 sont sortis, et autour de moi ça grouille de gosses qui veulent des autographes. Tant qu'il reste un gosse qui n'a pas eu sa signature, je bouge pas. À la fin les vrais patrons, c'est nos fans. S'ils se pointent pas, on est au chômage. Je leur signe des cartes, des balles, des bouts de papier, tout ce qu'ils veulent. Et si un gamin qui voudrait devenir joueur de baseball me demande mon avis, je lui dis oui, va au bout de tes rêves. J'en suis la preuve vivante.

Aujourd'hui, un type se pointe, un peu plus vieux que moi. Il me demande pas d'autographe. "Je m'appelle

Ferdie Platt, je voulais juste vous serrer la main, monsieur Blair. Vous avez une belle vie." *Monsieur*, alors qu'il a minimum six ou sept ans de plus que moi.

Mais il a raison. C'est ça la belle vie, et c'est la mienne.

Juillet 1966

Le Flamingo avait un peu déçu Maddie, pas pour son manque de splendeur – elle ne s'attendait pas à grand-chose du deuxième meilleur club de Pennsylvania Avenue – mais pour son côté ordinaire et banal, l'impression qu'aucun risque ne planait. Certes, il n'était que dix-huit heures, un peu tôt sur l'horloge universelle de la décadence, mais le club la frappa par son atmosphère pas si différente d'une soirée à thème au Woodholme Country Club.

Elle s'assit au bar et commanda un vermouth. Le barman était blanc, un homme trapu avec des cheveux noirs et des yeux tombants. Pouvait-il s'agir *du* barman, celui qui avait décrit à la police l'homme avec qui Cléo Sherwood avait rendez-vous ? Elle ne s'était pas attendue à trouver un Blanc dans un club dont le propriétaire, ainsi que la majorité des clients, étaient noirs. Elle supposait qu'un Blanc serait moins hostile à son égard, mais il se pencha en arrière, bras croisés, sans faire un geste pour lui préparer un verre.

"Nous préférons, dit-il, que notre clientèle féminine soit accompagnée d'un homme. Et même dans ce cas, nous ne leur proposons pas un siège au bar. Le propriétaire trouve ça…" Il s'interrompit, à la recherche d'un mot. "Pas très recommandable.

— Je ne suis pas une cliente, dit Maddie.

— Bien, vous pigez vite. Pourquoi est-ce que vous n'allez pas prendre le thé avec les autres dames, chez Hutzler's ? Ça m'a plus l'air votre style. Ou si vous voulez vraiment boire un verre, pourquoi vous n'allez pas au Emerson Hotel ?

— Je suis journaliste."

Est-ce qu'elle avait vu une lueur d'amusement dans ses yeux endormis ? Quoi qu'il en soit il lui servit son verre, avant d'aller à l'autre bout du bar continuer à préparer la soirée. Elle sirota sa boisson, étonnée qu'elle ressemble au vermouth que d'autres bars lui avaient servi, avant de trouver son propre étonnement stupide. Ce n'est pas comme s'il existait une grande variété de vermouths. De vins, oui, de whiskys aussi, mais dans l'expérience qu'en avait Maddie, le vermouth était soit doux soit sec. Celui-là était doux.

Une fille entra, vêtue d'un pantalon et d'un chemisier ample. Elle jeta un coup d'œil curieux à Maddie puis au barman.

"Vous êtes qui ? Maddie demanda au barman.

— Personne.

— Tout le monde est quelqu'un.

— Je ne crois pas. Vous seriez surprise du nombre de gens que je vois défiler ici en une soirée et qui sont personne. Et vous, vous êtes qui ?

— Je vous l'ai dit. Je suis journaliste.

— Pour quel canard ?

— Le *Star*.

— Jamais lu.

— C'est quoi votre journal préféré ?

— Le *Beacon*.

— Pourquoi ?

— C'est le plus épais et j'ai une perruche."

Maddie sirota son verre. Il n'y a pas si longtemps, elle aurait été déstabilisée par son hostilité, son petit jeu tactique. Elle aurait commencé à papoter ou peut-être même à flirter. Désormais, son attitude lui prouvait seulement qu'elle était enfin au bon endroit. Le dernier endroit où Cléo Sherwood avait été vue, en train de sortir avec un homme que personne ne connaissait ou ne reconnaissait. Selon *cet* homme-là.

"J'enquête sur l'affaire Cléo Sherwood.

— Il n'y a pas d'affaire.

— Comment pouvez-vous dire ça ? Une jeune femme est morte, dans des circonstances mystérieuses. Bien sûr qu'il y a une affaire.

— Je devrais peut-être dire, pas d'affaire *ici.* Quoi qu'il soit arrivé à Cléo – ça n'a rien à voir avec le Flamingo."

La jeune femme qui avait observé Maddie juste avant sortit de l'arrière-salle, désormais vêtue du costume qui était la signature du club, bas résille et justaucorps avec des plumes roses sur l'encolure et au bas du dos. *Oh, que c'est triste, que c'est glauque*, pensa Maddie. Qui pouvait bien trouver ce costume séduisant ? Elle songea à Cléo et aux vêtements étonnamment chics qu'elle possédait. Des vêtements fournis par quelqu'un, elle en était sûre. Trouve l'homme qui lui a offert ses vêtements et tu trouveras – eh bien, quelque chose.

"Vous connaissiez Cléo ?" Mieux valait s'adresser à la fille qu'au barman. Comme elle aurait pu s'y attendre, la fille regarda le barman pour qu'il lui dise quoi faire. Il se contenta de croiser son regard.

"Comment j'aurais pu ? dit-elle, en posant des verres sur un plateau. Je la remplaçais. J'étais jamais là en même temps qu'elle."

Décidément le barman pouvait transmettre beaucoup d'informations en un seul regard.

"Bien joué." Maddie se retourna vers le barman. "Mais *vous* la connaissiez. Vous avez travaillé avec elle. Vous avez décrit l'homme avec qui elle est partie le soir du Nouvel An – enfin à l'aube. L'homme et les vêtements qu'elle portait.

— Ouais.

— Dites-le-moi.

— C'est dans le rapport de police, que vous avez lu, je suppose. Vous croyez que je vais changer de version ? Eh bien non."

Elle ouvrit son étroit bloc de sténo et regarda ses notes. *Cléo n'a pas présenté l'homme avec qui elle avait rendez-vous, qui est entré au bar vers quatre heures du matin. Elle s'était changée et portait un chemisier vert, un pantalon léopard, un blouson rouge. Elle avait des chaussures à talons et un grand sac vert. Des gants de conduite en cuir rouge. L'homme était un grand Noir à la peau très sombre, en manteau de cuir et col roulé, la trentaine environ, avec des cheveux ras. Très mince, vraiment sombre.* Ce fait était répété deux fois dans le rapport de police. Parce que le barman le jugeait important, ou bien la police ? *J'ai eu l'impression que ça la dérangeait qu'il soit entré. Elle a dit : "Je t'avais dit d'attendre dehors." Elle ne voulait peut-être pas être vue avec lui, mais je ne sais pas pourquoi. Je ne l'avais jamais vu. Ni avant, ni depuis.*

"Parlez-moi d'elle. De Cléo je veux dire. Elle était comment ?"

Son visage s'adoucit. Dire qu'il n'était pas séduisant serait encore généreux. Il avait une vilaine peau ; ses cheveux avaient beau être épais, ils commençaient à se dégarnir ; son nez était proéminent. Mais il possédait cette manière propre aux barmans de susciter les confidences, et pas seulement celles de ses clients. Il semblait probable que Cléo ait bavardé avec lui. Il en savait sans doute plus sur elle que sa propre mère.

“Elle était gentille, dit-il. Intelligente. Une forte personnalité, pleine de vie. Elle méritait mieux que ce que ce monde lui a donné. Comme la plupart des gens.

— L’homme qu’elle a vu cette nuit-là…

— Je ne le connaissais pas. Je n’ai rien d’autre à dire.

— Mais il y a forcément autre chose. Je veux savoir qui *elle* était. Je veux connaître ses rêves, ses désirs.

— Rêves ou pas rêves, ils sont morts avec elle.”

Un type mince à l’air sauvage fit son entrée. Tout comme la serveuse avait su interpréter le message contenu dans le regard du barman, celui-ci eut l’air de deviner immédiatement ce que l’homme avait en tête.

“Elle dit qu’elle est journaliste, monsieur Gordon. Je ne voulais pas lui claquer la porte au nez.”

Et donc il s’agissait de Shell Gordon.

“Pourquoi une journaliste viendrait dans mon club ? Y a pas matière à article ici.”

Il avait posé la question au barman, mais le barman ne répondait pas et Maddie eut un moment d’audace : “Je suis du *Star*. Je prépare un portrait de Cléo Sherwood.

— Laissez cette fille tranquille. Elle n’a pas déjà fait assez de mal ?”

Maddie remarqua la formulation qu’il avait employée. Quel mal Cléo Sherwood avait-elle bien pu faire ? Après tout elle était morte. Était-elle responsable du chagrin de ses parents ? Clairement. Avait-elle abandonné ses enfants ? Oui. Mais celle à qui on avait fait le plus de mal, c’était elle.

“Combien vous payez vos filles ?

— Vous êtes trop vieille pour travailler ici, répliqua M. Gordon. Entre autres choses.

— Je vous pose la question parce que Cléo Sherwood avait des vêtements tellement élégants. Je suis étonnée qu'elle ait eu les moyens de se les acheter, juste en travaillant ici, derrière le bar. Toutes ces robes de cocktail, ces fourrures…"

En fait elle ne lui connaissait qu'une seule fourrure, mais *ces fourrures* sonnait mieux, plus réel.

M. Gordon s'avança jusqu'au bar et prit le verre de vermouth de Maddie. "Offert par la maison, dit-il. Si vous partez *maintenant*. Si vous restez, ça va être au-dessus de vos moyens. Vous n'avez pas les moyens de rester ici."

Elle savait qu'il avait du pouvoir. Mais être une femme blanche lui donnait selon elle un atout sur lui, même sur son propre territoire. Il ne lui ferait aucun mal. "Et si je reste ?"

M. Gordon se tourna vers le barman. "Spike ? Je vous prie de la faire sortir. *Immédiatement.*"

Pour la première fois, le barman, qui s'appelait apparemment Spike, eut l'air décontenancé. Il avait probablement dû escorter beaucoup d'hommes, et même quelques femmes, et les faire sortir des lieux. Mais il ignorait comment approcher Maddie, quel contact physique avoir avec elle. Il s'attendait peut-être à ce qu'intimidée, elle parte d'elle-même. À moins qu'elle n'ait assez de fierté pour les mettre au pied du mur. Shell Gordon avait reposé son verre sur le comptoir. Elle l'attrapa et le sirota lentement.

Spike soupira, leva l'ouverture du bar et passa de l'autre côté. Il était grand et musclé. Il pourrait sans problème la faire descendre de son tabouret. Mais il semblait hésiter à poser les mains sur elle. Il rappelait à Maddie le chien d'un des dessins animés qu'elle avait vus à l'époque où Seth regardait *Donadio.* Fang, c'est comme ça que le chien s'appelait, ou un truc dans le genre. Fang avait la même voix rauque que cet homme.

“Mademoiselle…
— Madame.” Ça paraissait plus impressionnant d’être mariée. Sans compter que techniquement, elle l’était encore.
“On vous a demandé de sortir.
— Je ne crois pas que vous ayez le droit de refuser de servir quelqu’un.
— Mais bien sûr que j’ai le droit, dit Shell Gordon.
— Dans ce cas appelez la police, dit Maddie.
— Vous croyez que j’hésiterai à le faire ?
— Oh non, au contraire. Et d’ailleurs j’adorerais savoir pour quel motif.
— Nous ne servons pas les femmes non accompagnées au Flamingo. On n’est pas ce genre d’endroits.”
Maddie éclata de rire, et apparemment cela rendit Shell Gordon plus furieux que tout ce qu’elle avait dit précédemment.
“Le Flamingo a des principes”, dit-il, le sang lui montant au visage. Sa peau était à peine plus foncée que celle de Maddie. “C’est un club réservé aux gentlemen et aux vraies dames. Certains des meilleurs artistes d’Amérique se sont produits au Flamingo. C’est mon club et c’est moi qui fais les règles. Si vous voulez écouter des musiciens exceptionnels, vous revenez avec un gentleman. À supposer que vous en connaissiez un.”
Maddie évalua la situation. Elle pourrait occuper les lieux, mais à quoi bon ? “Je me réjouis de partir, si monsieur – quel était votre nom, monsieur ? – me raccompagne à ma voiture. Par les temps qui courent, ce quartier est plutôt dangereux.
— Accompagne-la dehors, Spike.”
Une fois sur Pennsylvania Avenue, sous le ciel encore clair, dans la chaleur étouffante, Maddie continua à le

baratiner. “Ma voiture est à quelques pâtés de maisons d’ici, désolée.”

Il grogna. Elle laissa passer quelques centaines de mètres sans dire un mot, avant de demander : “Vous l’*aimiez* bien ?

— Quoi ?

— Cléo. Vous l’aimiez bien ?

— Bien sûr. Comme tout le monde.

— Sauf l’homme qui l’a tuée, à l’évidence.”

Silence.

“Vous pourriez me raconter une chose sur elle, n’importe quoi ? Un détail que je n’apprendrais jamais en lisant des trucs.” Elle fit une pause. “Et en allant à la morgue.”

Un autre long silence, qui la fit désespérer. Mais soudain : “Elle ressemblait à un poème.

— Quoi ?” Elle n’attendait plus de réponse, encore moins une réponse à la fois tendre et provocatrice.

“À l’école on nous faisait apprendre un poème que j’ai jamais compris. Mais ça parlait d’une femme dont les regards allaient partout.

— *Ma dernière duchesse**.

— Oui c’est ça.

— « Tout ce qu’elle regardait, elle l’appréciait et ses yeux partout vagabondaient. »”

Il haussa les épaules.

“Elle avait rendez-vous la nuit de sa disparition. C’est incontestable. Vous avez dit à la police qu’elle avait rendez-vous. Vous les avez décrits, lui et elle, dans le moindre détail. Mais il y avait un autre homme, n’est-ce pas ? Un homme que vous voyiez plus souvent, et pas seulement cette nuit-là ?

* *My Last Duchess* de Robert Browning.

— Écoutez, vous vous trompez sur toute la ligne.

— J'aimerais que vous me disiez en quoi.

— Vous soulevez des pierres, mais il n'y a rien en dessous. L'autre homme qu'elle voyait – il n'avait rien à voir avec tout ça.

— Comment vous pouvez en être tellement sûr ?" Elle supposait qu'elle avait encore deux ou trois pâtés de maisons devant elle avant d'être obligée d'avouer que sa voiture n'existait pas. Elle pourrait peut-être faire semblant d'être la propriétaire d'une des voitures garées dans la rue et fouiller pour chercher ses clés. "Écoutez… quand j'étais jeune, beaucoup plus jeune, j'avais un secret. Il y avait un homme, un homme marié. Il aurait pu détruire ma vie. Il a failli le faire mais j'ai eu de la chance. Si son petit ami marié n'a rien à voir là-dedans, alors je laisse tomber. Mais il y a bien un petit ami, n'est-ce pas ? Et tout le monde a l'air terrifié à l'idée que ça se sache. Pourquoi ?

— Vous devez la laisser tranquille. Je vous en prie.

— Dites-moi une chose que personne ne sait sur lui. Une seule."

Il réfléchit un moment. "Elle n'aurait pas envie que vous lui fassiez des ennuis. Elle tenait à lui.

— Elle était amoureuse de lui ?

— Ce n'est pas ce que j'ai dit. Vous accordez trop d'importance aux mots. C'est juste… des mots."

Mais Maddie aurait pu dire qu'elle tenait à Milton. Ce n'était pas la même chose que l'amour. C'était à peine situé dans le même univers.

"J'ai l'impression que vous en savez plus que ce que vous me dites.

— Comme tout le monde.

— Vous voulez dire que tout le monde en sait plus qu'il ne le dit ou que tout le monde en sait plus que moi ?

— Les deux. Vous n'avez pas de voiture, non ?

— Non.” Sa supercherie lui donnait le vertige.

“Je vous appelle un taxi et je vous paie la course si vous me promettez de ne jamais revenir.

— Il est hors de question que je vous fasse la moindre promesse.

— Laissez tomber. Je vous paye la course de toute façon.”

Il ne mit pas beaucoup de temps à trouver un taxi. Une fois qu’elle fut installée sur la banquette arrière, il se pencha vers elle pour dire : “Vous allez faire du mal à des gens si vous ne mettez pas un terme à tout ça. Vous en souffrirez peut-être même aussi.”

Madame Claire avait quasiment dit la même chose. Mais Madame Claire, se rappela Maddie, était totalement bidon.

Le barman

Je repère les ennuis. On pourrait même dire que c'est comme ça que je gagne ma vie, que c'est mon vrai boulot, la préparation des boissons étant juste un moyen de me garder les mains occupées. Je suis là pour garantir que si les ennuis rentrent, ils ressortent aussi sec. M. Gordon n'a pas la meilleure réputation au monde, mais il a été bon avec moi, et je fais de mon mieux pour être loyal avec lui.

En même temps n'importe qui aurait vu qu'elle apportait des ennuis. Même avec l'éclairage très faible qu'on a sur les tables, ça se voyait. Et M. Gordon, pas la peine de le berner. Toute personne qui essaie de le mener en bateau récolte des ennuis.

J'ai bossé pour un type qui s'appelait Maguire, il faisait des affaires sur le port. Du bon boulot de recel, dans les limites du raisonnable, mais il a visé trop haut et décidé qu'il voulait se lancer dans la vente au détail pour blanchir de l'argent. Il a emprunté de l'argent pour acheter un grand entrepôt dans le Southwest, il voulait vendre des matériaux de récupération, il est allé trop loin. Jusqu'au stade où il ne pouvait plus payer ses dettes. Mais M. Gordon, lui, c'est un homme d'affaires, il lâche jamais des yeux le dollar tout-puissant. Ils ont eu un rendez-vous pour trouver des solutions, M. Gordon s'est montré aussi gentil qu'un directeur de banque, même s'il était clair que les pénalités, au cas où il ne recevrait pas ses paiements, seraient considérablement supérieures. Il a pris l'entrepôt et tout ce qu'il y avait dedans, il a réduit la dette à une somme que Maguire était capable de payer. Pendant le rendez-vous, M. Gordon a dit à Maguire qu'il voulait me récupérer, un peu comme un marqueur, en attendant que la dette soit payée. D'après moi en un sens ça amusait M. Gordon de s'acheter un Blanc. Ou alors c'était une manière de suggérer qu'il me tuerait si mon patron ne le remboursait pas.

Mon patron a pas réfléchi à deux fois et il a dit : "Pas de problème, prenez Tommy." M. Gordon a dit : "Tommy c'est un nom de garçon, moi je vais t'appeler Spike parce que tu ressembles à un chien que j'ai eu, un épagneul qui s'appelait Spike." Je répète, je crois que ça l'amusait de décider de me récupérer, de me rebaptiser, de me comparer à un chien. On a tous fait semblant de croire que ce serait temporaire, mais je savais que si je faisais bien mon boulot, M. Gordon voudrait me garder.

Et si je le faisais mal… eh bien, je n'avais aucune envie d'apprendre ce qui se passerait au cas où je déçoive M. Gordon.

À l'époque Shell Gordon faisait essentiellement fortune dans le jeu et les putes, mais depuis il est passé à la drogue. Impossible d'ignorer un secteur qui rapporte autant. Mais il adore le Flamingo, il veut que ce soit un club très classe. On dirait qu'il lutte intérieurement. Il veut être réglo, mais il y a trop d'argent à se faire de l'autre côté. Et il a besoin de l'argent malhonnête pour devenir honnête. Peut-être que dans sa tête il se dit qu'il arrêtera les rackets un de ces jours, mais ça n'arrivera jamais. Il a trop de secrets. Si vous êtes malin, vous n'en parlez jamais, mais alors jamais.

Derrière le bar du Flamingo je prépare les boissons, mais mon boulot consiste principalement à gérer les filles, à les aider à trouver la position idéale entre accueil et service. C'est important pour M. Gordon que le Flamingo soit respectable. Il possède plein d'autres endroits où il fait travailler des filles, et la vérité, c'est que plein de filles du Flamingo finissent comme ça, mais il ne tolère pas ce genre de choses au club. Il sait que les gens disent que le Flamingo est une imitation au rabais du Phoenix, mais à ce stade, presque tout Pennsylvania Avenue est une imitation au rabais de ce qu'elle était autrefois. Les magasins, les immeubles, même les gens sont plus déglingués, plus crades. Si les filles ont envie de sortir avec les clients, pas de problème, mais qu'elles le fassent en dehors de leurs heures de travail, dans leurs vêtements personnels. On ne gère pas un bordel. C'est un endroit respectable où se produisent des artistes de deuxième ordre – le Phoenix accueille les meilleurs, pas la peine de faire semblant –, un endroit où les gentlemen et leurs dames sont censés se sentir à l'aise.

Ezekiel "EZ" Taylor est le client préféré de M. Gordon. Il l'adore purement et simplement. Un homme grand, timide, pas très causant. Il vient pour la musique. Boit à peine. Commande un cocktail pour tenir compagnie aux autres, ça lui fait la soirée, et puis il paye l'addition pour tout le monde. Voilà le degré de politesse de cet homme. Il veut toujours que les gens autour de lui soient heureux, se sentent bien. C'est ça que M. Gordon voit en lui, un homme généreux. Ça, et puis aussi sa mémoire des nombres, presque aussi bonne que celle de M. Gordon.

Je lui ai posé la question – *Comment ça fonctionne les teintureries, monsieur Taylor ? Je vois pas comment ça peut rapporter de l'argent.*

Il a dit : "Réfléchis un peu, Spike. Qui sont les gens qui achètent des vêtements qui ont besoin d'être envoyés dans une teinturerie ?

— Les riches, j'ai dit. Mais…" Je n'osais pas finir ma phrase.

Il a souri. Encore une fois, il était comme ça. Il voulait que les gens se sentent bien, toujours. "Tu allais dire : « Les Noirs sont pauvres. »

— Je veux dire, pas tous. Vous, vous êtes riche, c'est évident, monsieur Taylor. Et M. Gordon aussi.

— Plein aux as. Plus que ce que tu peux imaginer, et ça ne va pas cesser d'augmenter, plus, plus, plus. Mais en fait, ce qu'il te faut c'est juste des gens qui ont des *aspirations.* Prends une dame, une institutrice, elle s'achète un beau manteau, une fourrure même, avec ses économies. Où est-ce qu'elle va l'apporter quand il sera temps de le faire nettoyer et de le ranger pour l'été ? Tu crois vraiment qu'elle a envie de rouler très loin jusqu'à un magasin dans le nord ? Non, elle veut l'apporter pas loin de chez elle. C'est comme ça que EZ Kleeners a…

— Cinq magasins bien situés pas loin des stations de métro de Baltimore. « EZ le fait pour vous ! »" C'était l'une des publicités que tous les habitants de Baltimore connaissaient, et qu'ils voyaient en levant les yeux sur les panneaux, avec "Maman, appelle Hampden" ou "Encore des saucisses Parks, maman – s'te plaît". Willie Adams s'était acheté une respectabilité avec Ray Parks ; Shell Gordon pense qu'il peut faire pareil avec EZ Taylor.

"Les gens préfèrent dépenser leurs sous dans leur quartier, quand c'est possible. Et tu veux que je te dise un autre truc, Spike ? On a le destin de son nom. Mon nom de naissance c'est Taylor. Taylor – tailleur. Tu piges ? J'ai commencé chez Hamburgers, aux retouches. Mais le truc, c'est qu'un costume, ça ne se fait retoucher qu'une seule fois. Alors que le *nettoyage*, c'est à l'infini. C'est tout ce que j'avais, une idée en tout et pour tout, mais j'avais besoin de rien d'autre. Offrir le truc dont tout le monde a besoin, tout le temps. D'où l'ouverture du premier EZ Kleeners à six pâtés de maisons d'ici juste après la guerre. C'est quoi ton idée à toi en tout et pour tout, Spike ? Peut-être que tu peux la trouver dans ton nom. Tu devrais peut-être avoir un magasin de couteaux, ou une société de surveillance.

J'ai souri parce que Spike, c'est juste un surnom aussi tranchant que la lame d'un couteau. En vrai je m'appelle Thomas Ludlow et je n'ai aucune idée de ce que mon destin pourrait bien être. Moi je me vois comme un chevalier en quête de dames à secourir, mais mon nom suggère plutôt une personne qui ne peut pas s'élever au-dessus de sa condition. Ludlow ? Ça sonne comme *laid low*, un type qui fait *profil bas*.

Mais qui j'étais pour contredire EZ Taylor ? Il est riche. Moi je suis un gamin de Remington qui a bossé pour un criminel à deux balles qui a laissé s'accumuler une dette de jeu avec Shell Gordon, avant de me vendre. Mais bon, j'aimais bien EZ. Comme tout le monde. Le plus charmant, le plus gentil gentleman que vous rencontrerez de toute votre vie. Il mérite pas qu'un fouille-merde enquête sur sa vie. Il a rien fait, j'en suis sûr. EZ a tous les droits de se la couler douce, en ignorant ce qui se trame. C'est l'un des plus grands avantages de la richesse : se la couler douce.

J'ai continué à apprécier EZ, même quand il a commencé à tomber amoureux de Cléo Sherwood. La plupart des hommes avaient le béguin pour elle. Moi y compris. Même si évidemment il s'est rien passé entre nous. Pour qu'un homme l'intéresse, Cléo exigeait au moins une chose sur deux : qu'il soit beau ou qu'il soit riche. Je ne suis ni l'un ni l'autre. Beau, je le serai jamais, et riche, ça m'a l'air mal parti.

Mais c'était pas grave. Et puis je l'ai vue tomber amoureuse de M. Taylor, et ça, je m'y attendais pas. Je veux dire, vraiment amoureuse, pas juste à l'utiliser pour les cadeaux qu'il distribuait. Oh, elle m'a rien dit, mais j'ai bien vu l'éclat qu'elle dégageait. Il l'a emmenée dans des endroits où elle avait jamais été. Dans des restaurants, et même des voyages en dehors de Baltimore. J'arrêtais pas de me dire : *Elle doit faire semblant, elle peut pas aimer un homme tellement plus vieux qu'elle, même s'il est très riche.* Bientôt l'éclat qu'ils dégageaient tous les deux était tellement éblouissant que M. Gordon a bien été obligé de remarquer. Ça lui a pas plu.

"Faut que ça s'arrête", il m'a dit. J'ai juste fait oui de la tête. Je suis pas Cupidon. Je décide pas qui aime qui. Mais on a mis Cléo derrière le bar avec moi, en lui interdisant de circuler dans le club quand M. Taylor était là.

M. Gordon a aussi eu une petite conversation avec EZ. Il a dit oui, oui, oui, qu'il comprenait, il fallait qu'il soit heureux en ménage avec sa femme s'il voulait aider M. Gordon à réaliser ses rêves. Ensuite M. Gordon a eu un petit entretien avec Cléo et elle a promis qu'elle romprait avec lui, gentiment. Mais tout ce que M. Gordon a obtenu, ça a été qu'ils se cachent encore plus qu'avant, ce qui rendait leur histoire plus excitante. Maintenant ils se voyaient en cachette de tout le monde, pas seulement de Mme Taylor. Les yeux de Cléo étincelaient comme des émeraudes. C'était une guerre et elle était sûre qu'elle finirait par la gagner. À quel prix, elle aurait été incapable de le dire si on lui avait posé la question. Je le sais, parce que je l'ai fait. Gagner, c'est ça qu'elle voulait. Elle disait qu'elle allait débarquer chez Mme Taylor pour tout lui raconter.

Et puis un jour, M. Gordon m'a demandé de faire une chose terrible. J'ai dit que je ne pouvais pas. Il a dit que si je ne le faisais pas, il demanderait à quelqu'un d'autre de le faire, quelqu'un qui s'en ficherait. Il fallait que Cléo s'en aille. Comment, il s'en fichait, quand aussi, mais c'était à moi de m'en occuper. Et si je n'avais pas envie de le faire, alors ça voulait peut-être dire que je n'étais pas quelqu'un de fiable. Et que, peut-être, il fallait que moi aussi je m'en aille. C'était dingue, ce qu'il voulait. C'était même pas bon pour les affaires. Ça avait rien à voir avec les affaires, point final.

Vous voulez que je vous fasse un dessin ?

Après avoir mis la dame journaliste dans un taxi, j'ai pas envie de retourner au boulot. Je me sens triste, et seul, comme tous les soirs depuis le 31 décembre. Je me souviens que j'ai posé plein de questions à Cléo sur ses vêtements. "T'appelles ça un manteau, complètement ouvert devant ? Et à quoi ça sert des gants pleins de trous ?" Parce que je savais que je devrais pouvoir faire une description très détaillée ensuite.

Elle me manque. Tous les jours elle me manque. Jamais personne ne me manquera plus qu'elle. Je m'en fichais qu'elle ne m'aime pas.

L'autre truc… bon, j'essaie de pas y penser à l'autre truc.

Oh, Tommy, j'étais la seule à t'appeler comme ça, tu te souviens ? Pas Spike, ça, jamais. Tommy. Spike c'est un nom de chien et t'étais le toutou de personne. Même pas le mien. Je t'ai sous-estimé, Tommy. Mais tout le monde l'a fait.

Mais regarde-moi, en train de m'excuser. Ta vie a beau être minable, au moins tu en as une, tu l'as pas perdue. Je t'en veux pas, mais je vais quand même pas te plaindre.

Tommy.

Juillet 1966

“Ils sont très… éclatants, dit Judith en regardant les tissus étalés sur le comptoir du Store.

— J’ai récupéré la machine à coudre qui était dans mon ancienne maison, dit Maddie. Je pourrais sans problème te faire une robe d’été. Ce patron Butterick que j’ai utilisé pour le chemisier que je porte, je crois qu’il pourrait t’aller, avec juste une petite retouche.” Les hanches de Judith étaient plus larges que celles de Maddie, dont le buste était plus étroit, mais pas tant que ça, et le patron n’était pas moulant.

“Je ne porte pas beaucoup d’imprimés, dit Judith. Je vais réfléchir.”

Maddie eut l’impression d’une rebuffade. Non, elle eut l’impression qu’elle *aurait* dû ressentir une rebuffade, avant de comprendre qu’elle avait des goûts plus modernes que sa jeune amie. Judith était une jeune femme conservatrice sur tellement de plans. Elle portait encore les cheveux crêpés, avec les pointes qui remontaient, alors que Maddie, qui portait désormais un chignon au bureau, lâchait littéralement ses cheveux quand elle ne travaillait pas. Et, non, Judith ne portait pas beaucoup d’imprimés. Elle aimait que tout soit assorti, que ses chaussures, son sac, sa robe soient de la même couleur. Habitant encore chez ses parents, elle avait les moyens de s'offrir une garde-robe assez impressionnante pour son âge. Aujourd'hui elle était toute en jaune – escarpins jaunes, chemisier jaune, cardigan jaune pastel suspendu à ses épaules par une chaîne avec un sautoir papillon.

"C'est joli", dit Maddie, en effleurant la tête dorée du papillon d'un doigt. Il avait des yeux d'un vert étincelant.

"Ça vient de chez Korvette's, dit Judith. Seulement deux quatre-vingt-dix-huit."

Maddie écarquilla les yeux, comme si ce détail la stupéfiait. La broche était jolie dans son style, on n'aurait pas dit qu'elle venait de chez Korvette's. Mais ici, au milieu des créations de Betty Cooke, le papillon plaqué or avec ses yeux en verre couleur émeraude avait presque l'air d'un affront. Elle décida d'acheter un rouleau de tissu pour elle, sans cesser de jeter des coups d'œil nostalgiques aux bijoux. *Oh, avoir les moyens de s'acheter ces jolies choses.* Mais seul un homme de goût serait capable de comprendre la beauté de ces articles. Les hommes se faisaient une idée tellement traditionnelle de ce que les femmes désiraient. Le mystérieux petit ami de Cléo Sherwood, celui que Maddie devait encore identifier, lui avait acheté des vêtements, pas de bijoux. Ce détail retenait son attention. Une étole en fourrure, pas du tout surprenante. Mais les autres vêtements – un tailleur Chanel. (Enfin une copie, mais excellente.) Cette robe splendide, du genre que les Supremes pourraient porter. La parfaite petite robe noire de chez Wanamaker's. Ça ne ressemblait pas à des cadeaux typiques qu'on fait à sa maîtresse, si du moins Cléo Sherwood pouvait être désignée ainsi.

Non que ça ait eu la moindre importance. Maddie avait perdu tellement de temps à enquêter sur Cléo Sherwood et tout le monde se fichait de ce qu'elle avait découvert. Elle avait proposé un article sur la voyante, puis un autre sur les parents en deuil, mais tout ce qu'on lui avait répondu, c'était non, pas maintenant. "Peut-être dans un an, avait dit Cal. Pour l'anniversaire de sa mort.

— L'anniversaire ?" Comment pouvait-on invoquer un aussi joli mot pour cette circonstance ?

"Vous voyez ce que je veux dire, un an après la date de sa disparition, ou mieux, un an après la découverte de son corps. Rutabaga, rutabaga, rutabaga."

Juin 1967, peut-être en janvier si elle avait de la chance. Une éternité.

Pendant le déjeuner au Village Roost, elle raconta ses déboires professionnels à Judith. Elles avaient une étrange relation. Elles partageaient une conversation, comme les femmes en ont l'habitude, mais on aurait dit que chacune récitait un monologue sans lien avec celui de l'autre, découpé en morceaux socialement convenables. Maddie parla de son boulot. Judith glissa de nouvelles allusions à son désir d'avoir un lieu à elle pour y recevoir les "visites" de son petit ami.

"Paul n'a pas d'appartement ?

— Pas Paul, dit Judith. Un nouveau. Son père n'est plus là, alors il vit dans la maison familiale avec sa mère et il a une sœur beaucoup plus petite – impossible d'avoir la moindre intimité là-bas.

— Tu as un nouveau petit ami ?"

Elle rougit. Une femme pouvait, se dit Maddie, rougir de fierté. "Je suppose que j'en ai deux ! Je ne comprends pas comment je me suis fourrée dans cette situation, Maddie. Ce type, Patrick Monaghan, il a carrément fait du forcing après notre double rendez-vous au drive-in il y a deux semaines. En temps normal je n'aurais aucune envie d'aller dans un drive-in, si ce n'est pour un double rendez-vous, enfin, tu vois ce que je veux dire…"

Maddie voyait, même si toutes les fois qu'elle était allée dans un drive-in, Seth était assis sur le siège arrière. Comme Seth, à sept ans, avait été excité par cette aventure d'une sortie au cinéma en pyjama, pour regarder un film à travers le pare-brise ! C'était ça le truc marrant des drive-in. Presque tout ce qui concernait le cinéma était médiocre – le son, le film, la projection, les boissons pour lesquelles il fallait crapahuter pendant des heures. Mais aux yeux d'un enfant, la nouveauté masquait tout le reste. Comment ce petit garçon, que le monde autour de lui captivait si facilement, avait-il pu finir en ado hargneux, s'exprimant par monosyllabes ? Était-il comme ça aussi avec Milton ? Elle aurait aimé poser la question.

"Paul a rencontré Patrick au lycée et je l'avais croisé aux assemblées démocrates du Stonewall. On lui a organisé un rendez-vous avec une fille que je connais. Je jure que j'avais rien prévu de tout ça !"

Et donc tu avais tout prévu, pensa Maddie.

"Bref, il m'a rappelée le lendemain et il a un truc. Mais ce nom… Monaghan ! Mes parents en mourraient. D'autant qu'il n'est pas tellement plus respectable qu'un flic. Il travaille pour la régie des alcools de l'État. Mais bon, il est trop mignon. Le genre costaud, taiseux. Je crois que je pourrais tomber amoureuse de lui.

— Ça me semble… prématuré que tu te retrouves toute seule avec lui.

— On doit faire gaffe ! Je veux dire, je sors toujours avec Paul et ça ferait énormément de mal à l'autre fille si elle savait qu'en fait c'est moi que Patrick avait en vue. On essaye de faire attention aux autres."

Vous essayez de faire attention aux autres, tout en les trompant, pensa Maddie. Mais est-ce que c'était tromper ? L'autre fille n'avait aucun droit sur ce Patrick ; ça n'avait jamais été sérieux entre Judith et Paul. Ça aurait été impossible. Elle avait expliqué à de nombreuses reprises à Maddie qu'elle était obligée d'épouser un Juif. Mais alors – ça ne pouvait pas être sérieux avec Patrick non plus, dans ce cas.

"Les amours clandestines, médita Maddie. L'univers est rempli d'amours clandestines." Elle se rendit compte qu'elle avait failli révéler ses propres secrets et se hâta d'ajouter : "Je pense évidemment à Cléo Sherwood. Je suis sûre qu'elle avait un petit ami, ou… un protecteur. Mais personne ne veut rien me raconter. Je suis allée au Flamingo et ils m'ont traitée comme si j'avais la lèpre.

— Le club de Shell Gordon ? demanda Judith.

— Oui, il m'a fait jeter dehors." Un peu mélodramatique, mais conforme à la réalité.

"Eh bien si Shell Gordon s'inquiète, ça a probablement à voir avec Ezekiel Taylor."

Maddie aurait dû être excitée d'entendre ce nom, n'importe quel nom. Cependant c'était une déception que l'identité de l'homme qu'elle avait recherché soit révélée avec une telle désinvolture par cette jeune femme. Elle aurait pu l'apprendre il y a longtemps si elle avait eu la présence d'esprit d'interroger Judith la première fois que le nom de Shell Gordon avait surgi.

"Où est-ce que j'ai entendu ce nom ?

— Tu l'as sans doute entendu nulle part." Peut-être Maddie se faisait-elle des idées, mais Judith semblait insister sur le *tu*, comme si l'ignorance de Maddie était spécifique, et que tout le monde à part elle était au courant. "Mais tu as dû entendre parler de EZ Kleeners. « Besoin de faire nettoyer quelque chose ? EZ le fait pour vous ! »

— C'est une teinturerie, pas vrai ?"

Des sacs en plastique. Tous les vêtements étaient enveloppés dans des sacs en plastique. Elle avait regardé les étiquettes, alors que c'étaient peut-être les reçus de la teinturerie accrochés aux cintres qui comptaient.

"Oui. C'est aussi l'homme que Shell Gordon soutient contre son adversaire Verda Welcome dans la quatrième circonscription.

— Et Taylor était le petit ami de Cléo Sherwood ?

— Aucune idée. J'ai juste dit que si Shell Gordon protégeait quelqu'un, alors c'est très probablement Taylor. Ils sont comme cul et chemise, et c'est pas juste une expression. On ne nettoie pas seulement des chemises chez EZ Kleeners, d'après ce que les gens disent.

— Quels gens ?"

Un haussement d'épaules allègre. "Les gens. Les amis de mon oncle. Ils disent aussi que Shell Gordon est un « célibataire de Baltimore », pour ce que ça vaut."

Maddie retourna plusieurs fois la phrase dans sa tête avant de comprendre. "Donc Ezekiel Taylor se présente au Sénat. Il va de soi qu'un candidat aux élections ne peut pas avoir une maîtresse.

— Oh, il peut en *avoir* plusieurs, Maddie. Mais il doit les cacher. Si – et en vrai je ne suis au courant de rien – mais si EZ Taylor sortait avec cette femme qui t'obsède tellement, il fallait juste qu'il soit discret. Les femmes ne voteront jamais pour un homme qui humilie sa femme, surtout les Noires, surtout quand il y a une candidate dans la course. Mais Taylor joue le jeu, il se montre en public avec Mme Taylor, il ne crée pas de vagues." Elle sourit en voyant l'air étonné de Maddie. "Je te l'ai dit : le Stonewall Democratic Club est un bon endroit pour faire des rencontres. Et pour recueillir des infos. Je sais tout sur le fonctionnement de la ville maintenant. Je me fais aussi un réseau. Un des sénateurs de l'État que connaît mon frère pense qu'il peut me trouver un boulot dans une agence fédérale, une bonne agence. Mais il faudrait que je trouve le moyen de faire la navette, c'est au sud, à Fort Meade – j'en ai probablement déjà trop dit.

— Tout le monde n'arrête pas de me dire que le petit ami n'a aucune importance parce qu'au Nouvel An Cléo est sortie avec un autre que personne ne connaît, dit Maddie, presque pour elle-même. Mais si en fait tout ça faisait partie d'un plan ? Si quelqu'un avait envoyé cet homme pour tuer Cléo ?

— Ou bien si Cléo était morte pendant qu'elle était avec Taylor et qu'ils aient eu besoin de mettre en scène une histoire pour dissimuler ce qui s'était passé ? Comme on dit, ne te fais jamais surprendre avec une fille morte – ou un garçon en vie.

— Qui est ce *on* ?"

Judith se contenta d'éclater de rire. "Bref, tu y penseras ?

— À quoi ?

— À me prêter ton appartement quand tu n'y es pas.

— J'y suis tout le temps, Judith. Sauf le mercredi soir, quand je dîne avec Seth.

— Cette seule petite fenêtre pourrait me suffire."

Oui, Maddie le savait. Ça pouvait suffire. Ça pouvait aussi être trop. "Judith, je t'en prie, fais attention.

— Je fais tout le temps attention.

— Attention à ton cœur. C'est la partie dont ils ne nous parlent jamais. Ils ont tellement hâte de s'assurer qu'on, hum, protège nos corps. Les corps guérissent vite, les corps peuvent supporter beaucoup de souffrance. Mais ton *cœur*. Si le premier homme à qui tu ouvres ton cœur n'est pas une bonne personne, tu ne seras plus jamais la même."

Cette fois Judith rougit d'une manière plus traditionnelle, le rouge vif de l'extrême embarras. "Honnêtement, Maddie, on va juste… enfin, on ne va pas faire *ça*.

— Tu pourrais le retrouver au cinéma, comme tu l'as fait avec Paul.

— Mais j'ai envie de *parler* avec cet homme, dit Judith, l'air presque surprise par son propre désir. Si c'était juste pour s'embrasser, eh bien évidemment qu'on pourrait aller au cinéma. Mais j'ai envie d'apprendre à le connaître. Il est tellement calme. Pourtant le soir du drive-in, j'ai deviné que c'était moi qu'il regardait. Lui aussi il veut apprendre à me connaître. Mais si on discute trop longtemps au téléphone, mes parents vont avoir des soupçons."

Maddie avait rarement éprouvé de l'envie envers les autres femmes, mais à cet instant elle en ressentit le pincement. Ferdie aussi était du genre costaud et taiseux. Elle sortait avec lui depuis six mois et elle ne savait presque rien de lui.

"Où je peux trouver cet Ezekiel Taylor ?

— Maddie, il faut vraiment que tu fasses la connaissance de mon frère qui est dans la politique.

— Judith, je ne suis pas… Je suis heureuse de ma vie. Je n'ai pas besoin que tu m'arranges un rendez-vous.

— Mon frère non plus n'en a pas besoin. Mais il *connaît* des trucs, Maddie. Il saura si tu es sur la bonne piste. Je n'arrête pas de te dire…

— Je sais, je sais. Je devrais aller à des réunions du Stonewall Democratic Club."

Le meneur

À la seconde où j'entre dans le bar du Lord Baltimore, je sais quelle brune est là pour moi, celle que ma petite sœur m'a demandé de rencontrer. Cette femme ressemble à un lévrier frémissant, elle grignote des bretzels les uns à la suite des autres. Judith m'a assuré qu'elle ne cherchait pas à me caser. Mon Dieu, j'espère. Judith a l'air d'être le seul membre de ma famille qui devine qui je suis, bien qu'on n'en parle jamais, ça va de soi. Elle dit aux gens que je suis marié à mon boulot, qui ne laisse pas de place à une vie amoureuse, encore moins au mariage et à la famille. Ce n'est pas faux. C'est moins faux que la plupart des choses qu'on pourrait dire de moi. Je n'aurais pas de temps à consacrer à une famille, même si j'en avais le désir.

Mais, oh mon Dieu, si je devais me choisir une fiancée, j'imagine bien ma mère *plotz** si ma fiancée ressemblait à cette Madeline Morgenstern Schwartz, même si l'aspect divorce de l'histoire ne la réjouirait pas. Ma mère est très dure avec les autres femmes. Est-ce qu'on peut lui en vouloir. Mon père… disons

* S'évanouir de surprise, de joie, craquer, en yiddish.

qu'on a de la chance que la seule *shanda** publique de la famille Weinstein soit la faillite de Weinstein's. Non que je sois tellement au courant du reste. Je ne veux pas être au courant. C'est notre spécialité, dans la famille Weinstein, de ne pas poser de questions, de ne pas déterrer les secrets.

Elle boit son martini à petites gorgées, l'air réservé. Flirter est automatique chez elle, je le vois bien, aussi naturel que respirer. Les femmes avec qui je suis en relation, dans mon travail, sont soit des séductrices, soit des rouleaux compresseurs. Des fois je me demande dans quel camp Judith va atterrir. Quand elle aura mis la main sur un type, je soupçonne qu'elle ressemblera plutôt à notre mère, du genre à essayer de tout contrôler, ce qui est la manière d'être évidente pour qui ne contrôle rien. Je ne crois pas que Judith ait compris tout ce que j'ai deviné sur nos parents. Elle était si petite, carrément bébé, quand tout est arrivé. Elle est toujours bébé, en un sens, puisqu'elle vit toujours à la maison. Elle pense qu'elle veut partir, mais je ne suis pas sûr de comprendre pourquoi. Je suis en train d'essayer de lui trouver un petit boulot de secrétaire à l'Agence nationale de sécurité, par l'intermédiaire d'un type qui connaît un type. Je déteste demander une faveur, je ne veux être redevable à personne. Mais je le ferai pour Judith, bien que, si elle croit qu'elle va être autorisée à s'installer à Howard County, elle connaît vraiment mal notre mère. Seul le mariage lui donnera le droit de sortir de cette maison. Et le type a intérêt à être juif. Judith a les *shaygets*** dans le sang. Elle croit que je ne le sais pas, mais elle se trompe. Les roux, elle passe sa vie à courir après les roux. Elle

* Honte, scandale, en yiddish.
** Jeunes garçons non juifs, en yiddish.

a intérêt à se désintoxiquer sinon elle finira déshéritée, même si, en termes d'héritage, il n'y a rien.

"Qu'est-ce que vous voulez savoir ?

— Pourquoi est-ce que Shell Gordon veut qu'Ezekiel Taylor soit le candidat démocrate au Sénat ?"

J'adore comme elle dégaine vite. Les journalistes chevronnés tournent autour du pot, jouent avec vous, vous font perdre votre temps. Celle-là ne comprend rien à ce qu'elle fait, mais au moins ça veut dire que je n'en aurai pas pour longtemps.

"Il y voit une opportunité, purement et simplement. Willie Adams est en guerre contre Verda Welcome, il croit qu'elle lui manque de loyauté. Jerry Pollock, qui contrôlait la quatrième circonscription avant, pense qu'il peut récupérer son siège. Avec un champ de bataille aussi surpeuplé et deux sièges à pourvoir au Sénat, tout est possible. Mais, désolé de vous décevoir, Shell Gordon n'avait aucune raison de se débarrasser de Cléo Sherwood. Elle faisait le bonheur d'Ezekiel et leur liaison donnait à Shell encore plus de pouvoir sur EZ."

Je ne lui raconte pas que j'ai entendu dire que Shell a essayé de trouver de nouvelles filles pour EZ, mais que pour le moment il a laissé tomber. Il attend peut-être de voir quelle tournure vont prendre les élections, et s'il va devoir apprendre à être encore plus discret. Il est loin d'être à la hauteur et peut-être que ça lui convient. Mais Shell ne lâchera pas Taylor. On dirait presque une épouse qui s'acharne à forcer son mari à avoir des ambitions.

La fille fronce les sourcils. Joliment. "Mais si elle avait explosé et tout raconté publiquement, ça aurait été mauvais pour tout le monde.

— Les filles dans son genre ne font jamais d'histoires. Elle connaissait la chanson. En plus, la nuit de sa disparition elle était avec un autre homme. C'est un fait incontestable.

— Vraiment ?"

Je dois me retenir de ne pas me pencher pour tapoter cette petite tête très sérieuse. "Tout le monde adore les théories du complot. Je parie que vous pensez que la commission Warren a eu tort de conclure que Lee Harvey Oswald a agi seul.

— Non… non. Ça ne m'a jamais traversé l'esprit de remettre ça en question.

— La vie est très simple, mademoiselle.

— Madame, corrige-t-elle.

— En général, la réalité correspond à son apparence. Ça ne fait peut-être pas des bons films ou de bons articles en une des journaux, mais c'est comme ça que le monde fonctionne. Je vous l'accorde, c'est sûr, cette fille qu'ils ont trouvée dans la fontaine, elle sortait avec EZ Taylor. Les hommes qui ont du succès et de l'argent – ils ont toujours eu des femmes à leurs côtés. Pas très original.

— Mais il n'aurait pas pu se présenter si les gens avaient été au courant.

— Personne n'allait être au courant. Ça arrive tout le temps, *madame.*" Tiens tiens. *Madame* ne lui plaît pas non plus. Faudrait savoir ce que tu veux, chérie. "Tout le temps, à tous les niveaux. Les hommes sont comme ça. Les *présidents* ont eu des aventures – regardez Warren Harding. FDR, probablement. LBJ, on n'en parle même pas. Mais c'est admis à condition de rester discret, de sauver les apparences, que personne n'en parle. Et Taylor n'est pas à la hauteur de toute façon. Shell n'a pas construit la coalition nécessaire pour avoir son propre candidat. Dans deux ans, dans quatre ans peut-être, mais pas cette année."

Elle a l'air de se calmer, mais sans s'avouer vaincue. La forme de sa mâchoire me dit qu'elle n'est pas du genre à laisser tomber. Pas mon problème. Je lui ai expliqué le fonctionnement des choses, comme j'avais promis à ma petite sœur de le faire. Les services publics dans le Maryland : une histoire d'argent et d'organisation. La primaire démocrate est la vraie bataille, surtout dans la ville de Baltimore, et son gagnant ramasse tout, pas de second tour. On connaîtra les gagnants le matin du 14 septembre, mais on fera semblant de croire que le tour n'est pas joué jusqu'en novembre.

Je paye nos verres, ou du moins j'essaie. Elle attrape l'addition, en disant qu'elle se fera rembourser. Qu'un journaliste ne peut rien se faire offrir par sa source. Je me demande où elle l'a entendue, celle-là ? Je passe ma vie à payer l'addition des journalistes, à leur envoyer du whisky à Noël, des jambons à Pâques.

Nos chemins se séparent à l'angle des rues Charles et Mulberry. Il fera bientôt nuit, mais elle dit qu'elle habite tout près.

"Vous habitez dans le coin ? elle me demande.

— Oh, je vais prendre le bus de Charles Street", je dis, sans répondre à sa question.

Une fois seul, je fais un détour, même si personne ne me suit. Je vais chez Leon's, un endroit discret sur Park Avenue, à moins de dix pâtés de maisons de chez elle, mais c'est le jour et la nuit.

À mon arrivée, je me rends compte que j'ai juste besoin d'un verre. Je n'ai pas l'énergie de parler à quelqu'un. Un poids disparaît de mes épaules, à l'instant où je franchis la porte de chez Leon's. C'est un soulagement parfois de boire un verre dans un lieu où j'ai le droit d'être moi-même, entièrement. Enfin moi-même. Pas Donald

Weinstein, *macher**, *mensch***, le chef de cabinet exigeant d'un type qui pourrait devenir gouverneur dans huit ans. Avant j'étais juste un homme de rien, un fantassin, mais maintenant je suis un meneur, je mène la barque, je conclus les accords, je fais avancer les choses. Je saurai que j'ai vraiment réussi quand j'aurai un surnom, comme Harry "Chaussures Blanches" McGuirk, ou même Shell Gordon, qui boit une bière dans un coin. Je me contrefiche du surnom qu'on me donne, du moment que c'est pas *fagalah****.

Ma vie, mes orientations – plein de gens sont au courant, mais personne n'en parle. J'imagine que les gens – mon patron, ma sœur – croient qu'ils me font une faveur en ignorant l'évidence, en blaguant sur les "célibataires de Baltimore". J'ai deux amis, Ron et Bill, ils partagent une petite maison dans un quartier excentré plus haut dans le Northwest, et tout le monde a l'air de penser que c'est juste deux célibataires branchés qui draguent les filles. Ron conduit une petite voiture de sport tape-à-l'œil, ils sont séduisants tous les deux. J'étais chez eux pour Halloween l'année dernière et le gamin qui habite en face a sonné à la porte pour avoir des bonbons, habillé en femme. Ça nous a tous fait bien rire, et on lui a donné une ration de bonbons supplémentaire. Un de ces jours, il va y repenser et piger la situation, une maison remplie de mecs, le soir de Halloween… Oh et puis merde ! Peut-être qu'un de ces jours il sera des nôtres. Pourquoi pas ? J'ai deviné que j'en étais au début de mon adolescence, et j'ai dû attendre la vingtaine pour oser vivre mon désir. Et je dois être tellement

* Un homme qui a de l'influence, en yiddish.

** Un homme d'honneur, un homme bon et intègre, en yiddish.

*** Homme homosexuel, en yiddish.

prudent, alors que tous les Ezekiel Taylor du monde se contentent d'éviter d'embarrasser leurs femmes.

Un de mes premiers mentors m'a dit une fois que le secret pour réussir professionnellement consiste à toujours tenir un bloc-notes en fronçant les sourcils ; tout le monde suppose alors que ce que vous faites est important. Mais moi j'ai le sentiment que c'est aussi ma vie que je trimbale, dans les rues de Baltimore, avec un bloc-notes invisible constamment entre les mains, les sourcils froncés tellement je me concentre, et personne ne voit ce que je fais vraiment. "Il est marié à son boulot", dit ma mère, aussi fière qu'exaspérée.

C'est vrai. Mais est-ce que j'ai vraiment le choix ?

Juillet 1966

Elle avait craint que le frère de Judith n'insiste pour la raccompagner chez elle, voire qu'il ne fasse une tentative pour la draguer. À peine arrivée à un pâté de maisons à l'ouest de Charles Street, elle appela un taxi.

Les hommes ne lui servaient à rien, après tout, avait-elle conclu. Les hommes gardaient les secrets les uns des autres. Au final les hommes se soutenaient entre eux. Il était absurde que Cléo Sherwood ait été tuée par un quelconque étranger en col roulé que personne n'avait jamais revu. Certes, c'était possible. Des choses affreuses arrivaient constamment aux femmes. Mais Maddie était certaine que le lien, c'était Ezekiel Taylor. Et tout le monde s'en fichait parce que tout le monde se fichait de Cléo. Eh bien, pas Maddie. Elle s'en souciait assez pour remettre en cause l'alibi de M. Taylor. Et il n'existait qu'une manière et une personne qui lui permettraient de le faire.

Le taxi la déposa à l'un des pâtés de maisons encore majestueux près du parc. Pas si loin, enregistra-t-elle mentalement, du lac et de la fontaine. Ses propres grands-parents maternels avaient vécu dans cette rue autrefois ; le lycée du Parc avait été fondé à proximité.

Il était encore relativement tôt. Elle était prête à parier que M. Taylor n'était pas du genre à se précipiter pour rentrer chez lui le soir. Les hommes mariés qui batifolent avec des jeunettes ne se précipitent pas pour rentrer chez eux ; Maddie le savait. Elle en savait plus sur les hommes mariés qu'elle n'aurait aimé. Le moment était venu d'exploiter ce savoir. Tout comme le souvenir de l'endroit où elle allait embrasser des garçons autrefois lui avait permis de retrouver le corps de Tessie Fine, elle allait maintenant utiliser ses regrets pour explorer la vie d'une jeune femme qui avait commis une erreur semblable à la sienne. Maddie n'était jamais allée trouver la femme de son amant. Mais elle allait se confronter à la femme de l'amant de Cléo Sherwood.

La maison des Taylor était une grande dame noyée au milieu des voyous. La majorité des autres grandes demeures anciennes avaient été subdivisées ; elles étaient le signe que ce quartier avait perdu toute son estime de soi. Les jardins étroits n'étaient pas entretenus et, dans les haies soignées entourant la maison des Taylor, quelqu'un avait laissé l'emballage d'une barre chocolatée. Les Noirs les plus riches commençaient à quitter le quartier, tout comme les Juifs de la génération de Milton l'avaient fait. Ces magnifiques maisons de ville anciennes – pas des maisons mitoyennes, pas ici, elles étaient trop immenses, trop différentes architecturalement – avaient représenté tellement de rêves et d'aspirations autrefois. Mais un jour viendrait où elles seraient toutes divisées en appartements bas de gamme. Elle était surprise que les Taylor soient restés.

Quand le taxi l'eut déposée, elle demeura quelques minutes sur le trottoir, indifférente au fait qu'elle n'avait pas l'air à sa place ici. Elle en avait assez de se soucier de l'opinion des autres sur elle, et encore plus de la manière dont ils s'opposaient sans cesse à elle. En premier lieu, Shell Gordon et tous ses employés. Mais aussi les flics, les journalistes, même le frère de Judith, Donald. Tout le monde passait son temps à lui dire d'arrêter de s'intéresser à un système ancestral qui profitait aux hommes et faisait disparaître les femmes gênantes.

Maddie n'allait pas se laisser faire. Elle serra la mâchoire, redressa les épaules, se dirigea droit sur la ravissante maison aux vitraux et sonna à la porte.

L'épouse

En voyant la femme blanche qui se tient avec audace sur mon porche, je regrette pour la première fois de ne pas avoir écouté Ezekiel quand il a proposé qu'on prenne des domestiques. Bien sûr, on est aidé – une jeune femme (pas trop jeune) vient une fois par semaine faire le gros ménage – mais Ezekiel s'est mis en tête il y a quelques années qu'on devrait avoir du personnel qui vit à la maison. Du moins, c'est comme ça qu'il me l'a présenté.

En descendant un jour au rez-de-chaussée, je l'ai trouvé assis à la table de la cuisine en compagnie d'un jeune couple, mari et femme (c'est ce qu'ils ont dit, ou que j'ai cru, j'imagine qu'ils auraient pu être frère et sœur). Ils débarquaient tout juste de leur campagne par le bus. J'ai senti une odeur de ferme sur eux, ils avaient dû faire toutes leurs corvées avant de partir ce matin-là. Ils fuyaient quelque chose, ça j'en étais sûre.

Mais Ezekiel, qui se souciait toujours du sort des jeunes gens parce que, selon *lui*, nous n'avions pas eu le bonheur d'avoir nos propres enfants, les avait vus dans cet horrible café près de la gare routière et ramenés chez nous. Il avait eu au moins le bon sens de ne pas les laisser fouler nos tapis en les faisant entrer par l'arrière, dans la cuisine.

"Je te présente Douglas Frederick, et Claudia Frederick. Ils viennent du comté de Dorchester." J'ai remarqué qu'il n'a pas expliqué pourquoi ils partageaient un nom de famille. Donc ils auraient pu être mari et femme, ou frère et sœur. "Ils ont eu des ennuis, pas de leur faute, et ils ont senti qu'il valait mieux quitter Cambridge.

— Hum…", c'est tout ce que j'ai dit, mais je savais ce qui se passait à Cambridge à l'été 1963.

"Raisons familiales", dit l'homme. Il était rusé, je l'ai vu tout de suite, mais pas aussi rusé qu'il le croyait, jamais il ne réussirait à embobiner Ezekiel Taylor. Il avait pris la gentillesse de mon mari pour de la faiblesse, alors qu'en vérité, si Ezekiel pouvait se permettre d'être gentil, c'est parce qu'il n'avait aucune faiblesse. Bon, à part ça. Il a ça dans le sang, il ne peut pas s'en empêcher. Quand on a ça dans le sang, qu'est-ce qu'on peut y faire ?

La fille n'a rien dit. Elle avait l'air d'avoir l'habitude que les hommes parlent à sa place, autour d'elle, à propos d'elle. Elle avait les yeux pâles. Pas bleus, pas verts, pas noisette. Juste pâles. Si je devais leur associer une couleur, je dirais jaune, aussi délavé que le jaune peut l'être, la couleur de l'urine de quelqu'un en bonne santé.

C'est Ezekiel qui a dirigé la conversation. Certains hommes, quand ils essayent d'obtenir quelque chose de vous, ils parlent vite. Pas mon Ezekiel. Il a ralenti, en laissant les mots rouler tranquillement, serpenter comme un courant sans but particulier. Mais un courant n'est pas tranquille, un courant sait où il va. Un courant est plein de vie et de buts cachés, la plupart en guerre les uns avec les autres. C'est un microcosme, un univers. Dans un courant, vie et mort coexistent.

“Et alors je les vois, ces deux-là, en train d’étudier le menu, on aurait dit deux petits lapins en train de compter leur monnaie, ils n’avaient pas assez à eux deux pour s’offrir un vrai petit-déjeuner, il prenait des bouchées dans son assiette pour les lui donner, et j’ai pensé… on pourrait employer un couple pour nous aider dans la maison.”

Un couple de quoi ? je pensais de mon côté.

“Un homme à tout faire et sa compagne qui vivraient là pour faire la cuisine et le ménage.

— Je suis bonne cuisinière, Ezekiel, j’ai dit. Tu aimes mes plats.

— J’adore tes plats, ma chérie. Je veux que tu continues à me préparer mon petit-déjeuner, et personne d’autre, mais est-ce que ça ne te libérerait pas un peu de ne plus avoir à me servir à dîner tous les soirs ?”

Me libérer pour faire quoi ? Le libérer pour faire quoi ?

Il lit dans mes pensées, mon mari, depuis toujours. Il a dit : “Plus de temps pour tes activités à l’église et tout ce que tu veux faire. Je veux juste t’offrir la meilleure vie possible, Hazel. Laisse-moi faire ça pour toi.”

La fille avait les yeux baissés sur ses genoux, où ses mains croisées ressemblaient à deux animaux qui se tortillent, à une créature aveugle et sans défense qui vient de naître. C’étaient des mains dures au mal, sèches et craquelées, mais pas les mains d’une *travailleuse*. Je connais la différence. Moi aussi j’ai vécu à la campagne, il y a longtemps, si longtemps que les gens ont tendance à l’oublier, même Ezekiel. Il oublie que j’étais jeune et douce et mince autrefois, les yeux baissés, vêtue d’une robe ridicule que je m’étais faite moi-même, et qu’il n’avait jamais désiré quelqu’un autant que moi. Alors il m’a eue. Ezekiel Taylor a tendance à obtenir ce qu’il veut.

Mais ce jour-là, j'ai décidé que pas cette fois. Pas sous mon toit. Je devais tracer une frontière. Alors j'ai dit non à Douglas et Claudia. Ça s'est passé il y a trois ans et je n'avais plus repensé à eux jusqu'à ce que je voie cette dame blanche sur les marches de mon perron et que je regrette de ne pas avoir quelqu'un qui pourrait répondre à la porte pour moi et dire : "Allez-vous-en, Mme Taylor se repose en ce moment."

Il suffit que je ne réponde pas, je me dis. *Personne ne peut m'obliger à ouvrir la porte de chez moi.* Mais j'aperçois sa silhouette à travers le rideau en dentelle, et elle aussi doit me voir. *Peut-être*, je me dis, *qu'elle vend des produits de beauté.* Alors, comme une gosse, je prends mes désirs pour la réalité et en ouvrant la porte je suis surprise que cette femme n'ait pas une valise à la main. Ding-dong, c'est Avon. Les représentantes qui vendent des produits Avon se font rares à Reservoir Hill ces temps-ci.

"Je m'appelle Madeline Schwartz", dit-elle, aussi éclatante qu'un sou tout neuf. Elle approche de la quarantaine, un peu plus vieille que ce que j'ai cru à travers mon verre dépoli. Moi j'ai la cinquantaine, mais j'ai l'air beaucoup plus jeune. On me donnerait facilement la quarantaine. Mais ce n'est pas la jeunesse qui l'attire. Comme je l'ai dit, il a ça dans le sang.

"Oui ?" Pas la peine de lui dire mon nom. Si vous êtes sur mon porche, je suppose que vous savez qui je suis, où je me trouve.

"Est-ce que M. Taylor est chez lui ?

— Non." En un seul mot, je sais formuler tout ce que j'ai à dire. Et elle m'a l'air assez futée pour entendre ce qui n'est pas dit : *Et je ne l'appellerais pas à la porte s'il était là. Aucune affaire ne se règle dans cette maison. Si vous avez vraiment besoin de parler à Ezekiel Taylor, vous devriez le savoir. Aucune transaction ne se déroule ici, jamais, même celles qui n'ont rien à voir avec l'argent. Pas sous mon toit. Vous croyez que je laisse Shell Gordon venir chez moi ? Jamais. C'est Ezekiel qui va chez lui.*

"Je m'appelle Madeline Schwartz, elle répète. Je travaille au *Star.* Je voudrais vous parler de la nuit où Cléo Sherwood a disparu.

— Qui ça ? je dis.

— La jeune femme dont on a trouvé le corps dans le lac.

— Pourquoi ?

— Elle travaillait au Flamingo, un endroit que fréquente votre mari.

— Des centaines de personnes *fréquentent* le Flamingo, mademoiselle." Cette femme ne s'est pas présentée comme une "mademoiselle", mais quelle femme mariée convenable pourrait bien se trouver sur mon porche en demandant à parler à mon mari ?

"Mais j'ai pensé...

— Ce n'est pas ici que mon mari travaille. Ici, c'est chez nous. Nous croyons en..." Je cherche mes mots et elle en profite :

"Une stricte séparation de l'Église et de l'État ?"

Je saisis la référence. J'ai reçu une bonne éducation. Après tout j'étais à Coppin, où je faisais des études pour devenir professeur, quand j'ai rencontré Ezekiel. Mais ça me blesse, sa manière de le dire, presque pour plaisanter. Je ne vois pas ce que l'Église a de drôle. Sans l'Église, je ne sais pas qui je serais, comment je réussirais à survivre. Je parle de l'Église en particulier, pas de Jésus. Bien sûr que j'aime Jésus, il donne un sens à ma vie, mais l'Église, son calendrier et ses rituels – l'Église *façonne* ma vie. Certains trouveront ça bizarre, mais je vois mes journées comme des arbres, comme dans les films de Tarzan. Tous les matins je me lève et j'attrape une liane, en espérant qu'elle est assez longue et que mes bras ont assez de force pour me conduire jusqu'à celle d'après. Je vais à l'église, je change la nappe de l'autel, les saisons défilent, les années défilent. Le Christ est né, le Christ meurt, le Christ ressuscite. Encore et encore et encore.

"Ici on est chez moi", je dis, bien consciente d'être passée de chez *nous* à chez *moi.* Mais c'est vrai. Ici c'est mon domaine absolu. Ici tout est convenable. Ici je contrôle tout. Cléo Sherwood et ses semblables n'ont jamais franchi mon seuil. Une pensée me traverse l'esprit : que serait-il arrivé si j'avais autorisé Claudia et son "mari" à entrer chez moi ? Que serait-il arrivé si un bébé avait fini par naître dans cette maison ? Peut-être qu'elle me l'aurait donné, qu'elle m'aurait laissé le garder. Un bébé aurait pu tout changer. EZ voulait avoir des bébés.

"C'est à vous que je suis venue parler. Précisément au sujet de ce que vous et votre mari avez fait pour le Nouvel An. Est-ce qu'il était ici avec vous ? Toute la nuit ?"

Mais je suis en train de fermer ma porte. Lentement, majestueusement. Je veux qu'elle ait un aperçu de l'univers derrière moi, des pièces magnifiques, des antiquités précieuses, certaines françaises. Dieu ne m'a pas donné d'enfants, alors j'ai fait de notre maison – notre maison, Ezekiel, la tienne et la mienne, l'endroit où tu finis par revenir chaque nuit ou à l'aube – un lieu béni, un lieu magnifique. J'entretiens ma belle maison, je dresse une belle table, je prépare des plats délicieux. J'écoute la radio, je suis les informations. J'ai fait tout ce qu'un homme peut demander à une femme de faire, à part lui donner des enfants. Il a pardonné les défaillances de mon corps, alors je pardonne les siennes.

Cette créature pleine d'audace s'attarde devant ma porte pendant quelques minutes, sonne une deuxième fois, comme si sa première conversation avec moi avait été une répétition générale. Mais on a fini.

Ce n'est pas ma faute si Cléo Sherwood était une jeune femme imprudente qui n'a pas été capable de rester en vie. Ce n'est pas ma faute. Ezekiel ne sait même pas que je connaissais son existence. Et si j'ignorais qu'elle était en vie – est-ce que faire semblant que quelqu'un n'existe pas, ce n'est pas comme ignorer qu'il existe ? –, alors comment pourrais-je avoir la moindre information sur la manière dont elle est morte ?

J'aurais peut-être dû accepter qu'ils restent, Douglas et Claudia. Peut-être que tout aurait été différent. Elle aurait pu être une fille pour moi. C'était une campagnarde, pauvre et frustre, mais moi aussi j'ai été une campagnarde, autrefois. Et regardez-moi maintenant. Je porte des vêtements magnifiques et des perles, j'ai une maison pleine de satin, de brocart, de velours. Peut-être que si je m'étais contentée de laisser ces choses se passer sous mon toit, tout le monde serait encore en vie.

Mais j'en étais incapable, incapable. Être une dame, cela implique aussi de connaître ses propres limites, et de les respecter. Quoi que Cléo Sherwood ait représenté pour mon mari, elle n'était pas, et ne serait jamais devenue une dame. Elle ne l'aurait jamais épousé, et je me fiche de ce qu'elle est allée raconter aux gens. Elle s'est fait des illusions.

Et maintenant elle est morte.

Tu t'es présentée devant sa porte, tu as sonné. Je suis presque impressionnée malgré moi, Madeline Schwartz. Tu as fait ce que je désirais, ce que je m'étais juré de faire. Oh, j'en ai bien parlé, pas de doute.

Est-ce que tu comprends que c'est pour ça que je suis morte, Maddie Schwartz ? Parce que j'ai parlé *de le faire, rien de plus. Que j'ai dit que j'allais tout lui raconter. Des promesses avaient été faites et j'étais prête à les rappeler. Est-ce que je l'aurais fait ? Je n'en sais rien, mais les autres se sont assurés que je n'aie jamais l'occasion d'honorer mes fanfaronnades.*

Oh, Maddie Schwartz, est-ce que tu as la moindre idée de ce que tu as fait ?

TROISIÈME PARTIE

Août 1966

"Cléo Sherwood sortait avec Ezekiel Taylor. J'en suis sûre."

Bob Bauer, qui avait la bouche pleine, n'était pas pressé de répondre. Il venait d'avaler une bouchée de ce qui était apparemment un sandwich Reuben et il était déterminé à en profiter. Il avait des manières remarquablement délicates à table, remarqua Maddie, et ce n'était pas son genre de mastiquer à toute vitesse uniquement parce que quelqu'un attendait qu'il réponde.

"Et alors ?" finit-il par dire, en tamponnant le coin de sa bouche pour nettoyer une coulée inexistante de salade de chou.

"Elle sortait avec un homme marié, un politicien…

— Un *candidat*, et encore, pas très crédible. La notoriété, ça n'est pas tout. Être capable de nettoyer des taches sur de la soie ne veut pas dire qu'on peut être sénateur.

— D'après la rumeur, il mise sur le long terme." Elle commanda un café et, après une brève lutte intérieure, une assiette de frites. "Il ne s'attend pas à gagner cette fois, mais il fallait bien qu'il commence quelque part."

Bob Bauer sourit comme si elle venait de faire une blague. "Alors comme ça, vous êtes au courant des rumeurs, hein ? Celles qui circulent dans les toilettes des dames du *Star* ? Chez le coiffeur ?

— Je fais lisser mes cheveux dans la quatrième circonscription, en fait." Ce qui était vrai, même si la magicienne en cuisine recommandée par Ferdie était aussi muette que le Sphinx, et ne livrait jamais aucun commentaire sur rien, même pas la météo. "Donc oui, j'entends des rumeurs. Même si en l'occurrence ma source est un assistant législatif.

— Et votre source travaille pour un autre candidat ? Ou a des raisons de soutenir un autre candidat ? Si c'est un assistant, il y a des chances pour qu'il soutienne le statu quo.

— Non… Je veux dire, je ne crois pas. En plus il ne m'a pas parlé de l'affaire. J'ai fait la déduction moi-même, en parlant à la mère de Cléo et à d'autres gens.

— Et donc il avait une maîtresse, dit-il. Vous ne pouvez pas écrire là-dessus.

— Elle travaillait dans le club de Shell Gordon et lui soutient la candidature de Taylor dans la quatrième circonscription.

— Maddie, vous avez remarqué combien d'articles le *Star* a publiés sur l'élection au Sénat dans la quatrième circonscription ?" Son index et son pouce se courbèrent et se touchèrent. "Aucun. Zéro. Et donc Ezekiel Taylor a une petite amie et elle s'est fait tuer. En quoi ça nous intéresse ?

— Et si elle s'était fait tuer parce qu'elle était la petite amie de Taylor ?

— La police le considère comme un suspect ?"

Après avoir obtenu la permission de John Diller, Maddie avait demandé aux enquêteurs de la brigade criminelle chargés de l'affaire si Taylor ou Gordon avaient été considérés comme des suspects dans la mort de Cléo

Sherwood. “Je vous dis ça *off*, avait-elle dit, avec la sensation formidable d’être une vraie pro, mais j’ai des infos comme quoi elle était la maîtresse de M. Taylor, ce qui nuisait à ses ambitions politiques.” Les policiers, qui avaient l’air de trouver tout ce qu’elle disait totalement hilarant, avaient haussé les épaules, ajoutant que les mobiles, c’était bon pour Perry Mason. Ils lui avaient rappelé que la mort de Cléo Sherwood n’était pas officiellement un homicide. Et puis un des deux, le plus jeune, lui avait proposé de se revoir, mais elle avait fait semblant de ne pas comprendre l’invitation.

“Ils croient toujours la version du barman, dit Maddie. Mais si vous voulez mon avis, sa déclaration est louche. Il y a presque trop de détails. Pourquoi a-t-il prêté tellement attention à l’homme qui est venu la chercher, à ses vêtements à lui et à elle ? Les hommes ne remarquent jamais les tenues à ce point-là. Et certainement pas un homme dont le surnom est Spike.

— Pour résumer, d’après vous un Noir en vue avait une maîtresse, fin de l’histoire. Vous pouvez toujours en faire un article, on ne le publiera pas. C’est de la diffamation, Maddie. Et ça ne regarde personne. Ça donnerait l’impression que le journal colporte des ragots fournis par un autre candidat.

— Il lui offrait des vêtements, dit Maddie.

— Tu parles d’un scoop !

— Des vêtements volés à ses clients. Du moins je suis presque sûre qu’il les a pris dans ses teintureries. Vous comprenez, une des robes avait une étiquette de chez Wanamaker’s et elle datait d’une saison précédente…

— Vous voulez couvrir la police ou la mode ? Non mais sérieusement, vous n’arrêtez pas de tirer des conclusions sans aucune preuve. Vous avez vu des vêtements. Peut-être que quelqu’un les avait oubliés. Vous savez ce qui est écrit en petit, « Les vêtements oubliés pendant quatre-vingt-dix jours deviendront la propriété, etc. » Et même si vous aviez raison, en quoi c'est un indice, Maddie ? « Ezekiel Taylor, candidat dans la quatrième circonscription, s'est servi dans les stocks de vêtements d'une de ses cinq teintureries EZ » ? Écoutez, j'apprécie vos efforts, mais là c'est une impasse. Une fille est morte. On ne sait même pas comment. Si on l'avait retrouvée dans une voiture ou dans un lit, vous vous en ficheriez totalement. La seule chose intéressante là-dedans, c'est l'endroit où son corps a été retrouvé. Laissez tomber. Il ne se passe pas grand-chose en août. Continuez à garder les yeux et les oreilles grands ouverts, faites du volontariat dans la ville. Vous finirez bien par trouver une histoire que le journal publiera."

Découragée, elle rentra au bureau. Il ne se passait rien en août. Ni dans la ville, ni en salle de rédaction. On aurait dit que le monde entier avait changé de rythme pour s'adapter aux longues journées caniculaires. Les Orioles, dans la course au fanion, faisaient un peu parler d'eux, tout comme la primaire à venir, qui déciderait de l'issue de la plupart des élections à Baltimore et même dans l'État, étant donné le règne du Parti démocrate. George Mahoney, le candidat démocrate malchanceux au poste de gouverneur, arpentait tellement la ville durant sa campagne qu'il exhibait ses semelles usées aux journalistes. En août, ça faisait un article, les semelles d'un homme politique. Avait-elle fait preuve d'une telle naïveté en pensant qu'elle pourrait écrire sur Cléo Sherwood et Ezekiel Taylor ?

Même le courrier des lecteurs avait ralenti. Les lamentations qui leur parvenaient étaient encore plus mesquines que d'habitude, si du moins c'était possible. Des histoires de feux de circulation, des gens qui voulaient que Charles Street redevienne à double sens. Il arrivait parfois qu'ils reçoivent par erreur le courrier du cœur. Ces lettres étaient renvoyées au bureau de Chère Abby à Chicago, mais Maddie souffrait un peu en pensant qu'il fallait avoir de grands chagrins d'amour pour se tromper de destinataire et écrire au Courrier des lecteurs.

Les hommes se fichent de l'amour, ronchonnait-elle intérieurement en marchant. Les hommes pensaient que l'amour n'avait pas d'importance, que ça ne méritait pas un *article*. Ils avaient peut-être raison. Que les hommes déçoivent les attentes amoureuses des femmes, c'était aussi vieux que le monde.

Et là, sur le trottoir bouillant du mois d'août, Maddie ressentit un frisson glacé totalement inédit. Ses jambes tremblaient si fort qu'elle dut s'asseoir sur le banc d'une station de bus pour reprendre son souffle. Être renvoyée dix-huit ans en arrière – qu'est-ce qui lui avait pris, ici même ? Pourquoi y pensait-elle *maintenant* ?

Elle n'avait pas encore vingt ans, elle était mariée à Milton, la période de la lune de miel était derrière eux, l'argent manquait, mais ils avaient une vie agréable, excepté le fait qu'elle ne réussissait pas à tomber enceinte. Les gens disaient que c'était normal, qu'elle s'inquiétait trop, mais Maddie avait une peur précise et était terrifiée de l'avouer à son médecin. Et si elle ne tombait jamais enceinte ? Si elle ne devenait pas une mère, qui serait-elle ? Elle avait misé tout son argent – et sa vie, moins de deux décennies – pour être la femme et la compagne de Milton. Une femme au foyer, mais un foyer ne peut pas se composer de deux personnes. Elle contemplait les mariages qui se multipliaient dans son quartier modeste. Après la naissance du bébé, avec Milton ils quitteraient leur appartement pour s'installer dans une maison, et la vie commencerait enfin. Il fallait qu'elle ait un bébé, des bébés.

Alors qu'elle luttait avec cette peur, cette angoisse, une amie lui dit qu'elle avait vu un portrait en vente dans une galerie locale, apparemment d'une débutante, qui ressemblait étonnamment à Maddie. Elle alla le voir, et effectivement c'était le portrait qu'Allan Durst Sr avait peint, moins de trois ans auparavant, l'été de ses dix-sept ans. C'était douloureux de regarder ce tableau. D'une part, elle devait s'avouer que c'était un artiste atrocement médiocre, tout juste capable de réaliser une œuvre de bonne facture, dépourvue de toute étincelle de vie ou d'esprit, puisqu'elle le voyait désormais sans les illusions du regard amoureux.

Et d'autre part c'était douloureux de se rendre compte que la fille du portrait avait cessé d'exister à l'instant où le tableau avait été achevé, et qu'elle ne reviendrait jamais. La fille que Milton n'aurait jamais, que personne n'aurait jamais. Le prix qu'Allan Sr avait insisté pour garder pour lui.

Maddie demanda au propriétaire de la galerie comment il était entré en possession du tableau. Elle aurait pu sous-entendre que sa provenance était douteuse, qu'il s'agissait clairement d'un portrait d'elle qui avait disparu à un moment de chez ses parents. "Si je pouvais contacter le propriétaire, je suis sûre qu'on pourrait régler ça." Elle avait supposé que ça devait être la femme d'Allan qui l'avait obligé à vider son atelier de ses trophées. Mais en fait c'était Allan lui-même, et l'adresse précisait qu'il habitait à New York, dans l'Upper East Side, comme elle s'en était toujours doutée.

Deux semaines plus tard, elle prit le bus pour New York, en disant à Milton qu'elle prenait part à une expédition organisée par le B'nai B'rith pour voir *Carousel*, qu'elle séjournerait dans un hôtel dans le centre et partagerait une chambre avec Eleanor Rosengren. Un édifice de mensonges, qui s'écroulerait entièrement si Milton avait l'idée d'en parler à Eleanor ou à son mari. Mais Maddie savait déjà qu'il ne le ferait pas, tout simplement parce que sa vie quotidienne ne l'intéressait pas. Lui aussi était angoissé de ne pas avoir d'enfant et il prenait pour lui le fait que Maddie ne puisse pas tomber enceinte.

Maddie resta plantée devant l'entrée de l'adresse d'Allan. On était en avril mais il neigeait. Elle avait pris un livre, comme si ça pouvait lui fournir une bonne excuse pour se trouver à un coin de rue enneigé de New York. Allan finit par surgir, sans chapeau. Il faisait son âge désormais, à savoir quarante-quatre ans. Il avait toujours fait son âge en fait – c'est juste qu'à dix-sept ans, elle ne s'en rendait pas compte. Mais il était séduisant. Là-dessus, elle ne s'était pas trompée.

Elle s'arrangea pour croiser son chemin, se préparant à s'exclamer que le monde était petit. Mais à l'instant où leurs yeux se rencontrèrent, elle fut incapable de faire semblant. Elle se mit à pleurer, et pas d'une manière charmante. Sans un mot, il la prit par le coude et la conduisit dans son appartement. Il lui prépara une boisson forte et improvisa un déjeuner tardif avec ce qu'il avait au frigo, tout en faisant la conversation. Elle tenta d'expliquer l'histoire du tableau et essaya de retrouver son amour-propre en prétendant que le propriétaire de la galerie l'avait contactée, parce qu'il s'inquiétait de savoir s'il avait le droit de le vendre. La patience avec laquelle Allan soutint son subterfuge aggrava d'une certaine façon son embarras. Il lui dit que sa femme était au Mexique parce qu'elle avait décidé qu'elle était incapable de peindre à New York pendant la saison froide. Bien sûr Allan Jr était à l'université. Yale.

Bien sûr ? Oh oui, lui aussi avait été pris à Yale. Il l'avait souvent mentionné.

"Mon fils est encore un petit garçon, constata-t-il. Alors que toi, au même âge, tu étais une femme dans toutes les fibres de ton être." Il remarqua, sans faire de commentaire, l'anneau d'or à son doigt.

"C'est toi qui as fait de moi une femme.

— Non, ma chérie, tu étais une femme avant notre rencontre. Et j'ai eu envie que tu ressentes le plaisir, au moins une fois dans ta vie, qu'il y a à utiliser ce corps comme il était destiné à l'être. Une femme comme toi devrait être la maîtresse d'un roi. Pendant un été, j'ai pu t'offrir cette expérience.

— Tu étais donc un roi ?"

Ça l'avait fait rire. "Oh Maddie, je sais que je suis un mufle. Je suis une mauvaise personne. Je n'ai pas arrêté d'essayer de te le dire. Tu étais magnifique, tu me désirais, je n'ai pas pu résister. Je suis sûr que c'était une guerre freudienne contre Allan, le désir de le remplacer, de m'imposer comme le patriarche. Mais je ne vais pas m'excuser pour ce que j'ai fait. Et toi, au plus profond de ton cœur, tu sais que tu devrais m'être reconnaissante. Admets-le – quoi que tu vives maintenant, ce n'est pas pareil.

— C'est mieux, dit-elle.

— Ne mens pas.

— Je ne mens pas." C'était vrai.

"Écoute, je ne suis pas en train de dire que je suis le meilleur amant du monde. Mais on a partagé une sensualité, un abandon. Un mariage ne peut pas te donner ça."

Elle avait envie de le détromper. Et bizarrement, absurdement, le seul moyen qu'elle trouva consista à coucher avec lui. Ils souillèrent son lit conjugal, allongés devant les œuvres de sa femme. (Qui étaient, elle le voyait désormais, d'un art exceptionnel et accompli. Elle aurait aimé avoir les moyens de se les offrir.) Le sexe était agréable, athlétique, mais comme Allan semblait pâle et maigrichon, comparé à la corpulence réconfortante de Milton. Elle sortait gagnante.

La même nuit, moins d'une heure après être descendue du bus, elle fit l'amour à Milton avec une passion et une assurance qui lui plut tellement qu'il suggéra qu'elle aille plus souvent au théâtre.

Neuf mois et deux semaines plus tard, Seth naissait, un bébé énorme, presque cinq kilos. Elle n'eut jamais de doutes sur le fait que Milton était son père. Seth était son portrait craché depuis sa naissance.

Seize ans plus tard, assise sur un banc du centre-ville de Baltimore, elle n'avait toujours pas de raison de douter de cette paternité. Faire l'amour avec Allan Durst Sr n'avait pas été une erreur cette fois-*là*. Elle avait brisé son sortilège, ce qui lui avait finalement permis de concevoir un enfant avec Milton. Vu la facilité avec laquelle elle était tombée enceinte l'été de ses dix-sept ans, elle s'était attendue à ce que ça soit aussi facile à vingt ans. Mais Seth fut la première et dernière grossesse qu'elle mena à terme.

C'était seulement aujourd'hui, vingt ans plus tard, qu'elle voyait à quel point elle avait frôlé le désastre, avec quelle facilité sa vie aurait pu être bouleversée par son ancienne liaison, et même cet unique accouplement à New York. Pourquoi avait-elle pris de tels risques ? Au moins, Allan se trompait. Sa sensualité n'était pas un don éphémère qu'il lui avait accordé durant une brève saison. Elle lui appartenait depuis toujours, et elle était sienne désormais. Si elle devait se remarier, en ayant le luxe de faire son propre choix, elle vivrait ce genre de passion dans le mariage. Ça devait être possible.

Elle s'efforçait de ne jamais penser au fantôme de l'enfant abandonné dans le cabinet en sous-sol du médecin qu'Allan lui avait trouvé, l'été de ses dix-sept ans, et à son cœur qui se brisait quand quelqu'un disait que c'était dommage que Seth soit enfant unique. Milton aurait pu lui pardonner d'avoir connu un autre homme avant le mariage, mais ce qui était arrivé dans le cabinet de ce médecin quand elle avait dix-sept ans, il ne pourrait jamais l'accepter. Mais elle avait été punie pour ses péchés, n'est-ce pas ? Un fils unique, alors qu'elle aurait désiré une maison remplie d'enfants, au moins trois, au moins une fille. Elle aurait été une tellement bonne mère pour une fille.

Même les filles bien font des erreurs quand elles sont amoureuses. Mais elles ne méritent pas d'en mourir. Maddie s'en était sortie vivante. Pas Cléo Sherwood.

Août 1966

Elle téléphona le lendemain pour dire qu'elle était malade. Sa période d'essai était finie, elle en avait le droit. Elle ne savait pas exactement ce qui arriverait si on découvrait qu'en fait elle n'était pas malade, mais elle n'avait pas peur de se faire prendre. Aucun employé du *Star* ne risquait de traîner sur Auchentoroly Terrace pour attendre que M. Sherwood parte travailler le matin. *En attendant que la côte s'éclaire*, se dit-elle, en s'installant à son poste d'observation juste avant huit heures. Son esprit vagabonda vers les origines de cette formule, et elle se souvint du poème de Longfellow, *Chevauchée de Paul Revere*, qu'elle avait appris par cœur quand elle était petite. Puis elle pensa à la voix sonore d'Edward R. Murrow – “Ici Londres” – et à ces programmes qui l'avaient conduite à rejoindre le club de radio et le journal du lycée, tous ces moments en apparence insignifiants, mais qui pourtant, un par un, ajoutaient une pierre à l'édification de sa vie, sa vraie vie enfin. *Participe aux recherches de Tessie Fine*, avait dit sa mère. Ce qu'elle avait fait, et voilà où elle se trouvait désormais, assise à l'arrêt de bus d'un quartier noir, aussi voyante que… elle ne parvenait toujours pas à trouver la bonne image. Quoi qu'il en soit, elle sortait du lot.

Elle s'assit sur le banc du côté d'Auchentoroly Terrace qui longeait le parc, le soleil réchauffant ses épaules, s'émerveillant que sa mère ait fréquenté une école dans cette même rue soixante et quelques années plus tôt, et que la famille de Milton ait vécu dans le voisinage jusqu'à la mort de son père en 1964. La seule certitude, c'était le passage du temps.

Juste après huit heures trente, M. Sherwood sortit de chez lui. Elle paniqua fugitivement. Et s'il rejoignait ce même arrêt de bus à pied ? Elle aurait dû le prévoir.

Heureusement, il prit la direction de l'ouest. Il portait une espèce d'uniforme, une combinaison verte. Employé d'une station-service ? Concierge ? Elle se rendit compte qu'elle n'avait pas la moindre idée du travail qu'il faisait.

Même en l'absence de M. Sherwood, elle ne voulait toujours pas sonner à la porte. Les enfants seraient là, les garçons, et peut-être la sœur et les frères de Cléo. *Eunetta.* Elle se souvint de ne pas l'appeler Cléo.

L'été serait bientôt fini. Elle avait quitté Milton depuis presque huit mois et le divorce n'avait pas beaucoup avancé. Elle avait cru qu'il accepterait le caractère inéluctable de la fin de leur mariage quand elle trouverait un travail et n'aurait plus besoin de son argent. Sauf qu'elle avait besoin de son argent. Elle ne pourrait pas vivre éternellement comme ça, à vivoter. Combien de temps cela allait-il encore durer ? Cela durerait-il autant que cette journée d'été, cet espoir de voir Mme Sherwood quitter son appartement ?

Un mariage peut durer éternellement, se dit-elle, *mais il est rare qu'une mère ayant des enfants en bas âge ne soit pas obligée de sortir de chez elle, ne serait-ce que pour sa propre santé mentale. Les petits garçons boivent beaucoup de lait, et il leur faut plein de choses à manger.*

Elle avait raison. Juste avant l'heure du déjeuner, Mme Sherwood apparut et se dirigea vers le sud. Maddie lui laissa un pâté de maisons d'avance avant de marcher derrière elle, hésitant à la suivre quand elle entra à l'épicerie du coin. Lorsqu'elle sortit, chargée d'un seul sac, Maddie l'attendait.

"Je peux vous aider à le porter ?" Maddie savait qu'elle refuserait, mais ça lui paraissait gentil de proposer.

"C'est inutile", dit Mme Sherwood, sans cesser de tenir le sac, sans quitter le trottoir des yeux.

Maddie lui emboîta le pas en marchant à côté d'elle.

"Est-ce qu'Eunetta vous a fait des confidences ?

— Je ne suis pas sûre de comprendre." Le regard toujours baissé, comme si elle reproduisait le jeu auquel jouaient autrefois les enfants. *Si tu marches sur une fissure, la vie de ta mère sera dure.*

"Est-ce qu'elle vous a dit qu'elle était amoureuse ? Est-ce qu'elle vous a parlé de lui ?

— Quelle fois ? Ma fille tombait souvent amoureuse, madame. Ces deux garçons, mes petits-fils… c'était aussi de l'amour."

Aussi.

"Donc elle était retombée amoureuse. Est-ce qu'elle parlait de lui ?

— Pas avec moi, non.

— Mais vous deviez bien être au courant. Qu'elle était avec Ezekiel Taylor. Une mère sait ces choses-là."

Maddie ne croyait pas un mot de ce qu'elle disait. Sa mère n'avait jamais rien deviné d'Allan Sr. Si ça avait été le cas – eh bien, sa famille aurait trouvé n'importe quel équivalent juif du couvent pour y enfermer Maddie.

“Je ne suis pas une idiote, m’dame. Je connais le point commun de ces vêtements.”

Pas Maddie. Est-ce que ça faisait d’elle une idiote ?

“Il les lui a offerts ?

— Ils lui allaient tous à la perfection, alors que les tailles sur les étiquettes n’étaient pas les bonnes. Ils lui allaient comme un gant.”

Maddie repensa à la silhouette de la femme entraperçue derrière le rideau en dentelle. La femme qui la suppliait – lui ordonnait – de partir. Grande. Pas grosse, mais plus corpulente que sexy Cléo. Elle se demanda si Taylor était allé jusqu’à *pilfer** des vêtements à sa femme avant de les faire retoucher pour Cléo.

“C’était sérieux entre eux ?

— Il a une femme. En quoi ça aurait pu être sérieux ?

— D’après *vous* ?

— Ma fille est morte. C’est sérieux. Y a pas plus sérieux.”

Elle avait réussi à marcher quelques pas derrière elle, pour ne pas être vue avec Maddie. *Mme Sherwood ne veut pas être vue avec moi*, se dit Maddie en s’interrogeant : avait-elle peur que la rumeur parvienne jusqu’à son mari ? Ou bien Maddie lui faisait-elle simplement honte ? Y avait-il des larmes dans ses yeux ? *Si tu marches sur une fissure, la vie de ta mère sera dure.* Il lui restait un pâté de maisons pour que cette femme s’ouvre à elle, lui fasse confiance, la laisse entrer. Pas dans son appartement, elle savait qu’elle en était éternellement bannie. Mais la laisse entrer dans leurs vies, la laisse accéder à l’histoire de Cléo.

“Racontez-moi la dernière fois que vous avez vu Eunetta. Je vous en prie ! Je suis mère moi aussi. Je comprends.”

* Chaparder, en yiddish.

Mme Sherwood soupira en déplaçant le sac sur sa hanche.

“Elle a apporté des jouets pour les garçons, ce qui était absurde. Noël n’était même pas passé depuis une semaine qu’elle était là, avec deux nouveaux camions. Elle les gâtait tellement. Avec tous ces cadeaux, alors que la seule chose qu’ils voulaient, c’était elle. Mon mari dit que je l’ai gâtée, mais c’est faux. Elle brûlait d’envie de faire quelque chose, d’être quelqu’un. Tout ce que j’ai essayé de faire, c’est de ne pas l’en empêcher.

— Est-ce qu’il est possible qu’elle ait su qu’elle avait des ennuis ? Qu’elle ait su que quelqu’un souhaitait sa mort ?”

Mme Sherwood trébucha sur la jonction surélevée entre deux pavés. *Si tu marches sur une fissure…*

“Non. Elle a dit qu’elle risquait de partir en voyage, mais que dans ce cas elle me tiendrait au courant. Un peu de temps a passé sans que j’aie de ses nouvelles. Au début, je ne me suis pas fait de souci. C’était son genre de ne pas prévenir. Et puis je me suis mise à repenser… elle m’a offert une veste à elle que j’avais toujours aimée.” Un temps. “Je lui ai dit : « Elle m’ira jamais, tes bras sont tellement longs. » Pourtant elle m’allait. Ce qui veut dire qu’elle l’avait fait retoucher, juste pour moi. En disant que c’était un cadeau de Noël en retard.

— Madame Sherwood… Quelle raison quelqu’un aurait de tuer Eunetta ?

— Faut vraiment une raison ? Ou alors, s’il y a une raison, elle remonte à tellement loin que personne n’a rien vu venir. C’était pas une mauvaise fille. Mais elle disait ce qu’elle pensait. Une fille jolie, tellement jolie, elle se dit qu’elle peut s’en sortir et aller tellement loin. Mais je suppose que vous aussi, vous l’avez su.”

L’avez su ? Il y avait quelque chose de féroce dans la rapidité avec laquelle Mme Sherwood avait conféré à

Maddie le pouvoir de la beauté, uniquement pour sous-entendre qu'il appartenait au passé.

"Vous l'avez rencontré ? Ezekiel Taylor ?

— Non. Pourquoi je l'aurais fait ? Je n'allais pas devenir sa belle-mère, quoi qu'en ait pensé Eunetta." Elle renifla. "Ça aurait été quelque chose, d'avoir un beau-fils plus vieux que moi."

Nous y voilà. Ezekiel Taylor était bien le petit ami de Cléo, sa mère le confirmait, et Cléo s'était imaginé qu'elle pourrait l'épouser. Est-ce que ça saborderait ses ambitions politiques ? Non, parce que comme Maddie le savait désormais, la jeune maîtresse planquée d'un candidat aux élections ne méritait pas de faire la une.

Mais qu'en était-il d'une maîtresse qui refusait de se taire, qui menaçait de faire des ennuis ?

Le statu quo reposait sur des femmes respectant les règles d'un jeu qu'elles ne gagneraient jamais. La propre mère de Cléo Sherwood disait que la seule chose à faire, quand Cléo voulait à tout prix obtenir quelque chose, était de ne pas se mettre dans ses pattes. Est-ce que Cléo Sherwood pouvait sincèrement avoir désiré Ezekiel Taylor, un homme plus vieux que ses parents ? Elle avait pu du moins aspirer à mener la vie de l'épouse d'un homme riche, ou de l'épouse d'un sénateur.

En arrivant devant le porche de l'appartement des Sherwood, la sœur, Alice, attendait dehors.

"Maman, je t'ai dit que je devais aller travailler…" Elle s'interrompit, et jeta un coup d'œil furieux à Maddie. "Qu'est-ce que *vous* voulez ?

— Rien", répondit Maddie.

Août 1966

Elle attendait son heure. Elle attendait avec une sereine, une étrange confiance, que le monde lui procure l'opportunité dont elle avait besoin. Elle se sentait pleine d'énergie, même quand les nuits avec Ferdie impliquaient qu'elle ne dorme que quatre ou cinq heures. Luttant contre le cafard du mois d'août, elle travaillait plus dur que jamais, finissant son travail à quinze heures, avant de faire un saut au service des pages locales pour prévenir Cal Weeks qu'elle était disponible, s'il avait besoin d'aide.

"Je n'ai pas l'autorisation de vous payer d'heures supplémentaires, il lui dit, toujours soupçonneux.

— Je ne cherche pas d'heures sup. M. Heath est en vacances dans les deux semaines qui suivent et il a écrit sa chronique à l'avance, si bien que j'ai plein de temps libre."

Il lui donna des communiqués de presse à réécrire. Maddie découvrit que même Cal Weeks avait deux ou trois choses à lui apprendre, comme les mots à éviter.

"Attention à des mots comme *d'abord* et *seulement*, parce qu'ils sont souvent imprécis. Et *ensemble* est invariable." Il lui donnait aussi des tuyaux sur la ville, lui expliquant qui avait vraiment le pouvoir. Et elle lui plaisait. Elle plaisait toujours aux hommes, si elle décidait de leur plaire. Alors quand elle apprit qu'Ezekiel Taylor allait ouvrir sa sixième teinturerie sur Gwynn Oak Avenue, elle proposa de couvrir l'événement.

"Je ne sais pas, Maddie. C'est l'un des huit candidats dans la quatrième. Ça pourrait passer pour du favoritisme."

Elle s'était préparée à ses objections. "C'est à quatre heures cet après-midi. Je n'ai pas pris ma pause déjeuner, donc ça ne sera pas sur mon temps de travail. Je pourrais y passer et voir s'il annonce quelque chose, par exemple une position de principe ? Ou une déclaration sur la sénatrice Welcome ? Qu'en pensez-vous ?"

Weeks renifla. "C'est à vos frais."

Elle ne se ferait pas rembourser le taxi qu'elle prit pour se rendre sur Gwynn Oak Avenue.

Maddie connaissait les signes indiquant qu'un quartier allait passer d'une population blanche à une population noire. La dernière teinturerie en date d'EZ Kleeners était située à côté d'un institut de beauté dans un quartier qui commençait à peine à changer. Les panneaux "Sous compromis" et "VENDU" se balançant sous les panneaux d'origine "À Vendre" étaient un code secret signifiant *C'est le moment de partir.* Elle ne comprenait pas pourquoi les habitants blancs de Baltimore refusaient de vivre à proximité des Noirs, mais pourtant c'était le cas. L'hystérie collective sur le sujet signifiait que les valeurs s'effondraient vite. Était-il fanatique de vouloir vivre parmi les siens ? Les quartiers chrétiens avaient exclu les Juifs. Et c'était d'ailleurs encore le cas. Les femmes blanches qui entraient chez Pietro's pour se faire couper les cheveux étaient heureuses de trouver la commodité d'une teinturerie non loin, mais elles refusaient que son propriétaire, M. Taylor, soit leur voisin.

Elle était arrivée à temps pour la cérémonie du ruban. Cal Weeks lui avait expliqué que ça n'intéresserait pas le journal. Mais il se passait rien d'autre – un ruban qu'on découpe, avec un photographe envoyé par l'*Afro* immortalisant consciencieusement l'événement. L'*Afro* n'avait pas les mêmes critères que les quotidiens de la ville, apparemment.

M. Taylor avait le genre de charisme propre à certains hommes qui ont du succès, une manière de vous amener à penser que vous le trouveriez séduisant même s'il n'avait aucun succès. Corpulent, il bougeait lentement, parlait lentement d'une voix douce, mais son regard était acéré et attentif. Maddie le sentit qui l'évaluait à toute vitesse tandis qu'elle s'approchait de lui, carnet en main.

"Madeline Schwartz du *Star*."

Il sourit, d'un sourire dissimulant ses dents. "Heureux d'apprendre que pour le *Star* c'est de l'info.

— Eh bien vous vous présentez au Sénat. Mais je suppose qu'en cas de victoire, vous abandonnerez vos teintureries.

— Le Maryland a une législature à temps partiel, mademoiselle, mais je ne doute pas que vous le sachiez. Ce serait un honneur de représenter ma circonscription, mais je ne peux pas abandonner mon travail."

En fait elle ignorait que la législature du Maryland était considérée comme un temps partiel. Ça ne lui avait jamais traversé l'esprit de se poser la question. Mais elle n'avait pas l'intention de s'éterniser sur la situation politique. Il y avait d'autres sujets dont elle désirait parler avec Ezekiel Taylor.

"Une chose que je voulais vous demander… Vous connaissiez une jeune femme, Eunetta Sherwood ?

— Eunetta ?” Il fronça les sourcils.

“La plupart des gens l’appelaient Cléo, mais ses parents préféraient son prénom de baptême, Eunetta.” Elle voulait lui rappeler que Eunetta était la fille de quelqu’un. “Elle travaillait au Flamingo. Vous savez, le club de Shell Gordon rue…

— Je connais bien M. Gordon et le Flamingo. Mais la jeune femme…

— Après sa disparition, sa mère a trouvé chez elle des vêtements provenant de votre teinturerie. Beaucoup de vêtements. Une fourrure, même.

— Il va de soi que je ne connais pas tous mes clients.

— Bien sûr. Mais Mme Sherwood, la mère de Cléo… elle m’a raconté que Cléo lui avait dit qu’elle vous épouserait un jour.”

Il y eut une microseconde d’hésitation – puis il éclata de rire et Maddie fut impressionnée. Pas facile de déstabiliser cet homme. “Les histoires que les filles racontent à leurs mères ! Je suis marié, mademoiselle…

— Madame, rectifia-t-elle. Schwartz.

— Je vais au Flamingo quand des musiciens que j’aime s’y produisent. Je laisse de bons pourboires. Qui sait le genre de conte qu’une jeune fille peut édifier au sommet de quelques billets de banque sur une table, récompensant un travail bien fait ? Je suis sûr que Cléo Sherwood savait qui j’étais. Et je suis sûr de l’avoir vue une fois ou deux derrière le bar. Et maintenant, si vous voulez bien m’excuser…”

Il marcha en direction de sa voiture, sans manifester aucune hâte ni inquiétude. Pourquoi devrait-il s’inquiéter ? Il avait gagné la partie d’échecs haut la main. À moins que le poker soit une meilleure métaphore. Maddie avait été tellement certaine de l’emporter qu’elle n’avait jamais envisagé qu’on pourrait lui faire le coup du bluff et de l'obstruction. Les hommes faisaient les règles, enfreignaient les règles, et se débarrassaient des femmes.

À quoi s'était-elle attendue ? À ce qu'il sue à grosses gouttes en bredouillant ? À ce qu'il lui avoue que, oui, Cléo Sherwood avait été tuée parce qu'elle menaçait son ambition, ses moyens de subsistance ?

Elle regarda une rediffusion de *Perry Mason* ce soir-là, un épisode clairement inspiré d'*Oliver Twist*, sauf que le personnage de Fagin, interprété par Victor Buono, était tué. Mason défendait le garçon accusé, un des membres du gang. Il sentait quelque chose de bon en lui.

Le lendemain, Cal Weeks dit : "Et alors, rien à tirer de la cérémonie du ruban ?

— Rien du tout, dit Maddie.

— Même au mois d'août, ce genre de numéro avec chien et poney, ça ne donnera jamais un article."

Qui était le chien ? Qui était le poney ?

Septembre 1966

Pour la fête du Travail, j'étais où il y a un an ? Maddie essayait de se souvenir. Au club, les bretelles de son maillot de bain une pièce en vichy baissées, pour redorer son bronzage et le prolonger de quelques semaines. Sa mère avait toujours dit qu'elle ne devrait pas se mettre au soleil parce qu'elle bronzait trop facilement. Quelle idée bizarre, de penser qu'on doit éviter tout ce qu'on obtient facilement, mais c'était le fondement même de la vision du monde de Tattie Morgenstern.

Cet été, Maddie n'avait pas son habituel bronzage noix de pécan, même si ça avait été le cas, elle aurait quand même eu l'air pâle, sous le corps de Ferdie. Elle n'en bougea pas de tout le jour férié, indifférente à la chaleur, à leur sueur mêlée. Ils firent l'amour jusqu'à ce que les draps soient trempés, jusqu'à ce qu'ils aient la sensation d'être sous l'eau, puis ils prirent des douches froides ensemble, changèrent les draps, prêts à remettre ça. C'était un luxe, d'avoir une autre paire de draps déjà prête, mais elle avait trouvé une teinturerie bon marché sur North Liberty Street. Elle pourrait déposer son linge en allant travailler le lendemain. Elle n'aurait pas à avoir honte devant la femme qui prenait son paquet de draps sales, et ne parlait pas un mot d'anglais. Elle comprenait un peu l'anglais, mais ne le parlait pas, et c'était ce que les autres disaient de vous qui pouvait faire mal, pas ce qu'ils pensaient de vous.

Mais ce soir-là, en ce jour qui était férié même pour les humbles employés et les policiers, du moins cette humble employée et ce patrouilleur, ils ne refirent pas l'amour en sortant de la douche. Ferdie l'attira à lui et lui caressa les cheveux, murmurant la dernière chose qu'elle attendait de lui.

"Je crois que j'ai un sujet pour toi.

— Un sujet ?

— Pour le journal. Ça va arriver demain.

— Comment tu peux être au courant de ce qui va arriver demain ?

— Parce qu'en fait c'est en train d'arriver en ce moment. Ça vient de commencer. Mais le type ne sera pas inculpé avant demain. À quelle heure tu dois rendre ton article ?

— On a toute la journée, jusqu'à quinze heures." Était-il possible que Ferdie ait vraiment un bon tuyau à lui offrir ? Après tout il avait été au courant des détails confidentiels de l'affaire Tessie Fine. "Mais il vaut mieux qu'il soit dans toutes les éditions, en l'actualisant chaque fois.

— C'est censé arriver ce soir. J'ai eu un tuyau. Je veux dire… l'homme qui me l'a raconté, il ne se rendait pas compte que c'était un tuyau. Pour lui c'était juste un ragot. Il aime bien être dans la confidence. Il a l'impression d'être important. Ça lui plaisait de me raconter des histoires de police, de m'apprendre mon boulot, pour montrer qu'il a des connexions dans ce milieu. Coq de basse-cour, ce genre de truc. Ça ne lui a pas traversé l'esprit que je pouvais connaître un journaliste.

— Ferdie, de *quoi* il s'agit ?" En dépit de son impatience, elle était en même temps sûre que ça ne serait rien, le contraire d'un scoop. Elle s'était trompée tellement de fois sur la nature d'une information. Alors comment le jugement de Ferdie pourrait-il être meilleur que le sien ?

"Un homme va être déféré au quartier général ce soir et avouer le meurtre de Cléo Sherwood."

Pas exactement le contraire d'un scoop.

"Qui ça ?

— Le barman du Flamingo.

— Le Blanc ? Spike ?

— Oui, lui. Tommy quelque chose. Il a tout inventé, tout ce qu'il a raconté à la police. Il l'a tuée. Il lui a dit qu'il était amoureux d'elle, elle s'est moquée de lui, et il l'a tuée. Mais on ne peut pas l'inculper avant la réouverture des tribunaux demain. Donc on le garde en cellule ce soir.

— Comment j'obtiens l'article ?

— En me faisant confiance. Le type qui travaille à ton journal cette nuit, personne va lui expliquer, non ? C'est un jour férié, ils ont dû prendre un remplaçant. C'est du solide, Maddie. Écoute, appelle la brigade criminelle tout de suite. Dis-leur que tu es du *Star* et qu'on t'a donné un tuyau. Ils vont nier. Mais alors tu dis : « Je le publie si vous ne me dites pas que je me trompe. Pas besoin de confirmer ou nier, pas besoin de dire quoi que ce soit. » Les journalistes font ça tout le temps." Un temps. "D'après ce qu'on me dit."

Est-ce que ça allait marcher ? Ça semblait un jeu dangereux. Diller serait furieux qu'on lui pique son boulot, mais quelle importance si le tuyau était vrai ?

Elle contempla le téléphone, écarlate, inerte, indifférent au fait qu'il allait révolutionner son existence. "Quel numéro ?"

Ferdie débita le numéro, puis il dit : “Mais les appelle pas d’ici. Attends une heure, prends un taxi et va au bureau, et appelle-les de là-bas, d’accord ?”

Elle respecta la promesse d’attendre une heure, mais pas les autres, et elle téléphona de chez elle, sans prendre la peine d’aller au bureau. Le silence de l’enquêteur de la brigade criminelle lui confirma que Thomas Ludlow était arrivé, sans avocat, pour avouer le meurtre d’Eunetta “Cléo” Sherwood. Après avoir raccroché, elle composa le numéro des pages locales et dit, sur le ton de quelqu’un qui aurait prononcé cette phrase des milliers de fois : “Cal, c’est Maddie Schwartz. Passe-moi l’édition s’il te plaît. J’ai un gros scoop sur l’affaire Cléo Sherwood.”

Bien sûr Cal la bombarda de questions. Mais elle ne se laissa pas faire et puis il ne pouvait plus rien lui refuser, grâce à toutes les tâches qu’elle avait accomplies, sans un merci, pendant la période creuse du mois d’août.

Et le lendemain matin à dix heures, presque toute la ville était au courant : un homme blanc avait assassiné Cléo Sherwood, simplement coupable de ne pas l’aimer. Ça n’était pas en une, et Maddie comprit le calcul : la victime était une Noire, elle avait été tuée par amour, ou plus précisément par manque d’amour. Mais le dénouement de l’histoire racoleuse de la Dame du Lac avait toute sa place dans les pages locales. M. Heath était rentré de vacances et elle accomplit ses tâches habituelles avec son efficacité habituelle, attendant le moment où elle serait convoquée dans le bureau du patron. Elle comprenait et acceptait que ça ne soit pas elle qui continue à suivre l’affaire – que l’inculpation de Tommy soit relayée par le journaliste couvrant les procès ou la police, que Diller cherche une suite au commissariat. Ça lui convenait. Elle n’avait pas envie de se spécialiser dans les affaires de police.

Après le bouclage, Bob Bauer fit halte à son bureau. "Salut, Scoop Schwartz."

Elle rougit malgré elle.

"Alors comme ça tu as des sources, hein ?

— Oui.

— Qui ça ?"

Elle hésita. Il se pencha, parlant à voix basse, avec gravité. "Tu ne révèles tes sources à personne. Ni aux autres journalistes, ni aux patrons. Ni à la justice, si ça va jusque-là. Quoi que tu fasses, tu dois protéger tes sources."

Ça paraissait étrange qu'il lui dise ça, mais ensuite elle comprit que Bob, toujours aussi bien informé, devait être au courant de ce qui l'attendait. Parce que quand on la convoqua dans le bureau du rédacteur en chef des pages locales, moins d'une heure après, ce n'était pas pour lui dire « Bien joué ! ». C'était parce qu'un John Diller hors de lui voulait lui faire savoir qu'on ne chassait pas sur ses terres en toute impunité.

Trente minutes plus tard, une Maddie un peu secouée, mais les yeux secs, sortit du bureau et entra dans les toilettes des dames, où elle s'aspergea le visage, avant d'agripper le lavabo, tremblante.

"Ça va ? demanda Edna, assise là avec ses trois C – café, cigarette, et copie.

— Oui, je crois.

— Vu ton papier. Du bon boulot. Ça fait chier Diller, pas vrai ?

— On peut le dire.

— Il est terrifié à l'idée que quelqu'un le détrône chez les flics. Comme si qui que ce soit avait envie d'être le doyen de la bande. On ne s'attarde pas chez les flics. Aucun bon journaliste n'y fait son trou.

— Il… il voulait le nom de ma source. Il prétend qu'il sait qui c'est. Je ne comprends pas quelle importance ça a.

— C'est ce que je dis, il a peur."

L'homme avait semblé à Maddie plus malveillant que terrifié. Il avait fulminé et bredouillé de rage, tel le Nain Tracassin au bord de l'implosion. "Je connais votre source. On ne peut pas appeler ça une *source.* Vous avez mis en danger l'intégrité du journal en lui faisant confiance.

— Sauf que j'avais raison. Tommy Ludlow a avoué."

Le rédacteur en chef des pages locales les avait traités comme deux écoliers qui se chamaillent. "C'était un week-end férié, John. Elle avait un tuyau, elle s'en est servie, et le papier est bon. Pas de quoi en faire toute une histoire.

— On ne travaille pas comme ça ici. C'était du travail bâclé d'amateur, c'était…

— Qu'est-ce que vous sous-entendez, monsieur Diller ?" Maddie consacrait tellement d'énergie à ne pas fondre en larmes que sa voix avait des accents légèrement stridents.

"Vous ne savez pas ce que vous faites. Pour cette fois vous avez eu de la chance d'avoir un papier sur la base d'une seule source – et *cette* source, en plus. Vous approchez plus du commissariat.

— Vous le saviez, que j'essayais d'écrire sur Cléo Sherwood. Et ça ne vous a pas dérangé que je fasse l'article sur « Madame la Loi ». Ça vous arrangeait.

— Parce qu'on pouvait à peine appeler ça un article. C'était à peine plus qu'un communiqué de presse.

— J'essaie juste de devenir journaliste. Qu'est-ce qu'il y a de mal là-dedans ?"

Après le départ de Diller, qui n'avait pas arrêté de grommeler tout du long, le rédacteur en chef des pages locales poussa un soupir. "C'était un bon article, Maddie.

Mais je ne veux pas que vous vous fassiez des illusions sur un poste de journaliste. C'est réservé aux jeunes. Si on devait embaucher un débutant, je voudrais que ce soit quelqu'un avec un long avenir devant lui."

Devant *lui.*

Maintenant, dans les toilettes, elle contemplait son propre reflet blême dans le miroir. Si Diller connaissait vraiment l'identité de sa source, qu'est-ce que ça signifierait pour elle, pour Ferdie ? Aurait-il des ennuis ? Elle avait envie de l'appeler pour se faire consoler. Mais c'était impossible. Elle n'avait pas son numéro, elle ignorait son adresse. Pour trouver Ferdie, son seul espoir consistait à remonter dans les quartiers Northwest et à arpenter les rues en hurlant. C'est exactement comme ça qu'elle l'avait trouvé neuf mois plus tôt. Ou alors elle attendait une de ses visites nocturnes.

Elle décida de marcher jusqu'au New Orleans Diner pour boire un café avant la fermeture. Elle s'assit au comptoir, où la serveuse qu'elle se rappelait avoir vue le jour de son déjeuner avec Bob Bauer était accoudée pour lire le journal. Pour lire l'article de Maddie.

"C'est moi qui l'ai écrit", dit-elle. Techniquement erroné : le rédacteur, Ettlin, l'avait écrit en mettant en forme ses notes. Mais c'était plus fort qu'elle.

"Et donc vous êtes – la serveuse regarda la signature, puis Maddie, puis la signature – Madeline Schwartz ?

— Oui.

— Je la connaissais. Cléo. De l'époque de chez Werner's." Elle semblait simultanément timide et excitée. Pour la première fois Maddie remarqua qu'elle était très jeune, plus jeune qu'elle, Maddie, avec des taches de rousseur sur le nez et un petit bout de poitrine que son uniforme rose dévoilait.

"Elle était comment ?"

La serveuse mit tellement de temps à répondre que Maddie crut qu'elle n'avait pas entendu. Mais finalement : "Elle en voulait. Elle voulait plein de choses. Sauf qu'elle ne savait pas lesquelles."

Ça me rappelle quelqu'un, pensa Maddie. Sauf qu'elle – elle savait ce qu'elle voulait. Elle allait devenir journaliste. Pas n'importe quelle journaliste. Un de ces jours elle aurait la carrière de Bob Bauer. Une chroniqueuse, quelqu'un qui peut choisir sur quoi elle écrit.

Oh, ça ne serait pas pareil. Ça serait plus dur. Et alors que le but lui apparaissait, étincelant, miroitant, le chemin pour y arriver, lui, était invisible. Ça semblait ridicule. On venait tout juste de lui dire qu'elle ne pourrait même pas couvrir la police la nuit, que le journal ne l'embaucherait jamais. Et pourtant – elle ressemblait un peu à Cléo Sherwood. Si elle désirait à tout prix quelque chose, elle l'obtenait. Elle avait désiré Allan Durst, elle l'avait séduit autant qu'il l'avait séduite. Elle avait désiré Milton, et le voile de respectabilité qu'il lui promettait après que Durst l'avait quittée, déflorée et presque détruite. Elle avait désiré avoir un enfant. Et ensuite elle avait désiré être libre. Trente-sept ans, ça pouvait paraître trop vieux, ou trop tard, pour l'obtenir, mais ça n'était pas impossible. Après tout, il y avait… eh bien, Grand-maman Moses. Mon Dieu, Grand-maman Moses ne peut pas être le seul exemple.

De retour en salle de rédaction, il y avait plus de monde au cinquième étage qu'après un bouclage normal. "Qu'est-ce qui se passe ? demanda-t-elle à l'un des grouillots.

— Fusillade au palais de justice. Lors de la lecture de l'acte d'accusation du type qui a avoué le meurtre de la Dame du Lac."

Elle avait utilisé ce surnom ce matin même, dans son article, et voilà qu'il était passé dans l'usage, immortalisé. Maddie avait sincèrement oublié qu'elle l'avait volé au médecin légiste.

"Qu'est-ce qui s'est passé ?

— Un type lui a tiré dessus au moment où ils le sortaient du fourgon devant l'entrée latérale.

— Il est mort ?" Elle sentit un élan de sympathie pour l'homme qui l'avait raccompagnée à sa voiture et avait comparé Cléo Sherwood à un poème.

Et puis elle se souvint qu'il l'avait tuée.

"En chirurgie à Mercy. Pas encore d'infos sur son état.

— Et qui lui a tiré dessus ?

— Le père de Cléo Sherwood."

Maddie ne prit même pas la peine de demander la permission. Elle attrapa un bloc-notes et se rendit à Auchentoroly Terrace. Là, une Mme Sherwood sous le choc, sanglotante, la fit entrer. En moins de douze heures, elle avait assisté à la résolution de l'énigme de la disparition de sa fille, à laquelle avait aussitôt succédé la maladroite tentative de vengeance de son mari. Sa fille était morte et maintenant son mari allait se retrouver en prison, peut-être pour meurtre.

Maddie contacta Cal Weeks vers vingt heures, en sachant qu'il aurait fini de dîner.

"Est-ce que quelqu'un a parlé à la mère ?

— La qui ?

— Merva Sherwood. C'était la mère de Cléo Sherwood." Cal avait l'air de ne pas trouver ça très clair. "Son mari – le père de Cléo – a été arrêté pour avoir tenté de tuer le meurtrier de Cléo aujourd'hui." Elle ajouta : "Ses parents préféraient l'appeler par son nom de baptême, Eunetta.

— Le temps qu'un journaliste arrive chez eux, il n'y avait personne. Ils se cachent probablement chez un proche.

— Je lui ai parlé. J'étais allée chez elle avant – sur mon temps personnel. La mort de Cléo me passionnait. Je n'arrêtais pas de me dire qu'il devait y avoir une réponse. Et maintenant j'imagine qu'on la connaît.

— Vous avez pris des notes ?

— Oui.

— Envoyez-les à la rédaction.

— Mais je suis au journal et le premier bouclage n'est pas avant…

— Envoyez-les à la rédaction. Ne vous inquiétez pas, vous aurez une tribune.

— Ce n'est pas ça qui m'inquiète. J'ai dit à sa mère que j'écrirais l'article. Si vous voulez mes notes, vous devez me laisser l'écrire."

Elle ne pouvait pas écrire tout ce qu'elle savait sur Cléo dans l'article, mais elle pouvait raconter l'histoire de la mère. L'histoire d'une mère qui avait perdu une fille et allait désormais perdre un mari. Une femme qui avait un placard rempli de vêtements magnifiques, et aucune idée de la manière dont son enfant était entrée en possession de ces vêtements. Elle pouvait raconter l'histoire de la voyante, les visions de vert et de jaune qui continuaient à la hanter. La serveuse qui l'avait connue à l'époque du Werner's. Ils durent tailler dans son article – "C'est juste un encadré, bon Dieu" – mais elle se battit pour conserver le détail de tous ces vêtements retouchés, emballés sur des cintres métalliques d'EZ Kleeners. Elle voulait qu'Ezekiel Taylor sache que quelqu'un connaissait ses secrets.

Septembre 1966

Indépendamment de la chaleur qui règne – et il faisait très chaud en 1966 –, septembre sera toujours le début de l'automne, et l'automne sera toujours le vrai début de l'année. La mère de Maddie tenait pour acquis que sa fille prodige réintégrerait le foyer des Morgenstern pour Rosh ha-Shanah et Yom Kippour. Maddie se souvenait avec ironie de tous les combats qu'elle avait dû mener pour subtiliser les repas de fêtes à sa mère, de son insistance pour créer ses propres traditions, et aussi que sa mère avait été scandalisée par sa recette de *haroset* à Pâques, l'année d'avant, à base de figues et de dattes. Tout cela lui paraissait tellement trivial désormais.

Les primaires tombaient deux jours avant Rosh ha-Shanah et Maddie se porta volontaire pour enregistrer les résultats. C'était une tâche peu glorieuse, mais pas moins que le travail qu'elle continuait à faire quotidiennement, malgré son "scoop" sur l'affaire Sherwood. Elle comptabilisa les votes dans les circonscriptions de la ville, ses doigts rapides s'arrêtant une seconde quand il s'agissait d'entrer le nombre de votants pour le siège de sénateur dans la quatrième circonscription. Un nouveau venu, Clarence Mitchell III, arrivait premier, mais

Verda Welcome était en seconde position. Ezekiel Taylor était quatrième, loin derrière.

Comme elle avait été idiote de penser que tout ça avait quelque chose à avoir avec Cléo. Du recul, comme ils disaient. Eh bien, avec le recul, Maddie voyait le monde comme il était, et la vraie place que les femmes y avaient. Les hommes avaient le droit d'avoir une fille planquée près d'eux, du moment qu'ils restaient discrets. Les hommes, certains d'entre eux, avaient le droit de tuer les femmes qui ne les aimaient pas en retour. Cléo Sherwood n'avait pas assez d'importance ; elle n'aurait pas pu modifier cette élection. Elle n'avait jamais compté.

Et voilà donc Ezekiel Taylor, avec sa réputation intacte, et sa campagne financée en sous-main par l'argent sale de Shell Gordon. Comme Maddie avait été idiote. La mort de Cléo avait intéressé les gens tant qu'elle était mystérieuse. Depuis que le mystère avait été résolu, ça ennuyait tout le monde. Le geste fou et désespéré de son père devant le palais de justice avait davantage attiré l'attention que le meurtre de sa fille. C'était une chose, qu'un homme blanc tue une femme noire, fou d'amour pour elle. Mais quand le père de cette femme se mettait à tirer devant le palais de justice, en pleine foule, effleurant un jeune policier – on s'attendait à ce qu'il passe autant de temps en prison que l'assassin de sa fille, voire plus.

Maddie prit peu à peu conscience, au fur et à mesure qu'elle répondait à des appels et mettait à jour les résultats, qu'une sensation prenait possession de la salle de rédaction. Une surprise, un événement inattendu bouleversaient les résultats. Même Edna la blasée, qui était là pour écrire un article sur les nouveaux schémas raciaux émergeant des élections à l'échelle de l'État, paraissait prise au dépourvu.

“Qu’est-ce qui se passe ?” demanda Maddie à Bob Bauer, qui venait d’arracher sa chronique à sa machine à écrire. Mais au lieu d’appeler la “copie”, il la froissa et inséra une feuille blanche.

“Fichus résultats, trop serrés pour désigner un gagnant. En comptabilisant toutes les circonscriptions, Mahoney est en tête avec moins de cent cinquante votes. Il va falloir recompter. Clarence Mitchell Troisième du nom a déjà annoncé qu’il va mobiliser les Noirs pour Agnew si Mahoney est le candidat élu.

— Comment Mahoney pourrait-il gagner ?” Maddie avait suivi la course au poste de gouverneur dans les journaux tout l’été. Mahoney avait perdu six élections au niveau de l’État.

“Sickles et Finan ont divisé la base. Et le message de Mahoney a porté, « Votre foyer est votre château ».

— Mais c’était raciste, non ?

— Peut-être pour vous. Mais pour un type qui voit la valeur de sa maison s’effondrer parce que son quartier est en train de changer, c’est différent. Il ne faut pas s’en prendre au foyer d’un électeur. C’est ce qui le définit.” Il contempla la feuille dans sa machine à écrire. “Je l’ai, je l’ai. Il ne faut pas s’en prendre au foyer d’un électeur. J’ai mon angle, Maddie, donc vous voudrez bien m’excuser…”

Le lendemain, il plut toute la journée. Il tomba presque dix centimètres de pluie, un record. Ce n’était pas le genre de pluie qui lave tout et rafraîchit une ville. L’humidité s’attardait et les cheveux lissés de Maddie avaient l’air de rétrécir, à mesure que ses ondulations naturelles revenaient. Au journal, tout le monde était fatigué et grincheux, à cause du manque de sommeil et de l’abus de café.

Le jeudi, elle rendit visite à sa mère, avec du foie de poulet de volaille fait maison.

“Ça vient de chez Seven Locks ? demanda sa mère.

— En fait c’est moi qui l’ai fait.” Ce qui était vrai, et cette préparation laborieuse impliquait de passer les foies de volaille au tamis. “C’est casher.”

Son père retira les pistaches – “C’est mauvais pour mon intestin”, dit-il – mais l’incapacité de sa mère à critiquer le plat revenait à le valider. Malheureusement, elle se sentit aussi autorisée à aborder la vie personnelle de Maddie.

Elle commença ainsi : “Yom Kippour arrive bientôt.

— Je sais.

— Et donc tu vas rentrer chez toi ? Si tu demandes à Milton de te reprendre, il ne dira probablement pas non. Après tout, une partie de l’expiation consiste à pardonner aux autres.

— Je n’ai rien à expier, dit Maddie sèchement. Et rien à me faire pardonner.

— Tu sors avec quelqu’un ?” Il y avait quelque chose de narquois dans la question de sa mère, une allusion à des non-dits, mais il était impossible que la mère de Maddie sache ce qui était arrivé à l’angle de Mulberry et Cathedral.

“Non.” Ce n’était pas un mensonge. Maddie considérait que voir quelqu’un uniquement chez soi pour le sexe, ce n’était pas sortir avec lui. Elle repensa à la soirée au stade de baseball, et à l’excitation qu’elle avait éprouvée, juste à se trouver assise à côté de lui, contre son épaule.

Puis elle pensa à John Diller et à ses yeux qui s’étaient plissés, lorsqu’il avait dit : *“Cette source.”*

Sa mère dit : “Vraiment, Maddie, je comprends, croismoi. L’été avant ta dernière année de lycée, je suis devenue un peu dingue. C’est naturel. Tu passes ta vie à élever un enfant, et ensuite arrive le moment où l’enfant s’en va. Chaque femme que je connais l’a vécu. Debbie Wasserman a été surprise en plein vol à l’étalage au Giants sur Ingleside. Elle a fait tout le trajet en voiture jusque là-bas pour voler un cake marbré Sara Lee."

Maddie tartina un peu de foie de volaille sur un toast. Il était vraiment excellent. Elle était meilleure cuisinière dans sa cuisine minuscule, avec uniquement deux brûleurs, qu'à l'époque de Pikesville et de son congélateur rempli de pain au fromage de chez Hutzler's et de tous les petits stratagèmes pour que ses dîners aient l'air intimes et faits maison.

"Je ne crois pas être dans cette situation. J'ai un cerveau. Il a failli s'atrophier à force de ne pas être utilisé et maintenant je veux m'en servir.

— Dans un journal. Et le *Star*, en plus." La famille Morgenstern recevait le *Beacon* le matin, le *Light* l'après-midi, et se méfiait de toute personne ne faisant pas de même. Sa mère n'avait même jamais vu son travail. "Écoute, Maddie, tout ce que je veux te dire, c'est que je *sais.*"

Sa mère leva les yeux sur Maddie et voilà que soudain elle retrouvait ses seize ans, mais ça ne dura pas. Elle se demanda ce que sa mère savait vraiment. Soupçonnait-elle que Maddie n'était pas vierge avant le mariage, qu'elle avait rendu visite à un avorteur dans le bas de Park Heights ? Ça paraissait impossible qu'elle devine que Maddie était partie à la recherche d'Allan et ait fait à nouveau l'amour avec lui, avant de rentrer et de concevoir un enfant avec Milton. Encore plus impossible qu'elle ait entendu des rumeurs sur Maddie et Ferdie. (Comme l'association de leurs prénoms semblait idiote, se dit-elle, et comme elle sonnait juste pourtant.) Et si Diller savait qu'ils se voyaient – eh bien, quelle importance ? Ce n'était pas comme si sa mère risquait de tomber sur le journaliste qui couvrait la police au *Star*, ni même sa femme, faisant ses courses au Seven Locks.

"Tu pourrais rentrer chez toi le 1er octobre, était en train de dire sa mère. Chaque mariage traverse des crises." Elle jeta un coup d'œil à son mari, qui avait fait une pile bien nette de pistaches sur son assiette. Il avait été choisi pour elle, les parents de Tattie l'ayant désigné comme l'unique prétendant acceptable pour leur fille aînée, ce qui n'était pas si différent d'un *Shiddoukh* ni de l'époque du *Violon sur le toit*. Pareille comparaison, même dans l'esprit de Maddie, horrifierait les parents juifs allemands de sa mère, mais elle lui semblait plutôt juste. Son père n'était même pas de la première génération ; il était né sur le bateau en route pour les États-Unis. En 1906. Soixante ans plus tôt. Comment 1906 et 1966 pouvaient-ils appartenir au même siècle ? En 1906, il n'y avait eu aucune guerre mondiale, la plupart des gens n'avaient ni téléphone ni voiture. En 1906, les femmes n'avaient pas le droit de vote et les hommes noirs y étaient autorisés par la loi, mais pas en pratique.

Ses parents lui donnaient l'impression d'être infiniment loin d'elle. Elle avait l'impression d'être loin d'elle-même. Maddie avait du mal à croire qu'elle était de la même famille que la femme qui avait l'habitude de s'asseoir sur cette même chaise, pour manger ce même menu de Rosh ha-Shanah, moins son foie haché sophistiqué. Elle frissonna, presque comme si un fantôme venait de la traverser, mais c'était le fantôme de son ancien moi. Laissons tomber 1906 et 1966. Maddie n'arrivait pas à croire que 1965 et 1966 appartenaient au même siècle. Elle était différente. Sa mère était-elle donc incapable de voir à quel point elle était différente ?

Une semaine plus tard, pour Yom Kippour, elle n'alla pas à la synagogue, même si elle jeûna par habitude jusqu'au crépuscule. Puis elle commanda trop de plats chez Paul Cheng's avec Seth, rapportant les restes chez elle, sûre que Ferdie passerait.

Ferdie passa.

Octobre 1966

"C'est quand ton anniversaire ?"

Ferdie et Maddie, les membres totalement entremêlés, savouraient cette première nuit fraîche d'automne, la nuit où on remet les édredons sur le lit, en laissant la fenêtre à peine entrouverte. Même dans cet appartement suspendu au-dessus des embouteillages et de la saleté de Mulberry Street, l'air frais sentait le renouveau.

"Pourquoi tu me demandes ça ?

— Pourquoi je ne te le demanderais pas ? On se voit depuis presque un an et ton anniversaire n'est toujours pas passé, enfin à ma connaissance.

— Depuis neuf mois, dit Maddie.

— Ça fait presque un an, non ?" On sentait que ça l'amusait, mais aussi qu'il était un peu blessé, comme si elle minimisait ce qu'ils possédaient.

"En novembre, dit-elle. Le 10 novembre.

— Et tu auras trente-huit ans."

À son tour de se sentir blessée. Elle ne pensait pas faire son âge. Ferdie dut comprendre qu'il avait gaffé parce qu'il ajouta : "Je t'ai demandé ton permis le jour de notre rencontre. J'ai retenu l'année mais pas le jour. Tu veux quoi pour ton anniversaire ?

— Oh, je n'ai pas besoin d'un cadeau.

— C'est peut-être moi qui ai besoin de t'en faire un, tu y as pensé ?"

Comme si elle obéissait à un instinct, elle se mit à l'embrasser, puis à descendre le long de son corps, de ce torse mince, de ce nombril protubérant, plus bas, plus bas, plus bas. Ce n'est qu'après que Maddie repensa aux fois innombrables où elle avait fait ça, juste pour éviter certaines conversations. Chaque fois que Ferdie lui disait des mots romantiques, les mots d'un compagnon, elle l'en détournait par le sexe. Et s'en détournait elle-même, aussi. Elle aimait lui donner du plaisir parce qu'il lui en donnait toujours en retour. Son plaisir à elle avait toujours paru secondaire aux autres hommes de sa vie. Parfois elle jouissait vraiment, parfois elle simulait, et Milton était incapable de sentir la différence. Allan avait adoré la séduction, tous les jeux d'approche. Elle se demandait maintenant, pour la première fois, si Allan préférait les vierges parce qu'elles n'avaient aucun élément de comparaison. Le premier amant est nécessairement le meilleur.

"Trente-huit ans, c'est un âge tellement idiot, elle dit plus tard. Ce n'est pas quarante, mais ce n'est pas *pas* quarante." Un temps. "Tu as quel âge ? C'est quand ton anniversaire ?

— En décembre. Le 25 décembre."

Cependant il omit de préciser son âge.

"Ah, ce qui veut dire que tu n'as probablement jamais eu de vrai anniversaire. Mais pour moi le 25 décembre n'a aucune signification. On peut faire comme les Juifs, manger chinois." Elle n'ajouta pas, *et puis aller au cinéma*, même si un film en matinée, suivi d'un restaurant chinois, avait été la tradition chez les Schwartz.

"Au lit." Il avait l'air morose.

“Tu connais la blague. Prends ton biscuit porte-bonheur, lis le message, et ajoute les mots *au lit.* Ça ne rate jamais.” Il ne rit pas. “On peut faire tout ce dont tu as envie le jour de ton anniversaire.

— J’aimerais…” Son cœur faillit s’arrêter, terrifié à l’idée qu’il lui demande quelque chose qu’elle ne pourrait jamais lui donner. Au lieu de quoi il enfouit son visage entre ses seins, sans essayer, lui, de la détourner. “J’aimerais t’offrir le monde sur un plateau, Maddie.

— Je n’ai pas besoin du monde, dit-elle. Tu m’as offert plus que tout ce que je pouvais rêver.”

Et là-dessus elle enfila une robe et alla préparer un plateau. Le deuxième film de la soirée sur la deuxième chaîne était *Port du diable*, une histoire policière, alors que le film de minuit sur la 11 était *La Voix de son maître*, apparemment une comédie – des amants mal assortis, l’intrigue préférée de Shakespeare, mais pas du tout à ce niveau. Maddie laissa le choix à Ferdie et elle fut surprise qu’il choisisse la comédie, qui avait déjà commencé depuis une demi-heure.

Elle serait épuisée au travail le lendemain, en se couchant si tard. Mais quelle importance ? Pas besoin d’être fraîche pour ouvrir le courrier, répondre au téléphone, et aller chercher le déjeuner de Monsieur Courrier du Cœur.

“Je vais t’offrir le plus beau cadeau du monde”, dit soudain Ferdie, la main sur sa cuisse. Elle se dit qu’il voulait refaire l’amour, mais il continua à regarder le film. À un moment elle s’endormit, et quand son réveil sonna à six heures et demie, seul le plateau avec l’assiette et les deux verres vides prouvait qu’il était venu lui rendre visite.

Octobre 1966

Milton voulait la voir. À déjeuner, dit-il, en téléphonant lui-même au lieu de demander à Seth de transmettre le message. Juste eux deux, dit-il. Il suggéra Danny's, un de leurs anciens restaurants préférés, et Maddie dut lui expliquer qu'elle avait seulement une heure pour déjeuner, au maximum, et qu'elle mangeait presque toujours au bureau. Le temps d'arriver chez Danny's, elle pourrait tout juste commander un verre, le boire à toute vitesse, et retourner travailler.

"Alors un dîner. Chez Tio Pepe's ?"

Non, trop chic. À la place elle proposa Maison Marconi's, pas très loin à pied de chez elle. Ça lui laisserait le temps de rentrer, se changer, et le retrouver là-bas pour dîner à l'horaire très respectable de dix-huit heures trente. En plus, même si la nourriture était délicieuse, Marconi's était violemment éclairé, et du coup pas du tout romantique.

Mais il n'empêche que l'invitation la tracassait. Il y avait déjà eu des coups de fil avant, certains furieux, d'autres bienveillants, d'autres les deux à la fois. Mais ils ne s'étaient jamais retrouvés seuls, en face à face, depuis janvier. Il avait continué à lui envoyer un peu d'argent, mais jamais avec régularité et jamais deux fois la même somme. Seth lui tendait une enveloppe pleine d'argent liquide lors de leurs rencontres hebdomadaires. "Pour payer le dîner, papa a dit." À l'intérieur il y avait beaucoup plus d'argent que le prix d'un repas au Suburban House ou au Paul Cheng's Cantonese, mais aussi moins que son loyer mensuel. Un geste étrange, qu'on aurait pu interpréter comme un témoignage d'hostilité ou de bonne volonté. Maddie avait décidé d'adopter le point de vue le plus généreux. Elle lui avait brisé le cœur. Et pour quoi ? Milton aurait probablement trouvé les choses beaucoup plus faciles si elle l'avait quitté pour un homme plus riche et plus important – par exemple, Wallace Wright. Si elle l'avait laissé pour quelqu'un ou quelque chose de tangible. Depuis sa propre situation, il avait dû trouver insultant que sa femme parte uniquement pour se retrouver employée dans un journal, un poste avec peu d'espoir d'avancement. (Elle n'avait pas eu un vrai article à son nom depuis celui sur les Sherwood. Ses réussites continuaient à être considérées comme des coups de veine, des exploits qu'elle serait incapable de réitérer.) Il n'avait jamais vu son appartement, évidemment, mais il avait dû s'en faire une idée. Tout l'ensemble aurait pu tenir dans leur salon de Pikesville.

Oui, toute cette histoire avait dû être bien déroutante pour Milton. C'était très déroutant pour Maddie.

Elle choisit sa tenue avec soin, essayant de trouver un compromis entre son ancienne personnalité et la nouvelle. L'une de ses robes les plus longues, légèrement sous le genou. Des talons hauts, au lieu des bottines qu'elle préférait désormais. Elle se fit un chignon, en se crêpant à peine les cheveux. Pour seul bijou, elle portait une broche trouvée dans une brocante de Fells Point, un M minuscule en argent massif. Elle pensait souvent à la femme qui l'avait revendue, en se demandant de quel prénom le M était l'initiale. Elle se souvenait du plaisir qu'elle avait eu en découvrant, au moment du mariage, que ses initiales seraient deux petits M – Madeline Morgenstern – de chaque côté d'un S, pour Schwartz. C'était si beau, cette symétrie, ces deux M entourant le S. Elle était folle des initiales brodées sur son trousseau.

Mais aujourd'hui elle avait l'impression que ces deux M, minuscules à côté du S, lui avaient prédit avec trop de précision sa vie future. Une vie à servir, d'abord Milton, puis Seth.

Elle appliqua un rouge à lèvres d'une des teintes les plus récentes, très pâle.

Sous l'éclairage violent de Marconi's, Milton avait l'air nerveux. Mon Dieu. Il se pencha, visiblement pour l'embrasser sur la joue, avant apparemment de se raviser et de lui tendre une main comiquement ferme. Salut, camarade, bienvenue.

Ils parlèrent de Seth jusqu'à l'arrivée de la salade composée, puis du travail – celui de Milton, pas de Maddie – en attendant leurs entrées. (Sole meunière pour Milton, ris de veau pour Maddie. En fait elle avait envie de homard à la cardinale mais elle pensa qu'il serait maladroit de commander le plat le plus cher au menu. Et elle continuait à ne pas manger de fruits de mer devant Milton qui respectait l'interdit.) La conversation était agréable, mais tout du long elle eut le sentiment que Milton reportait ce qu'il avait vraiment l'intention de lui dire.

Il le lâcha enfin au moment de la glace servie avec sa fameuse sauce au chocolat :

"Tu ne portes plus tes bagues.

— On me les…" Elle avait presque oublié l'histoire. "On me les a volées. Dans le premier appartement. C'est en partie pour ça que j'ai déménagé.

— Je ne suis pas certain que tu aies choisi un quartier plus sûr.

— J'habite tout près d'ici. Si c'est un quartier assez sûr pour venir y dîner en voiture, en quoi ça peut être dangereux ?"

Elle regretta de lui avoir dit que son appartement était proche. Il allait probablement insister pour la raccompagner devant chez elle. Que ferait-elle s'il essayait de l'embrasser ? Elle avait aimé Milton, vraiment. Sans la visite de Wally Weiss, elle n'aurait peut-être jamais compris qu'elle n'était plus amoureuse de lui. Elle se souvenait avec tendresse de son large torse crépu, du sentiment de sécurité qu'elle avait ressenti auprès de lui.

Elle n'avait plus besoin de ce sentiment de sécurité.

"Je suis désolé de ne pas avoir avancé sur le divorce. Mais ça fait presque un an maintenant. On m'a conseillé de plaider l'abandon."

Bizarrement, ça lui donna presque envie de se défendre. *Abandon.* Elle n'avait abandonné personne. Elle avait sauvé sa peau.

"Est-ce que je recevrais une pension alimentaire ?

— Tu en as besoin ?"

Ah, cette question faisait mal parce que la réponse était oui, elle en avait besoin. Mais elle ne put se résoudre à le dire. "Je suis surtout curieuse de savoir comment la loi fonctionne, en général. On a passé presque vingt ans ensemble.

— Je vais probablement vendre la maison. Seth veut aller à Penn." Un *non sequitur.* Ou bien l'inverse ?

"Il y a assez d'argent pour une pension alimentaire, non ? Même sans vendre la maison ?

— L'argent n'est pas le problème. Maddie… j'ai rencontré quelqu'un."

Bien sûr. *Bien sûr.*

“Et elle ne veut pas vivre dans « ma » maison.

— Elle ne l’a pas dit. Mais avec le départ de Seth… elle est assez jeune.

— Comment ça, jeune ?

— Vingt-cinq ans.”

Bien sûr.

“Donc je ne suis pas assez âgée pour être sa mère, mais tu pourrais être son père.”

Milton eut l’air déçu par elle. C’était la première fois qu’il regardait Maddie de cette manière, comme pour dire : *Maddie, tu es au-dessus de ça.* C’était vrai. Elle avait manqué de précision. Techniquement, Milton aurait pu concevoir un enfant à seize ans, mais ça paraissait improbable. Il n’avait pas été précoce sur ce plan. Entre le magasin et ses études, il n’avait pas eu de temps pour les filles.

“Comment elle s’appelle ?

— Ali.

— C’est un diminutif ?

— Je… je n’en sais rien.” Stupéfait par sa propre ferveur amoureuse, le fait qu’il n’était pas sûr du prénom de son amoureuse.

Quelle autre question Maddie devrait-elle poser ? Se retrouver à parler du nouvel amour de son mari, c’était une conversation unique en son genre, la première et la dernière de sa vie. Elle n’avait pas exactement l’impression d’être comme le chien de la fable, qui interdit aux autres d’entrer dans le garde-manger. Elle ne voulait pas de Milton. Elle ne voulait pas de la vie qu’il s’apprêtait à créer avec cette Ali, qui consisterait essentiellement à recommencer la vie qu’il avait eue avec elle. *Oh, Milton,* elle avait envie de lui dire. *Tu es encore jeune. Ce monde est tellement plein de choses à faire et à voir. Ne régresse pas vers les couches et Donadio le Clown.*

“Tu devrais te laisser pousser des pattes, laissa-t-elle échapper.

— Quoi ?

— Je pense juste que ça t’irait très bien.” C’était vrai. Il ne perdait pas encore ses cheveux. Ils étaient épais, à peine grisonnants. Elle se demanda à quoi Ali ressemblait. Soit elle serait identique à Maddie, soit elle serait son exact contraire. Maddie trouverait plus flatteur qu’il ait choisi son opposé. Une autre brune aux yeux bleus montrerait qu’elle appartenait juste à son type, tandis qu’une blonde vaporeuse suggérerait qu’il ne l’oublierait jamais totalement, qu’elle l’accompagnerait éternellement, un peu comme la varicelle.

Il insista bien pour la raccompagner chez elle et elle joua avec l’idée de le faire monter et lui montrer ce que son corps avait appris ces derniers mois. La tentation de marquer son territoire était forte. Mais aussi, elle le savait, injuste et mesquine.

“Il va te falloir un avocat, dit-il. Je le paierai. Et ça sera simple, promis. Je ferai tout ce qu’il faut pour toi.”

Évidemment… Ali a hâte de se marier. J’ai l’avantage.

Mais elle n’abuserait pas de son pouvoir. Elle l’embrassa poliment sur la joue, en se disant qu’ils continueraient à avancer comme un triangle bizarre. Peut-être même à la fin un quadrilatère, et elle sourit en imaginant Milton et Ali, Maddie et Ferdie, présents pour toutes les grandes étapes de la vie de Seth. Le baccalauréat, et aussi le bal des terminales. La cérémonie des diplômes à l’université, son mariage, les petits-enfants. Toutes ces choses allaient advenir. Évidemment, Ferdie ne serait pas à ses côtés. Peut-être qu’un autre homme finirait par l’accompagner, si c’était ce qu’elle désirait. Que désirait-elle ?

Elle allait avoir de l’argent désormais. Pas beaucoup, mais suffisamment. Elle pourrait trouver un meilleur appartement, et peut-être essayer de dégoter un travail lui offrant un meilleur avancement.

Au moment où Milton lui dit au revoir, son ancien regard, plein de dévotion, revint brièvement. Mais elle perçut aussi une grande confusion. Il ne la connaissait plus. Ça se comprenait. Elle non plus ne se connaissait pas.

Octobre 1966

C'était par-dessus tout Halloween qui lui brisait le cœur. Un Halloween sans enfants venus chercher leurs bonbons. À l'angle de Mulberry et Cathedral, on aurait dit un lundi soir comme les autres. Le seul point positif était Ferdie, épuisé par les attaques dérisoires contre l'ordre public qui avaient eu lieu dans la journée, mais aussi gonflé à bloc.

"J'ai parlé à Pomerleau aujourd'hui. Juste en passant. Il visitait le district.

— Le nouveau préfet ?" À une époque, Maddie n'aurait pas reconnu son nom. Mais elle lisait le journal désormais, de la première à la dernière page. Et elle lisait aussi les nominations. Son esprit était rempli des nouvelles du jour.

"Il a annoncé que le département a fini avec un net gain de recrues ce mois-ci. Ce qui inverse une tendance de plus d'un an, durant lequel les démissions et retraites dépassaient le nombre d'embauches. Comme le moral des troupes s'améliore, il va commencer à promouvoir les flics noirs. Les choses vont changer, Maddie. Je pourrais bien devenir enquêteur, et *vite*. Peut-être même de la brigade criminelle. Je me suis rapproché d'un des types là-bas. Il me fait confiance. Il me raconte des trucs.

— C'est une bonne nouvelle", dit-elle, l'air absent. Cette conversation commençait à lui rappeler la manière dont Milton et elle se parlaient. Ce qui n'était pas une bonne chose.

Mais le sexe qui suivit fut très bon, alors elle décida de ne pas s'inquiéter. En fait, quelque chose, dans les rêves professionnels de Ferdie, semblait rendre le sexe encore meilleur, comme s'il était un homme différent, à ses propres yeux, et que par conséquent elle aussi était nouvelle à ses yeux, et réciproquement.

"Enquêteur", susurra-t-elle à un moment, ce qui l'excita. Ses yeux s'élargirent, et sans prendre la peine de demander si elle en avait envie, il la balança sur le ventre, avant d'utiliser la ceinture de son peignoir pour lui attacher les mains dans le dos.

"On vous avait prévenu que c'est interdit, de voler, mademoiselle, dit-il. Je vais devoir vous embarquer."

Ils avaient toujours eu la sensation de jouer, dans la chambre, probablement parce que ce lieu était situé hors de la vie normale. Ils pouvaient se permettre des jeux idiots, en exposant des parts d'eux-mêmes que personne d'autre n'avait vues.

"Je ferai tout ce que vous voudrez, dit-elle. Absolument tout."

Et elle le fit. C'était l'endroit de sa vie où les choses continuaient à grandir, à changer, où elle pouvait se confronter à ses potentialités. La nuit était fraîche, mais ils durent quand même prendre une douche à la fin. Ils se serrèrent dans la cabine ridiculement petite, où ils recommencèrent, si bien qu'ils durent reprendre une douche après la douche. Ils ne commencèrent à s'endormir que vers deux heures du matin. Elle, du moins. Car Ferdie, complètement réveillé, caressait ses cheveux.

"Mon ami à la brigade criminelle, il m'a raconté un truc sur Tessie Fine.

— Quoi ?

— Ils sont quasiment sûrs d'avoir trouvé sa complice. La femme qui est venue le chercher.

— Une femme ?

— Sa mère, Maddie. Ils pensent qu'il a appelé sa mère pour qu'elle vienne le chercher. Mais tout ce que les enquêteurs peuvent prouver, c'est qu'il a appelé sa mère du magasin. Leur version concorde sur un point : il appelait uniquement pour dire qu'il rentrerait en retard ce soir-là. Ils s'y tiennent fermement. Les enquêteurs l'ont cuisiné jusqu'à ce qu'il accepte de plaider, mais uniquement pour homicide involontaire. Évidemment il n'y a pas de négociation possible."

Elle se redressa dans le lit. "C'est énorme."

Ferdie attrapa son bras, comme s'il voulait l'empêcher de se précipiter vers la porte. "Non, Maddie. Non. Tu ne peux pas écrire là-dessus. Ils sauront que c'est moi.

— Tu m'as donné le tuyau sur Ludlow.

— C'était différent.

— En quoi ?"

Il détourna le regard. "Une douzaine de personnes auraient pu te le raconter. Et personne n'est au courant pour nous deux."

Maddie repensa à Diller et au regard malveillant qu'il avait posé sur elle, dans le bureau du responsable des pages locales.

"Si personne n'était au courant pour nous deux à ce moment-là, alors personne n'est au courant pour nous deux maintenant. Rien n'a changé. Cette info est sensationnelle. La mère couvrant le crime de son fils.

— Elle n'essaie pas de couvrir quelqu'un. Elle essaie de sauver sa peau à elle. Et le fils la soutient, jusqu'à présent.

— Est-ce que je pourrais dire que la police a identifié le complice qu'elle cherchait depuis longtemps ?" Elle commençait déjà à écrire mentalement l'article.

"Non, Maddie." Il parlait d'un ton brusque, il criait presque. "Cette info est restée secrète. Ils sauront que c'était moi. Tu ne peux pas écrire dessus.

— Mais… Tessie Fine était mon meurtre. C'est moi qui l'ai trouvée."

Il se leva et commença à s'habiller. En général il attendait qu'elle dorme pour partir.

"Je ne sais pas ce que tu as avec les morts, Maddie, mais ça devient incontrôlable. Tu ne peux pas trouver un autre moyen pour réussir ?

— Et toi, alors ? C'est toi qui veux devenir enquêteur de la brigade criminelle, après tout.

— Tu n'es pas capable de comprendre à quel point c'est important pour moi ? Je suis entré au département il y a presque dix ans. Je n'ai aucun moyen de monter en grade, pas réellement. Ou du moins je n'en avais pas jusqu'à l'arrivée de Pomerleau il y a un mois. Les choses vont changer, Maddie. C'était un endroit crade, qui interdisait aux Noirs d'avoir de l'avancement. Je sais que tu sais ce que c'est, d'avoir un rêve. Jamais je ne m'interposerais entre toi et tes rêves. Tu ne peux pas sortir cette information de cette pièce.

— Elle est dans ma tête maintenant. Impossible de l'oublier. Elle ira là où je vais.

— Tu comprends ce que je veux dire. Tu ne peux en parler à personne. Écoute, si j'entends dire qu'il va se passer quelque chose, s'ils sont sur le point de l'arrêter, quelque chose comme ça – je te le dirai. Mais d'ici là, tu ne peux pas écrire là-dessus."

Elle dit, en choisissant ses mots avec soin : "Je n'écrirai rien sur l'enquête de police.

— Arrête de faire ta maligne, Maddie.

— Je ne fais pas ma maligne. C'est promis – je n'écrirai rien qui permettrait de remonter jusqu'à toi."

Moins de dix-huit heures plus tard, elle frappa à la porte d'une autre mère.

Novembre 1966

Mais qu'est-ce qui t'a pris ? Cette question, Maddie l'entendit souvent dans les semaines qui suivirent sa visite chez Angela Corwin, l'après-midi du 1er novembre. Arriva-t-il que cette question soit vraiment posée par un esprit ouvert, dépourvue de toute accusation ? Arriva-t-il que quelqu'un demande : *Mais qu'est-ce qui t'a pris ?* en prélude à un compliment ? Pas d'après Maddie. Ce qui ne l'empêchait pas de répondre la vérité, plus ou moins :

"J'ai pensé que Mme Corwin pourrait voir en moi une mère, et me dire d'autres choses que ce qu'elle avait raconté aux enquêteurs."

C'était vrai. À peu près vrai. Dans son raisonnement, si elle obtenait de Mme Corwin des aveux, ou du moins si elle la poussait un peu à l'erreur, alors elle ne violerait pas la confidentialité due à Ferdie. Elle n'était pas tout à fait certaine que Ferdie verrait les choses de cette manière, mais elle pensait qu'elle finirait par le convaincre que c'était le cas. Le fils lui avait parlé. Pourquoi pas la mère ? Maddie avait trouvé le corps de Tessie Fine. Elle avait obtenu du tueur qu'il lui raconte un détail qu'il avait omis dans l'interrogatoire de police, le détail précis conduisant à la recherche de son complice.

Les gens n'arrêtaient pas de voler son histoire – des histoires. Cette fois l'histoire lui appartiendrait.

Et, au début, son plan eut l'air de se dérouler parfaitement. Mme Corwin était une femme menue avec des manières charmantes. "Oh, oui, je me souviens de votre nom", lui dit-elle. Elle invita Maddie à entrer, lui demanda si elle désirait du thé ou du café. Elle apporta une assiette de biscuits, achetés à la boulangerie. "De chez Bauhof's sur Woodlawn, précisa-t-elle. À côté, ceux de chez Silber's sont immangeables." Maddie en prit un, un biscuit rose et blanc à conserver au réfrigérateur. Il était exceptionnel. Si elle avait habité plus près de Woodlawn et recevait encore des invités, elle les leur aurait servis en prétendant qu'elle les avait faits elle-même.

"J'aime mon fils, dit Mme Corwin, mais vous savez qu'il est vraiment fou. Dérangé. Mais ils ne le laisseront pas plaider la folie. Ils ne veulent pas qu'on en parle.

— Qu'on parle de quoi ?

— Des expériences à Fort Derrick.

— Ah oui, Bob Bauer a écrit un article là-dessus. Opération Whitecoat." Elle n'en profita pas pour souligner qu'on en avait donc parlé, que tout le monde connaissait désormais – sans s'y intéresser – l'existence de ces expériences bactériologiques.

"Il était objecteur de conscience. On est des adventistes du septième jour." Elle but son thé à petites gorgées. "Mais on n'est pas contre les Juifs."

Maddie n'aurait su dire si cette précision s'adressait à elle, à Tessie Fine, ou aux deux.

"Donc vous êtes sûre que votre fils l'a tuée.

— Jamais je n'irais faire des commérages à propos de mon fils avec une inconnue.

— Dans les lettres qu'il m'a envoyées, il n'a pas reconnu sa culpabilité. J'ai entendu dire qu'il va plaider l'homicide involontaire et qu'ils refuseront parce qu'il a caché le corps.

— Évidemment ! Ils veulent à tout prix le présenter comme un menteur, si vous voulez mon avis. Ils ont refusé qu'il plaide la folie, en disant qu'il ne correspond pas aux critères, alors qu'il est évident qu'il est fou. Il continue à dire ce qu'ils veulent entendre, mais ça ne leur suffit jamais. Je suis désolée de le dire, mais… Il n'a jamais brillé par son intelligence, mon Stephen. Il m'a tellement déçue. Je suis une ancienne élève du lycée de Woodlawn où j'avais toujours les meilleures notes."

Maddie écarquilla les yeux comme s'il s'agissait d'un exploit unique en son genre.

"Les gènes de son père n'étaient pas… aussi satisfaisants que ce que j'espérais. Pas du tout. Et puis il nous a quittés. C'était presque un soulagement. Mais chaque fois que je regarde Stephen, je le vois. Comme c'est bizarre d'avoir épousé un roux alors qu'ils ne me plaisent pas du tout. D'après moi c'est parce que je me suis fait griffer par un chat roux quand j'étais petite. Je viens d'une famille très aisée."

Maddie laissa la femme parler, parler, parler, même si elle perdit vite tout espoir que Mme Corwin dise quoi que ce soit d'important. Sa voix était bizarrement hypnotique – aiguë et basse à la fois. Ça donnait l'impression d'écouter une souris. Une souris très loquace.

Après avoir subi un récit très confus sur les parties de golf de son père à Forrest Park – "On avait les moyens de payer un club privé, mais il était très égalitaire, un vrai seigneur ne se préoccupe pas de ce genre de choses" –, Maddie essaya d'intervenir.

"Vous savez, ils continuent à penser que votre fils avait un complice. S'ils parvenaient à trouver cette personne, ça donnerait un moyen de pression à votre fils.

Ou le complice aurait un moyen de pression. C'est ce qu'on m'a expliqué.

— Stephen n'avait même pas d'amis. J'ai du mal à croire qu'il ait réussi à trouver quelqu'un pour l'aider.

— Il a appelé ici, pas vrai ? L'après-midi du meurtre de Tessie Fine ?"

La femme pinça les lèvres. Toute sa vie, Maddie avait entendu l'expression sans la comprendre, mais elle la voyait en direct, à la manière dont les lèvres fines de Mme Corwin s'emboîtaient.

"Comment avez-vous eu cette information ? La police a raconté ses bobards ?"

Maddie se souvint qu'elle devait être prudente avec sa source. "Un petit oiseau me l'a dit. Un petit oiseau de la Compagnie du téléphone." Puis, gentiment, presque comme si elle s'excusait : "C'était vous, n'est-ce pas, madame Corwin ? Qui avez aidé Stephen ?

— Est-ce que mon garçon vous parle ?

— Quoi ? Non, jamais. Je veux dire, il m'a écrit quelques lettres au printemps mais il a arrêté de me parler après leur publication.

— Oui, il vous a écrit. Et c'est pour ça qu'il est dans le pétrin. Il n'y avait pas de complice. Il avait la voiture ce jour-là. Je ne sais pas pourquoi il continue à mentir là-dessus. Il a fait quelque chose de très mal et il doit l'assumer. Ce n'est pas vraiment de sa faute. Les expériences…

— À Fort Detrick.

— Oui." Elle contempla l'assiette. "Je vais vous donner des biscuits à rapporter chez vous, mademoiselle Schwartz.

— Madame." Maddie se demanda si elle l'était encore, ou continuerait à l'être. Elle serait bientôt divorcée. Comment appelait-on les dames divorcées ? Quoi qu'il en soit, il y aurait une nouvelle Mme Milton Schwartz.

Ali, quel que soit le prénom dont c'était le diminutif. Il fallait bien que ça soit le diminutif de quelque chose.

Mme Corwin revint de la cuisine avec un carton blanc de la boulangerie, attaché avec un ruban rouge et blanc. "Oh, je ne peux pas en emporter autant…", dit Maddie en levant la main pour protester, mais Mme Corwin insista en poussant la boîte vers elle. Elle eut presque l'impression que cette femme avait essayé de lui donner un coup de poing dans le ventre avec la boîte, avant de la laisser tomber. Pourquoi la boîte était-elle rouge maintenant ? Comment s'était-elle couverte de peinture ?

Un couteau à steak, elle le voyait maintenant dans le petit poing de Mme Corwin. Il n'était pas grand, mais quand même assez. La femme fit une deuxième passe, cette fois vers la poitrine de Maddie, sans l'atteindre. Maddie réussit à bloquer sa main, à attraper son poignet et le tordre, si bien que le couteau frappa le sol. Mme Corwin hurla de douleur. *Pourquoi est-ce vous qui criez alors que c'est moi qui me suis fait poignarder ?* pensa Maddie. Elle faisait l'expérience d'une sensation totalement nouvelle – une énergie surpuissante, une clarté de pensée. Elle avait conscience qu'elle aurait dû souffrir, sans ressentir cette souffrance.

Sous les hurlements, elle entendit des mots, des mots crachés, sifflés. "Idiote, idiote, idiote. Je l'ai fait par gentillesse, pour l'aider à mettre fin à la souffrance de cette fille. Et j'essaie d'être gentille avec vous."

Oh mon Dieu, la mère lui avait *donné des instructions.* Se pouvait-il qu'elle ait même…

"Exactement comme les poulets de la ferme de Tatie, exactement comme les poulets de la ferme de Tatie, qu'est-ce qu'il y a de mal là-dedans ? Plus facile que les poulets parce que les poulets vous échappent, avant et après."

Si elle en avait le temps, la femme la tuerait, Maddie n'en doutait pas. Il fallait qu'elle s'échappe, mais comment ? Était-elle en état de courir ? Elle avait la sensation qu'elle serait capable de courir, d'escalader des montagnes, de faire tout ce qui serait nécessaire à sa survie.

À sa propre stupéfaction, son premier geste fut de gifler la femme et de lui hurler dessus : "Vilaine !" Où était le téléphone ? Y avait-il un téléphone ? Bien sûr qu'il y avait un téléphone, Stephen Corwin avait appelé sa mère depuis le magasin de poissons ce jour-là.

Elle repoussa la femme plus vieille qu'elle avec une force ahurissante, assez forte pour la faire tomber à plat sur le dos, et se précipita dans la cuisine, où elle coinça une chaise sous la poignée de porte et composa l'appel d'urgence.

"Envoyez la police, envoyez la police, dit-elle, paniquée. Une femme essaye de me tuer." Ils demandèrent l'adresse et elle eut un blanc, avant de s'en souvenir. Tout en parlant, elle fouillait dans les tiroirs, à la recherche d'un couteau. "Un couteau, elle dit à l'opératrice. Elle m'a poignardée avec un couteau."

Dehors, elle entendit une voiture qui démarrait. Elle regarda par la fenêtre, vit Mme Corwin au volant d'une voiture à l'air vieillot, comiquement petite. Maddie était-elle en sécurité ? Probablement. Le temps que la police arrive – quelques secondes, quelques minutes, quelques heures plus tard, elle aurait été incapable de le dire –, la poussée d'adrénaline qui l'avait sauvée avait disparu depuis longtemps. Elle pressa un torchon contre son ventre, en contemplant le sang s'écouler. Elle s'en sortirait, pensa-t-elle. Il était presque certain qu'elle s'en sortirait.

Puis : *C'est elle qui l'a fait. Elle n'a pas avoué mais c'est elle. Même si Stephen a étranglé la fille, c'est parce qu'elle lui avait dit de le faire. Tessie Fine était en vie quand sa mère est arrivée au magasin.*

La police allait lui poser des questions à l'hôpital. Elle devrait leur dire ce qui s'était passé, ce que Mme Corwin lui avait dit. Et alors ? Devait-elle appeler le *Star* pour leur dire ce qu'elle avait appris ?

Non, pensa-t-elle. Ils se contenteraient de faire transcrire les faits par la rédaction.

Novembre 1966

Ils l'emmenèrent au Sinai, l'hôpital où elle avait accouché. Milton insista pour qu'elle y passe la nuit, et Maddie avait presque les larmes aux yeux tellement elle lui était reconnaissante d'être présent et de s'occuper d'elle. Plus tard, elle apprit qu'il savait que si elle avait dormi, ne serait-ce qu'une nuit, dans leur maison de Pikesville, leur séparation légale serait repartie à zéro, ce qui aurait ralenti son mariage avec Ali Trucmuche. Mais cela ne la dérangea pas de l'apprendre. Elle n'avait pas envie non plus de se retrouver dans leur ancienne maison, mais elle était trop faible, physiquement et moralement, pour être seule chez elle.

On lui donna une chambre privée équipée d'une télévision, et toute la soirée elle regarda les développements de l'affaire. Mme Corwin n'était pas allée très loin ; elle avait eu un accident de voiture sur Northern Parkway. Elle était en garde à vue pour avoir poignardé Maddie et on attendait son inculpation pour son rôle dans le meurtre de Tessie Fine. Elle était complice de son fils et elle avait poignardé Maddie parce qu'elle croyait qu'il le lui avait raconté.

C'était très satisfaisant d'entendre son nom prononcé par Wallace Wright. Il la décrivit comme une journaliste envoyée en mission. Inexact, mais quelle importance. Elle s'était envoyée en mission elle-même. Elle n'avait pas rompu sa promesse à Ferdie. Le rédacteur en chef du journal lui téléphona, et lui dit clairement, toujours aussi soucieux, qu'il attendait que Maddie, lorsqu'elle serait guérie, donne au *Star* l'exclusivité de son scoop.

"On attend de vous un article à la première personne, racontant votre affrontement avec la meurtrière. Je pourrais vous passer la transcription maintenant, ou demain matin si vous avez besoin de sommeil…"

Mais Maddie avait l'habitude de ne pas faire de promesses aux hommes et elle parvint à mettre un terme à la conversation avec sa grâce habituelle. "Je vous rappelle quand je me sentirai prête."

Elle était exténuée, sincèrement, mais elle eut pourtant du mal à dormir. Elle ne ferma pas les yeux avant minuit. Quelques heures plus tard, elle se réveilla désorientée d'un sommeil heureusement sans rêve. Où était-elle ? Que se passait-il ? Elle était à l'hôpital. On l'avait poignardée. Elle avait aidé la police à trouver la complice – peut-être même l'assassin. Une fois le fils et la mère inculpés, la police pourrait faire pression sur l'un des deux pour l'obliger à coopérer, en s'assurant que l'autre serait condamné à mort. Sans aucun doute, cette mère-là serait heureuse de voir son fils mort, et elle conclurait instantanément ce marché si elle en sortait gagnante. Quelle mère dénaturée… Mais après tout, qu'est-ce qui était "naturel" ? Des gens pourraient aussi traiter Maddie de mère dénaturée, le jour où Seth ferait une connerie. *Quoi d'étonnant de la part d'un fils dont la mère est partie sur un coup de tête quand il avait à peine seize ans ?*

Même si on avait dû lui faire des points de suture, Mme Corwin était un très mauvais agresseur. La cicatrice ne serait pas très belle – Maddie pensa à Ferdie et à la bosse de son nombril – mais peu de gens la verraient. Maddie, à huit jours de son trente-huitième anniversaire, avait dépassé l'époque des maillots de bain deux pièces, sans même parler des bikinis.

Quelqu'un était entré dans la chambre. Une infirmière ? Non, c'était une femme noire, en train de tripoter la poubelle. Quel manque de considération, pensa Maddie. La poubelle pouvait bien attendre le lendemain.

La femme se tourna et lui dit : "Qu'avez-vous encore fait, Madeline Schwartz ?

— Maddie, corrigea-t-elle automatiquement, stupidement. Seule ma mère m'appelle Madeline. Je vous connais ?

— Non, mais ce n'est pas faute d'avoir essayé." La femme s'assit sur la chaise en formica réservée aux visiteurs, celle où Milton s'était assis, moins de six heures plus tôt. Même dans la faible lumière, Maddie voyait que cette femme mince flottait dans son uniforme, qu'elle avait des pommettes saisissantes et des yeux clairs sous ses cils noirs.

"Qui êtes-vous ?

— J'étais Cléo Sherwood."

Maddie était en train d'halluciner. Ou de rêver. Elle se pinça légèrement près du coude. Mais la femme ne disparut pas ; plutôt l'inverse. Tandis que Maddie ajustait son regard à la pénombre, son visage apparut plus nettement.

"Cléo Sherwood est morte.

— Oui, c'est vrai, et ça le sera toujours. Mais bon Dieu, vous ne pouviez pas la laisser tranquille, hein ?

— Je ne pouvais…

— Non, vous ne pouvez pas. Vous ne comprenez rien et vous ne comprendrez jamais rien.

— Je voulais juste savoir qui vous a tuée, comment vous avez atterri dans la fontaine. Quand j'ai compris avec qui vous sortiez…

— *Qui.*" La répétition du mot sonnait comme une accusation. Mais pour quel crime exactement ?

"Qui vous a tuée ?

— Shell Gordon a commandité mon assassinat. Parce que c'était le seul moyen de m'empêcher de devenir la deuxième Mme Taylor. Ça serait arrivé. Ezekiel – pas EZ, jamais EZ, je ne l'ai jamais appelé comme ça – se fichait des élections sénatoriales. Il se fichait de Shell, et le vrai problème, c'était ça. C'est une chose d'être marié avec Hazel et de faire le beau dans Baltimore avec n'importe quelle fille qui sert à ça. Mais trouver l'amour ? Être heureux ? Ça rongeait Shell de l'intérieur. Ezekiel allait choisir de vivre avec moi, et Shell ne pourrait faire miroiter devant ses yeux aucun boulot, aucune femme, qui le feraient changer d'avis."

Maddie se souvint des mots que Judith lui avait lancés : *On raconte aussi que Shell Gordon est un « célibataire de Baltimore », pour ce que ça vaut.*

"Il a demandé à Tommy de vous tuer. Alors qui est-ce que Tommy a tué ? C'était qui, le corps dans la fontaine ?

— Ma colocataire, Laetitia. Mais Tommy ne l'a pas tuée. Elle a fait une overdose deux jours après Noël. Alors on lui a mis mes vêtements, mais pas mes préférés, on a fait ce qu'il fallait, en la mettant dans un endroit où on ne la trouverait pas tout de suite."

Même dans la brume où elle flottait, Maddie trouvait que l'histoire ne tenait pas complètement debout. Si Thomas Ludlow avait reçu l'ordre par Shell Gordon de tuer Cléo, pourquoi ne pas s'être contenté de dire qu'il l'avait fait, en la laissant partir ? Pourquoi fallait-il qu'on trouve un corps ?

— Mais qui êtes-vous au juste ?

— Eh bien, je suis Laetitia Tompkins. Je me suis enfuie pendant les fêtes, j'ai envoyé un télégramme à ma colocataire depuis Elkton. Je me suis installée à Philly. Assez près pour pouvoir faire un saut ici de temps en temps, pour apercevoir les gens que j'ai laissés derrière moi. Je me suis dit qu'un jour peut-être, je pourrais le leur dire. Mais non. C'est allé trop loin. Maintenant mon père est en prison, où il mourra probablement. Ça fait plaisir d'apprendre qu'il m'aimait, finalement, mais quel cauchemar j'ai dû traverser jusque-là." Un temps. "C'est votre faute.

— J'ai juste écrit l'histoire. Quelqu'un l'aurait fait, de toute façon.

— C'est vrai. Mais vous aviez déjà soulevé tellement de poussière. Votre visite à la voyante. À mes parents, devant mes fils."

Maddie avait encore l'impression d'être plongée dans un rêve. Mais il arrive qu'on soit lucide dans un rêve.

"Tommy ne peut pas être au courant. Au sujet de vos parents. Et eux, sans aucun doute, ils vous croient morte. Mais quelqu'un d'autre est au courant. Votre sœur, celle qui vit encore avec eux ?

— Vous auriez dû me laisser tranquille. C'est tout ce que je désirais. Vous êtes incapable de rien lâcher. J'étais qui pour vous ? La Dame du Lac ? Eh bien je n'étais pas une dame et je n'ai jamais été dans aucun lac. Tout ce que vous avez écrit est un mensonge, en connaissance de cause ou pas. Au moins vous êtes partie hanter d'autres gens maintenant. Laissez-moi tranquille, Maddie Schwartz. C'est un avertissement.

— Pourquoi vous avez eu besoin d'un corps ? Pourquoi est-ce que Tommy ne pouvait pas se contenter de dire à Shell Gordon que vous aviez disparu pour de bon, et que vous étiez enterrée là où personne ne vous trouverait ?

— Je n'ai jamais dit qu'on avait besoin d'un corps. J'ai juste dit qu'on en avait un, et qu'on s'en est servi."

Maddie réfléchit à la mort inespérée de Laetitia, la fille qui ne manquerait à personne. Peut-être que Thomas Ludlow avait bien un aveu à faire. Peut-être qu'il avait aimé Cléo assez pour faire tout ce qui lui semblait nécessaire.

À moins que Cléo n'ait tué Laetitia sans réfléchir, avant d'appeler Tommy en panique ? Mais ça paraissait impossible, même pour deux personnes, de soulever un corps inerte par-dessus la clôture, de lui faire traverser le lac avant de le soulever encore pour le lancer dans la fontaine. Mais… s'il y avait eu un rendez-vous à quatre, et un défi faussement spontané. *Et si on ramait jusqu'à la fontaine et qu'on grimpait dessus pour regarder les lumières de la ville depuis là-bas ?* Peut-être Cléo était-elle sortie cette nuit-là avec l'homme que Thomas Ludlow avait décrit à la police, mais peut-être avait-elle aussi organisé un rendez-vous pour Laetitia avec Ludlow. Peut-être n'étaient-ils que tous les trois.

“Mais…

— Adieu, Maddie Schwartz.”

Maddie contempla, presque émerveillée, la femme se lever et courber son long corps magnifique pour baisser l'échine comme une aide-soignante avant de disparaître dans le couloir. Maddie aurait eu tous les droits de se demander, le lendemain matin, si elle avait rêvé toute la scène. Mais tout était vrai. Cléo Sherwood était en vie et Maddie ne pourrait jamais le raconter à personne.

En se rendormant, elle remarqua que les murs avaient la teinte vert pâle des hôpitaux, tandis que la chaise en formica était jaune.

Novembre 1966

Maddie fut de retour chez elle avant son trente-huitième anniversaire. Elle s'attendait à une visite de Ferdie, impatiente de connaître le cadeau qu'il lui avait promis, mais il ne vint pas. Il ignorait peut-être qu'elle avait réintégré son appartement.

Puis ce fut Thanksgiving, étrangement chaud, dix-neuf degrés. À New York, les températures inhabituelles furent à l'origine d'un bizarre épisode de smog, enveloppant la ville d'un air dense et noirâtre, jusqu'à l'arrivée d'un front froid. Le dernier dimanche de novembre, le temps était revenu à la normale, avec des températures de fin d'automne. Mais il faisait encore chaud dans l'appartement de Maddie au troisième étage, alors elle continuait à dormir avec la fenêtre entrouverte. Du moins, c'est ce qu'elle se racontait.

Elle ne dormait pas quand elle entendit qu'on soulevait sa fenêtre – il n'était pas encore vingt-deux heures – mais elle fit semblant.

Sauf que Ferdie ne se glissa pas dans le lit comme d'habitude. Après avoir fait le mort pendant une ou deux minutes, elle ouvrit les yeux. Il était là, en vêtements civils, pantalon, chemise à col dans un pull en V. Ses cheveux étaient plus longs – enfin, plus épais. Ils poussaient vers le haut et les côtés, pas vers le bas. Ça lui allait bien. Il ressemblait, se dit Maddie, à un boxeur dont la photo avait été publiée dans les journaux quelques semaines plus tôt, lors d'une escapade à Londres avec une splendide actrice.

"Je n'ai pas arrêté de te dire de fermer cette fenêtre, Maddie.

— Mais il fait tellement chaud ici." Elle repoussa la couverture, heureuse d'avoir pensé à mettre un joli déshabillé.

"Tu as été très occupée.

— J'imagine que oui." Elle rit, sans encourager la conversation. Elle tendit les bras vers lui. Mais il ne bougea pas de la fenêtre.

"Tu m'avais promis, Maddie. Tu m'avais promis de ne pas écrire.

— J'ai promis de ne rien écrire à partir de ce que *tu* m'as dit. Et j'ai obéi.

— Ouais, peut-être bien que les gens qui lisent les journaux y croient, que tu es allée lui parler – comment tu as dit déjà, d'une mère à une autre ? Mais dans mon commissariat ça n'a trompé personne. Ils savaient que quelqu'un avait dû te le dire. Et ils ont compris direct que c'était moi." Un temps. "Qu'on était ensemble.

— Mais comment…

— Un autre flic m'a vu sortir d'ici une fois, dans une voiture de patrouille. C'est comme ça qu'ils m'ont eu. Pas parce que j'avais parlé avec toi, mais pour utilisation d'un véhicule interdit. Ils m'ont eu, moi et mon ami au garage, qui me laissait emprunter des véhicules de patrouille la nuit et les utiliser quelques heures avant qu'il faille les ramener pour qu'elles reprennent du service le lendemain. Tu t'es jamais demandé comment j'arrivais jusqu'ici la nuit, Maddie ? Est-ce que tu sais où j'habite, à quelle distance d'ici, et qu'il n'y a pas de bus en pleine nuit ?

— Tu ne voulais jamais parler de toi.

— Peut-être que j'attendais qu'on me pose des questions."

Elle avait tenté de poser des questions, elle en était sûre. Il les avait toujours esquivées. N'est-ce pas ?

"Je croyais que tu étais marié.

— Je ne le suis pas.

— Que tu avais d'autres femmes.

— Je ne vais pas te mentir. J'en ai eu. Au début. Mais ensuite… Maddie, je t'aime."

Elle n'avait rien à répondre à ça.

"Je suppose que j'ai ma réponse. Tu ne m'aimes pas.

— Je t'aime, Ferdie. Mais tu dois savoir que c'est impossible.

— Parce que je suis noir."

Oui et non, pensa-t-elle. C'était illégal parce qu'il était noir. Mais c'était impossible parce qu'il était plus jeune. Parce qu'il était flic et qu'elle était Madeline Morgenstern Schwartz et qu'elle n'allait pas rester éternellement employée dans un journal. Elle pourrait sortir en public avec – elle chercha mentalement un homme noir important – Sidney Poitier. Andrew Young. Harry Belafonte Jr. Mais avec Ferdinand Platt, c'était impossible à plein de niveaux, et la race était seulement l'un d'entre eux. N'est-ce pas ?

"Ce n'est pas du tout le problème.

— Tu veux que je te dise quel jour a été le plus heureux de toute cette année pour moi ? Le match de baseball avec toi. Même si je ne pouvais pas tenir ta main ni poser la main sur tes reins en traversant la foule. Certains spectateurs ont deviné qu'on était ensemble. Je l'ai vu à leurs regards. On a trompé la plupart des gens, mais pas tous, c'était impossible. J'étais tellement fier d'être avec toi. Je t'aime, Maddie."

Elle était toujours incapable de lui dire qu'elle aussi l'aimait, alors que ça aurait été tellement facile, tellement sincère. Ces mots-là ne l'auraient pas liée, et pourtant elle était incapable de les prononcer, même au passé. "Je ne pense pas avoir envie de redevenir la femme de quelqu'un, Ferdie. Je ne veux pas te perdre, mais je ne veux pas me perdre non plus.

— Eh bien moi j'ai perdu mon boulot, dit-il.

— Pour usage d'une voiture de patrouille en dehors du service ?

— Ils m'ont laissé démissionner. J'aurais pu rester, mais je n'aurais jamais eu d'avancement. J'ai déballé nos affaires internes. Failli faire tuer un civil."

Maddie ne comprit pas immédiatement que le civil, c'était elle. Elle remonta sa chemise de nuit pour lui montrer la cicatrice arrondie en relief, puis passa la chemise de nuit par-dessus sa tête.

"Maddie…

— Je suis tellement désolée pour tout ce qui est arrivé. Je m'excuse pour ton travail. Je m'excuse…" Elle ne pouvait pas lui dire quels étaient ses autres regrets. Elle était désolée pour Thomas Ludlow et désolée pour le père de Cléo. Désolée que la mère de Cléo ne puisse jamais apprendre que sa fille était en vie. Elle était même désolée pour Shell Gordon, piégé à l'intérieur d'un si grand nombre d'identités, jamais autorisé à exprimer ses vrais désirs, et assez mesquin et méchant pour refuser aux autres ce que lui ne pouvait obtenir. Elle était désolée pour Laetitia, morte sans personne pour la pleurer, et qui resterait dans l'histoire comme une fille imprudente qui s'était enfuie et avait disparu à jamais. Elle était désolée pour Mme Taylor, qui vivait dans sa magnifique maison en compagnie d'un homme qui en aimait une autre. Elle était désolée pour les enfants de Cléo.

Mais surtout, elle était désolée pour elle-même. Parce que, comme Ezekiel Taylor, elle était à deux doigts d'avoir une deuxième chance de connaître le vrai amour, sans être assez courageuse pour la saisir.

“On ne devrait pas, dit-il. On n'aurait jamais dû commencer dès le début.

— Ma bague n'a jamais été volée, dit-elle. J'ai fait ça pour toucher l'argent de l'assurance.

— Je sais. Je t'ai raconté l'histoire de Thomas Ludlow parce qu'on pensait que ça t'arrêterait. Shell a dit à Thomas qu'il devait avouer, pour que tu t'arrêtes.

— Je sais”, dit-elle. Mais elle avait continué.

Il la rejoignit au lit. Une dernière fois, il la rejoignit dans son lit, et pour la première fois il resta jusqu'au lever du soleil. Maddie le raccompagna en bas et l'embrassa pour lui dire au revoir devant la porte de l'immeuble, au vu et au su de la cathédrale et de tous les passants descendant Mulberry Street à sept heures du matin.

Et puis elle alla travailler.

Le Club des femmes de Roland Park
Octobre 1985

"Et maintenant, notre oratrice. Madeline Schwartz travaille au *Beacon* depuis 1966, où sa carrière a commencé avec un récit déchirant, à la première personne, de l'agression qui a failli lui coûter la vie. Angela Corwin fut ensuite condamnée pour le meurtre avec préméditation de Tessie Fine, une jeune fille juive assassinée dans le magasin de poissons tropicaux où travaillait le fils de Corwin. Stephen Corwin fut condamné à la peine de mort pour sa participation à ce crime, mais sa peine fut commuée en perpétuité après qu'un arrêt de la Cour suprême des États-Unis décréta l'abrogation de la plupart des lois nationales sur la peine de mort en 1972. Schwartz débuta au *Beacon* comme journaliste généraliste, avant de couvrir l'administration municipale et la législature, mais elle est plus connue pour son travail dans les pages Société, d'abord en tant qu'auteur de récits de vie, et désormais chroniqueuse. En 1979, elle a été finaliste du prix Pulitzer du reportage."

Maddie modifia mentalement l'introduction. Ce n'était pas la version qu'elle avait fournie, elle en était sûre. Pas très différente, mais embellie par endroits. Même si, oui, c'était elle qui avait supprimé le *Star* de sa biographie officielle. Elle avait pris son récit à la première personne de l'agression d'Angela Corwin, qui aurait pu lui coûter la vie, et l'avait échangé contre une place au *Beacon*, sans jamais regarder en arrière. Le *Beacon* était un peu vieux jeu et ennuyeux après le *Star*, mais prêt à lui donner sa chance comme journaliste.

"Bonjour, dit-elle. Et « finaliste du prix Pulitzer » est une manière grandiose de dire qu'on a *perdu* le Pulitzer."

Le public apprécie une pointe d'autodérision, mais elle hésitait toujours à rendre publique sa deuxième place. Ça l'embêtait de ne pas avoir gagné cette année-là, la première fois qu'un prix était donné à un reportage. Encore plus irritant, le prix était allé à un collègue du *Light*, une version moins bienséante du *Beacon*. Il avait écrit sur la chirurgie du cerveau, alors que son article à elle était centré sur un enfant atteint d'une maladie cardiaque rare. "Le cerveau bat le cœur, j'imagine", avait dit Bob Bauer quand ils avaient pris un verre plus tard dans la semaine. Sa remarque était teintée d'envie ; Bauer avait gagné tous les prix de l'État et certains prix nationaux, sans jamais s'approcher du Pulitzer.

Maddie avait presque tout remporté, elle aussi, et elle avait encore beaucoup d'années devant elle.

En tant que chroniqueuse, elle était très demandée par le circuit des déjeuners de dames. Le *Beacon* avait un bureau des orateurs et payait de fait ses journalistes pour ces présentations ; le journal trouvait que c'était une bonne stratégie de relations publiques. Maddie avait appris à donner l'impression d'improviser, à varier ses anecdotes juste assez pour ne pas être accusée de lire un texte déjà écrit ou de le réciter par cœur.

"On me demande souvent" – un mensonge, on ne lui posait jamais cette question – "ce qui est, exactement, intéressant d'un point de vue humain. Qu'est-ce qui rend une personne intéressante ? Eh bien je pense que les gens sont intrinsèquement intéressants si vous savez leur poser les bonnes questions, si vous prenez le temps de le faire. Je crois qu'un bon journaliste devrait être capable d'ouvrir un annuaire au hasard, de marquer un nom au crayon et appeler la personne en question pour écrire son histoire. Il arrive que je me contente de faire ça."

(Autre mensonge, elle ne l'avait jamais fait.)

Elle raconta son dernier triomphe en date, l'interview exclusive des parents d'un enfant, kidnappé à la maternité de l'hôpital Sinai par une femme déguisée en infirmière, interceptée quelques jours plus tard au moment où elle tentait d'obtenir par escroquerie d'un autre hôpital un acte de naissance. Les parents étaient encore sidérés de la facilité avec laquelle quelqu'un s'était introduit dans l'hôpital Sinai. Maddie ne leur dit pas qu'elle savait, de fait, que c'était très simple. Il suffisait d'un uniforme et d'une posture de subalterne pour que la ruse fonctionne.

"La loi exigeait que le père fasse un test de paternité, raconta-t-elle à son public captivé. Mais le juge regarda ce bébé aux joues rondes, avant de regarder son père et de dire : « Je crois que nous connaissons tous déjà le résultat. »"

Elle avait tellement l'habitude de son discours qu'elle était presque capable de le prononcer tout en étant ailleurs, planant au-dessus des événements tel un fantôme. Même en racontant les anecdotes au sujet des articles qui avaient fait d'elle un trésor local – le propriétaire mal luné du kiosque à journaux, le dernier chapelier de la ville, le pianiste prodige –, elle pensait aux histoires jamais écrites, aux personnes dont elle n'avait jamais fait le portrait. Ezekiel "EZ" Taylor, par exemple, qui vendit brusquement sa chaîne de teintureries en 1968, soi-disant à cause des émeutes et du temps. Il prétendit être asthmatique et qu'on lui avait conseillé de s'installer à l'ouest pour sa santé, au Nouveau-Mexique plus précisément, mais que sa femme préférait rester à Baltimore à cause de ses activités paroissiales. Est-ce que EZ était finalement parti à la recherche de Cléo ? Une chose était certaine : il n'y avait aucun numéro au nom d'Ezekiel Taylor au Nouveau-Mexique. Maddie avait vérifié plusieurs fois.

"J'ai obtenu mon poste au *Beacon* en me montrant effrontée, en insistant pour être la journaliste et pas le sujet. C'était un pari des deux côtés, mais le rédacteur en chef, Peter Forrester, a dit qu'il avait vu quelque chose en moi. Je pense que c'était le fait d'être prête à démarrer au salaire le plus bas possible."

Certains jours, Maddie était convaincue que tout ça était une coïncidence, qu'EZ était parti à l'ouest pour sa santé et que Shell Gordon, encore rancunier envers une femme en qui il voyait une rivale, avait trouvé un assassin plus fiable pour achever le boulot que Thomas Ludlow avait échoué à accomplir.

À d'autres moments, elle imaginait que ce couple mal assorti était quelque part, peut-être au pays des Merveilles, peut-être pas, heureux d'avoir surmonté les obstacles. Pas ceux de la mort de Cléo, mais les obstacles empêchant de trouver l'amour, un véritable amour capable de vous soutenir, un amour qui mérite qu'on abandonne tout.

"L'un des plus grands succès que j'ai eu dans toute ma carrière de journaliste, je le dois au fait de m'être totalement perdue, perdue dans la ville où je suis née…"

Elle avait essayé de découvrir si les fils de Cléo étaient toujours avec leur grand-mère, mais la famille avait déménagé quelque temps après les débuts de Maddie au *Beacon*. Quelque part dans le comté, avait dit un voisin.

Quelque part à la campagne, avait dit un autre voisin. Elle n'avait jamais réussi à localiser la mère de Cléo et Alice Sherwood, sa sœur, lui avait claqué la porte au nez la fois où elle avait essayé de lui parler.

"Évidemment, on n'oublie jamais ses échecs. Tous les ans, j'écris à une certaine romancière de Baltimore en la suppliant de m'accorder un entretien. Et tous les ans, elle me répond par un refus poli."

Ferdie était désormais un homme riche. Riche et gros, ce qui la stupéfiait. Il avait quitté la police et créé sa société de sécurité. Il avait choisi le bon moment ; les gens étaient obsédés par les crimes et leur sécurité. Il gagnait plein d'argent, il était marié, père de trois enfants, et avait finalement plus d'influence sur la politique locale que Shell Gordon et EZ Taylor en leur temps. Maddie l'avait aperçu une fois, au fond d'une salle où était organisée une grosse levée de fonds pour une élection dont elle couvrait le candidat. Même avec une vingtaine de kilos en plus, il était magnétique. S'il lui avait jeté ne serait-ce qu'un coup d'œil, elle se serait faufilée quelque part à l'abri des regards avec lui. Mais sa femme le surveillait de près, très consciente de son trophée. Si Maddie avait deviné l'avenir, et vu ce qu'il allait devenir – mais *non.* Elle ne se trompait pas sur elle-même. Elle ne voulait pas être une épouse. Elle adorait sa vie. Et elle sentait une tristesse en Ferdie, enracinée dans tous ses espoirs impossibles. Il avait désiré par-dessus tout devenir enquêteur, et Maddie lui avait coûté cette carrière.

"… et c'était la deuxième fois de ma carrière que j'étais sur le point de recueillir une confession inattendue. Il leva sur moi ses grands yeux bruns et dit : « J'ai dit à Jimmy de ne pas le faire. »"

Maddie était devenue grand-mère, ce qui n'était pas atypique pour une femme qui fêterait bientôt ses cinquante-sept ans, mais il n'était pas vaniteux d'affirmer qu'elle ne faisait pas son âge. Wallace Wright en personne, dont le deuxième mariage venait récemment de s'achever, lui avait proposé un rendez-vous peu de temps auparavant. Elle avait décliné, en disant qu'elle sortait avec quelqu'un. C'était vrai. Il avait quarante ans et, Seigneur !, il était jardinier, mais pas *son* jardinier, donc elle ne jouait pas exactement à Lady Chatterley. Il n'était pas totalement juste de dire qu'ils sortaient ensemble. Il venait chez elle, la baisait, et repartait. Ça ressemblait beaucoup, en fait, à son ancien arrangement avec Ferdie, mais avec des boissons et des en-cas différents. Sauf que maintenant, elle avait aussi un arrangement pour la journée. Un vieux juge pompeux, très certainement homosexuel, avait parfois besoin d'une compagne à son bras, ce qui fonctionnait bien pour tous les deux.

"Quand on m'a offert ma chronique au *Beacon*, j'ai été une de ses premières chroniqueuses féminines à qui on donnait le droit d'écrire sur n'importe quel sujet. Ma chronique est certes dans les pages consacrées aux reportages, mais je peux aborder n'importe quel sujet. Il arrive qu'un jour je parle de Reagan, et le lendemain de l'absurdité du parking de La Rotonde."

Rires de connivence, du moins concernant le parking du centre commercial non loin.

Cléo Sherwood avait dit que Maddie détruisait les vies. Était-ce vrai ? Ferdie avait eu beau ne pas devenir enquêteur de la brigade criminelle, ses affaires avaient prospéré. Elle avait globalement perdu la trace de Judith Weinstein, qui avait fini par épouser Patrick Monaghan. Thomas Ludlow était sorti de prison huit ans plus tôt et maintenant il possédait son propre bar sur Franklintown Road, même si sa condamnation pour meurtre l'avait obligé à mettre la licence des alcools à un autre nom. Le père de Cléo Sherwood était mort en prison. Mais rien de tout ça n'était survenu par la faute de Maddie. C'était Cléo qui avait fait semblant d'être morte, avec l'aide de Ludlow. C'était Ludlow qui avait choisi d'avouer après que Maddie avait eu le cran d'aller parler à Hazel Taylor. C'était Ferdie qui lui avait apporté ce "tuyau", grâce à Shell Gordon. Les hommes. Ils tentaient à tout prix de tout verrouiller, avant d'enfoncer eux-mêmes toutes les portes.

Et Laetitia, la vraie Dame du Lac ? Qui était-elle, comment était-elle morte ? Le suspect probable avait avoué, un jugement avait été prononcé, la justice, en quelque sorte, avait été rendue. Était-il vraiment important de connaître l'identité du corps dans la fontaine ? Était-il vraiment important que la bonne personne soit allée en prison ?

Et pourtant – Maddie imaginait qu'il y avait eu trois personnes, peut-être quatre. *Qu'est-ce qu'il fait chaud. Et si on escaladait les grilles du zoo, je sais où ils rangent les barques. On pourrait célébrer le Nouvel An depuis le lac. Ou même carrément escalader la fontaine.* Trois personnes, peut-être quatre, assis sur le rebord de la fontaine, en trinquant. Deux colocataires, qui partagent leur garde-robe. Comme il serait simple que l'une des deux tombe, soit poussée.

Pourquoi fallait-il que tout soit la faute de Maddie ?

Quand ces pensées l'envahissaient, la seule solution consistait à s'asseoir devant son ordinateur pour raconter en sept cent cinquante mots, sur un ton enjoué, sa dernière aventure au parking de La Rotonde. Ou bien fouiller dans son passé – la fois où elle s'était fait tripoter au cinéma Pikes était assez amusante. La main d'un homme sur une jambe paraissait tellement innocente de nos jours. Elle revisita aussi l'histoire de Tessie Fine, le rôle qu'elle y avait joué, à des intervalles appropriés. Voilà ce qu'elle faisait, quelle était sa vie, une vie qu'elle avait entièrement choisie. Elle écrivait sur elle-même. Elle se disait que c'était parce qu'elle avait assez écrit sur les autres, mais au fond de son cœur, elle savait qu'elle n'avait jamais cessé d'écrire sur elle-même, que la seule histoire qu'elle connaissait vraiment était la sienne.

Et peut-être même qu'elle ne la connaissait pas si bien que ça.

"Votre groupe d'érudites saura que « Il suffit de mettre en communication » vient de *Howards End* de E. M. Forster. Mais est-ce que vous connaissez la suite ? « Il suffit de mettre en communication la prose et la passion, et toutes deux en seront exaltées, et l'amour humain atteindra ses sommets. Cessez de vivre par fragments. » Ma chronique aborde tous les aspects de la vie, célèbre toutes sortes de gens. Je suis sûre que vous savez aussi que la planche Ouija a été inventée ici, à Baltimore ; j'ai écrit sur les héritiers de cette fortune l'année dernière. Je me vois comme la petite planche, le petit morceau de plastique sur lequel vous laissez vos doigts se balancer et que vous guidez peut-être, inconsciemment, vers les réponses que vous désirez. Je vous raconte les histoires que *vous* avez envie d'entendre, en répondant à vos questions. Je suis votre instrument. Sans mes lecteurs, je n'existe pas."

Elle s'assit sous un tonnerre d'applaudissements, but une gorgée de vin. C'était ce qu'il y avait de mieux, dans les réceptions organisées par les presbytériens. Ils servaient du vin au déjeuner.

Où suis-je, Maddie Schwartz ? Où es-tu ? Pourquoi est-ce que je continue à te parler dans ma tête, tellement d'années après ? Je suppose que c'est parce que tu es la dernière personne à m'avoir vue, à avoir vu mon vrai moi, Eunetta "Cléo" Sherwood, en vie. Pas Tommy pour le Nouvel An, même si ça restera pour toujours l'histoire officielle. Mais toi, dans ton lit d'hôpital, dix mois plus tard, et tu étais trop sonnée et bouleversée par ton propre drame pour être très attentive au mien. J'étais morte et tu avais réussi à en tirer quelque chose. Est-ce que ta vie a défilé devant tes yeux ? La mienne s'est déroulée si lentement, et elle continue à le faire chaque jour. Où est-ce que Cléo serait en ce moment ? Quelle vie aurait-elle ? Je suis sortie de cet hôpital et j'ai fait mes adieux à Cléo Sherwood. Mes adieux à mes parents, à mes enfants, à Baltimore.

Mais je n'ai pas dit adieu à la vie, ni à l'amour. J'ai eu une vie riche, une vie pleine. Une vie heureuse. J'ai fait beaucoup de sacrifices, alors je ne me sens pas coupable d'être heureuse aujourd'hui. Mes garçons ne m'ont pas eue, mais tous les deux sont allés à McDonogh et ils sont devenus des hommes remarquables, qui sont allés ensuite à l'université. Ma sœur a raconté à maman qu'ils avaient obtenu des bourses et elle a décidé de la croire parce qu'elle n'avait pas les moyens de mettre en doute une telle aubaine.

Étant donné mon destin, et la manière dont j'ai pu m'occuper de ceux que j'aime, je referais exactement la même chose. Peux-tu en dire autant ?

Est-ce que je t'ai tout dit ? Non, je ne pouvais pas te faire confiance et te livrer mes secrets, Maddie Schwartz. Qui pourrait me le reprocher ? Tu t'es montrée désinvolte avec ma vie, et avec ma mort. Heureusement que tu as trouvé une autre fille morte à pourchasser. Je suis heureuse, j'ai eu ce que je voulais.

Je t'ai vue une fois, Maddie Schwartz, avant que cette histoire ne commence. Tu avais un homme que tu ne désirais pas. Je me suis retrouvée à désirer un homme dont tout le monde disait qu'il était inaccessible. Je t'ai vue, j'ai vu que tu voyais que je te voyais. C'est comme la blague que les enfants racontent : je dessine une image de moi-même dessinant une image de moi-même dessinant une image de moi-même. L'image est sans fin, les mots sont sans fin, jusqu'à ce qu'ils n'aient plus aucun sens, jusqu'à ce que l'image soit tellement minuscule qu'on ne peut plus rien voir du tout.

NOTE DE L'AUTEUR

Quand j'ai commencé à écrire ce livre, en février 2017, j'ignorais totalement que ça deviendrait un roman situé dans le milieu du journalisme ; d'une certaine manière, Maddie Schwartz m'a surprise autant qu'elle-même a surpris son mari de longue date. Je n'avais aucun désir d'écrire un roman situé dans le milieu du journalisme, mais je me suis bientôt retrouvée obnubilée par ma tentative d'imaginer et recréer l'univers que mon père avait connu lorsqu'il fut embauché en 1965 dans ce qui s'appelait alors le *Sun*. De nombreux, très nombreux collègues – les siens, les miens – m'ont aidée à le faire. Parmi eux : G. Jefferson Price III, David Michael Ettlin et Joan Jacobson.

Les petits détails du livre sont largement inspirés de faits réels, même si, parfois, ce n'est pas le cas. Les deux meurtres au cœur du roman s'inspirent clairement de deux affaires de 1969, mais les versions que j'en donne s'éloignent des faits, même si je serai éternellement reconnaissante à Jonathan Hayes pour son aide sur la théorie de l'autopsie de "la Dame du Lac". La course au poste de gouverneur du Maryland en 1966 est représentée avec précision, jusqu'à la météo du lendemain des primaires, détail que j'ai glané dans le magazine du *Time*. Deux personnes qui ont existé – Violet Wilson Whyte (Madame la Loi) et Paul Blair, le champ centre des Orioles – "parlent" dans ces pages ; j'ai lu leurs interviews et, dans le cas de Blair, j'ai regardé des vidéos, en espérant restituer le mieux possible leurs vraies voix. Je n'ai jamais pu établir avec certitude que Whyte était réellement passée dans *To Tell the Truth*, mais j'ai tenu compte du conseil ancestral donné dans *L'Homme qui tua Liberty Valance* : imprimez la légende.

La première version de ce livre a été envoyée le 27 juin 2018. Le lendemain, je suis allée rendre visite à ma mère sur la côte du Delaware avec ma fille, en faisant halte au bout d'environ une heure pour l'appeler et lui dire qu'on avait déjeuné et qu'on arriverait d'ici deux heures. Elle m'a demandé si je m'étais retrouvée prise dans un embouteillage près d'Annapolis. Non, j'ai répondu, pourquoi ? "Il y a eu une fusillade." Quand j'ai appris qu'elle avait eu lieu au journal, j'ai compris qu'il était hélas très probable que mon ami Rob Hiaasen figure au nombre des victimes. C'est pourquoi, alors qu'en général je prends le temps ici de remercier tous ceux qui m'ont aidée, j'espère que mes amis et mon entourage dans l'édition comprendront mon désir d'achever ce livre en citant les noms de tous ceux qui sont morts ce jour-là. Je dédie ce livre à Rob Hiaasen, Gerald Fischman, John McNamara, Rebecca Smith et Wendi Winters, et à tous leurs proches.

Retrouvez les romans de Laura Lippman
en Babel noir.

CORPS INFLAMMABLES
traduit de l'anglais (États-Unis)
par Hélène Frappat

Un beau brun fait escale dans le bar d'un minuscule bled du Delaware. Il est aussitôt séduit par une rousse dont le corps incendiaire contraste avec l'attitude glaciale. Les deux héros, surgis d'on ne sait où, s'attirent et se repoussent comme deux aimants. Pourquoi jouent-ils ainsi au chat et à la souris, sous l'œil placide de deux habitués du bar et le regard jaloux de la serveuse ? Un thriller ramassé et inlâchable.

OUVRAGE RÉALISÉ
PAR L'ATELIER GRAPHIQUE ACTES SUD
ACHEVÉ D'IMPRIMER
SUR ROTO-PAGE
EN FÉVRIER 2024
PAR L'IMPRIMERIE FLOCH
À MAYENNE
POUR LE COMPTE DES ÉDITIONS
ACTES SUD
LE MÉJAN
PLACE NINA-BERBEROVA
13200 ARLES

DÉPÔT LÉGAL
1re ÉDITION : MARS 2024
N° impr. : 104250
(Imprimé en France)